천사의 나이프

天使のナイフ

천사의 나이프

야쿠마루 가쿠 장편소설 | 김수현 옮김

황금가지

TENSHI NO KNIFE
by Gaku Yakumaru

Copyright © 2008 by Gaku Yakumaru
All rights reserved.

Original Japanese edition published by KODANSHA LTD.

Korean Translation Copyright © 2009, 2014 by Minumin

Korean translation edition is published by arrangement with
KODANSHA LTD. through BC Agency.

이 책의 한국어 판 저작권은 BC 에이전시를 통해
KODANSHA LTD.와 독점 계약한 ㈜민음인에 있습니다.
저작권법에 의해 한국 내에서 보호를 받는 저작물이므로 무단 전재와 무단 복제를 금합니다.

아버지, 어머니, 형에게

● 이 책에 쓰인 본문 종이 E-light는 국내 기술로 개발된 최신 종이로, 기존에 쓰이던 모조지나 서적지보다 더욱 가볍고 안전하며 눈의 피로를 덜게끔 한 단계 품질을 높인 고급지입니다.
● 본문 중 한 행 비움과 두 행 비움은 각기 원서의 장면·시간·상황 및 장 구분에 따라 사용되었습니다.

| 차례 |

서장　　　　　　9

1장 죄　　　　　12

2장 갱생　　　　85

3장 벌　　　　　147

4장 고백　　　　211

5장 속죄　　　　301

종장　　　　　　344

서장

마나미가 울고 있다.

아침 식사 준비를 하던 히야마 다카시는 급히 침실을 들여다봤다. 방바닥 가득 마나미의 옷이 어질러져 있었다. 옷 서랍 가장 아래 칸을 뒤지는 마나미를 보고 히야마는 아차 싶었다.

"아빠. 모모는?"

딸의 비통한 시선에 그는 차마 아무 말도 못하고 베란다를 가리켰다. '모모'는 딸이 몹시 좋아하는 토끼 캐릭터로, 가슴에 모모가 그려진 티셔츠는 마나미에게 같은 보육원의 쓰토무 다음으로 소중한 친구였다. 티셔츠는 며칠 동안 이어진 비 때문에 계속 건조대에 널려 있었다.

베란다를 쳐다보면서 마나미는 더욱 소리 높여 울었다. '내 소중한 친구를 비를 맞게 놔두다니, 못된 아빠!' 하고 생각하고 있는 것이 분명하다.

마나미에게 아침을 먹이는 동안 히야마는 모모를 드라이어로 말렸다. 그 바람에 오늘은 신문 보기나 아침 식사를 하기 어려울 것 같았지만 딸의 만족스러운 보조개를 보고 있자니 그런 건 아무렇지도 않게 느껴졌다.

최근 들어 마나미의 표정을 보고 있으면 무슨 생각을 하고 있는지 손에 잡힐 듯 알 것 같다. 웃고 있을 때, 울고 있을 때, 부루퉁한 표정을 하고 있을 때, 풀이 죽어 있을 때. 불과 얼마 전까지 그는 마나미의 일거수일투족에 무척이나 허둥댔다. 그만큼 어린 아이의 행동거지란 아버지인 그에게조차 불가사의하기 짝이 없는 것이었다. 지금은 마나미를 이해한다. 히야마는 응 하고 고개를 작게 끄덕였다.

'앞으로 십 년만 있으면 또 이해할 수 없게 될 거야.'

불과 사흘 전, 아침 출근 때 역까지 같이 가면서 이웃에 사는 마쓰모토 씨가 그런 말을 했던가. 최근 딸과 이야기를 나누자니 이 아이가 정말 나와 같은 인종인가 미심쩍어졌다, 아니, 어디 다른 혹성에서 온 생물이 아닐까 진지하게 고민한다는 이야기였다.

히야마도 몇 번인가 맨션 현관에서 마쓰모토의 딸을 본 적이 있다. 여고에 같이 다니는 친구와 수다를 떨고 있었는데 어느 나라 말을 하고 있는 건지 전혀 짐작이 가지 않았다. 나도 아직 서른을 갓 넘겼을 뿐인데, 하고 조금 충격을 받았던 것을 기억한다. 머리카락 색깔도, 피부 색깔도, 눈 색깔도 모두 다르다. 같은 교복을 입고 있어도 외국인 학교의 학생들 같았다.

마쓰모토는 히야마에게 짓궂은 웃음을 보였다. 그러나 금발 머리나 갈색 피부, 파란색 렌즈를 한 마나미는 도저히 상상할 수 없었다.

히야마는 마나미의 발그레하고 탄력 있는 하얀 뺨이 좋았다. 쓰다듬으면 매끄럽게 손에 감겨드는 부드러운 머리카락이 좋았고, 히야마를 쳐다볼 때 다양한 종류의 빛을 띠는 커다란 까만색 눈동자가 좋았다. 사이드보드에 세워둔 액자를 쳐다봤다. 액자 속의 쇼코는 히야마의 마음속을 꿰뚫어보고 놀리는 것처럼 미소 짓고 있었다. 그런 쇼코의 미소에 마음속으로 괜찮다고 중얼거렸다. 괜찮다. 만일 십수 년 뒤 마나미가 그런 차림으로 나타났다 하더라도 당황하지 않을 거다.

마나미의 마음만 알고 있다면 불안할 건 아무것도 없다. 마나미가 웃거나, 화내거나 울거나, 부루퉁한 표정을 하고 있는 한 언제나 곁에 마나미의 존재를 느낄 수 있다. 딸의 체온을 느끼는 것이다.

하지만 마나미가 때때로 보이는 표정에 히야마는 오싹할 때가 있었다. 허공을 쳐다보면서 멈춰 버린 것 같은 마나미의 눈동자를 보면 등줄기가 서늘해지고 목구멍이 경련하면서 순간 숨 쉬는 방법을 잊어 버린다.

마나미는 그 허공에서 대체 무엇을 보고 있는 걸까. 무의식적으로 뇌리에 새긴 그때의 참극을 망막에 비추고 있는 것이 아닐까.

그런 마나미의 표정을 볼 때마다 히야마는 굳게 생각했다. 1분이라도 오래 마나미의 곁에 머물면서 즐거운 시간을 많이 보내어, 그것으로 그 기억을 조금이라도 흐리고 싶다고.

지금도 마나미의 의식 밑바닥에 달라붙어 있을 저 무시무시한 기억을.

1장
죄

1

 통근 러시가 진정된 9시 전, 하스다에서 오오미야로 향하는 우쓰노미야선은 여름방학이라 그런지 평소보다 한산하다. 히야마는 비어 있는 자리 하나를 발견해 마나미를 앉히고 앞쪽 손잡이를 잡고 섰다.
 이때만큼은 히야마도 자신의 선택이 꼭 틀린 것만은 아니었다고 생각했다. 만일 자신이 회사원이었다면 이렇게 마나미와 함께 통근하는 생활은 어려웠을 것이다.
 다만 차창 밖의 비 내리는 광경을 보고 조금 우울한 기분이 들었다. 비 오는 날은 가게 매상이 뚝 떨어지기 때문이다. 작은 가게라고는 하나 사장 겸 점장인 히야마에게는 매상이나 아르바이트

관리 등 근심걱정이 끊이지 않았다.
차 안에 기성이 울려 퍼졌다. 하나 건너 문 부근에서 소년 세 명이 요란을 피우고 있었다. 아직 중학교 1, 2학년일까. 하얀 반팔 셔츠 자락을 깔끔하지 못하게 검은색 바지 바깥으로 내놨다.
여름방학인데 이제부터 등교하는 건가. 그런 히야마의 시선을 무시한 채, 그중 두 명은 휴대용 게임기를 가지고 놀면서 때때로 귀에 거슬리게 소리를 지르고 있었다. 또 한 명은 따분한지 손잡이 두 개에 양손으로 매달려서 체조선수 흉내를 내고 있다.
눈앞에 앉은 양복 차림의 중년 남자는 손에 들고 있던 신문지를 얼굴 앞에 넓게 펼치는 게, 이 방약무인한 태풍이 어서 지나가 주기를 바라는 것 같았다.
마나미가 소년들을 빤히 쳐다보고 있었다. 마나미의 표정을 보고 히야마는 등골이 서늘해졌다. 어른들에게는 순진하게 비치는 저런 소년이라도, 마나미에게는 충분히 악마적인 존재로 보일지도 모른다.
아니, 어른들도 무서운 걸까. 신문지로 얼굴을 가린 저 회사원도, 옆에 앉은 초로의 여성도, 그리고 히야마 자신도 저 소년들의 순진함 속에 숨은 뭔가를 무서워하고 있는 건지도 모른다. 그리고 동시에 화를 내고 있었다. 무표정을 가장하면서도 정체 모를 공포에 두려워하며 그저 묵인할 수밖에 없는 무력한 자신들에게.
마나미의 눈을 소년들에게서 돌리고자 차량 안에 달린 광고를 가리켰다. 도시마 유원지의 수영장 광고였다.
"모레에 아빠 쉬니까 수영장 갈까?"
목을 뻗어 물끄러미 광고를 보던 마나미가 히야마를 올려다보고 "응." 하고 크게 고개를 끄덕였다.

"아빠, 우리 자동차 타는 거 오랜만이지. 운전, 괜찮아?"

"전차 타고 갈까?"

마나미의 눈동자에 평소와 같은 빛이 돌아왔음을 느끼고 히야마는 안도했다.

북적이는 오오미야 역의 중앙광장을 지나 밖으로 나오자 아직 가는 빗줄기가 날리고 있었다. 마나미는 작은 빨간색 우산을 쓰고 젖은 보도를 흥겹게 걸어간다. 모모와 함께 보육원에 가는 마나미는 빗속에서도 기분이 좋았다.

마나미가 다니는 미도리 보육원은 오오미야역 앞 번화가에 인접한 상가 빌딩 3층에 있다. 전면이 유리로 된 깔끔한 외관의 빌딩에 들어가 세련된 대리석 현관에서 엘리베이터를 기다렸다.

히야마는 마나미를 마당이 있는 인가 보육원에 맡기고 싶다고 생각하고 있었다. 아무리 색색의 완구며 보육사들이 그린 귀여운 캐릭터가 넘쳐도 주위가 콘크리트 벽에 에워싸여 있다면 폐쇄감을 지울 수 없다. 그러나 이 지역의 인가 보육원은 희망자가 정원을 크게 뛰어넘은 상태였다. 마당이 없는 게 유일한 불만이었으나, 미도리 보육원의 설비나 운영 내용은 만족스러웠다.

엘리베이터 문이 열리고 이제부터 영업을 하러 나가는 듯한 회사원이 뛰쳐나왔다.

"다녀오세요."

마나미가 손을 흔들자 회사원은 싱긋 웃더니 마나미에게 손을 흔들면서 나갔다.

히야마는 마나미가 뜻밖에 아는 사람이 많은 것에 살짝 놀랐다.

엘리베이터에서 내려서 복도를 걷다보니 보육원 문 앞에서 원아들을 맞이하고 있던 보육사 하야카와 미유키가 둘을 알아보고 손을 흔들었다. 미유키는 하얀색 폴로셔츠에 청바지를 차려입고 그 위에 모모가 그려진 앞치마를 하고 있었다.

눈치 빠르게 그것을 발견한 마나미는 히야마의 손을 놓고 "미유키 선생님, 안녕하세요." 하고 달려갔다.

"안녕, 마나미."

미유키가 몸을 굽혀 마나미의 머리를 상냥하게 쓰다듬었다.

히야마는 뒤에서 매일 아침 이루어지는 의식을 지켜봤다.

마나미의 까만 머리칼을 매만지는 가늘고 날씬하게 쭉 뻗은 손끝에는, 그 우아함과 어울리지 않게 짧게 잘린 손톱이 자리 잡고 있었다. 손톱만이 아니다. 미유키는 어디를 봐도 요즘 젊은 여성 같지 않게 꾸민 데가 없다. 반지도 귀걸이도 액세서리도, 자신의 피부보다 딱딱한 것을 모조리 배제하고 있는 것 같았다. 늘 화장기 없는 얼굴은 소극적인 인상이지만, 꾸밈이 없는 만큼 상쾌한 웃는 얼굴이 한층 더 빛나 보인다.

히야마는 가끔씩 치장한 미유키를 상상해 본다. 바보 같은 아버지의 사사로운 즐거움이다. 필시 남자들의 시선을 모을 것이다. 하지만 상상은 돼도 미유키의 그런 모습을 실제로 보고 싶지는 않았다. 아이들의 마음을 끄는 것은 어떤 달콤한 향기보다도 미유키의 청순함일 것이다.

아까부터 아빠를 놔두고 미유키와 둘이서 모모 이야기로 신이나 있던 마나미가 히야마를 돌아봤다.
"아빠, 아직 있었어? 지각할라."
히야마는 쓴웃음을 지었다. 살짝 쓸쓸함을 느끼면서 미유키에게 "잘 부탁드립니다."하고 말한 뒤 마나미에게 손을 흔들었다.
"다녀오세요."
미유키가 웃는 얼굴로 히야마를 배웅했다.
엘리베이터에 탄 히야마는 여느 때처럼 미유키를 슬그머니 질투했다. 미유키는 마나미가 좋아하는 것을 많이 알고 있다. 모모에 대해서도, 쓰토무에 관해서도, 좋아하는 음식이나 좋아하는 노래도. 미유키 쪽이 훨씬 긴 시간을 마나미와 함께 지내는 만큼 자신이 모르는 마나미를 잔뜩 알고 있다.
하지만 동시에 고맙기도 했다. 여러 모로 사정을 알고 있는 미유키라면 마나미의 사소한 언동에서까지 혹시 나올지 모르는 사건의 후유증을 민감하게 포착해 줄 거라는 믿음이 갔다.

역 앞 번화가를 지나 은행과 사무용 빌딩이 늘어선 큰길로 나왔다. 큰길을 조금 걸어가자 히카와산도와의 교차점에 간판이 보였다. 자유의 여신상을 집어넣은 '브로드카페'의 로고마크 간판이 비를 맞아 뿌옇게 비쳤다.
오픈테라스에 놓인 테이블과 의자가 비에 젖어 방치된 대형 쓰레기처럼 적적한 분위기를 띠고 있었다. 히야마는 정면에 난 입구로 가게에 들어갔다.
"어서 오세요."

그를 손님으로 착각해 위세 좋게 인사한 아르바이트생 후쿠이겐이 히야마를 보고 쓴웃음을 지었다.

"좋은 아침입니다. 점장님."

"좋은 아침입니다."

후쿠이의 옆에 있던 신입 아르바이트생 니시나 아유미도 히야마에게 시선을 향하고는 딱딱한 미소로 인사했다.

"좋은 아침."

히야마는 밝게 대답하고 긴장한 채 계산대 앞에 서 있는 아유미에게 다가갔다.

"어때, 좀 익숙해졌나?"

"네. 으음……. 하지만……."

아유미는 시선을 깔면서 대답했다. 메모지와 볼펜을 들고 있는 점을 보아 후쿠이의 업무 설명을 메모하고 있었나 보다.

"일은 천천히 배워 가면 돼. 가장 중요한 건 스태프들과 빨리 친해지는 거겠지."

히야마는 아유미의 긴장을 풀어 주기 위해 다정하게 말한 뒤, 계산대에서 사무소 열쇠를 꺼내 들고 싱크대 쪽의 아르바이트생 스즈키 유코에게도 말을 걸었다.

"스즈키 씨. 니시나 씨와 동갑이니까 잘 부탁해."

유코가 졸린 얼굴로 건성으로 대답했다.

깊은 파란색을 기본 색조로 한 실내에는 곳곳에 관엽식물을 배치하고 벽을 따라 편한 가죽 소파와 의자를 뒀다. 이 오오미야 점은 전국 150점포를 둔 브로드카페의 체인점 중에서도 특히 여유 있는 구조다. 히야마는 화장실 맞은편에 있는 사무실의 문을 열었다.

 브로드카페는 뉴욕 브로드웨이에서 건너 온 셀프서비스 커피숍이다. 200엔 조금 넘는 가격으로 제대로 된 커피 맛을 맛볼 수 있는데다 멋을 추구하는 젊은이들을 자극하는 다양한 토핑으로 눈 깜짝할 사이에 미국 전체에서 인기 있는 커피 체인이 되었다. 자유의 여신상 로고가 박힌 컵이나 간판이 할리우드 영화의 장면 속에 곧잘 보이게 되자 유행에 민감한 일본의 젊은이들 사이에서도 화제가 되어, 10년 전에 문을 연 다이칸야마 1호점을 시작으로 일본에서도 금세 전국 150점포에까지 확대되었다.

 히야마는 9년 전에 브로드카페의 일본 지사와 프랜차이즈 계약을 맺었다. 대학을 졸업하고 금방이었다. 지사 본부에서 점장 연수를 받은 뒤, 직접 발로 뛰며 가게를 낼 장소를 찾고 가게 시공도 와서 지켜봤다. 준비에 1년 가까운 시간이 걸렸으나 스물네 살이 되기 전에 개점에 이르렀다.

 오오미야점은 번화가에서 조금 떨어져 있긴 하지만 평일에는 주변 사무용 빌딩의 회사원들이 방문하고, 주말이 되면 걸어서 10분 거리에 있는 히카와 신사나 오오미야 공원에 놀러가는 가족들로 꽤 성황이었다. 그러나 비 오는 날은 참담했다.

 노크 소리가 나고 쟁반을 든 후쿠이가 들어왔다.

 "휴식 들어가겠습니다."

 사무실에서 아르바이트 시간표를 짜던 히야마가 수고한다고 말을 걸자, 후쿠이는 손에 들고 있던 쟁반을 탁상에 내려놓고 컵 하나를 히야마에게 건넸다.

 "니시나 씨는 어때?"

히야마는 커피를 한 모금 마신 뒤 샌드위치를 먹는 후쿠이에게 물었다.
"문제없습니다. 일을 설명하면 착실하게 메모하는 데다 듣고 기억하는 것도 빨라요."
"그렇군. 하지만 표정이 좀 딱딱하지 않아?"
2주일 된 니시나 아유미는 히야마를 대할 때는 아직껏 표정이 딱딱했다.
"그런가요? 처음 하는 아르바이트라 긴장되나 보죠."
히야마는 고개를 끄덕였다. 하긴 아르바이트생끼리 이야기할 때는 귀여운 웃음을 보인다. 접객업은 웃는 얼굴이 제일 중요하다. 어서 일에 익숙해져서 항상 그런 웃음을 보여 주게 되면 좋겠는데.
"문제없습니다."
샌드위치를 다 먹은 후쿠이가 가슴을 펴면서 말했다.

손님이 찾아온 것은 2시 30분이 지났을 무렵이었다. 오후의 바쁜 시간대가 지나가고 아르바이트생들을 순서대로 쉬게 한 뒤, 그제야 히야마도 늦은 점심 식사를 하려던 때였다.
후쿠이가 카운터 뒤에서 내선 전화로 알려 왔다.
"점장님께 손님입니다."
히야마는 누굴까 생각하면서 먹던 도시락에 뚜껑을 덮고 사무실을 나왔다. 플로어를 걸어가는데 계산대 앞에서 양복 차림의 두 남자가 아유미에게 주문을 하고 있는 게 보였다.

키 큰 젊은 남자는 아무 거나 좋다는 표정으로 서 있었으나, 백발이 희끗희끗한 중년 남자는 메뉴를 쳐다보며 아유미에게 여러 가지 질문을 하고 있는 것 같았다.

젊은 남자가 히야마를 알아보고 중년 남자의 등을 두드렸다. 중년 남자가 고개를 돌려 히야마를 봤다.

남자의 얼굴을 본 히야마는 가슴에 한 조각 아픔을 느끼고 멈춰 섰다.

젊은 남자가 히야마를 견제하는 눈초리로 재킷 앞주머니에서 뭔가를 꺼내려고 했으나 중년 남자는 그것을 손으로 제지하며 말했다.

"오랜만입니다."

히야마는 의식 끝으로 간신히 쫓아 보냈던 기억을 천천히 끌어당겼다.

"사이타마 현경의……."

히야마가 겨우 입을 열자 계산대에 서 있던 아유미가 눈을 휘둥그레 뜨고 눈앞의 중년 남자를 쳐다봤다.

"사에구사입니다. 이쪽은 오오미야 서의 나가오카입니다. 바쁘신 중에 느닷없이 죄송합니다."

사에구사 도시유키는 싱긋 미소 지었다.

사에구사의 부드러운 시선에 다소는 응하려고 생각했으나 뇌리에 찾아드는 기억이 전부 가슴 아픈 것뿐이라 무의식 중에 표정을 일그러뜨린 모양이다.

"아니, 잠깐 이 근처를 지나던 차에 어떻게 지내시나 싶어서. 괜찮으시면 잠시 이야기라도 어떻습니까?"

불쾌한 기억의 원흉이 자기라는 걸 자각하고 있는 건지 사에구사는 미안한 듯한 투로 말했다. 사람 좋은 중년 남자가 모처럼 찾아온 것을 무턱대고 쫓아내는 것도 내키지 않는 일이었다.

"네, 좋습니다."

히야마의 대답에 사에구사는 다시 계산대에 선 아유미를 향했다.

"그럼 그냥 커피 한 잔과, 나는 아까 아가씨가 맛있다고 한 캐러멜 바닐라 카푸치노라는 걸 하나."

"대접하겠습니다."

히야마는 아유미에게 커피값은 받지 않아도 된다고 눈짓했다.

"아닙니다, 괜찮습니다."

사에구사는 우왕좌왕하는 아유미에게 억지로 돈을 쥐어 주고 컵을 올린 쟁반을 나가오카에게 들려서 플로어 안으로 성큼성큼 걸어갔다.

한산한 가게 구석 쪽, 관엽식물이 주위의 시선을 가려 주는 자리를 골라 사에구사와 나가오카가 나란히 앉았다. 히야마는 두 사람의 앞에 앉았다.

"그 뒤로 어떠십니까?"

히야마가 커피를 마시고 한숨 돌린 틈을 타 사에구사가 온화한 웃음을 보이며 물었다.

"되는 대로 지내고 있습니다."

그 뒤의 생활은 도저히 간단하게 설명할 수 없었으나 사에구사의 마음 씀씀이에 응하고자 살짝 웃음을 지었다.

"그렇군요. 조금 안심했습니다."

사에구사는 그렇게 말하더니 컵에 얹힌 크림을 스푼으로 떠 핥으면서 미소를 지었다.

"맛있네요."

옆에 앉은 나가오카는 딱딱한 표정 그대로, 일이라서 어쩔 수 없다는 듯 커피를 마시고 있었다.

꽤나 흰머리가 늘었군. 가까이에서 사에구사를 뜯어본 히야마는 4년이라는 세월을 다시금 실감했다. 거기다 얼굴의 주름도 왠지 깊어진 것 같다.

그도 그럴 것이다. 눈앞의 이 남자는 항상 범죄 피해자의 한이나 가족의 통곡을 보면서 지내야 하니까. 지금까지 대체 얼마만큼의 피와 눈물을 봐 왔을까. 그 사건은 히야마에게 있어서는 평생에 한 번 꿀까 말까 한 악몽이었다. 그러나 이 남자에게 있어서는 매일 되풀이되는 현실인 것이다. 그런 시간을 보내야 하는 것은 아무리 일이라고는 하나 역시 고통스러울 것이다. 지금은 그런 생각을 할 여유도 조금 생겼다.

자신은 이 남자에게 감사나 제대로 한 적이 있을까. 그런 당연한 것에도 생각이 미치지 못했을 만큼, 그 무렵 히야마는 분노와 증오로 미치도록 흥분한 상태였다.

"그러고 보니 따님은 지금 몇 살이지요? 뭐였더라, 이름이."

"마나미입니다. 네 살이 되었습니다."

"그렇지, 마나미. 뭐 별다른 일은 없습니까? 후유증 같은 건?"

"아뇨, 덕분에 건강합니다. 지금은 보육원의 보육사 선생님을 비롯한 좋은 분들 틈에서 무럭무럭 자라고 있습니다."

"그렇습니까, 그거 참 다행입니다. 사건이 있고서 저는 그 점이 가장 걱정이었답니다. 물론 히야마 씨의 좌절도 상당하셨겠지만, 따님이 있는 한 히야마 씨는 반드시 다시 설 수 있을 거라고 생각했습니다."

"감사합니다."

히야마는 진심으로 그렇게 말했다. 사에구사에게 있어서 히야마는 매일 일어나는 사건, 매일처럼 상대하는 피해자 중 한 명에 지나지 않을 텐데도 거기까지 신경 써 주고 있었다는 것이 기뻤다.

"그런데 이 가게는 몇 시까지 영업합니까?"

갑자기 사에구사가 화제를 바꿨다.

"8시까지 합니다."

"그럼 8시가 되면 히야마 씨는 바로 귀가하시는 거군요."

"천만에요. 그 뒤 아르바이트생들과 함께 청소를 시작해서 8시 30분쯤 끝납니다. 그러고는 매상 계산을 하고, 매일의 보고서를 쓰고, 본부에 식재 발주를 하느라 결국 가게를 나서는 건 9시 30분을 넘겨섭니다. 그 후에 보육원에 딸을 데리러 갑니다."

"매상 계산이나 발주는 히야마 씨 혼자서 하십니까?"

"네. 지금은 달리 사원이 없어서요. 종일 일하는 아르바이트생도 할 수 있기는 한데, 그에게는 개점 시간대를 맡겨 둬서요. 쉬는 날이 아닐 때는 항상 제가 혼자서 하고 있습니다."

"힘드시겠군요. 그럼 8시 30분이 지나면 히야마 씨는 가게에 혼자 계신 겁니까?"

"네."

고개를 끄덕인 히야마의 가슴 속에 서서히 묘한 감정이 일기 시작했다. 그 위화감이 어디에서 오는 것인가. 히야마는 두 사람의 낌새를 조심스레 살폈다. 그리고 보면 옆에 앉은 나가오카가 아까까지 보였던 무관심한 눈치와 달리 몸을 조금 앞으로 숙이고 있는 것 같았다.
"오오미야 공원에는 자주 가십니까?"
사에구사가 다시 화제를 바꿨다.
"네."
히야마는 간단하게 대답했다.
오오미야 공원은 이 가게에서 걸어서 약 10분 거리에 있는 현립 공원이다. 히카와 신사 뒤에 펼쳐진 넓은 부지에 보트를 탈 수 있는 못이나 작은 동물원이 있고 옆에는 축구장과 야구장이 병설되어 있었다. 사이타마현 내에서도 손꼽는 꽃놀이 명소라서 봄이 되면 수많은 관광객들로 붐빈다. 히야마도 맑은 날에는 마나미를 데려다가 함께 점심을 먹곤 했다.
"실은 어젯밤에 오오미야 공원에서 살인사건이 일어나서 말입니다."
사에구사의 얼굴에서 지금까지의 온화했던 표정은 어디론가 사라지고 험악한 표정이 되었다.
"살인사건?"
히야마는 사에구사를 쳐다보면서 되물었다.
"네. 그래서 오늘은 이 주변에서 쭉 탐문수색을 하고 있다 이겁니다."
사에구사의 시선이 히야마에게서 떨어지지 않았다. 떠도는 이야기를 남몰래 가르쳐 주는 이웃 주부처럼, 친근함을 가장해 히야마의 반응을 기대하는 눈이었다.

그러고 보니 어젯밤, 가게를 닫고 야간금고에 매상금을 가져가는 도중에 요란한 사이렌 소리가 울려 퍼졌던 것이 생각났다.
"아아, 그게 그거였군요."
"무슨 일이 있었습니까?"
사에구사가 몸을 내밀며 묻기에 히야마는 야간금고에 갔을 때의 이야기를 했다.
"그게 몇 시쯤이었습니까?"
"10시 조금 전으로 기억합니다."
"그때 히야마 씨는 혼자 계셨습니까?"
"네."
질문의 취지를 알지 못하고 미심쩍게 여기면서 대답했으나, 사에구사는 개의치 않고 말을 이었다.
"피해자는 9시 45분경 순찰을 돌던 공원 관리소 직원에게 발견되었는데, 경동맥을 나이프로 베인 데 따른 다량 출혈로 이미 사망한 상태였습니다. 8시 30분에도 공원 직원이 순찰을 나갔는데 그때는 피해자의 모습을 보지 못했다고 증언하고 있습니다. 아마도 피해자는 8시 30분에서 9시 45분 사이에 살해당한 것으로 생각됩니다."
히야마에게 상상하고 싶지 않은 참상을 일부러 환기시키는 듯한 말투였다. 비관계자인 자신에게 이렇게 열심히 이야기하는 이유가 무엇일까. 히야마는 갈수록 집요하게 얽혀드는 사에구사의 시선에서 이게 단순한 잡담이 아니라는 것을 느끼기 시작하고 있었다.
히야마의 시선이 의심스럽게 바뀐 것을 깨달았는지 사에구사는 카푸치노를 마시며 숨을 돌리고 천천히 말을 꺼냈다.

"살해당한 것은 사와무라 가즈야였습니다."

"네?"

히야마의 반응을 보고, 순간 나가오카와 얼굴을 마주본 사에구사가 이번에는 천천히 말했다.

"소년B라고 하는 편이 감이 오실까요?"

그 말이 히야마의 뇌리에 선명하게 울렸다.

"소년B가 죽었다?"

"살해당한 겁니다."

사에구사는 히야마의 눈을 똑똑히 주시하며 관찰하고 있었다.

히야마는 그 말의 의미를 마음속으로 얼마동안 반추해 보고, 겨우 그들이 찾아온 이유를 이해했다. 계속 속고 있었다. 눈앞의 친근한 표정에. 마나미를 걱정하는 말에. 그들은 그저 히야마의 알리바이를 확인하러 온 것뿐이었다.

"그러고 보니 소년의 이름은 모르셨습니까?"

"사건 당시에는 몰랐습니다."

히야마는 가슴에 치밀어 오르는 당시의 분노를 다시 불태웠다.

"경찰에서도 자세한 정보는 아무것도 안 가르쳐 줬지 않습니까. 가정재판소도 아무것도 가르쳐 주지 않았습니다. 소년법이 개정된 후에야 그들의 이름을 처음으로 알았습니다."

2001년 4월에 개정소년법이 시행되고, 거기서 처음으로 '피해자 등에 의한 기록의 열람 및 등사'라는 조항이 더해졌다. 다시 말해 그 이전에는 '죄를 범한 소년들의 건전한 육성과 보호'라는 소년법의 취지 아래 소년법의 개인정보가 굳게 보호되어, 대다수의 피해자와 그 가족은 사건의 상세 내용은 물론 가해자들의 이름 및 신상을 알 수 없었던 것이다.

형사가 여기 왔다는 것은 히야마가 소년법 개정 후에 그 소년들에 대한 기록 열람을 신청한 것을 경찰이 이미 파악하고 있다는 말이리라.

눈앞의 두 형사는 히야마를 빤히 주시하고 있었다.

소년B가 살해당했다.

그 소식을 들어도 아무 느낌도 들지 않았다. 기쁨도 없고 슬픔도 없으며 동정도 없었다. 다만 머리 한구석으로 냉정한 사고가 움직였다. 경찰은 자신을 의심하고 있다. 당연하다. 히야마는 그 소년을 증오하고 있었다. 히야마에게는 그 소년을 죽이고 싶어 하는 강한 동기가 있는 것이다. 게다가 히야마에게 알리바이가 없는 시간에 이 근처에서 살해당했다고 한다.

그나마 가슴 아프다는 표정이라도 짓자는 마음에서 그의 죽음을 상상해 보려고 했다. 그러나 그것도 불가능했다. 히야마는 그가 어떤 소년이었는지도 몰랐기 때문이다.

사에구사는 말없는 히야마를 한참 쳐다보면서 카푸치노를 다 마시더니 나가오카를 재촉해 일어섰다.

"실례가 많았습니다. 여기 커피는 참 맛있군요. 또 들르도록 하겠습니다."

가게를 나가는 사에구사 일행을 넋을 놓고 쳐다보던 히야마의 귀에 음울한 리듬이 들렸다. 아직 낮임에도 불구하고 무겁게 깔린 회색 구름에서 뚝뚝 떨어지는 빗소리가.

사에구사 일행이 돌아간 후에도 히야마의 욱신거리는 가슴은 낫지 않았다. 아니, 시간이 지날수록 그 욱신거림은 더욱 세져서 참을 수 없는 아픔을 동반했다.

사무소에서 괴로워하고만 있기도 힘이 들어 카운터에 서서 손님의 주문을 받아 봤으나, 일에 집중하려고 해도 그때의 기억이 히야마의 가슴으로 격류가 되어 쏟아져 들어왔다.

간신히 몇 시간을 보내고 청소를 끝낸 아르바이트생들을 돌려보낸 뒤 가게 셔터를 내린 히야마는 무너져 내리듯이 의자에 걸터앉았다.

간접조명뿐인 어슴푸레한 가게 안에서 담배에 불을 붙였다.

과민해진 신경에 니코틴이 스며들었다. 방심하면 억누르고 있던 기억이 넘쳐 나올 것 같았지만, 지금은 끝없이 넘쳐나는 기억에 저항할 만큼의 기력도 없었다.

히야마의 안에는 언제나 두 개의 시간이 존재하고 있다. 그 사건 때에 멈춰 버린 시간과, 그 후로 3년 6개월간 살아가지 않으면 안 됐던 시간이다. 히야마는 언제나 이 두 개의 시간축 사이를 오가고 있다. 멈춰버린 시간은 아무리 세월이 흘러도 결코 과거가 되지 않고, 언제든 빛바래지 않고 선명하게 그때의 기억을 불러일으키는 것이다.

2

하얀 천을 걷고 쇼코의 얼굴을 봐도 조금도 현실감이 들지 않았다. 눈을 감은 쇼코는 어떻게 봐도 밀랍 인형처럼밖에 보이지 않아서, 오늘 아침까지 히야마가 보고 있었던 쇼코라고는 도저히 믿을 수가 없었다.

히야마는 천천히 쇼코의 뺨을 집게손가락으로 쓸어내렸다. 닿은 손끝에는 그날 아침 출근 전에 같은 자리에 입 맞추면서 느꼈던 온기도, 탄력도, 촉촉함도 없었다. 역시 그렇다. 단단하고 퍼석퍼석하고 차가운, 단순한 인형인 것이다. 히야마는 억지로 자신에게 되뇌었다.

영안실을 나온 히야마는 복도에 놓인 벤치에 축 늘어진 장모 마에다 스미코와, 그녀에게 안겨있는 아기를 보고 달려갔다. 스미코의 팔에 안긴 마나미는 잠이 들어 있었다. 살며시 마나미의 뺨을 만지자 실룩실룩 맥박 치는 피부의 온기가 느껴졌다.

복도에 서 있던 남자가 히야마에게 다가왔다. 우라와서의 형사라고 밝힌 그 남자가 사건의 경위를 설명했다.

오후 1시경, 히야마가 살던 맨션의 옆집 주부가 장을 보고 돌아왔을 때, 히야마의 집에서 마나미의 울음소리가 들려왔다. 보통은 마나미가 울기 시작하면 쇼코가 곧 어르는데, 그때는 한참을 기다려도 마나미의 울음소리가 그치지 않았다. 수상하게 생각한 옆집 주부가 초인종을 계속 눌렀지만 응답이 없었다고 한다. 평소부터 쇼코와 친했던 주부는 쇼코가 어디 아파 쓰러져 있는 건 아닌가 걱정이 되어 문고리를 돌려봤다고 한다. 자물쇠는 열려 있었다. 안에 들어가 보자 쇼코가 방에 놓인 아기침대를 몸으로 덮은 채 엎어져 있었다. 변이 생겼음을 직감한 그녀가 쇼코에게 달려갔으나, 쇼코는 목에서 대량의 피를 흘리고 아기침대 안에 얼굴을 축 늘어뜨린 채 숨을 거둔 상태였다는 것이다.

형사의 설명을 듣는 동안에도 그건 마치 친구에게서 듣는 텔레비전 드라마 줄거리처럼 히야마의 귀를 한 쪽에서 한 쪽으로 빠져나갔다. 히야마는 곁에서 형사의 이야기를 듣고 있던 스미코를 봤다. 스미코도 딸의 죽음을 받아들이지 못하고 망연자실한 표정을 짓고 있었다.

갑자기 마나미가 큰 소리로 울음을 터뜨리면서 그는 비로소 현실로 돌아왔다. 마나미의 세찬 울음소리에 스미코도 자기 품으로 시선을 향했다.

"아이가 배가 고픈 것 같은데 우유 먹이고 오겠네."

스미코는 공허한 눈으로 히야마를 쳐다보더니 마나미를 안고 느릿느릿 그 자리를 떠났다.

땅거미가 드리우기 시작하고, 반대쪽 차선을 가는 헤드라이트의 불빛이 뒷좌석에 앉은 히야마의 음울한 얼굴을 차창에 비췄다.

"내키시지 않겠지만 범인의 조기 체포를 위해 협력을 부탁드립니다."

히야마의 표정을 훔쳐본 건지 옆에 앉은 형사가 말했다.

히야마는 경찰의 요청으로 도난 피해를 확인하기 위해 형사들과 맨션에 돌아가게 되었다. 내키고 말고가 없었다. 히야마는 현실조차 인식하지 못하고 있었다. 마나미의 옷에 묻은 핏자국을 보고 그저 아이가 갈아입을 옷을 가지러 가야 한다는 막연한 생각만으로 경찰차에 올라탔다. 마나미는 얼마 동안 사카도에 있는 스미코의 집에 맡기기로 했다.

기타우라와의 눈에 익은 거리가 보이기 시작했다. 평소라면 조금이라도 빨리 집에 돌아가기 위해 종종걸음으로 지나치던 풍경을 보면서, 지금 이대로 시간이 멈춰 줬으면 좋겠다고 바랐다. 그 바람도 보람 없이, 마음의 준비도 하지 못한 사이에 경찰차는 히야마의 맨션에 도착했다.

조용한 주택가 한 구획이 휘황찬란한 조명과 소음으로 요란스러웠다. 맨션 앞에 선 몇 대의 경찰 차량과 그 주위를 에워싼 군중들이었다.

히야마가 양 옆으로 형사의 보호를 받으며 맨션에 들어서는 앞으로 몇 명의 경찰 관계자가 오가고 있었다. 그 가운데 조사원들에게 지시를 내리고 있는 중년 남자에게 시선이 갔다. 중년 남자는 히야마를 보고 다가왔다. 40대 중반 정도일까. 온화한 얼굴과 그 얼굴에 어울리지 않는 예리한 안광이 인상적이었다.

"히야마 다카시 씨죠? 저는 사이타마 현경의 사에구사라고 합니다. 히야마 씨의 괴로움은 짐작하고도 남습니다. 저희들도 범인 체포에 전력을 다하겠으니 협력을 부탁드립니다."

히야마의 집은 1층 모서리에 붙은 107호실이다. 사에구사의 재촉을 받아 현관에 들어갔다. 들어가면 바로 합쳐서 6평 정도 되는 주방과 거실이 있고, 그 안쪽에 3평짜리 방이 두 개 있다. 하나는 히야마와 쇼코의 침실이고 나머지 하나에는 마나미의 아기 침대가 놓여 있었다. 옆에는 작은 침대 겸용 소파가 있어서 쇼코는 곧잘 거기서 마나미를 보면서 자곤 했다.

방에는 아직 형사 몇 명과 감식관으로 보이는 사람이 남아 있었다. 감식 작업은 거의 끝난 듯, 여기저기에 지문을 채취한 자국이 보인다.

"나중에 히야마 씨의 지문도 채취하겠습니다."

사에구사가 죄송스럽다는 투로 말했다. 아마도 범인의 지문과 구별하기 위해 필요한 것이리라.

히야마는 집에 들어왔을 때부터 느꼈던 지독히도 고약한 냄새에 이끌려 아기침대가 있는 방으로 시선을 향했다. 방을 보고 시간의 감각을 잃었다. 석양이 방의 벽을 주황색으로 비추고 있다고 생각한 순간, 히야마는 온몸의 피가 경종을 울리며 역류하는 것을 느꼈다. 오한이 전신을 치달았다.

후들거리는 다리로 천천히 방에 들어가자 그때까지 엄격한 표정으로 현장 검증을 하던 조사원들이 뿔뿔이 흩어져 머뭇머뭇 히야마를 지켜봤다.

히야마는 천장에 매단 오르골 모빌을 올려다봤다. 귀여운 곰 캐릭터에 피가 날아가 묻었다. 그대로 천장을 올려다보자 사방에 못 보던 얼룩이 퍼져서 형광등 커버를 붉게 발광시키고 있었다. 천천히 고개를 숙이자 아기침대의 시트에 피 웅덩이가 생겨나 있었다. 대량의 피를 빨아들인 침대 매트에서 방울져 떨어진 혈흔이 융단에까지 배어들었다.

그 참상을 눈앞에 두고 히야마는 순식간에 얼어붙었다. 몸을 에는 듯한 아픔이 엄습해 왔다.

쇼코는 이 아기침대를 몸으로 덮고 죽어 있었다. 아기침대에서 자는 자기 자식을 보면서 숨이 끊어진 것이다. 한편 마나미는 도망칠 수 없는 목책 안에서 흘러 떨어지는 어머니의 피에 젖어 그 작은 눈동자로 어머니의 단말마를 올려다보고 있었던 것이다.

갑자기 치밀어 오른 구역질을 참을 수가 없어서 창문을 열고 테라스에 얼굴을 내밀었다. 뜰에 깔린 잔디의 향기가 살랑거리는 바람을 타고 콧구멍으로 흘러든다. 히야마는 그 자리에서 몇 번인가 심호흡을 반복했다.

"부디 마음을 단단히……."

뒤에서 사에구사가 조심스레 말을 걸어왔다.

히야마는 고개를 작게 끄덕였다. 새어나온 빛에 비춰진 잔디를 쳐다보면서 가슴속에 아까와는 다른 감정이 싹트는 것을 느꼈다. 증오다. 범인에 대한 표현할 길 없는 증오가 끓어 올라왔다.

히야마는 마음을 추스르고 방으로 시선을 되돌렸다.

사에구사의 요청에 히야마는 재빠르게 옷장 안을 확인했다. 시선을 옷장에 집중시키고 1초라도 빨리 이곳을 떠나고 싶다는 마음뿐이었다. 옷장의 서랍은 뒤진 흔적이 보였으나 히야마의 통장 등은 고스란히 남아 있었다.

"바닥에 부인의 것으로 여겨지는 지갑이 떨어져 있었습니다. 잔돈밖에 들어 있지 않았던 것을 보아 범인은 지갑에서 지폐만 훔쳤나 봅니다. 범인은 상당히 초조했던 모양입니다. 아기 우는 소리에 애가 탄 건가."

히야마는 사에구사의 말에 쇼코가 아기침대를 몸으로 덮고 죽어 있었던 이유를 알았다. 쇼코는 범인의 손에서 마나미를 지키려고 했던 것이 아닐까. 죽기 직전에서도 쇼코가 생각한 것은 자기 자식뿐이었던 것이다. 히야마는 세찬 자책감에 사로잡혔다. 쇼코와 마나미가 위험에 처했을 때 자신은 뭘 하고 있었던 건가. 평소처럼 가게에서 손님을 보고, 웃으면서 커피를 내놓고, 아르바이트생들과 시시한 잡담을 나누고 있었다. 가족을 지키기 위해 일을 해 온 건데, 결국 가족을 지키지 못한 자신의 무력함을 통감했다.

히야마는 분한 마음을 곱씹으면서 다른 서랍을 열었다. 거기에는 쇼코가 쓰는 자질구레한 물건들이 들어 있다. 수첩과 쇼코 앞으로 온 편지 종류에 섞여 쇼코의 통장이 보였다.

히야마는 자신도 처음 보는 쇼코의 통장을 꺼냈다.

"부인의 통장입니까?"

사에구사의 질문에 히야마는 고개를 끄덕였다.

"일단 안을 확인해 주십시오"

통장을 든 채 주저하는 히야마에게 사에구사가 청했다.

히야마는 통장을 넘겨 봤다. 거기에는 쇼코의 역사가 작은 활자로 새겨져 있었다.

제일 처음 입금은 1995년 8월 25일, 브로드카페 오오미야점 명의의 급료 송금이다. 쇼코는 야간 고등학교 1학년 때에 브로드카페의 개점 스태프로 아르바이트를 시작했다. 아침부터 학교가 시작되는 저녁까지 일주일에 6일을 브로드카페에서 일했는데 그 급료의 대부분을 이렇게 저금하고 있었던 것이다. 고등학교를 졸업하고 퇴직하는 3년 반 가량 사이에 매월 12만 엔 정도의 예금이 규칙적으로 늘어서 최종적으로는 510만 엔이 넘는 큰 돈이 되어 있었다.

예상 이상의 금액을 보고 히야마는 쇼코의 고교생활을 생각해 봤다. 제일 놀고 싶은 시기일 고교 시대에 거의 놀지도, 예쁜 옷도 사 입지 않고 오로지 일만 하며 자신의 꿈인 간호사가 되기 위한 공부에 힘썼다. 그런 쇼코의 인생은 고작 돈을 얻기 위해 사람을 죽이는 짐승만도 못한 누군가에 의해 지워지고 말았다. 쇼코의 인생은 겨우 20년만에 누군가에 의해 빼앗기고 만 것이다.

히야마는 통장의 마지막 줄에서 눈을 멈췄다.

지금으로부터 1개월 반 전인 8월 20일, 겨우 몇 백 엔을 남기고 510만 엔이나 되는 큰 돈이 인출되어 있었다.

"무슨 이상이라도 있습니까?"

히야마의 표정을 읽었는지 사에구사가 물었다.

히야마는 쇼코에게 이런 예금이 있는 것도 몰랐고, 이런 큰돈을 어디에 쓴 건지도 짐작이 가지 않았다. 그 사실을 사에구사에게 이야기했다.

히야마의 이야기를 듣고 사에구사의 눈빛이 더욱 예리해졌다.

"잠깐 봐도 되겠습니까?"

사에구사는 히야마에게서 통장을 받아들더니 실내에 있던 다른 조사관에게로 걸어갔다.

히야마는 서랍 안으로 시선을 되돌렸다. 그 순간, 참던 눈물이 넘쳐 나왔다. 서랍 구석에 빨간색 리본으로 예쁘게 묶인, 자기가 옛날 쇼코에게 보낸 연애편지를 발견하고 히야마는 필사적으로 그 무렵의 자신과 쇼코를 떠올리려고 했다.

지금 눈앞에 있는 현실에서 도망치고 싶었다.

슬픔에 잠길 틈도 없이 사건 이틀 후에는 기타우라와의 장례식장에서 쇼코를 보내는 밤샘이 있었다. 양가 모두 친척이 거의 없는 쓸쓸한 분위기였으나 쇼코의 야간 고등학교 시절 동급생이나 브로드카페의 아르바이트생들이 달려와 주었다.

쇼코는 오오미야에서 고등학교를 다녔던 관계로 동급생들도 곧잘 가게에 놀러 왔기 때문에 조문객의 대다수는 히야마가 아는 사람들이었다.

히야마는 조문객 한 사람 한 사람을 묵례로 맞았다. 너무나도 갑작스러운 비통한 사건에 분향을 마친 사람들도 히야마에게 어떻게 말을 걸어야 할지 모르는 눈치였다.

조문객들의 흐름이 멈췄다. 히야마는 제단으로 눈을 향했다. 제단 앞에 쇼코의 영정을 물끄러미 쳐다보면서 움직이지 않는 여성이 있었다.

쇼코와 비슷한 나이일까. 영정을 쳐다본 채로 우뚝 선 모습이었다. 어깨를 바들바들 떨면서 간신히 분향을 마쳤으나 하얀 피부가 더욱 창백해지는 것이 히야마의 눈에도 보였다.

여성은 오열을 참으며 히야마의 앞에 오더니 살짝 숙인 고개로 머리를 숙였다.

천천히 묵례로 답한 히야마와 시선을 마주친 여성은 지금까지 참고 있었던 게 무너진 것처럼 그 자리에서 울음을 터뜨리고 말았다. 자신의 눈물에 빠질 듯 괴로운 오열이 얼마 동안 이어졌다. 히야마는 어찌할 바 모르고 옆에 있는 스미코를 봤다.

스미코는 당장이라도 쓰러질 것 같은 피로한 빛이 얼굴 전체에 배어나 있었으나 그래도 힘없는 동작으로 여성의 어깨에 손을 얹었다. 그러고는 여성을 일으켜세워 조문객을 대접하는 방으로 안내했다.

히야마는 비틀비틀 걸어가는 스미코의 뒷모습을 보면서 어쨌든 그 자리에서만큼은 정신을 똑바로 차리고 있어야겠다고 생각했다. 그는 분향을 마친 조문객들에게 시선을 되돌리고 계속해서 묵례를 했다.

히야마는 슬픔을 이기며 마지막 조문객에 대한 인사를 마친 뒤 손님들이 모인 자리로 향했다.

남은 조문객들은 모두 하나같이 침통한 표정을 띠고 있었다. 쇼코의 동급생들이나 아르바이트 동료들은 모두 너무나도 일찍 찾아온 쇼코의 부당한 죽음에 가슴 아파하고 있었다. 쇼코를 잃은 슬픔 이상으로 쇼코를 죽인 범인에 대한 증오가 커서, 여기저기서 범인에 대한 증오의 말이 터져 나오고 있었다.

방에 충만한 살벌한 공기를 민감하게 느낀 건지, 구석 쪽에 놓인 아기침대에서 자고 있던 마나미가 큰 소리로 울기 시작했다. 그 울음소리는 여기 있는 사람들이 토해 내는 증오의 감정을 누구보다도 소리 높여 대변하고 있는 것처럼 들렸다. 조용해진 방에 마나미의 울음소리만이 얼마동안 울려 퍼졌다.

마나미의 울음소리가 신호가 된 건지 지금까지 슬픔을 참고 조문객들에게 인사를 하던 스미코가 끝내 견디지 못하고 오열하기 시작했다. 히야마는 아기침대를 쳐다보면서 꿈쩍도 할 수 없었다. 일어나서 마나미에게로 갈 기력이 없었던 것이다. 자신이야말로 이 자리에 엎드려 울고 싶었다.

그때, 방 한구석에 불안한 듯이 앉아 있던 아까 그 여성이 아기침대로 다가가서 마나미를 안고는 다정하게 어르기 시작했다. 히야마나 방에 있던 사람들은 잠자코 여성을 보고 있었다. 그러는 사이 마나미는 울음을 그치고 간지러운 웃음소리를 냈다. 마나미의 기분이 나아진 것을 계기로 히야마는 마지막 기력을 쥐어짜 일어나서 조문객들에게 인사를 하고 손님 접대를 마쳤다.

히야마는 마나미를 안아 주고 있던 여성의 곁으로 다가갔다.

"오늘은 정말 감사했습니다."

히야마의 말에 여성이 얼굴을 들었다. 마나미를 달래려고 필사적으로 웃음을 짓고 있었겠지만 눈은 새빨갛게 충혈되어 있었다.

"제 쪽이야말로 흉한 꼴을 보여 드려서 죄송했습니다."

"아뇨, 쇼코도 기뻐하고 있을 겁니다. 그렇게까지 마음을 써 주셔서."

여성의 품 안에서 마나미는 만족스러운 웃음을 띠고 히야마를 쳐다봤다.

"저보다 아이를 더 잘 보시네요."

"보육사 학교에 다니고 있거든요. 쇼코의 아이죠?"

히야마는 고개를 끄덕였다.

"이름이 뭔가요?"

"마나미입니다. 사랑 애(愛)에 열매 실(實), 사랑의 결실을 맺는다는 뜻입니다. 쇼코가 지었습니다."

여성은 히야마의 이야기를 듣고 입을 다물고 말았다.

"실례지만 쇼코와는 어떤 관계셨습니까?"

"인사가 늦어서 죄송합니다. 저는 하야카와 미유키라고 합니다."

거기서 말이 끊어졌다. 잠깐 곰곰이 생각하는 듯 보이더니 말을 이었다.

"……쇼코와는 중학교 시절 친구입니다. 얼마 동안 만나지 못했는데 어젯밤 뉴스로 사건에 대해 알고 가만히 있을 수가 없어졌어요. 꼭 조문을 가고 싶다는 생각에 경찰에 물어 이 장소를 듣고 온 겁니다."
"그러셨군요. 정말 감사합니다. 중학교 동급생이셨습니까?"
"아, 아뇨." 하고 하야카와 미유키는 당황하며 고개를 흔들었다. 그리고 옛날 일을 돌이켜 보는 것처럼 말을 이었다.
"같은 중학교는 아니었어요. 저는 도코로자와 시내의 중학교에 다녔습니다. 쇼코는 중학교 때는 분명 가미후쿠오카에 살았죠? 저희는 가와고에에 있는 같은 보습학원에 다녔어요. ……쇼코와는 학원이 끝난 뒤에 곧잘 둘이서 진로에 대한 고민이나 서로의 걱정거리를 이야기하곤 했답니다."
미유키는 기억을 불러 깨우는 것처럼 생각에 잠겨서 쇼코와의 추억을 이야기했다. 보습학원에서 안 사이라면 일주일에 며칠 정도의 짧은 교우였겠지만 학교에서 매일 얼굴을 마주하는 사이보다 의외로 친밀한 우정을 쌓을 수 있는 것인지도 모른다. 실제로 오늘 밤샘에 쇼코의 중학교 동급생은 한 명도 조문을 오지 않았다. 아까 본 그녀의 슬퍼하던 모습에서 두 사람이 상당히 친한 사이였으리란 걸 알 수 있었다.
괴로운 하루였으나 하야카와 미유키와의 만남은 히야마에게 작은 마음의 위안이 되었다. 자신이 모르는 쇼코를 아는 사람을 만났다는 것. 자신이 모르는 쇼코의 이야기를 들을 수 있었다는 것. 그리고 쇼코가 죽은 것을 깊이 슬퍼해 주는 사람이 한 명이라도 늘었다는 것에 말이다.

미유키는 다음 날 고별식에도 참석했다. 바쁘게 식의 진행에 쫓기는 히야마를 염려해 자진해서 일을 도와주거나 마나미를 돌봐 주었다.

쇼코의 유골은 49제까지 스미코네 집에 두기로 했다. 그 처참한 광경을 떠올리기만 해도 집에 돌아갈 기분이 들지 않았다. 스미코는 히야마에게 얼마 동안 자기 집에 있으라는 권유를 해 왔다. 장모 역시 외동딸을 잃은 지금은 손녀의 얼굴을 보는 것이 그나마 위안이리라고 히야마는 생각했다.

아직 생후 5개월인 마나미는 히야마와 스미코의 기분 따위는 상관없이 무슨 일만 있으면 울었다. 그러나 그런 자기표현이 오히려 쇼코를 잃은 슬픔으로 아무것도 손에 잡히지 않고 아무것도 생각하고 싶지 않은 두 사람의 멈추려는 태엽을 열심히 감아 주고 있는 것처럼 여겨지기도 했다.

사건에서 일주일 뒤인 10월 11일, 사이타마현경의 사에구사 형사와 기타우라와서의 서장이 오후 3시가 지나 사카도에 있는 스미코의 집을 찾아왔다. 오전 중에 전화로 방문한다는 연락을 받았던 히야마는 일단 저녁까지는 가게를 아르바이트생들에게 맡기고 형사들의 방문을 기다려 집에 있기로 했다. 수사의 진전 상황을 듣고 싶었던 것이다.

장례식 다음 날부터 그는 가게에 정상 출근을 했다. 집에 틀어박혀 있으면 사건 생각만 나서 미칠 것 같았기 때문이다. 아르바이트생들의 동정인지 당혹인지 모를 시선을 받으면서 지금까지 당연한 듯 흘러왔던 일상을 하루라도 빨리 되찾고자 필사적으로 평상심을 가장하고 있었다.

처음 하루 동안은 히야마의 일거수일투족에 신경 쓰던 아르바이트생들도 신경 쓰지 않는 것이 히야마를 위한 것이라는 걸 깨달은 듯, 서서히 평소대로 행동하게 되어 갔다. 일하는 중간에 어제 본 텔레비전의 화제를 꺼내거나 시시한 농담을 하기도 했다.

그런 하잘것없는 잡담 중간에도 몸을 웅크리고 싶어질 정도의 아픔이 가슴을 엄습해 왔다. 밤이 되어 혼자가 되면 그 아픔은 한층 더 심해져서, 가슴을 도려내는 것 같은 아픔과 괴로움에 하룻밤 내내 몸부림치며 수면제를 진통제 대신 삼아 간신히 버티는 나날이 이어졌다.

이 아픔은 아마도 평생 사라지지 않을 것이다. 결코 들어낼 수 없는 병소처럼 그날 일을 떠올릴 때마다 히야마의 가슴이 죄어들고, 난도질당하고, 서서히 괴사해 가는 게 느껴졌다. 앞으로 살아가지 않으면 안 되는 것일까. 그런 비관과 절망의 바닥에 있으면서도 마나미의 자는 얼굴을 보고 있을 때만은 '그래도 살아야 한다.'라고 강하게 마음을 다잡았다.

히야마는 아주 조금만이라도 이 절망을 완화시켜 줄 특효약을 바랐다. 그 특효약은 범인 체포 이외에는 없었다. 쇼코를 죽인 범인에게 그에 상응하는 죗값을 받게 하는 것만이 쇼코나 자신에게 있어 그나마 위로가 되리라고 생각했다. 형벌이 가벼운 일본에서 히야마가 만족할 수 있을 만큼의 응보를 주는 것은 도저히 불가능하겠지만, 그래도 자신의 분노나 증오의 창끝을 향할 구체적인 존재가 필요했다.

사에구사와 서장은 쇼코의 영정 앞에서 교대로 향을 올린 뒤 합장했다. 돌아본 두 사람은 좌탁 너머로 히야마와 마주하는 모습이 되었다.

스미코는 두 사람 앞에 차를 내온 뒤 바쁜 척 그 자리를 떠나려 했으나 사에구사가 불러 세웠다.

"어머님도 앉으십시오."

사에구사의 말에 스미코가 마지못해 히야마 옆에 앉았다. 쇼코를 잃은 괴로움을 생각나게 하는 것은 아무것도 보고 싶지도, 듣고 싶지도 않은 것이리라. 형사의 이야기를 들으면 싫어도 사건에 생각을 돌려야 하니까.

"지금 쇼코 씨에게도 말씀 올렸습니다만……."

사에구사는 쇼코의 영정을 돌아봤다가 쓸쓸한 표정으로 다시 히야마와 스미코를 쳐다보면서 말했다.

"범인이 잡혔습니다."

사에구사의 말을 듣고 움켜쥔 주먹이 덜덜 떨렸다. 겨우 듣게 된 그 말에 안도 비슷한 감정과 뱃속에서 다시 끓어오르는 증오가 한곳에 뒤섞여 몸속에 충만해 갔다. 감정의 진흙탕 속에서 필사적으로 뭔가를 잡아내려고 했으나 금방은 말이 나오지 않았다.

"드디어 체포되었군요."

히야마는 겨우 말을 끌어냈다.

"체포는 되지 않습니다."

사에구사는 유감스럽다는 표정으로 말했다.

히야마는 그 말의 뜻을 이해하지 못하고 사에구사를 응시했다.

"범인은 도코로자와 시내의 중학교에 다니는 중학교 1학년 남학생 세 명이었습니다. 쇼코 씨를 죽게 한 소년들은 모두 아직 13세인 것입니다."

13세의 중학생…….

히야마는 말을 잃었다. 사에구사의 얼굴을 멍하니 쳐다보면서 필사적으로 그 말의 의미를 곱씹어봤으나 쇼코가 살해당한 그 처참한 현장과 13세라는 말이 머릿속에서 아무리 해도 연결되지 않았다.

스미코도 사에구사의 말에 충격을 받은 것 같았다. 얼굴이 딱딱하게 굳어서 사에구사를 뚫어져라 쳐다보는 그녀는 굳은 표정 속에서 입술만이 바들바들 떨리고 있었다.

"13세 중학생이 쇼코를 죽였다는 말씀입니까?"

히야마는 시선을 사에구사에게 되돌리고 반신반의하는 마음에서 물었다.

"그렇습니다."

사에구사는 사실만을 담담하게 이야기하기 시작했다.

"전과자 중엔 사건 직후 현장에서 채취한 지문에 일치하는 사람이 없었습니다. 맨션 주변에서 쭉 탐문수사를 계속해 왔으나 유력한 목격 정보 역시 얻을 수 없었습니다. 다만 한 가지, 사건이 일어난 것으로 여겨지는 시간대에 맨션 뒤, 다시 말해 테라스 측에 난 골목 말입니다. 그 골목에서 캐치볼을 하는 소년들을 봤다는 인근 주민의 목격 정보를 얻었습니다. 그 소년들이 사건의 범인을 목격했을 가능성이 있다고 생각해 그들을 찾았지요. 그때 맨션 주변에서 범인의 유류품을 수색하던 조사원이 뒷골목 가장자리 배수로에서 교표 같은 것을 발견했습니다. 정확히 히야마 씨의 집 테라스에 면한 담 주변이었습니다. 그 교표를 단서로 도코로자와 시내의 중학교를 찾아가 본 결과, 1학년 같은 반 학생 세 명이 사건 당일에 나란히 결석했다는 것이 밝혀졌습니다. 곧 그 세 학생들에게 사정을 물었습니다. 사건 당시, 소년들이 정말로 현장 가까이에 있었는가 하는 것부터 한 명씩 이야기를 들어 봤습니다."

사에구사는 답답한 듯이 작게 숨을 토했다. 상의 주머니에서 손수건을 꺼내 이마의 땀을 닦았다.

히야마는 사에구사에게 고정시킨 시선에 초조함을 담았다.

"처음에는 세 명 다 그런 곳에는 가지 않았다고 시치미를 뗐습니다. 물론 학교를 빼먹은 것이니 좀처럼 사실을 말하기 힘들었겠죠. 그러나 한 소년에게 교표를 왜 달지 않았냐고 묻자, 순간 그 학생이 얼굴이 파랗게 질려서 몹시 두려워하더군요. 저는 그 모습을 보고 그것이 단순히 학교를 빼먹은 것을 들킨 두려움이 아니라고 직감했습니다. 그날은 어쨌든 철수했지만 오늘 아침부터 소년들을 서에 불러 다시 자세하게 사정을 들었습니다. 한 시간 정도 이야기를 하자 소년 중 하나가 울면서 자백하더군요. 또한 소년들의 지문과 히야마 씨 댁에 있었던 지문도 일치했기 때문에 아까 서 쪽에서 히야마 쇼코 씨를 살해했다고 하는 비행 사실을 아동상담소에 통고, 소년들을 보호 처분했습니다. 체포가 아니라 보호 처분입니다."

사에구사의 마지막 말은 꼭 안타까움을 토로하는 듯 포기가 섞인 절망적인 어조로 들렸다.

"보호 처분?"

히야마는 자신의 귀를 의심했다. 그 말이 잘 이해가 가지 않아 되물었다. 그러나 사에구사는 정정하지 않았다.

사에구사의 표정을 눈앞에 두고 온몸이 떨리기 시작했다. 억누르려고 했으나 멈출 수 없었다.

보호 처분, 비행 사실…….

농담이 아니다. 무엇보다도 소중한 쇼코를 잃은 히야마에게는 도저히 와 닿지 않는 그 말이 가슴 속에서 불타오르는 불꽃에 부어지는 기름이 되었다.

"히야마 씨는 형법 41조라는 것을 아십니까?"

사에구사가 말을 꺼냈다.

"모릅니다."

"형법 41조에는 '14세 미만인 자의 행위는 벌하지 않는다'라고 되어 있습니다."

히야마는 암담한 마음으로 사에구사를 응시했다.

"14세 미만의 소년은 형사책임능력이 없는 것입니다. 형벌 법령에 저촉되는 행위를 해도 범행을 저질렀다고는 할 수 없으므로 촉법소년이라고 불려 보호 수속의 대상이 됩니다."

"그런 말도 안 되는!"

히야마는 말투가 거칠어졌다. 눈을 감으면 눈꺼풀 뒤로 지금도 그 잔혹한 사건 현장이 선명히 떠올랐다. 그때 방에 충만했던 녹 냄새 같은 피비린내가 콧구멍의 점막에 들러붙어서 도저히 떨어지지 않았다.

"그게 범죄가 아니면 대체 뭐라는 겁니까!"

"히야마 씨의 마음은 통감합니다. 하지만 그것이 법률입니다."

히야마는 찌르듯이 사에구사를 노려봤다. 노려볼 상대가 틀렸다는 건 알고 있었다. 사에구사는 그 예리한 시선을 비끼지도 피하지도 않고 말을 이었다.

"수사 단계에서 범인이 14세 미만이라고 판명된 경우, 체포 등의 강제 수사는 불가능하게 됩니다. 유감이지만 수사본부도 내일 해산됩니다."

"그 소년들은 이제부터 어떻게 되는 겁니까?"

히야마는 분노에 부들부들 떨며 소리쳤다.

"어떤 벌도 받지 않고 아무 일도 없었던 것처럼 앞으로 살아가는 겁니까? 이 나라는 한정적으로라도 살인을 인정한다는 말입니까?"

사에구사는 번민의 표정을 띠고 침묵하고 있었다.

"범인이 극형에 처해진다고 쇼코가 돌아오는 건 아닙니다. 그런 건 잘 압니다. 하지만 사람을 죽여 놓고 벌은 받지 않는다는 게 웬 말입니까! 그 녀석들에게 벌이 내려지지 않을 거라면 쇼코를 돌려주십시오. 지금 당장 쇼코를 돌려달란 말입니다."

히야마는 몸을 내밀고 사에구사에게 호소했다.

"그건……."

사에구사는 히야마의 시선을 견디지 못하겠는지 살짝 고개를 수그렸다.

"쇼코는 이제 돌아오지 않습니다……."

히야마는 어깨를 축 늘어뜨렸다.

"쇼코를 죽인 그 녀석들이 벌을 받지 않는다. 그런 어처구니없는 일을 어떻게 납득하라는 겁니까?"

"이 다음부터는 아동상담소가 판단할 영역입니다. 아동상담소가 조사를 해서 소년들을 교화 시설에 입소시킬지, 아니면 가정재판소에 송치할지를 결정합니다. 이번 같은 중대 사안의 경우에는 아마도 가정재판소에 송치되어 소년재판에 회부되지 않을까요. 어느 쪽이든, 앞으로 행정기관이 소년들의 갱생을 향해 노력해 갈 겁니다."

히야마는 사에구사가 발한 갱생이라는 말을 침과 함께 내뱉어 버리고 싶었다. 내뱉지 못한 그 말은 무가치한 앙금이 되어 히야마의 가슴 속에 가라앉아 갔다.

"소년들이 갱생하면 그게 해결입니까?"

"히야마 씨의 마음이 얼마나 괴로운지는 잘 압니다."

"당신이 뭘 알아!"

"저희도 정말이지 납득이 가지 않습니다."

사에구사는 체념한 시선으로 히야마를 쳐다봤다.

"그러나 소년들이 자신들이 범한 죄를 반성하여 앞으로 갱생해 가는 것이 히야마 씨에게 있어서 조금이나마 위안이 되기를 바랄 뿐입니다. 유감스럽지만 지금의 저는 그 말밖에 할 수가 없습니다."

사에구사는 시선을 떨어뜨렸다.

"그 녀석들은 왜 쇼코를 죽인 겁니까?"

히야마의 말에 사에구사가 얼굴을 들었다.

"소년범 사건이라…… 너무 자세히는 이야기드릴 수 없지만."

사에구사의 어조는 분명치가 못했다.

"그저, 놀 돈이 필요해서 빈집털이를 하려고 히야마 씨의 집에 들어간 듯합니다. 거기에 있었던 쇼코 씨가 소년들을 보고 비명을 질러서, 커터나이프로 위협한다고 밀치락달치락 하는 사이에……."

히야마는 쇼코의 상반신에 있었던 무수한 칼자국과 잘린 경동맥을 떠올리고 격렬한 가슴 통증에 시달렸다.

"통장의 500만 엔은?"

"소년들은 모른다고 하고 있습니다. 세 사람의 집도 조사해 봤지만 그런 큰돈을 쓴 흔적은 보이지 않았습니다. 은행에서 조사해 본 결과, 쇼코 씨 스스로 인출한 것이 확인되었습니다. 소년들은 오락실에서 쓸 돈을 구하려고 이번 사건을 일으킨 것이므로 2개월 가까이 전에 인출된 그 돈은 이번 사건과는 관계가 없다는 것이 저희의 생각입니다. 반대로 히야마 씨나 어머님께선 무슨 짚이는 것 없습니까?"

히야마는 의아하게 생각하면서 스미코를 봤다. 쇼코의 통장에서 500만 엔이 넘는 큰돈이 인출되어 있었던 것은 사건 당일에 이야기했지만 스미코도 짚이는 바가 전혀 없다고 했다.

히야마의 시선에 스미코도 잠시 동안 쇼코가 인출한 큰돈의 행방을 생각해 보고 있었던 듯 하나, 그 이상으로 사에구사의 보고에 마음이 죄어든 건지 이내 시선을 떨어뜨렸다.

사에구사가 돌아간 후로도 히야마의 분노와 괴로움은 가라앉지 않았다.

쇼코를 죽인 13살 소년들…….

그들은 그 연령 탓에 벌을 받지 않는 것이다. 그리고 소년법이 가로막고 있어 히야마는 그들의 이름이나 얼굴을 알 수 없었다. 향할 곳 없는 분노가 히야마의 안에서 날뛰었다. 그 분노는 날이 갈수록 점점 더 거세졌다.

소년들이 보호 처분된 날을 경계로 히야마의 생활은 크게 변했다.

사건 발생 당초에는 작은 기사로만 다뤄졌던 쇼코의 사건이 그날 석간신문 1면기사로 대대적으로 보도되었다. 특히 형법으로 죄를 물을 수 없는 14세 미만의 흉악 범죄라는 큰 이슈와 함께 전국에 전해졌다.

소년들이 보호 처분된 날 저녁, 히야마나 스미코의 모습을 담으려 둘의 집에 수많은 매스컴이 밀어닥쳤다. 소년법에 의해 범인의 정보가 차단되자 매스컴은 피해자의 가족인 히야마나 스미코를 취재하려 기를 썼다.

히야마는 이어지는 취재 공세에 몸과 마음 모두 피폐해졌다. 매스컴의 무례한 질문 세례가 쇼코를 잃은 상처를 더욱 찢어발겼다. 개인 생활을 매일같이 흙발로 침범해 들어오는 매스컴을 무시하고 싶었으나 그럴 수도 없었다. 경찰에서도 가정재판소에서도 아무런 정보를 받을 수 없었던 히야마에게는 매스컴이 유일한 정보원이었던 것이다. 사건의 당사자인 히야마보다 까마득한 외부자인 기자들이 사건을 더 잘 알았다. 범행 당일 소년들의 행동을 히야마가 처음 안 것도 주간지 기사에서였다.

대낮의 참극 일주일 뒤의 충격

사이타마 현경은 10월 4일 음식점을 경영하는 히야마 다카시 씨(28) 집에서 부인 쇼코 씨(20)가 살해된 사건에 대하여 사정 청취 중의 소년들에게서 자백을 얻었다고 11일 발표했다.

수사 관계자들이 충격을 받은 것도 무리가 아니다. 자백한 소년들은 모두 중학교 1학년인 13세였던 것이다. 11일, 조사본부는 소년들의 비행 사실을 아동상담소에 통고, 세 명의 소년들을 보호 처분했다.

"사건을 일으킨 날 오전 중, 세 명은 도코로자와에 있는 오락실에서 놀고 있다가 돈이 떨어져서 빈집 털이를 하자고 생각했다는 진술입니다. 주택가를 물색하다가 이거다 하는 집을 찾아서 가까운 골목에서 캐치볼을 시작했습니다."

수사 관계자는 소년들이 운동용품점에서 구입한 공을 위장에 이용했다고 이야기했다.

"마당에 일부러 공을 던져 넣어 침입할 속셈이었습니다. 사람이 집에 있어서 발견되면 공이 들어갔다고 변명을 하려는 의도였던 것입니다. 그런데 맨션 1층에 있는 히야마 씨의 자택 담을 넘을 때 한 명이 교표를 떨어뜨렸습니다."

그러나 결국 집에 있었던 쇼코 씨와 맞닥뜨려 당황한 세 사람은 나이프로 쇼코 씨를 위협하면서 공격하게 된 모양이다. 앞의 수사 관계자는 또한 이렇게 말했다.

"쇼코 씨의 두 팔에는 방어했을 때에 생긴 상처가 다수 있어서 심하게 저항한 사실이 엿보입니다. 소년A는 서바이벌 나이프를 가지고 있었으며 소년B와 C도 공작용 대형 커터칼을 가지고 있었습니다. 넷이서 몸싸움을 벌이느라 쇼코 씨의 치명상이 된 경동맥의 부상을 누가 입힌 건지는 모르겠다고 이야기하고 있습니다."

어째서 13세의 소년이 서바이벌 나이프 등을 소지하고 있었을까? 소년들이 사는 지역주민이나 복수의 관계자에 의하면 A는 평소부터 행실이 나빠 곧잘 도둑질이나 금품 갈취를 일삼던 중 이미 한 번 보호 처분을 받은 적도 있다고 한다.

A는 서바이벌 나이프를 가지고 다니며 공갈 행위를 거듭하고 있었던 듯 하나 B와 C에게는 특별히 눈에 띄는 비행력도 없어 소년들이 다니는 중학교의 관계자는 이번 사건에 난색을 감추지 못했다.

"B와 C는 학교생활에서도 특별한 문제가 없는 성실한 학생이었습니다. 특히 C는 학년에서도 손꼽히는 우등생입니다. 얌전한 인상의 학생이었기 때문에 도저히 믿을 수가 없습니다."

같은 날 현경에서 보고를 받은 아동상담소는 소년들을 가정재판소에 송치, 관찰 조치를 당일 결정해 그들을 소년감별소로 이송했다. 그러나 필사적인 조사를 수행했던 사이타마 현경의 수사 관계자는 수사본부가 해산되는 날 이렇게 말하며 입술을 깨물었다.

"그들은 얼마 안 가 무죄 방면될 겁니다. 이 건은 이미 '사건'이 아니게 되었습니다. 분하지만 별 수 없습니다······."

이 유례 없이 잔혹한 범죄를 범한 소년들에게는 형사책임을 묻는 게 불가능하다. 13세인 그들은 형법 41조에 의해 '촉법소년'(형벌 법령에 저촉하는 행위를 한 14세 미만의 소년)으로 취급되어 소년법이나 아동복지법에 준하는 보호수속의 대상이 된다.

자식의 눈앞에서 부인의 생명을 빼앗긴 히야마 씨는 이 현실을 어떻게 받아들일 것인가…….

(『주간 현실』 1월 20일 호)

　소년법이나 소년사건에 관해 거의 아무것도 몰랐던 히야마는 닥치는 대로 책을 사다 읽었다. 그 결과, 소년의 보호와 건전한 육성이라는 미명 아래 감춰진, 소년법의 믿을 수 없도록 불평등한 구조를 알게 되었다.
　거기에는 '가소성'이라는 귀에 선 말이 빈번하게 등장했다. 그것은 점토 관련 미술 공예 분야 등에서 많이 쓰이는 용어라고 한다. 점토는 그 가소성에 의해 만든 작품이 마음에 들지 않으면 당장이라도 모양을 무너트려 원래대로 되돌릴 수 있다. 다시 말해 실수해도 얼마든지 다시 고칠 수 있다는 말이다.
　소년법의 이념에 의하면 어린이는 세공용 점토와 같다고 한다. 어린이의 범죄는 미숙함 탓에 환경의 영향으로 일어나는 것이다, 그러니까 범죄를 범한 어린이는 죄의 처벌을 하는 게 아니라 재기를 위해 교육적인 수단으로 지도한다는 이념이 성립되어 있다. 가소성이 풍부한 어린이는 충분한 자원이 있으면 재기할 수 있다는 생각이다.
　죄를 범한 어린이들의 재기는 필요한 일이다. 하지만, 그 이념은 범죄 피해자나 그 가족의 통곡을 짓밟고서 성립되어 있었다.
　죄를 범한 어린이들은 과잉된 인권 의식에 의해 극진하게 보호받는다. 그럼 살해당한 쇼코에게는 인권이 없다는 것일까. 죽어버린 사람은 별 수 없다는 것일까. 잃어버린 생명이나 상처 받은 마음은 결코 점토처럼 원래대로 돌아가지 않는 것이다.

쇼코를 죽인 소년들은 아동상담소에서 가정재판소로 송치되어 소년재판에 붙여지게 되었다.

소년들의 보호관찰 조치가 결정되어 소년감별소에 수용된 무렵부터, 소년들의 부첨인이 된 변호사가 텔레비전에 얼굴을 내밀게 되었다. 가정재판소는 소년을 벌하는 곳이 아니므로 소년재판에서 소년들 옆에 있으면서 돌보는 자를 부첨인이라고 한다. 척 보기도 아이들이 따를 것처럼 다정하게 생긴 변호사는 "정말로 가슴 아픈 사건입니다."하고 안경 너머로 연민의 눈빛을 띄웠다.

"본인도 반성하고 있습니다.", "눈물을 그렁거리고 있었습니다." 하고 소년들의 태도를 이야기하며 소년들의 금후 교정 교육과 장래를 따스한 눈으로 바라봐 주기 바란다고 카메라를 향해 호소했다.

그런 말들은 결코 피해자 유족인 히야마를 향한 것이 아니었다. 그에게 소년들의 권리만을 지키려고 하는 인권파 변호사의 말은 매스컴이나 세상의 비난을 피해가려는 속셈으로만 비쳤다.

소년감별소에 수용된 소년들은 이곳에서 가정재판소 조사관의 면접을 받게 된다. 조사하는 것은 가해 소년의 비행 내용과 그 동기, 가정환경, 교우관계, 이때까지의 성장 과정, 거기에 성격이나 학교에서의 생활 등 소년의 신상조사가 중심이 된다. 또한 소년감별소에서는 감별기관이 의학, 심리학, 교육학, 사회학 그 외 전문적 지식에 근거해 소년의 자질 감별을 실시한다.

가해 소년에 대해선 이만큼의 관리가 이루어지는데 피해자에게는 아무것도 없다. 형사 재판과 달리 소년재판에는 검찰처럼 가해자의 죄를 묻는 사람이 없는 것이다. 소년재판은 재판관과 조사관과 소년들의 부첨인, 그리고 소년들의 보호자, 다시 말해 소년들을 지키고자 하는 근친자들만으로 진행된다.

또한 소년재판은 비공개로 이루어지며 피해자나 그 가족은 방청조차 할 수 없다. 조사관은 피해자 가족인 히야마의 통곡에 귀 기울이기는커녕 피해자 측의 고뇌를 재판관에게 전달하지도 않는 것이다. 피해자 측은 모든 정보를 차단당하고, 재판에 입회해 가해 소년의 얼굴을 보고 의견을 진술할 기회도 주어지지 않는다. 결코 들여다볼 수 없는 밀실 속에서 히야마의 통곡을 묵살한 채 재판은 진행되어간다.

그런 가운데에서 소년들은 과연 피해자의 괴로움을 진실로 이해하고 뉘우칠 수 있을 것인가.

히야마의 주변은 얼마 안 가서 잠잠해졌다. 다른 사건이 일어나자 매스컴은 히야마의 주위에서 일제히 모습을 감췄다. 히야마는 조금이나마 정상적인 일상생활을 되찾았으나 동시에 허무함도 느꼈다. 이런 식으로 쇼코의 사건은 시간과 함께 풍화되어 가는 것이리라. 어느새엔가 쇼코의 사건은 세상에서 잊혀지고, 또 언젠가 새로운 통곡이 들려올 것이다.

소년들이 보도되고 1개월 뒤, 가게에서 일을 하고 있던 히야마는 대거 몰려든 기자들에 에워싸였다. 무슨 일인가 싶어 당황하는 히야마에게 기자 한 명이 말했다.

"재판 결과를 어떻게 생각하십니까?"

"네?"

히야마는 자신의 귀를 의심하며 기자에게 되물었다.

"가정재판소에서 듣지 못하셨습니까? 소년들의 처분이 결정되었습니다. 소년A와 B는 각각 아동자립 지원시설로 송치, 소년C는 보호관찰 처분을 받았다고 합니다.

히야마는 멍하니 넋이 나가서 기자의 말을 들었다. 아무것도 전해 듣지 못했다. 오늘 재판 결과가 나온다는 것조차 몰랐다. 사법부는 결국 마지막 순간까지 히야마라는 피해자 가족에게 눈도 주지 않았던 것이다.

그러나 이 결과를 들어도 자신은 아무것도 할 수가 없다. 피해자 측에는 재판 결과에 이의를 제기하며 항고할 권리조차 없는 것이다. 쇼코를 죽인 소년들에게는 아동자립 지원시설에의 송치라는 여름학교 합숙 정도의 구속밖에 내려지지 않는다.

미운 것은 쇼코를 죽인 범인일 텐데, 어느 새엔가 히야마는 경찰이나 매스컴, 사법계 전체를 증오하고 있었다. 평범한 일상생활을 영위하고 사사로운 행복을 바라는 일반 시민을 지켜주는 것이 경찰이고 법률이 아니었던가.

둥글게 선 텔레비전 카메라에 에워싸인 히야마의 가슴 속에서 뭔가가 치밀어 올라왔다. 사건 후로 가슴 속 밑바닥에서 끊임없이 부글부글 끓고 있는 감정이었다.

"지금의 심정을 들려주십시오."

기자의 한마디를 듣고 히야마는 끝내 토해 내고 말았다. 마치 썩은 것을 먹은 직후에 구토 중추가 반응하는 것처럼. 지금까지 가슴 속에 축적해온 토사물 같은 감정을 토해 냈다.

"국가가 벌을 내리지 않는다면 제 손으로 직접 범인을 죽이고 싶습니다."

3

 히야마는 담배로 시선을 되돌렸다.
 필터 직전까지 달한 재가 위태롭게 균형을 잡고 남아 있었다. 한 모금 빨아들인 뒤로 히야마의 사고는 얼마동안 어딘가를 방황하고 있었던 것 같다.
 벽에 걸린 시계로 시선을 향하자 벌써 10시였다. 사에구사 일행이 돌아가고 벌써 여섯 시간이 지났다. 어서 마나미를 데리러 가야 하는데 금방은 일어날 수가 없었다. 재를 떨어뜨리지 않게 천천히 담배를 재떨이에 버린 뒤에 또 한 개비를 물고 불을 붙였다.
 소년B······ 사와무라 가즈야가 죽었다. 히야마에게 있어서는 증오해 마지않을 인간이었다. 이것은 천벌일까. 법률로는 벌을 내릴 수 없었던 소년이 그 죗값을 받은 것일까.
 히야마는 얼굴도 모르는 한 소년을 생각했다.
 사와무라는 자신이 죽는 순간에 무슨 생각을 했을까. 목을 찢겨 뿜어져 나오는 자신의 피를 보면서, 그때 쇼코가 맛본 괴로움을 느꼈을까. 타의에 의해 자신의 인생이 끝나는 원통함을 알았을까. 소중한 사람과 두 번 다시 만날 수 없게 되는 슬픔을 실감하며 숨이 끊어졌을까.
 아무리 소년을 생각해 봐도 어떤 아픔도 감상도 솟지 않았다. 그저 허무함만이 가슴 속 깊이 남았다.

사와무라에게서는 이제 영원히 사죄의 말을 들을 수도, 참회의 눈물을 볼 수도 없는 것이다.

비가 내리는 가운데 우산을 쓰고 종종걸음으로 미도리 보육원으로 향했으나, 도착했을 때는 이미 10시 30분이 지나 있었다.
 히야마는 문을 열고 실내를 살폈다. 조명을 반쯤 끈 어슴푸레한 실내에서 벽을 보고 놓인 책상의 형광등 하나가 무슨 작업에 몰두한 사람을 비추고 있었다. 늘 보는 광경이었다.
 "늦어서 죄송합니다."
 히야마는 신발을 벗고 슬리퍼로 갈아 신은 뒤 분홍색 카펫 위로 걸어가면서 미유키에게 말을 걸었다.
 일 때문에 거의 매일 늦는 히야마 때문에 마나미는 대개 다른 원아들이 돌아간 후에도 혼자서 남아 있었다. 미유키는 잔업을 하면서 그런 마나미를 봐 줬다. 히야마는 항상 그걸 미안하게 생각했다.
 "아, 히야마 씨. 오셨어요."
 미유키는 웃는 얼굴을 향했다.
 "곤란할 일이 좀 생겨서 늦었습니다. 항상 피곤하게 해 드려서 죄송합니다."
 히야마는 몸 둘 바를 모르고 머리를 숙였다.
 "신경 쓰지 마세요. 저도 하고 싶은 일이 있었으니까요."
 히야마는 미유키가 앉아 있던 책상으로 눈을 향했다.
 도화지에 그려진 건 토끼 모모가 이를 닦는 모습이었다. 매직과 색색의 크레용으로 그려진 일러스트가 프로 뺨칠 솜씨다.

히야마는 그 일러스트를 감탄하며 보다가 시선을 부드러운 분홍색 카펫으로 향했다. 장난감이며 그림책이 널린 카펫 위에서 마나미가 홑이불을 덮고 잠들어 있었다.

잠든 마나미의 편안한 얼굴을 보고 히야마는 저도 모르게 미소 지었다.

분명 좋은 꿈을 꾸고 있을 것이다. 평소에 같이 오래 있지 못하는 걸 생각하면 마나미의 꿈속으로 이대로 뛰어들고 싶었다. 모든 것을 잊고 싶었다.

히야마는 홑이불에서 튀어나온 마나미의 오른손으로 눈을 향했다. 뭔가를 소중히 꼭 쥐고 있었다. 마나미의 손 안에 쏙 들어갈 정도로 작은 그것은 목에 건 은색 체인에 달려 있었다. 펜던트 타입의 만화경이다. 여성이 쓰는 립스틱을 작게 줄인 것처럼 생긴 은색 원통에는 정교한 세공으로 천사가 그려져 있다.

이 만화경은 쇼코가 마나미에게 남겨 준 몇 안 되는 물건 중 하나였다. 마나미를 출산하고 얼마 뒤에 어딘가에서 손에 넣어 왔다.

히야마도 초등학교 미술 시간에 만화경을 만든 기억이 있었다. 가늘고 긴 거울 세 장을 잇대어 붙이고 안에 구슬이나 꽃잎을 넣어 완성시킨 만화경으로 신기한 세계를 즐겼다.

쇼코가 만화경을 가지고 돌아온 날, 히야마는 저도 모르게 감탄의 소리를 질렀다. 그 작은 원통 안에는 히야마가 초등학생 때에 만들었던 만화경과는 비교가 되지 않을 정도로 정밀하고 신비한 세계가 담겨 있었다. 빙글빙글 돌릴 때마다 불꽃놀이 같은 덧

없는 아름다움이 무한하게 펼쳐져서 그 보석 같은 화려함에 얼마 동안 매료되었다.

마나미가 입에 넣으면 위험하다고 생각해 얼마 동안 히야마가 맡아 뒀었으나 작년 생일에 어머니의 선물이라며 건네줬다.

아니나 다를까, 마나미도 빛의 세계에 푹 빠졌다. 그 후로 만화경은 마나미의 제일가는 보물이 되었다. 한시도 빠짐없이 늘 목에 걸고 다니면서 소중한 친구나 가까운 사람에게 살짝 보여주곤 했다.

물론 아주 좋아하는 미유키 선생님에게도 보여 준 듯, 이전에 미유키가 "저도 저런 게 갖고 싶은데요."하고 농담 반으로 말한 적이 있었다.

히야마는 항상 신세를 지고 있는 미유키에게 선물할 생각으로 마나미와 같은 만화경을 찾았다. 백화점이나 만화경 전문점 등을 찾아 다녔으나 결국 똑같은 것은 찾을 수 없었다. 점원에게 묻자, 아마도 만화경 제작자의 독자적인 작품일 거라는 대답이었다. 만화경 제작자라는 게 있음을 히야마는 그때 처음으로 알았는데 정교한 세공과 어딘가 따스함이 느껴지는 감촉은 과연 양산품과는 다르다고 생각했다.

만화경을 들여다보는 마나미의 눈동자는 늘 반짝반짝 빛났다. 그 안에 펼쳐지는 환상적인 세계는 세상에서 일어나는 싫은 일이며 괴로운 일을 한때나마 잊게 해 준다. 마나미의 자는 얼굴을 보고 히야마는 문득 생각했다. 쇼코는 자신과 마나미에게 닥칠 재난을 어떻게든 예감하고 있었던 것이 아닐까. 물론 말도 안 되는 생각이지만, 마나미를 위해 준비한 선물에서 쇼코의 마지막 사랑을 느끼지 않을 수 없었다.

마나미는 기분 좋게 잠들어 있었다. 깨우기 미안했으나 우산을 받치면서 마나미를 업고 역까지 걷기는 어렵다.

"마나미, 일어나렴."

히야마는 마나미의 귓가에 속삭였다.

"깨우지 마세요. 저도 이제 갈 거니까 함께 역까지 가죠."

미유키가 뒤에서 말했다.

미지근한 비가 내리고 있었다. 히야마는 걷는 속도를 조금 낮추고 옆에서 우산을 씌워주면서 걷는 미유키를 봤다. 오른쪽 어깨가 꽤나 젖었다. 히야마의 등에서 자고 있는 마나미가 젖지 않도록 마음을 써 준 것이리라.

"죄송합니다."

히야마는 살짝 머리를 숙였다.

"뭘요."

미유키는 웃는 얼굴로 대답했으나 히야마의 얼굴을 보더니 표정에 살며시 구름을 드리웠다.

"그보다 히야마 씨, 왠지 안색이 나빠 보이는데 어디 몸이라도 안 좋으신가요?"

"아뇨, 괜찮습니다."

히야마는 고개를 흔들고 걸음을 옮겼다. 미유키의 맑은 눈동자에 오늘 있었던 일을 들킬 것 같았기 때문이다.

아까부터 히야마는 고민이었다. 미유키에게 사와무라가 살해당한 소식을 이야기 할지 말지. 형사의 방문이 가져다 준 우울과 불안을 미유키에게 이야기해서 풀어 버리고 싶었다. 미유키라면 분명 이렇게 말해 줄 것이다. '신경 쓸 것 없어요.'라고.
"그러고 보니 어제 오오미야 공원에서 살인사건이 있었대요. 신문에 실렸더군요."

미유키가 별 생각 없는 투로 말했다.

죽은 게 사와무라라는 것은 모르는 듯했다. 당연했다. 미유키는 쇼코를 죽인 소년들의 이름을 모르는 것이다.

소년법 개정 이후 히야마와 스미코는 비로소 소년들의 이름과 사건 기록을 알 수 있었다. 다만 법 조문에는 소년들의 사생활 보호를 위해 알게 된 정보를 타인에게 누설해서는 안 된다는 단서가 있었다. 게다가 미유키는 소년들이 보호 처분되었을 때, 소년들이 자신과 같은 도코로자와 지역 중학교의 학생이라는 것을 보도를 통해 알고 상당한 충격을 받았다. 미유키의 집은 세탁소를 하고 있다고 하니까 어쩌면 간접적으로도 소년들의 관계자를 알고 있을지도 모른다. 그런 생각에 히야마는 미유키에게 입을 다물고 있었던 것이다.

"이렇게 가까운 데서 살인사건이 일어나다니, 왠지 무섭네요."

걸으면서 미유키는 말을 이었다.

"오늘, 경찰이 가게에 왔습니다."

"네? 경찰이요?"

미유키가 흥미가 생긴 듯이 히야마를 봤다.

"쇼코의 사건 당시 담당 형사였습니다."

히야마는 앞을 보고 최대한 담담하게 이야기했다.

"살해당한 사람은 소년B라고 합니다."

히야마의 이마에 빗방울이 부딪쳤다. 돌아보니 미유키가 어안이 벙벙한 표정으로 멈춰 서있었다. 미유키는 얼마 동안 히야마를 빤히 쳐다보다가 제정신으로 돌아와서 서둘러 달려와 우산을 씌워줬다.

"소년B라니, 설마 쇼코의……."

한참 동안 넋이 나가있던 미유키가 겨우 입을 열었다.

"그렇습니다. 쇼코를 죽인 소년 중 한 명입니다."

히야마는 표정을 보이고 싶지 않은 마음에서 앞을 보고 걷기 시작했다.

"경찰이 가게에 왔다니……. 뭘 하러 온 건가요?"

미유키의 목소리는 동요 때문인지 떨렸다.

"알리바이의 확인이겠죠."

히야마는 미유키를 보고 선뜻 대답했다.

"유감스럽게도 그 시간에는 혼자였습니다. 그 소년이 살해당했다니 믿기지 않습니다. 그것도 하필이면 이 부근에서, 제 알리바이가 없는 시간이라니."

"히야마 씨가 의심받고 있다는 말인가요?"

조심스럽게 히야마를 보면서 미유키는 분개한 어조로 중얼거렸다.

"그런 말도 안 되는!"

"제가 형사라도 그럴 겁니다. 텔레비전에서 그런 소리를 지껄였으니까요."

히야마는 미유키에게서 시선을 돌렸다.

4

 창밖은 오랜만에 쾌청했다.
 알람이 울리기 30분 전에 눈이 뜨이고 말았다. 히야마는 옆에서 자고 있는 마나미를 깨우지 않게 조심조심 일어나서 방을 나와 현관에 신문을 가지러 갔다. 쌓인 빨래를 세탁기에 집어넣고 소파에서 커피를 마시면서 조간신문을 펼쳤다.
 어젯밤, 히야마는 집에 돌아와 마나미를 재운 뒤 곧바로 신문을 펼쳐봤다. 사회면에 사건이 실려 있었다. '사와무라 가즈야라는 17세의 야간 고등학생이 오오미야 공원에서 살해되었다.' 기사는 간단했다.
 히야마는 그 기사를 읽고 현실을 확인한 뒤 다음 날부터의 생활을 생각하고 다시 기분이 우울해졌다. 물론 기사에는 사와무라가 쇼코 사건의 가해자라는 것은 한 줄도 적혀 있지 않았다. 그러나 적혀 있지만 않을 뿐, 매스컴은 사와무라 가즈야가 과거에 일으킨 사건을 알고 있을 것이다. 그들이 사와무라의 죽음과 히야마를 관련짓는 것도 시간문제이리라.
 약간의 기대를 안고 오늘자 조간신문을 쭉 훑어봤으나 사와무라 가즈야의 사건에 관한 속보는 없었다. 만일 범인이 체포되었다면 오늘 날씨와 같이 우울한 기분이 조금은 개였을지도 모르는데.

"내일도 맑겠지?"
 마나미가 히야마의 소매를 잡아당기며 말했다.

히야마는 전차 손잡이를 주시하고 있던 시선을 마나미에게 향했다. 마나미는 차창 밖으로 펼쳐진 푸른 하늘을 기쁜 듯이 쳐다보고 있었다.

"아빠. 어제 있지, 미유키 선생님이랑 테루테루 보즈(날이 맑기를 바라며 처마 끝에 매다는 인형 — 옮긴이) 만들었어."

히야마는 웃음을 지었다. 마나미는 내일 수영장에 가는 것을 어지간히 기대하고 있는 모양이다.

"있지, 마나미는 앞으로 매일 테루테루 보즈를 만들 거야. 그러면 매일 해가 쨍쨍 해서 아빠 가게에도 손님이 많이 올 거야."

마나미는 히야마를 쳐다보며 방긋 웃었다.

히야마는 그 웃는 얼굴을 보면서 마나미가 말하고자 하는 바를 알아차렸다.

자신은 어제 사에구사가 방문한 뒤로 쭉 그렇게 언짢은 표정을 짓고 있었던 걸까. 마나미는 빠짐없이 보고 있는 것이다. 분명 히야마의 안 좋은 표정이 최근의 날씨와 가게 매상 때문이라고 착각한 것이리라.

"아아, 그렇겠구나."

히야마는 웃음을 흘렸다.

마나미의 천진한 웃음을 보고 있는 사이에 마음에 상쾌한 바람이 불어와 평온을 되찾아 갔다. 어제부터 뭘 그렇게 걱정하고 있는 걸까. 자신에게는 무엇 하나 거리낄 구석이 없지 않은가. 일본의 경찰은 우수하다. 사와무라를 죽인 범인은 곧 잡힐 것이다.

오오미야역에서 내리자 눈부신 빛이 전신에 쏟아졌다. 미도리 보육원에 마나미를 맡기고 가게에 도착했을 무렵에는 가슴속 습기도 완전히 증발해 자욱했던 불안도 사라지고 없었다.

자동문을 들어가자 시원한 바람이 히야마의 뺨을 어루만졌다.

"어서 오십시오!"

늘 보는 아침 멤버에게서 씩씩한 인사가 들렸다. 카운터를 보자 손님이 다섯 명 정도 줄을 서 있었다. 가게 안을 둘러보니 대부분의 자리가 찼다.

계산을 담당하는 아유미는 히야마에게 시선을 향할 여유도 없는 듯, 필사적으로 손님의 주문을 받고 있었다. 히야마는 그 모습을 보면서 계산대 옆에 진열해 둔 판매용 커피콩이며 컵 등의 디스플레이를 정돈했다.

"히야마 씨."

갑자기 이름을 불려 뒤를 돌아봤다가 노골적으로 얼굴을 찡그렸다. 그것은 후끈거리는 땀 냄새 때문만이 아니었다.

"오랜만입니다."

누쿠이 데쓰로는 통통한 거구를 땀이 배어든 셔츠로 덮고서 지저분하게 수염이 자란 얼굴을 히야마에게 들이댔다. 히야마의 걱정은 아무래도 기우로 끝나지 않은 것 같았다.

히야마는 혀를 차고 싶은 충동을 억누르며 "무슨 볼일이라도 있습니까?"하고 무뚝뚝하게 대답했다.

"너무하시네. 저는 손님입니다. 히야마 씨가 올 때까지 세 잔이나 마시고 말았습니다."

누쿠이는 보란 듯이 컵을 들고 웃었다.

"오랜만에 히야마 씨와 이야기를 나누고 싶다고 생각해서 말이죠."

코를 씰룩거리며 웃는 몸짓이 산속에서 마을로 내려와 먹이를 찾는 곰을 연상시켰다. 그 풍모는 만화영화에 나오는 캐릭터처럼 어딘가 애교가 느껴지지만 속아서는 안 된다.

"딱히 할 이야기 없습니다."

히야마는 계산대에서 사무실의 열쇠를 찾아 눈앞에 있는 누쿠이에게는 눈도 주지 않은 채 플로어 안쪽으로 들어갔다.

"사와무라 가즈야가 살해당했다고 합니다."

히야마의 뒤를 따라온 누쿠이가 플로어 한가운데에서 말했다.

"그런 것 같더군요."

히야마는 지긋지긋함을 감추지 않고 누쿠이와 마주봤다.

"유감이지만 저와는 관계없습니다. 당신 입장에서는 선정적으로 기사화 하고 싶겠지만요."

히야마는 최대한 싫게 들리도록 대답했다.

누쿠이는 논픽션 라이터를 자칭하는 남자다. 주간지의 계약 기자로 일하면서 소년 범죄에 관한 서적을 몇 권인가 낸 모양인데 히야마에게 그건 아무래도 좋았다. 히야마보다 몇 살 연상으로 보였으나 논픽션 라이터라는 불안정한 직업으로 근근이 먹고 사는 모습이 선히 보였다. 남의 불행을 엿보며 세상의 호기심을 채울 뿐인 기사로 하루벌이를 하는 이런 비열한 남자의 돈줄이 되는 것은 딱 질색이다.

"사실이겠지요?"

누쿠이는 커다란 눈으로 히야마를 들여다봤다.

"당연하지 않습니까! 저하고는 관계없습니다."

히야마는 언성을 높였다.

"사와무라 가즈야는 이 부근에서 살해당했습니다. 분명 히야마 씨에게도 경찰이 찾아왔겠죠. 알리바이는 확인되셨습니까."

누쿠이의 얼굴에는 웃음이 없었다. 물끄러미 히야마를 주시하고 있었다.

히야마는 주위 손님들이 자신들을 주목하고 있는 것을 깨달았다.

"저와는 관계없습니다."

히야마는 그렇게 뿌리치고는 사무실의 문으로 서둘렀다.

"사와무라는 도코로자와시를 나와서 이타바시 쪽에 살고 있었다고 합니다. 구내 야간 고등학교에 다니면서 낮에는 가까운 인쇄공장에서 일하고 있었습니다. 그런 그가 어째서 오오미야 같은 곳에서 살해당했는가?"

사무실의 열쇠를 열고 안으로 들어가려던 히야마는 처음 듣는 정보에 저도 모르게 뒤를 돌아봤다.

"그 사건과 전혀 관계가 없다고는 생각되지 않는데요……."

"제가 죽였다고 하고 싶은 겁니까?"

"그렇다면 주간지는 팔리겠지만요."

히야마는 경멸의 눈빛을 누쿠이에게 향했다.

"히야마 씨가 아니기를 바랍니다."

누쿠이는 동굴 속에 있는 사냥감을 들여다보는 것 같은 시선을 히야마에게 향했다.

히야마는 끈질긴 시선을 끊어 버리고자 문을 쾅 닫았다.

누쿠이가 히야마를 처음 찾아온 것은 소년들이 보호 처분되고 열흘 정도 지나서였다. 그 무렵의 히야마는 매일 이어지는 매스컴의 공세에 몹시 피폐한 상태였다. 구깃구깃한 셔츠에 낡은 청바지 차림의 수상쩍은 남자를 현관에서 맞닥뜨린 히야마는 불행을 틈 타 찾아 온 종교 권유라고 착각했다.

누쿠이는 자택으로 생각되는 주소와 전화번호만이 적힌 간소한 명함을 내밀며 자신은 소년 범죄에 대해 조사하고 있는 작가인데 피해를 당한 분들의 이야기를 듣고 싶다고 했다.

히야마는 남자를 문전박대했다. 그래도 누쿠이는 끈덕지게 몇 번이고 히야마를 찾아와서는 피해자들의 생각을 세상에 전하고 싶다고 설득했다.

당초에는 마지못해 받아줬던 히야마였으나, 서서히 누쿠이가 다른 매스컴 관계자와는 아주 다르다고 느끼게 되었다. 방송국의 취재반은 히야마의 처지나 기분은 상관없이 자신들이 듣고 싶은 것만 듣고 찍고 싶은 그림만 찍으면 잽싸게 철수하고 만다. 그와 달리 누쿠이는 서두르는 일 없이 히야마의 말에 가만히 귀를 기울였다.

이윽고 히야마는 누쿠이에게 한을 쥐어짜듯이 자신을 털어 놓게 되었다. 자신에게 있어서 쇼코가 얼마나 소중한 존재였는지, 소중한 존재를 참혹한 형태로 잃어버리고 만 슬픔을.

그리고 피해자 측에 있어서 소년법이라는 법률이 얼마나 부당한 것인가를 누쿠이에게 물었다. 어째서 소년이라는 이유만으로 범한 죄가 가벼워지는 것인가. 피해자 측에 있어서는 가해자가 성인이든 미성년이든 잃어버린 것에는 변함이 없다. 어째서 미성년에게 살해당한 순간부터 피해자의 생명이 가진 가치는 가벼워지고 마는 것인가. 어째서 자신은 소년들에 대해 아무것도 알 수조차 없는 것일까. 소년들이 어째서 그런 범죄를 저지른 것인지, 소년들이 지금 어떤 기분을 안고 있는지를 어째서 알 수 없는 것일까. 어째서 심판에 참가해 소년들의 얼굴을 보는 것도, 괴로운 심정을 토로하는 것도 허락되지 않는 것일까.

누쿠이는 히야마의 말 한마디 한마디에 반응하며 고개를 끄덕이고, 위로하는 표정으로 메모를 하면서 진지하게 받아들여 주는 것 같았다. 그러나 그것은 단순한 착각이었음을 곧 알게 되었다.

"국가가 벌을 내리지 않는다면 제 손으로 직접 범인을 죽이고 싶습니다."

텔레비전 와이드쇼에서 히야마의 발언이 비디오로 재생되었을 때, 해설자로 출연했던 교육관계자 여성이 강한 비난을 가해 왔다. 가끔씩 텔레비전에서 보는 이 여성은 소년 범죄가 일어날 때마다 죄를 범한 소년을 옹호하는 사람이었다. 애초부터 피해자는 안중에 없이 언제나 소년의 보호만을 소리 높여 외쳤다.

옆에는 또 한 명의 해설자로 누쿠이가 앉아있었다. 히야마는 울화를 다스리며 누쿠이의 발언에 기대를 걸었다.

하지만 누쿠이의 발언은 싸늘했다.

"히야마 씨의 심정은 알겠지만, 그런 말을 입에 담으면 안 되죠."

히야마는 자리의 분위기에 편승해 자신을 내팽개친 누쿠이에게 강한 충격을 받았다.

누쿠이라면 자기의 생각에 동조해 피해자 측의 아픔을 대변해 줄 거라고 생각했는데, 잘난 얼굴로 일반론을 늘어놓고 있을 뿐이 아닌가. 히야마는 배신당한 기분이었다.

그 무렵 세상에서는 소년법을 개정하고자 하는 논의가 일어나고 있었다. 계기는 1993년에 일어난 중학생의 사망 사건이었다. 남자 중학생이 체육관 창고에서 체조용 매트 안에 거꾸로 처박혀 사망했다. 이 사건에서 가해자로 일곱 명의 동급생이 체포, 보호처분되었으나 소년들의 비행 사실을 둘러싸고 가정재판소와 상급심에서 다른 판정이 내려졌다. 이 사건은 단 한 명의 재판관에게 모든 심리가 맡겨지는 소년재판의 한계를 드러냈다. 또한 최근 몇 년간 소년들에 의한 흉악범죄가 매스컴을 떠들썩하게 하면서 소년들에게도 엄벌을 적용해야 한다는 소년법 개정론이 힘을 얻게 되었다.

그런 풍조에 일본 변호사 연합은 '소년사법개혁 대책본부'를 설치해서 맹렬하게 반발했다. 개정에 반대하는 변호사나 연구자들은 소년 범죄는 늘지 않았다, 엄벌주의로는 소년 범죄를 막을 수 없다는 주장을 반복하면서 '엄벌파' 대 '보호파'의 논쟁은 더욱 치열해져 갔다.

텔레비전의 뉴스나 토론 프로그램 등에서도 '엄벌파'와 '보호파'가 논쟁을 되풀이하고 있었는데 거기에는 반드시라고 해도 좋을 정도로 누쿠이의 모습이 있었다. 누쿠이는 소년 범죄에 정통한 논픽션 작가 대접을 받으며 변호사나 교육관계자, 정치가들 사이에 섞여 의견을 주고받았다.

히야마는 텔레비전에 비치는 누쿠이를 언제나 싸늘하게 보고 있었다. 누쿠이의 발언에 일관성이 없는 것처럼 느껴졌던 것이다. 보호파의 의견에 찬동하는 것도 아니고, 그렇다고 엄벌파로 기우는 것도 아니었다. 그저 풍부한 지식을 과시하면서 보호파, 엄벌파 쌍방의 발언에 트집을 잡고 모순점을 지적하고 있다고밖에 여겨지지 않았다.

아마도 누쿠이에게 있어서 소년 범죄나 소년법 문제는 그저 밥줄에 불과할 것이다. 지금 가장 시류를 탄, 팔릴 만한 소재에 지나지 않는 것이다. 그렇게 생각한 히야마는 그런 남자에게 한때나마 마음을 열고 자신의 본심을 토로한 것을 후회했다.

2001년 4월, 개정소년법이 시행되었다. 패전 직전에 미국에 의해 개정된 소년법은 반세기의 시간을 거쳐 크게 바뀌게 되었다. 개정소년법에서는 피해자에 대한 정보 공개나 피해자 측의 의견 진술이 한정적으로나마 포함되었다. 또 소년재판에 검찰관의 관여가 일부 인정되어 14세 이상 16세 미만 소년에게도 실형을 과하는 것이 가능해졌다. 16세 이상이며 고의의 범죄 행위로 피해자를 사망시킨 경우에는 원칙적으로 가정재판소에서 검찰청으로 역송되어 형사처분을 내릴 수 있다는 엄격한 잣대가 적용되었다.

소년을 옹호하는 입장에 있는 자들은 아직껏 이 개정에 이의를 주장하고 있는 듯하나 히야마와 같은 범죄 피해자 측은 다소의 권리를 고려해 준 것을 우선 환영했다.

다만 히야마의 가슴 속에는 피해자의 권리가 어느 정도 인정받은 후에도 뭔가 석연치 않은 감정이 맺혀 있었다.

쇼코가 살해되고서 소년법이 개정되기까지 1년 반의 세월이 흘렀다. 그동안 '엄벌파'와 '보호파'의 갖은 논쟁을 들어오면서도 그 논의에는 뭔가 소중한 것이 내버려져 있는 것 같은 기분이 자꾸만 들었다.

문을 노크하는 소리에 이어서 쟁반을 든 아유미가 들어왔다.
"휴식 들어가도 될까요?"
히야마는 고개를 들고 "아아, 수고."하고 말을 걸었다.
아유미는 시선을 낮춘 채로 쟁반을 탁상에 놓고 곧 가방에서 참고서를 꺼내 펼쳤다. 아유미는 휴식 시간에는 언제나 이렇게 공부를 하고 있는 것 같다.
히야마는 열심히 참고서를 훑어보는 아유미를 보면서 2주일 전 아유미를 면접했을 때를 떠올렸다.
아르바이트 한 명이 취업을 위해 이번 달로 그만둔다. 그 때문에 새로 아르바이트 모집을 해서 면접을 보러 온 것이 아유미였다. 이번 모집에는 아유미 외에도 두 명이 면접을 보러 왔다. 한 명은 스물한 살 대학생이고, 또 한 명은 스물여섯 살 백수였다. 아유미의 희망은 여름방학 동안엔 8시간 정도 일하고 싶지만 학교가 시작되면 일주일에 3일 정도 저녁 시간밖에 일할 수 없다는, 가게 입장에서는 나쁜 조건이었다. 고용하는 측에선 아무 때나 들어와 주는 후쿠이 같은 전업 아르바이트생이 이상적이었다.
면접에서 아유미는 고개를 살짝 숙인 채로 이야기하면서 가끔씩 히야마의 얼굴을 힐끔거렸다. 그 표정에서 학교 밖의 사회로 처음 나가는 데에 대한 불안과 뭔가를 기대하는 듯한 희망이 느껴졌다. 아르바이트를 하는 이유를 묻자 아유미는 간호사가 되는 것이 장래희망이라 학교에 다닐 자금을 모으기 위해서라고 대답했다. 지금까지 부모님께 폐만 끼쳐 왔으므로 하다못해 학비 정도는 스스로 내고 싶다고 했다.
아유미의 말을 듣고 히야마는 운명적인 뭔가를 느꼈다. 쇼코가 이 가게 면접에 왔을 때도 같은 말을 했던 것이다. 긴장했는지 표정 하나 하나가 어딘지 어색하게 여겨졌으나 앞으로의 꿈을 이야기하는 아유미의 진지한 눈빛을 봤을 때, 거기에 쇼코가 있는 것 같은 착각에 빠져들었다. 결국 히야마는 세 사람 중에서 아유미를 채용하기로 했다.

"왜 그러세요?"

참고서에서 고개를 든 아유미가 히야마에게 물었다.

"아아, 아니……."

당황한 히야마는 아유미에게서 시선을 치웠다.

"오늘은 꽤나 붐비더군. 계산은 할 만했어?"

"네, 그럭저럭요. 조금 힘들기는 했지만 후쿠이 씨가 도와주셨어요."

"그 녀석은 베테랑이니까. 잘 가르치기도 하고. 그러고 보니 후쿠이가 칭찬했어. 니시나 씨는 성실하고, 거기다 귀엽다고."

컵에 입을 댄 아유미의 뺨이 살짝 발갛게 물든 기분이 들었다.

"공부 열심히 해."

하고 격려한 뒤 히야마는 사무실을 나왔다.

가게 안에 누쿠이의 모습은 없었다. 계산대 앞을 보니 손님이 가게 바깥까지 줄을 섰다. 여름방학에 들어서 이제 겨우 좋은 날씨가 찾아와 오오미야 공원에 놀러 나가려는 사람들이 테이크아웃으로 음료를 사 가는 것이리라. 히야마는 서둘러 카운터에 들어갔다.

히야마는 커피머신 앞에 섰다. 계산대의 후쿠이가 차례차례 주문을 전한다. 히야마는 묵묵히 음료를 만들었다. 카운터에 들어가 아무 생각 않고 일에 전념하다 보면 우울한 기분이 날아갈 지도 모른다고 생각했으나 후쿠이의 주문에 기계적으로 반응하고 있을 뿐 머릿속으로는 쭉 다른 생각만 하고 있었다.

누쿠이의 말이 자꾸 신경 쓰였다. 사와무라는 이타바시에 살고 있었다. 어째서 사와무라는 학교나 직장과 멀리 떨어진 오오미야에 와서 살해당한 걸까. 우연일까. 오오미야에 아는 사람이라도 있어서 놀러 왔다가 강도나 악한의 습격을 당한 걸까. 혹은 다시 나쁜 친구들과 어울리며 놀던 중에 다른 불량 그룹과 싸움이라도 일어났던 걸까.

그것은 히야마의 머리에서 나올 수 있는 가장 낙관적인 상상이었다. 그런 일시적인 위안을 쭉 머릿속에 담아 두고 싶었으나 사고의 단편이 멋대로 사와무라에게 원한을 안고 있었을 인물을 열거해 갔다.

첫 번째는 역시 히야마 자신이었다. 다음으로 쇼코의 육친인 스미코다. 쇼코에게는 형제가 없었으며 부친 또한 스미코와 이혼한 뒤 쇼코가 중학생 때에 타계했다.

쇼코의 죽음을 슬퍼한 사람들의 얼굴이 떠올랐다. 야간 고등학교의 동급생, 브로드카페에서 함께 아르바이트를 했던 동료들. 중학생 시절 친구인 하야카와 미유키의 얼굴도 떠올랐다. 분명 범인에 대한 증오는 있을 것이다. 그러나 그들에게 범인을 살해하고자 할 만큼의 강한 원한이 있다고는 도저히 생각할 수 없었다. 게다가 사와무라 가즈야의 이름을 알고 있는 것은 기록의 열람이 허용된 히야마와 스미코뿐이었다.

히야마는 이것저것 생각한 끝에 손님이 끊긴 때를 노려 카운터 뒤 비품 창고로 향했다. 휴대전화를 꺼내서 첫마디에 뭐라고 할지 생각하면서 버튼을 눌렀다.

5

가와고에역에서 도부도죠선으로 갈아타자 오후 10시를 넘긴 시각이었다. 열차 안은 뺨이 벌건 취객과 귀갓길의 회사원으로 붐볐다. 히야마의 얼굴에 후끈거리는 땀과 알코올이 혼합된 짙은 공기가 들러붙어 왔다.

히야마의 소매를 잡고 선 마나미가 졸린 듯이 눈을 비볐다. 눈앞에 앉아 있던 여성이 자리를 좁혀 마나미가 앉을 수 있을 정도의 공간을 만들어 주었다. 히야마는 감사하다는 목례를 한 뒤 마나미를 앉혔다. 마나미는 당장이라도 잠이 들 것 같은 표정이었다.

히야마는 가게를 닫은 뒤 남은 일을 서둘러 마치고 미도리 보육원에 마나미를 데리러 갔다.

"마나미, 지금부터 할머니 집에 갈까?"

히야마의 갑작스러운 말에 마나미는 졸린 눈으로 대답했다.

"사카도의 할머니 집?"

"그래. 졸리니?"

"갈래. 하지만 내일은 수영장 가야 하니까 오늘은 빨리 자자."

마나미는 못을 박았다.

마나미를 스미코의 집에 데리고 가기는 오랜만이었다. 그 사건 직후에는 얼마 동안 스미코의 집에서 신세를 졌으나 사건 3주 후 히야마가 하스다의 맨션에 이사 오고부터는 1년에 두세 번 정도밖에 스미코를 만나지 않았다.

전차는 사이타마 현의 전원지대로 들어갔다. 10분 정도 가다 보니 차창 바깥에는 칠흑 같은 어둠이 펼쳐져 있었다. 히야마는 유리창에 비치는 자신을 쳐다보면서 이제부터 스미코를 만나 사와무라의 사건에 대해 어떻게 이야기할지를 궁리했다.

스미코가 이번 사건과 관련 있다고는 생각하지 않았다. 쇼코가 살해당했을 때, 스미코는 히야마가 느꼈던 증오와는 전혀 다른 감정을 소년들에게 향하고 있었다. 그것은 일종의 근심이었던 것 같다. 쇼코 사건 당시 매스컴의 인터뷰에서 스미코는 히야마와는 대조적으로 조용한 태도로 죄를 범한 소년들의 장래를 우려했다. 스미코의 표정에서는 범인에 대한 증오는 엿보이지 않았으며 오로지 소년들의 진짜 갱생을 바라고 있는 것처럼 여겨졌다.

히야마는 스미코의 태도에 약간 위화감을 느꼈다. 쇼코가 살해당했을 때에 그만큼 슬퍼했으면서, 아무리 범인이 소년이라지만 그렇게까지 너그러워질 수 있는 스미코를 조금 기이하게 느꼈다.

소년들의 보호 처분이 결정된 후 히야마는 소년들의 보호자를 상대로 민사 소송을 하려고 생각했다. 소년법이 개정될 때까지 피해자의 유족이 사건의 기록을 알고 싶을 경우에는 민사 소송밖에 방법이 없었던 것이다. 게다가 사건이 있은 후로 한 번도 히야마 앞에 모습을 보이지 않고 무책임하게 도망 다니는 소년의 보호자들에게 어떤 형태로든 제재를 가해주고 싶었다.

돈 같은 건 아무래도 좋았다. 돈은 소중한 사람을 잃은 슬픔을 메우는 데 아무런 도움도 되지 않는다는 것을 히야마는 뼈저리게 알고 있었다.

히야마는 중학교 3학년 때에 양친을 교통사고로 잃었다.

비 내리는 밤 횡단보도를 건너던 부모가 대학생이 운전하는 스포츠카에 치인 것이다. 아버지는 즉사하고 어머니도 일주일 후에 숨을 거뒀다. 외아들이었던 히야마는 큰아버지 집에 맡겨지게 되었다.

얼마 뒤 큰아버지의 집에 보험회사 직원이 찾아왔다. 히야마가 부모를 친 대학생은 오지 않냐고 묻자 그 직원은 가해자를 대신해 절차를 진행하는 것이라고 말하며 응접실에서 큰아버지와 마주 앉아 보험금의 견적을 냈다.

양친의 인생의 가치가 호프만식인지 뭔지 모를 계산식으로 더하고 빼서 산정되어갔다. 거기에는 히야마와 부모가 장래에 가졌을 행복한 나날이나 사랑이 개입할 여지는 눈곱만큼도 없었다.

히야마는 큰아버지와 보험회사 직원이 이야기하는 것을 보면서 그 자리를 떠나고 싶어졌다. 설령 고액의 보험금이 들어온다 한들 히야마의 마음은 채워지지도 치유되지도 않는다. 그저 가해자인 대학생이 부모님의 불단 앞에서 눈물을 흘려 줬더라면, 그런 모습을 보여 줬더라면 얼마나 위안이 되었을까 하고 지금도 생각한다.

이번에는 놓치지 않겠다. 세상에서 제일 사랑하는 가족을 또다시 잃어버린 히야마는 이를 악 물며 굳게 생각했다. 보험회사가 부담하는, 아픔을 느끼지 않는 돈이 아니라 소년들의 가정에서 고액의 배상금을 뜯어내 의식주조차 어려운 생활고 속에서 평생 자신이 범한 죄의 무게를 생각하며 뉘우치게 하고 싶다고 생각했다. 현실적으로 가능한 보복은 그 방법밖에 없었다.

그런 생각으로 변호사 사무실에 걸음을 옮긴 히야마는 그곳에서도 법률의 불합리함을 알게 되었다.

설령 재판에서 승소해 고액의 손해배상 판결이 내렸다 하더라도 단기간에 배상금을 낼 수 있는 가정은 거의 없다. 결국 20년, 30년 장기 할부 방식으로 1개월에 몇 만 엔씩 지불하게 되는데, 처음 몇 년만 지불하고 그 지역에서 모습을 감추든가, 혹은 판결이 나온 순간에 가해자의 가족이 자기파산을 신청해 배상금이나 위자료 일체를 면책 받는 경우가 대부분이라고 한다.

일본의 법률로는 민사소송이나 합의에 있어서 지불 명령을 이행하지 않아도 어떤 벌칙 규정도 없다. 덤으로 가해자의 행방을 알지 못하게 된 경우에는 피해자가 자력으로 찾아내야만 한다. 지금까지 그런 경우가 숱하게 많았다고 그 변호사는 이야기했다.

거기다가 소송을 제기하는 것에도 막대한 부담이 있다. 소송을 일으키면 인지대나 변호사에게 내는 착수금 등 거액의 비용이 필요하고, 재판의 장기화도 피할 수 없다. 가정재판소에서 재판이 이루어진 소년사건의 기록은 지방재판소의 직권에 의해 입수할 수 있지만 고액의 등사 비용이 들어간다. 범죄 피해자는 사건에 대한 정보를 돈을 주고 사야 하는 것이다.

막대한 돈과 시간을 들여 혼을 깎아 내는 수렁 같은 싸움을 계속한다 하더라도 상대에게는 얼마든지 도주로가 있는 것이다. 무책임이라는 도주로가.

스미코는 민사 소송을 하는 것에 반대했다. 긴 재판으로 신경을 소모해 마나미의 육아를 소홀히 하는 것보다, 항상 마나미를 보살피며 잘 키우는 편이 쇼코에게도 도리를 다하는 일이라는 얘기였다.

스미코의 말에 히야마는 전의를 상실했다. 싸우기보다 마나미와의 평온한 일상을 되찾기를 선택했다.

늦은 시간이었지만 스미코는 히야마와 마나미의 방문을 환영했다. 오랜만에 보는 손녀의 얼굴에 수박을 내 온 스미코의 얼굴이 활짝 폈다.

마나미는 수박을 먹으면서 "내일 아빠랑 수영장 가요."하고 기쁜 듯이 자랑했다. 스미코도 그런 손녀의 해맑은 웃음이 기쁜 것처럼 "잘 됐구나."하고 미소 지었다. 그런 광경을 보면서도 히야마는 조금 마음이 아팠다. 스미코가 웃으면서 지은 주름 사이에 옅은 그늘을 느꼈기 때문이다. 전화로는 아무 이야기도 하지 않았지만 히야마가 찾아온 이유를 알고 있는 것 같았다.

얼마 지나자 마나미는 이야기하다 지친 건지 다다미 위에 누워 잠이 들고 말았다. 스미코는 마나미에게 홑이불을 덮어주고 접시를 부엌의 싱크대로 가져갔다. 히야마는 부엌으로 향하는 스미코의 뒷모습을 눈으로 쫓으며 대화를 시작할 계기를 찾았다.

"맥주라도 마시겠나?"

히야마의 생각을 느끼고 있었는지 스미코가 돌아봤다. 스미코의 표정은 어두웠다.

"감사합니다. 마시겠습니다."

히야마는 진지한 얼굴로 대답했다.

스미코는 큰 병과 잔 두 개를 가져와서 히야마의 잔에 맥주를 부었다.

"여기에도 왔죠?"

스미코의 잔에 맥주를 따르면서 물었다.

"그래, 그 형사가 쇼코의 분향을 해 주었다네."

건배는 하지 않았다. 스미코가 맥주를 마시는 것을 보고 히야마도 잔을 기울였다. 사에구사 형사. 맥주와 함께 삼킨 이름이 목에 평소 이상의 씁쓸함을 느끼게 했다.

"뭘 묻던가요?"

"여러 가지를 물었지. 쇼코가 살해됐을 때는 뭐 하나 변변히 가르쳐 주지 않았으면서."

말하기 괴로운 듯이 히야마에게서 시선을 돌렸다.

"히야마 다카시 씨는 최근 들어 어떻습니까 라고 묻더군."

"사와무라 가즈야가 오오미야 공원에서 살해되었습니다."

스미코가 고개를 끄덕였다.

"깜짝 놀랐다네. 그 형사가 알리바이라는 것을 묻잖아. 그날 밤은 마침 회사 동료의 송별회가 있었기에 망정이지."

"알리바이는 확인되신 거군요."

히야마는 안도했다.

스미코는 가와고에의 보험회사에서 생활설계사로 일하고 있다. 쇼코가 아직 어렸을 적에 이혼한 스미코는 그 후로 여자 혼자 손으로 쇼코를 키워 왔다.

"자네는 어떤가?"

그게 계속 걸렸다는 듯한 스미코의 질문에 히야마는 고개를 저었다.

"그 시간에 가게에서 혼자 있었습니다. 오오미야 공원까지는 걸어서 10분 정도면 갈 수 있기도 하고, 경찰은 저를 의심하고 있는 것 같습니다."

"쯧쯧. 이런 귀여운 자식이 있는데 사람을 왜 죽여. 안 그런가?"

스미코는 옆에서 자고 있는 마나미를 봤다. 히야마도 마나미에게 시선을 향했다.

"소년들을 증오하고 있었던 건 사실입니다. 경찰이 의심하는 것도 별 수 없을지도 모릅니다."

"소중한 사람의 생명을 빼앗은 자를 밉다고 생각하는 건 당연하지."

히야마는 천천히 스미코에게 눈을 향했다.

"소중한 사람이 당한 것과 같은 괴로움을 맛보게 해 주고 싶다고 생각하는 건 지극히 자연스러운 일이야. 하지만 대부분의 사람들은 그 기분을 꾹 억누르고 있지. 이 이상 소중한 것을 잃고 싶지 않으니까. 범죄 피해자는 평생을 찢어질 것 같은 가슴을 안고 살아가는 거라고, 그렇게 말해 줬다네."

스미코의 말은 히야마의 심정을 대변하고 있었다. 너그럽게만 보였던 스미코지만 마음속에는 지금도 외동딸을 잃은 슬픔이 끊임 없이 샘솟고 있는 것이다.

"사에구사 형사는 뭐라던가요?"

"잠자코 고개를 끄덕이더군." 하면서 스미코는 히야마의 잔에 맥주를 따랐다.

"걱정하지 않아도 괜찮네. 의심 같은 건 금방 풀릴 게야."
"네."
히야마는 힘없이 맞장구를 쳤다.
"하지만 그 사와무라라는 아이는 어쩌다 살해당한 걸까?"
그렇게 중얼거린 스미코를 보고 히야마는 당황했다. 스미코의 눈동자에는 쇼코를 잃었을 때와 같은 비탄이 깃들어 있었다. 어떻게 그런 눈을 할 수 있는 걸까. 자신의 소중한 딸을 죽인 인간이 아닌가. 스미코를 이해할 수 없다는 감정이 다시 히야마의 머릿속에서 고개를 쳐들었다.

히야마는 사와무라의 죽음을 알았을 때 슬프거나 비통하다는 생각을 하지 않았다. 그저 뭐라 말할 수 없는 유감스러움이 가슴에 엉켜들기는 했지만.

"그 사건이 있고 이제 곧 4년이니까 그 아이들은 열일곱, 여덟 살이 됐겠지."

스미코의 시선은 허공을 헤매고 있었다.

"그 아이의 인생은 이제부터였는데 말이야."

히야마는 스미코의 눈동자의 움직임을 주시했으나 그 가슴 속에 있는 비애의 정체는 도저히 알 수 없었다.

"무슨 사건에 휘말려든 걸까. 아니면⋯⋯."

스미코는 조용히 생각에 잠긴 것 같았다.

스미코가 무슨 말을 하고 싶은 건지 알 수 있었다. 사와무라의 죽음을 알고부터 히야마도 쭉 상상해온 일이다. 사와무라는 다시 남들에게서 원한을 살 만한 짓을 했던 것일까. 쇼코의 사건을 교훈으로 삼지 못하고, 반성이나 갱생과는 먼 생활을 보내고 있었던 것이 아닐까.

"결국 그 아이는 바른 길을 찾지 못했던 걸까……."

스미코는 근심을 담은 눈으로 히야마를 쳐다봤다.

히야마는 대답이 궁했다. 대답할 방법이 없었다. 사와무라가 사건 뒤에 어떤 생활을 보내고 있었는지 히야마는 알 길이 없었던 것이다.

소년법은 소년의 보호와 건전한 육성을 강조하며 범한 죄를 불문에 부치거나 형벌 대신 교육을 실시한다. 이념적으론 훌륭하지만 소년들이 그 뒤 어떤 식으로 갱생했는지 피해자 측은 알 수가 없다. 상대측에서 만나러 오지 않는 한 그들이 어떤 반성을 했는지, 어떤 인간이 되었는지 알 수 없는 것이다. 너덜너덜하게 난도질당한 피해자의 마음을 내버려 둔 채, 가해자는 어둠 속으로 사라져간다.

히야마는 문득 생각했다. 스미코가 느끼는 비애의 정체가 조금이나마 이해된 것 같은 기분이 든 것이다. 스미코는 외동딸을 잃은 괴로움과 맞서며 쭉 마음을 의지할 곳을 찾고 있었던 게 아닐까. 소년들을 증오한다고 죽어버린 쇼코가 돌아오는 건 아니다. 그런 슬픈 현실을 스미코는 옛날에 깨달은 것이 아닐까.

스미코는 기다리고 있었던 건지도 모른다. 언젠가 소년들이 스스로 범한 죄를 받아들이고 올바르게 사회로 돌아와 자신들과 마주 서기를. 잃어버린 것은 결코 돌아오지 않지만 피해자 측의 괴로움을 다소나마 치유할 수 있는 것은 어쩌면 가해자들뿐인지도 모른다.

"알고 싶군요……."

히야마는 중얼거리고 있었다.

그들에 대해 알고 싶다고 생각했다. 그들은 시설 안에서 어떤 생활을 보내고 어떤 생각을 해온 것일까. 사회로 돌아온 그들은 쇼코를 죽인 죄를 어떤 식으로 느끼고 있을까. 혹시 그들은 이미 범행을 한때의 실수로 치부하며 모든 걸 잊고 아무 일도 없었다는 듯 세월을 보내고 있는 걸까.

"그들은 훨씬 전에 사회에 돌아왔습니다. 소년들이 정말로 갱생했는지를 알고 싶습니다."

"알고 싶다니 대체 어떻게 하려고?"

스미코가 걱정스레 물었다.

"사와무라가 송치되었던 시설에 가 보려고 합니다. 내일."

히야마는 흥분을 억누르지 못하고 맥주를 들이켰다.

스미코는 그런 히야마를 얼마동안 잠자코 쳐다본 뒤 기분 좋게 잠든 마나미의 머리를 다정하게 쓰다듬었다.

히야마는 몹시도 지친 눈으로 마나미를 쳐다봤다. 행복해 보이는 표정으로 눈을 감고 있었다. 수영장 꿈이라도 꾸고 있는 걸까. 마나미와 즐거운 나날을 보내고 싶다. 하지만 그 전에 어떻게 해서든 확인해야만 하는 일이 있었다.

히야마는 자는 마나미를 향해 속으로 중얼거렸다.

'미안하다.'

2장
갱생

1

이삭들이 한여름의 햇살을 받고 푸르게 빛나며 물결치고 있었다. 끝없이 이어지는 눈부신 전원 풍경에 히야마는 눈을 껌벅였다. 다카사키선 하행 전차는 텅 비었다. 냉방이 과도한 차 안은 조금 서늘했다.

어젯밤, 스미코의 집에서 돌아온 히야마는 소년법 개정 뒤에 열람 복사한 소년들의 기록을 다시 정독했다. 히야마가 알 수 있었던 것은 범행의 동기나 사건의 상세 등을 기재한 비행 사실에 관한 기록과, 소년들과 법정 대리인의 이름과 주소, 재판 결과와 그 이유뿐이었다. 가정 재판소의 심사관이 작성한 사회 기록이나 감별소의 기관이 작성한 기관 기록 등 소년의 성격이나 성장 과정, 가정환경 등을 서술한 기록은 소년의 사생활과 관련된다고 해서 공개를 거부당했다.

비행 사실의 기록은 히야마가 신문이나 잡지로 알았던 것이 대부분이고 새로운 사실은 없었다. 다만 소년들의 처분에는 차이가 있었다. 소년A, 즉 야기 마사히코는 남학생 대상 아동자립 지원시설 중 유일하게 행동의 자유를 강제적으로 제한하는 국립시설에 송치되었다. 소년B, 즉 사와무라 가즈야는 사이타마 현에 있는 아동자립 지원시설에 송치되었고, 소년C, 즉 마루야마 준은 보호관찰 처분을 받았다. 같은 죄를 범해 놓고 처분에 차이가 생긴 것은, 야기는 사건 전에도 도둑질이나 공갈을 하다가 보호 처분된 경험이 있는 등 범죄 경향이 다른 두 사람보다 심했다고 판단된 결과이리라.

야기가 다른 두 사람을 꼬드겨서 범죄로 이끈 것일까. 소년들이 사건을 일으키기까지 어떤 생활을 보냈는지, 세 사람의 성격이나 인간관계가 어떠한 것이었는지 등 중요한 것을 무엇 하나 알 수 없는 히야마는 소년들을 사건으로 내몬 것의 정체를 상상도 할 수 없었다.

후카야역에 도착해 냉방이 잘 된 차량에서 승강장으로 내려서자 한여름의 강한 햇살이 무자비하게 와서 꽂혔다. 사이타마의 오늘 기온은 35도를 넘었다. 수영장 가기 딱 좋은 날씨였군. 역 앞의 시원한 분수를 보자 수영장에 못 간다고 말했을 때 마나미가 울상을 지었던 게 떠올랐다.

미도리 보육원에 도착할 때까지 마나미는 말을 한마디도 하지 않았다. 보육원에 도착해서도 마나미는 한 번도 히야마를 돌아보지 않고 부루퉁해서 안으로 사라져 버렸다.

히야마에게서 이야기를 듣고 사정을 안 미유키도 미간을 찌푸렸다. 미유키의 그런 표정을 히야마는 처음으로 봤다.

"마나미가 가장 갖고 싶어 하는 장난감이 뭔지 아십니까?"

변명하면서 미유키에게 물었다.

"모모가 그려진 소꿉놀이 세트를 가지고 싶다고 하긴 했지만, 그걸 준다고 없던 일로 할 수는 없을 거예요."

미유키는 찡그린 얼굴로 말했다.

알고 있습니다. 히야마는 거듭거듭 그 말을 집어 삼켰다.

미유키의 태도에서 딸과의 약속을 깼다는 책망 이상이 담겨 있는 것 같아 곤혹스러움을 느꼈다. 미유키의 걱정에도 일리는 있다. 아마도 쓸데 없이 무슨 성가신 일에 휘말려 드는 것이 아닌가 걱정해 주고 있는 것이다. 또한 히야마는 경찰의 의심을 사고 있다. 범인이 잡힐 때까지 얌전히 있는 게 옳다는 것은 히야마도 잘 알고 있었다.

히야마는 역 앞 로터리에서 지도를 펼쳤다. 사와무라 가즈야가 송치됐던 현립 와카쓰키 학원은 사이타마현 후카야시에 있으며 다카사키선 후카야역에서는 약 3킬로미터 정도 떨어져 있었다. 역 앞 안내판을 보고 와카쓰키 학원으로 향하는 버스를 찾았다. 해당 버스가 마침 정류장에 서 있었다. 뜨겁게 달궈진 아스팔트에서 달아나고자 서둘러 버스에 올라탔다.

뭔가가 등을 떠밀고 있었다. 앞으로 자신이 하려는 일에 얼마만큼의 의미가 있는 건지는 분명치 않았지만 가만히 있을 수가 없었다. 와카쓰키 학원에 간다고 과연 사와무라의 이야기를 들을 수 있을지는 알 수 없다. 사생활 노출은 안 된다며 문전박대 당할 가능성도 높을 것이다. 시설 사람들은 사와무라의 살해범이라고 생각해 히야마를 노골적으로 혐오할지도 모른다. 마나미의 그런 슬픈 얼굴을 보면서까지 사와무라의 생활을 캐는 데에 얼마만큼의 의미가 있을까. 마나미를 무엇보다도 우선해야 할 터인데.

와카쓰키 학원 앞 버스 정류장에는 역에서 10분 정도 걸려 도착했다.

히야마는 버스에서 내려 지도를 확인한 뒤 큰길에서 곁길로 들어갔다. 얼마 걷다 보니 기계의 진동음과 매미 소리의 2중주가 귀에 울렸다. 미로 같은 좁은 골목을 걸으면서 주위를 둘러봤다. 오래된 주택과 소규모 공장, 물류창고가 밀집해서 묘한 압박감이 들었다. 이 골목에 들어온 뒤로 체감온도가 적어도 3도는 올라갔을 것이다. 히야마는 이마에서 넘쳐나는 땀을 닦으며 탐방을 계속했다.

기계 진동음이 멀어지고 매미의 독주가 되었을 때, 새로운 소리가 귀에 끼어들었다. 합주 소리다. 음이 잘 맞지 않지만 「에델바이스」의 음색이 멀리서 들려온다. 그때, 시야에 녹색 벽이 펼쳐졌다.

히야마는 주위를 둘러봤다. 넓은 부지를 둘러싼 그리 높지 않은 철조망에는 초목이 얽혔고 안쪽에는 키 큰 상록수가 우거졌다. 히야마는 철조망 너머로 안을 엿봤다. 그 공간은 광대한 삼림공원이나 잡목림처럼, 좁은 길 하나를 사이에 둔 시끄러운 주변과 비교해 고요한 것이 이질적인 공기와 시간이 흐르고 있었다.

틀림없다. 이곳이 사와무라가 있었던 와카쓰키 학원이다.

히야마는 초목이 얽힌 낮은 철조망을 보고 자신이 상상했던 광경과 크게 다른 것에 놀랐다. 소년범들을 수용한 시설이니 단단한 콘크리트 벽에 에워싸인 황량한 광경일 거라고 멋대로 생각하고 있었던 것이다.

히야마는 소년들의 보호 처분이 결정됐을 때, 아동자립 지원시설이라는 생소한 시설에 대해서도 조사했다. 쇼코의 생명을 빼앗은 소년들이 앞으로 어떤 시설에 들어가 어떤 속죄의 나날을 보내는 것인지 알고 싶었던 것이다.

아동자립 지원시설은 불량행위를 하거나 할 우려가 있는 아동, 또는 가정환경 등의 이유에서 생활지도를 필요로 하는 아동을 입소시켜 풍요로운 자연환경 속에서 자립을 촉진하는 아동복지시설이다. 종래까지 교화원이라고 불렸으나 아동복지법의 개정에 의해 명칭이 변경되었다. 교화원이라는 명칭은 히야마도 들은 적 있었다.

전통적으로는 소사 부부제라는 제도가 있어 부부 직원이 가정적인 분위기의 기숙사에서 24시간 아이들과 생활을 함께 하는 형태가 주였다. 최근 들어서는 직원 교대제 시설이 늘었으며 기숙사의 크기도 대형, 중형, 소형 등 제각각이다. 시설에서는 통상의 학교와 같이 수업이 있고 클럽 활동도 있다. 또 작업 지도에서는 아이들의 정서를 키우는 데 좋다고 해서 농작이나 토목 작업 등이 시행되고 있다.

히야마는 일단 정문을 찾아 철조망을 따라 걸었다. 가끔씩 철조망 너머로 안이 보인다. 채소밭이 있었다. 토마토며 오이가 심어져 있어서 저지를 입은 아이들이 식물을 가꾸고 있었다.

나무 틈새로 2층 건물이 몇 동인가 보였다. 창밖에 빨래가 널렸다. 에델바이스의 음색이 서서히 커져 온다. 한층 커다란 건물이 보였다. 체육관일까. 아이들의 노랫소리가 들려왔다.

그 즐거운 듯한 목소리에 히야마는 서서히 신경이 예민해지는 것을 느꼈다. 여기 있는 아이들에 대한 감정이 아니다. 그러나 이 학원에 사와무라 가즈야가 있었던 것이다. 쇼코의 생명을 빼앗은 그 소년이.

이것은 죄에 대한 벌이 아니다. 소년들의 보호 처분이 결정됐을 때에 느꼈던 분노가 히야마의 마음속에 되살아났다.

학원에서 직원들과 함께 살며 공부를 하고, 클럽 활동을 하고, 채소를 가꾸고, 명랑한 생활을 보낸다. 그런 생활을 한 것으로 그는 자신이 범한 죄의 속죄를 마쳤다고 착각하고 사회로 돌아간 것일까.

답답한 마음에 하늘을 올려다본 히야마는 자리에 멈춰 섰다. 철조망 너머에 우뚝 선 커다란 백합나무가 외부 세계의 위협으로부터 학원과 아이들을 지키고 있는 것처럼 느껴졌다.

나무들 틈새로 교정이 보였다. 체육복을 입은 아이들이 야구를 하고 있었다. 교정 구석에 안쪽에 보이는 2층 건물이 교사 같았다.

히야마는 교문을 들어갔다. 교문 옆 화단에 해바라기가 피어 있었다. 왼편에 펼쳐진 교정을 바라보면서 교사로 향했다.

야구를 하는 아이들의 표정은 자유로웠다. 다들 어떤 문제를 가진 아이라고는 생각되지 않았다. 귀갓길에 보는 학교 학생들보다 훨씬 아이다운 쾌활함이 넘쳤다.

발치에 공이 굴러 왔다. 히야마는 공을 들어 쫓아온 소년에게 던져 줬다. 공을 받은 소년은 "감사합니다."하고 씩씩하게 말한 뒤 교정으로 돌아갔다.

아이들에게 야구를 지도하던 교사풍의 젊은 남자와 눈이 마주쳤다. 젊은 남자가 히야마에게 다가왔다.

"안녕하십니까."

거무스름한 피부에 땀이 잔뜩 맺힌 남자는 히야마에게 말을 걸어 왔다.

"무슨 일로 오셨습니까?"

남자는 싹싹하게 물었다.

호감 가는 웃는 얼굴이 아이들이 형처럼 잘 따르는 체육교사를 연상시켰다.

얼마 동안 히야마가 대답을 못하고 있자니 "죄송합니다. 이곳은 관계자 외 출입금지라서요."하고 조심스레 말해 왔다.

"이전에 이 학원에 있었던 사와무라 가즈야 군에 대해 이야기를 좀 듣고 싶은데요."

히야마의 말을 듣고 남자의 표정이 바뀌었다.

"매스컴에서 오셨습니까?"

아까까지의 웃는 얼굴은 순식간에 사라지고 없었다. 그는 눈치를 살피는 것처럼 히야마의 얼굴을 쳐다봤다.

"아뇨, 저는 히야마라고 합니다."

젊은 남자는 그 이름을 듣고 표정이 굳어졌다.

히야마는 남자의 표정을 보고, 자기 이름이 최근 며칠간 학원내를 한창 떠돌았으리라는 것을 알아차렸다. 당황한 남자는 히야마를 추궁해야 할지 내쫓아야 할지 스스로 판단이 안 되는 듯 일단 히야마를 교사의 응접실로 안내했다.

응접실 소파에서 잠깐 기다리자니 아까 그 젊은 남자와 함께 지긋한 나이의 여성이 나타났다.

"이 학원의 원장을 맡고 있는 사쿠라이입니다."

포동포동한 여자 원장은 부드러운 어조로 자기소개를 하고 젊은 남자와 함께 히야마의 맞은편에 앉았다. 사쿠라이 원장은 히야마에게 마실 것을 권하며 말을 꺼냈다.

"사와무라 학생의 일로 하실 이야기가 있다고요."

"네. 느닷없이 찾아뵈어 죄송합니다."

단호한 거절이나 비난을 각오했던 히야마는 사쿠라이의 온화한 태도에 안도했다.

"사와무라의 무엇을 듣고 싶으신지요."

"알고 계시겠지만 그 소년은 저의 아내를 죽였습니다."

히야마의 직설적인 말에 사쿠라이는 처음으로 당혹스러운 표정을 띠면서 옆의 남자에게 힐끗 시선을 향했다. 젊은 남자는 꺼림칙한 일을 불러들였다는 부담감에서인지 힘없이 고개를 숙였다.

"형사 처분을 받지 않은 그 학생은 이 학원에 송치되었습니다. 그가 이 학원에서 어떤 매일을 보내고 어떤 생각을 하고 있었는지를 알고 싶어서 실례를 무릅쓰고 찾아뵈었습니다."

"히야마 씨의 기분은 이해합니다만, 학생의 사생활에 관련된 이야기는 하기가 어렵습니다. 이 학원에 입소하는 학생들은 저마다 복잡한 사정이 있는 아이들이 많거든요. 그런 아이들을 지도 하는 데는 학생과 직원 사이의 긴밀한 신뢰가 중요합니다. 저희들이 부외자인 분에게 학생의 사생활을 멋대로 유출했다가는 학생과의 신뢰를 해칠 위험이 있습니다."

사쿠라이 원장의 부드러운 어조 속에 단단한 벽을 느꼈다. 히야마는 조금 낙담했다.

"사생활이라고 하십니다만, 이곳의 생활을 아는 것이 어떤 해가 되는 것일까요?"

히야마는 어떻게든 돌파구를 뚫고자 잇따라 말했다.

히야마의 물음에 사쿠라이 원장은 대답이 궁해진 것처럼 침묵했다. 히야마를 보면서 한참 생각을 하고 있는 것 같았다.

"제게는 딸이 있습니다."

히야마는 개의치 않고 말을 이었다.

"딸은 생후 5개월 때에 눈앞에서 어머니를 잃었습니다. 갓난아기였기 때문에 다행히도 그때의 기억은 없는 것 같습니다. 딸은 이번 해로 네 살이 되었는데, 아직 자신과 어머니에게 닥친 사건에 대해 이해할 수 있는 연령이 아닙니다. 엄마는 하늘의 별님이 되었단다라고 말해도 아직 어떻게든 납득해 주는 나이입니다. 그러나 딸도 언젠가는 자신과 자기 어머니의 신상에 일어났던 일을 알게 되겠죠. 그리고 사건과 마주해야 할 때가 올 겁니다. 그렇지만 그때도 딸은 자기 어머니의 생명을 빼앗은 가해자에 대해서 아무것도 알 수가 없을 것입니다. 부모로서도 아무것도 이야기할 수 없습니다. 그들에 대해 아무것도 모르니까요."

"불행한 일이로군요······."

사쿠라이 원장은 마나미의 장래를 생각한 건지 탄식했다.

"따님은 사건에 대해 알고 싶다고 생각할까요? 자기 어머니의 생명을 빼앗은 가해자에 대해서."

"모르겠습니다."

히야마는 숨을 한 번 내쉬었다.

"다만 딸에게는 알 권리가 있다고 생각합니다. 가해자들이 어떤 식으로 속죄하며 살고 있는지 알고 싶어하는 것은 유족에게 당연한 일이라고 생각합니다. 당연하고 또 절실한 일입니다."

그런 당연하고도 절실한 심정은 소년의 보호와 미래라는 이름 아래 언제나 구석으로 내몰리고 만다. 피해자의 마음은 평생 안정을 찾지 못한 채 갈 곳 없는 분노를 안고 있어야만 하는 것이다. 마나미는 그런 마음을 모르고 자라기를 바랐다.

"사와무라 가즈야는 이제 이 세상에는 없습니다."

사쿠라이 원장과 젊은 남자의 표정이 동시에 어두워졌다. 며칠 전에 일어난 사와무라의 죽음을 다시금 실감한 것이리라.

"솔직히 말해서 저는 지금도 그 소년을 원망하고 있습니다. 이제 그 소년에게서는 영원히 사죄의 말을 들을 수 없고, 갱생한 모습도 볼 수 없습니다. 이대로는 저도 딸도 그 소년을 평생 용서하지 못한 채 살아가야만 할지도 모릅니다."

사쿠라이 원장은 연민의 표정으로 히야마를 쳐다봤다. 그것은 아내를 잃은 남자에 대한 동정일까, 아니면 죽은 인간을 계속해서 증오하는 남자에의 동정일까. 사쿠라이 원장은 마음속으로 망설이고 있는 것 같았다.

사쿠라이 원장은 젊은 남자를 돌아보며 말했다.

"이토 씨, 스즈키 씨 부부를 불러다 주세요."

이토라고 불린 남자의 얼굴에는 순간 당황한 표정이 나타났지만 "네."하고 응접실을 나갔다.

스즈키 부부가 나타날 때까지 사쿠라이 원장은 히야마에게 이 학원의 설명을 했다. 와카쓰키 학원은 소사부부제를 채용하고 있으며 전부 일곱 개 기숙사가 있다. 사와무라는 스즈키 부부가 관리하는 기숙사에서 2년간 생활했다. 스즈키 부부는 20년 가까이 이 학원에서 일하고 있으며, 아이들과 항상 생활을 함께 하면서 아이들의 자립을 위해 헌신하고 있었다.

애당초 아동자립 지원시설은 형무소처럼 죄를 갚는 시설도, 소년원처럼 교정시키는 시설도 아니다. 어디까지나 어린이의 자립을 목적으로 한 복지시설이다.

현행 소년법으로는 미성년자가 살인 등의 중대 사건을 일으켜도 14세 이상이 아니면 소년원에는 들어가지 않는다. 14세 미만이라면 어떤 중죄를 저질러도 아동자립 지원시설에 들어갈 수밖에 없는 것이다. 와카쓰키 학원에서도 살인에 연루된 소년을 맡은 건 사와무라가 처음이라 처음에는 상당히 곤혹스러웠다는 듯하다.

"실례합니다."

스즈키 부부가 조용히 들어와 히야마에게 얼굴을 향했다. 쉰 정도 되어 보이는 중년 부부는 장례식에서 막 돌아온 것 같은 침통한 얼굴로 고개를 숙이고 있었다.

"기숙사장, 이쪽은 히야마 씨입니다."

원장의 소개에도 기숙사장이라고 불린 초로의 남자는 좀처럼 히야마와 시선을 마주치려 하지 않았다. 실내에 답답한 공기가 흘렀다.

"기숙사모인 스즈키입니다."

기숙사장의 처가 무겁게 깔린 공기의 압력에 진 것처럼 머리를 숙였다.

"뭡니까, 이야기라니."

기숙사장은 적의를 노골적으로 드러낸 눈으로 히야마를 내려다봤다.

"우선 두 분 다 앉으세요."

사쿠라이 원장이 중재했다.

"히야마 씨가 사와무라 군이 어떻게 지냈는지 듣고 싶다고 하시네요."

"새삼스럽게 그런 걸 들어서 어쩌자는 겁니까? 가즈야가 죽어 당신은 만족일 것 아닙니까."

기숙사장은 내뱉듯이 말했다.

"스즈키 씨. 진정하세요."

그래도 스즈키 기숙사장의 분노는 그치지 않았다.

"텔레비전에서 그랬죠. 소년들을 죽이고 싶다고요. 그 말이 얼마나 가즈야를 상처 입히고 갱생을 저해하는 것인지 아십니까?"

"스즈키 씨!"

사쿠라이 원장이 나무랐다.

"히야마 씨도 부인을 잃으셨습니다. 히야마 씨는 그를 용서하고 싶다고 생각하기 때문에 일부러 여기까지 오신 겁니다."

기숙사장은 감정을 억누르고 입을 다물었다. 그래도 안에서는 속이 부글거리는지 소파에 앉아서 침착성 없이 몸을 흔들고 있었다.

 2년간 학원 안에서 함께 살았으면 스즈키 부부에게 있어서 사와무라는 분명 아들과 같은 존재였을 것이다. 그런 그가 무참히 살해당했다. 히야마는 스즈키 부부의 심정을 조금은 이해할 수 있었다.

 "어떤 이야기를 하면 좋을까요?"

 기숙사모가 히야마에게 물었다.

 "사와무라는 사건에 관해 어떤 이야기를 했습니까?"

 "솔직히 말해서 사건에 대해서는 거의 이야기를 한 적이 없습니다. 그보다, 저희 직원들이 가능한 한 그 화제를 피했습니다."

 기숙사모가 조용히 대답했다.

 "그렇습니까."

 "히야마 씨는 불만스러우시겠죠. 물론 일상생활에서는 하면 안 되는 일을 할 때마다 꾸짖고, 반성을 지시하기도 합니다. 매일같이 아이들의 품행을 지도하고, 비행을 극복하거나 자립할 수 있도록 최대한 노력하고 있습니다만, 그 건에 관해서는……."

 거기서 기숙사모가 말을 흐렸다.

 "정신적으로 성숙하지 않은 아동에게 자신이 범한 죄의 무게를 들이대면 그 죄의 무게에 견디지 못하고 혼란에 빠지지 않을까 생각합니다."

 "사와무라는 어떤 소년이었습니까?"

 "들어온 당초에는 온몸의 신경을 바늘처럼 곤두세우고 사람을 얼씬 못하게 하는 분위기였습니다. 생각해 보면 그런 사건을 일으켜 내심 자포자기한 상태가 아니었나 싶군요. 다른 아동들은 당연히 사와무라가 일으킨 사건을 몰랐지만 그 아이에게는 주위 사람들이 자신을 비난하고 있다는 피해망상이 있었던 건지도 모릅니다. 하지만 이곳에서 생활해 가는 사이에, 또 사와무라 군은 원래 야구를 잘했기 때문에 야구부에 입부해서부터는 특히, 점점 다른 아동들과도 마음을 터놓게 되어 처음과는 비교도 할 수 없을 정도로 명랑해졌습니다. 본래는 분명 그런 소년이었겠죠. 학원에서 문제를 일으킨 적은 한 번도 없는 데다가, 오히려 학원에 있는 아동들 가운데서도 말을 잘 듣고 얌전하며 다정한 아이었다고 기억합니다. 그래서 그가 어째서 그런 사건을 일으킨 건지 저는 아직껏 믿어지지 않을 정도랍니다."

"사건을 일으키기 전에는 어땠습니까?"

"초등학교 6학년 때 한 번 도둑질로 잡힌 적이 있다고 들었습니다. 양친께서 가게에 사과하러 가셨다더군요. 그 외에는 딱히 눈에 띄는 비행은 없었던 것 같은데요."

"가정환경은?"

"아무 문제도 없습니다. 학원 아동의 70퍼센트 정도는 가정에 친부모가 갖춰져 있지 않답니다. 모자가정이거나 부자가정이거나 재혼하셨거나. 혹은 부모님이 행방불명된 아이도 있습니다. 아이에게 있어서 가정환경이라는 것은 정말로 중요하니까요."

기숙사모의 이야기를 듣던 히야마는 문득 마나미 생각이 머리를 스쳤다. 마나미도 부자가정의 아이인 것이다. 히야마는 자신의 모든 애정을 마나미에게 바치려고 노력해 왔다. 그래도 마나미의 마음속에는 군데군데 조각이 빠진 퍼즐 같이 채워지지 않는 쓸쓸함이 존재하는 게 아닐까.

히야마의 표정을 보고 기숙사모가 화들짝 놀란 것처럼 "물론 그것이 곧바로 비행의 원인이 되는 건 아니겠지만요." 하고 말을 맺으며 입을 닫았다.

"신경 쓰지 마십시오. 사와무라의 가정환경은 양호했다는 거군요."

"네, 곧잘 가족이 함께 학원을 찾아왔답니다. 처음에는 부모와 만나는 데에 저항이 있었던 것 같았지만 양친께서 시간을 들여 사와무라의 마음을 누그러뜨렸던 것이겠죠. 나이 차이가 많은 여동생이 있는데 사와무라는 그 동생을 몹시 귀여워하고 있었습니다."

히야마는 심경이 복잡해졌다. 자기들 가정은 그렇게 위하는 사와무라 가즈야나 그 가족 중 쇼코의 명복을 빌기 위해 찾아온 사람은 아무도 없었다. 가족관계의 회복에 소비하는 시간의 일부라도 피해자를 위해 뭔가를 하자는 마음은 들지 않았던 것인가.

"이곳을 나간 뒤 사와무라가 어떤 생활을 보냈는지 아십니까?"

히야마는 분노를 억누르면서 물었다.

"야간 고등학교에 다니면서 낮에는 가까운 인쇄공장에서 일하고 있었다고 들었습니다. 처음으로 급료가 나왔을 때에는 이곳의 아동들을 위해 과자를 잔뜩 사서 인사를 하러 왔죠."

"최근에도 학원에 얼굴을 비쳤습니까?"

"아뇨, 최근 1년 정도는 오지 않았습니다. 학교나 일이 바쁜가 보다 생각하고 있었습니다."

"최근 들어 나쁜 친구들과 어울리고 하지는 않았습니까?"

"그러지 않았다고 생각하는데요."

"누군가에게 원한을 살 짓을 했을 가능성은 없습니까?"

지금까지 막힘없이 사와무라에 대해 이야기하던 기숙사모가 입을 다물고 기숙사장을 쳐다봤다.

"그는 정말로 갱생했던 것일까요?"

히야마는 어느새 힐문하고 있었다.

히야마의 질문이 마음에 걸린 건지 스즈키 부부는 얼마 동안 얼굴을 마주보고 있었다.

"정말로 갱생했다고 생각하십니까?"

히야마는 어둡게 가라앉아가는 스즈키 부부의 얼굴을 보고 자기혐오를 느끼면서 다시 한 번 물었다.

"가즈야는 갱생했습니다."

지금까지 잠자코 있던 기숙사장이 입을 열었다.

히야마는 기숙사장에게 시선을 향했다. 기숙사장은 히야마를 빤히 쳐다보고 있었다. 히야마에게 그것은 확신이 아니라 매달리는 듯한 눈으로 느껴졌다.

"어떻게 그렇게 잘라 말할 수 있습니까?"

"저는 가즈야를 믿습니다."

기숙사장은 의연한 어조로 말했다.

대답이 되지 않는다고 히야마는 생각했다. 다만 기숙사장의 말에는 논리로는 헤아릴 수 없는 무게가 있었다. 20년이 가까운 시간 동안 자신의 인생을 아이들의 자립에 바쳐 온 이 사람들에게 있어서 신뢰라는 것은 무엇보다도 소중한 신념이리라.

히야마는 소년의 갱생을 돕는 사람들에게 머리가 숙여졌다. 그래도 어린이에게 애정을 쏟으며 갱생을 돕는 자와 그 어린이에게 소중한 인간을 빼앗긴 피해자 사이에 자리 잡은 깊은 골은 메울 수 없을 것 같았다.

기숙사장이 기숙사모를 봤다.

"당신, 리에 기억해?"

히야마는 무슨 이야기인가 하고 기숙사모 쪽을 봤다.

"리에는 사와무라가 기숙사에서 부모 역할을 할 때에 학원에 들어온 여자 아이인데요. 당시 초등학교 6학년이었는데 가출이나 방황을 거듭 하고 있어서 장래 죄를 범할 우려가 있다는 이유로 아동상담소에서 송환되어 왔답니다."

"부모 역할이라는 건 뭡니까?"

"이 학원에서는 아동들 사이에 부자 제도라는 것을 도입하고 있습니다. 학생들 간에 선배가 신입생의 부모가 되어서 기숙사 생활이나 학원의 규율을 지도하는 겁니다. 부모의 역할을 경험함으로써 가르치는 어려움을 배우고 자신감을 가지는 것을 목적으로 합니다. 사와무라도 이곳을 나갈 때까지 1년 동안 부모 역할을 했습니다. 사와무라는 내키지 않아 했지만 기숙사에서 부모 역할을 맡겼다는 것은 저희가 신뢰를 두고 있었다는 말입니다. 그런 시기에 리에가 저희 기숙사에 들어왔습니다."

기숙사모는 옛날을 돌아보며 쓴웃음을 지었다.

"리에는 어른들을 불신했는지 반항적인 데다가 문제 행동도 많고 해서 저희도 꽤나 애를 먹었답니다. 사와무라는 그런 리에를 괘씸하게 느꼈던 것 같습니다. 하필 자신이 부모일 때 이렇게 성가신 아이가 들어왔다고 말이죠. 그러던 어느 날, 저녁 식사 시간에 리에가 자신의 가정 이야기를 했습니다. 리에는 아기일 때 어머니가 돌아가셔서 그 후로 부친과 둘이서 살아왔다고 합니다. 부친은 매일 밤 일로 귀가가 늦어져서 항상 쓸쓸했다죠. 우연히 나온 이야기였는데 그 이야기를 듣고 사와무라가 갑자기 울음을 터뜨리지 않겠습니까. 오열이 멈추지 않는지 쭉 식탁에 엎드려서 흐느끼고 있었죠. 리에도 다른 아동들도 영문을 모르고 입을 쩍 벌린 채 사와무라를 보고 있었습니다."

어째서 사와무라는 갑자기 운 것일까. 그 의문에 대답하는 것처럼 기숙사모는 따스한 시선을 히야마에게 향했다.

"아마도 사와무라는 히야마 씨의 따님을 생각해서 울었던 게 아닐까요? 그때까지 히야마 씨나 따님에 대한 구체적인 말은 없었지만, 사와무라는 후회와 죄책감으로 괴로워했던 게 아닐까 저희는 생각합니다. 그 후로 사와무라는 리에를 자기 가족인 것처럼 정말로 잘 돌봐 주었습니다. 리에에게 없는 뭔가를 메우고자 필사적으로 노력했다고 생각합니다. 그런 사와무라의 태도에 리에도 조금씩 마음을 열었습니다."

히야마는 잠자코 기숙사모의 이야기를 듣고 있었다.

사와무라의 오열…….

그것은 정말 마나미를 생각해서였을까. 사와무라의 마음속에 있었던 후회나 죄책감의 발로인 것일까.

"갱생에는 시간이 걸린다고 생각합니다."

기숙사장이 감정을 담아 말했다.

"잘못했습니다 라고 가즈야가 당신 앞에서 흐느껴 울면 충분한 반성이라 할 수 있을까요? 그런 말은 입으로라면 얼마든지 할 수 있습니다. 마음에 없는 말을, 그 자리를 모면하기 위해 할 수 있는 아이는 얼마든지 있습니다. 유감스럽지만 저희들은 그런 아이들을 많이 봐왔습니다. 진짜 반성은 마음속에서 조용히 싹터 가는 것이라고 생각합니다. 결국 앞으로의 그들 인생에서 느껴 갈 수밖에 없으니까요."

히야마는 스즈키 부부의 이야기를 듣고 조용히 눈을 감았다. '그럼 나는 평생 느낄 수 없겠군요.'라는 생각을 집어삼키면서.

"말씀 감사합니다."

이 이상 들을 말이 없다고 생각한 히야마는 스즈키 부부와 사쿠라이 원장에게 머리를 숙이고 응접실을 뒤로했다.

교정에서는 아이들이 아직 신나게 야구를 하고 있었다. 이토는 아이들을 응원하면서 연습을 시키고 있다가 히야마와 시선이 마주치자 거북한 듯이 가볍게 목례했다.

빨간색 체육복을 입은 소녀가 교문의 화단에 물을 주고 있었다. 소녀는 교문을 향해 걸어오는 히야마에게 고개 숙여 인사했다. 히야마도 따라서 인사하고 교문을 나왔다. 얼마동안 걷다가 문득 뒤를 돌아봤다. 머리를 뒤로 묶은 소녀는 사랑스럽다는 표정으로 꽃을 보고 있었다.

저 소녀에게는 어떤 사정이 있는 걸까. 소녀의 투명한 피부를 보면서 든 생각이었다.

2

다카사키선 전차 안에서 흔들리면서 히야마는 와카쓰키 학원에서 들은 이야기를 떠올리고 있었다.

여전히 애매한 윤곽에 지나지 않지만 스즈키 부부가 이야기한 사와무라의 인상은 히야마의 예상을 빗나간 것이었다. 스즈키 부부는 사와무라가 후회와 죄책감으로 괴로워했다고 이야기했다. 다만 그 말을 그대로 믿을 수는 없었다. 히야마의 가슴 속엔 찝찝함만 늘어갔다.

차창 밖으로 흘러가는 전원풍경을 쳐다보면서 또 하나의 의심이 히야마의 뇌리에 떠올랐다.

사와무라는 사건 전까지는 학교에서도 특별히 문제가 있는 학생이 아니었다. 명랑하고 다정한, 마음 씀씀이 좋은 소년이었다고 기숙사모도 이야기하고 있었다. 본래 성격이 그랬으리라고도 했다. 가정환경에도 문제가 없다. 가족은 사이가 좋았던 듯하다. 그런 소년이 어째서 살인 사건을 일으켰던 걸까.

동급생인 야기 마사히코나 마루야마 준의 영향인 것일까.

바지 주머니에서 휴대전화가 진동했다. 꺼내서 액정 화면을 보자 미유키에게서 문자가 와있었다.

'빨리 돌아와 주세요!'

메시지 옆에는 화난 얼굴 모양 이모티콘이 곁들여져 있었다.

전차는 아게오를 지나 이제 곧 오오미야에 도착한다. 히야마는 손목시계를 봤다. 아직 2시 30분을 조금 지났을 뿐이다. 이제부터 보육원에 돌아가 마나미를 영화관에 데리고 가 화를 풀어 줄 수도 있는 시간이었다.

그러나 히야마에게는 또 한곳 가 보고 싶은 장소가 있었다. 소년들이 살았던 지역이다. 새삼스레 그들이 살았던 곳을 찾아서 어쩌자는 건지 의구심이 들기도 했다. 사와무라는 이타바시로 이사갔다. 다른 소년들도 이미 그 지역에서 모습을 감췄을 게 틀림없다. 하지만 어쩌면 사건 전 소년들의 생활을 엿볼 수 있는 것을 발견할 수 있을지도 모른다.

'죄송합니다.'하고 히야마는 미유키에게 답장을 보냈다. 메시지 옆에는 사과하는 이모티콘을 빠뜨리지 않고 덧붙였다.

오오미야에서 그들이 살던 도코로자와시 항공 공원에 가려고 하자 고생이 이만저만이 아니었다. 몇 가지 가는 방법이 있지만 어느 쪽이나 국철과 사철을 이리저리 바꿔 타며 역에서 역까지 도보로 이동하는 수고를 더해야 했다. 히야마는 가와고에역까지 간 다음 거기서 10분 정도 걸어 혼카와고에역부터 세이부신주쿠선을 타기로 했다.

항공 공원역에 내리자 상쾌한 공기가 피부에 느껴졌다.

역 앞에서 뻗은 정비된 도로 양쪽에는 느티나무 가로수가 쭉 늘어섰다. 나뭇잎 사이로 비쳐드는 햇살을 맞으면서 큰길을 따라 가다보니 산뜻한 문화센터 건물이 보였다. 바로 옆에는 녹음이 우거진 광대한 공원이어서 경관 좋은 한가로운 풍경이 전면에 펼쳐져 있었다.

아이를 키우기에는 더할 나위 없는 환경이다. 히야마는 마나미와 이 길을 산보하는 광경을 상상하다가 여기 온 이유를 떠올리고 상념을 쫓으며 지도를 꺼냈다.

히야마는 지도에서 소년들의 주소와 중학교의 위치를 확인하고 항공 공원을 가로질렀다. 잔디 내음이 나는 공원에서는 커플과 가족들이 산보를 즐기고 있었다. 광장에서는 아이들이 직접 만든 점프대를 놓고 롤러스케이트며 스케이트보드를 타고 놀고 있었다.

이 지역에는 자연이 살아 있고 놀 장소도 많다. 사와무라를 비롯한 소년들은 이 지역에서 어떤 생활을 하고 있었던 걸까. 히야마는 스케이트보드를 타는 아이들을 옆으로 보면서 상상했다. 따분한 매일이라고 느끼고 있었을까.

소년들은 옆 정거장인 도코로자와에 있는 오락실이나 노래방에서 놀고 있었으리라. 하늘이 반도 안 보이는 번화가에 무리지어 있던 소년들은 이윽고 놀 돈이 없어져 빈집털이를 하자고 모의한다. 그리고 히야마 가족이 사는 지역에 온 것이다…….

그 뒤의 상상을 갑자기 솟아오른 의문이 방해했다. 그런데 어째서 기타우라와에 온 것일까. 항공 공원에 사는 아이들이 빈집털이를 하자고 생각한 장소가 어째서 기타우라와였던 것인가.

아까 느낀 것처럼 그들이 있던 도코로자와에서 히야마가 살던 기타우라와에 가려면 상당히 고생스럽다. 역에서 역까지 도보로 걸으며 최소 세 번은 갈아타야 하므로 대략 한 시간은 걸릴 것이다. 거기다 히야마의 맨션은 기타우라와역에서 도보로 십 분 정도 걸린다.

빈집털이를 마음 먹은 이상 자신들이 사는 지역에서 먼 곳에서 하는 것이 잡힐 가능성이 낮겠다고 생각했을 수도 있지만 들어가는 교통비와 수고를 고려하면 너무나도 비효율적이었다. 야기는 사건 전에도 공갈 등으로 보호 처분된 적이 있다고 주간지에 적혀 있었다. 단순히 유흥비가 필요한 것뿐이라면 좀 더 간단한 방법이 있지 않았을까. 그 소년들 가운데 기타우라와 지역에 밝은 아이가 있었던 걸까. 가정재판소에서 열람한 기록에는 그 점에 대한 기술은 없었다.

히야마는 공원을 걸으면서 생각했다.

처음에는 작은 의문이었다. 자신과 가까운 사람의 죽음은 어떤 식이 되더라도 부당하게 여겨지는 법인지도 모른다. 그러나 쇼코의 죽음은 뭔가 강인한 운명에 의해 억지로 끌려온 것 같다는 생각이 자꾸만 들었다.

기록에 의하면 소년A, 즉 야기 마사히코가 사건 당시 살았던 집은 항공 공원과 국도 사이에 자리 잡은 주택가에 있었다. 바로 옆을 오가는 자동차의 소음과 삼림의 고요함이 공존하고 있었다. 히야마는 목적한 주소를 찾고 그 구획을 빙 돌아봤다. 좁은 택지에 낡은 집과 새 집이 어깨를 견주며 서 있었다. 그중에 야기라는 문패는 보이지 않았다.

주차장에서 세차를 하던 남자와 눈이 마주쳤다. 이 주변을 배회하는 히야마를 수상쩍게 보는 눈치였다.

"무슨 일이십니까?"

남자가 미심쩍은 표정을 띠우고 물었다.

"이 근처에 야기 씨라는 분이 사십니까?"

남자는 그 이름을 듣더니 혐오스럽다는 듯이 맞은편 집을 가리켰다.

"거기 살았지만 지금은 없습니다."

불쾌감을 드러낸 어조에 히야마는 더 이상의 질문을 관뒀다.

그 사건이 일어났을 때 인근 주민들은 분명 매스컴의 방문 등 어떠한 형태로든 피해를 입었을 것이다. 히야마는 남자에게 인사를 하고 그곳을 떠났다.

소년C……. 마루야마 준이 당시 살고 있었던 곳은 역 앞에서 이어지는 큰길을 보고 선 맨션이었다. 고급스러운 외관, 부지에서 건물 입구까지 사이의 작은 광장엔 초목이 가득했다. 넓은 건물 현관에는 자동잠금장치가 달려있고 관리인이 상주하고 있는 것 같았다.

히야마는 현관에 달린 우편함을 보고 다녔다. 712호실. 역시나 마루야마의 이름은 거기에 없었다.

"무슨 일이오?"

관리인실에 달린 작은 창으로 초로의 남자가 히야마에게 말을 걸었다.

"712호실의 마루야마 씨는 이사 가셨습니까?"

히야마는 창에 다가가 관리인에게 물었다.

"712호실의 마루야마 씨라니, 그 마루야마 씨 말이오?"

흥미가 생긴 듯 관리인이 창으로 머리를 디밀었다.

"네."

"마루야마 씨랑 아는 사이?"

"뭐, 아는 사이라고 할까……."

히야마는 말을 흐렸다.

"혹시 매스컴에서 나왔소?"

히야마가 잠자코 있자니 관리인은 예상이 맞았다는 듯 희희낙락한 표정으로 말했다.

"역시나. 텔레비전에서 본 적 있는걸, 당신 얼굴. 아직까지 그 사건에 대해 조사하고 있는 거요?"

"네, 그렇습니다."

히야마는 관리인의 착각을 굳이 바로잡지 않았다.

"하지만 마루야마 씨는 벌써 나갔다오. 그 사건이 일어나고 바로 말이지."

"그렇군요. 그 뒤 어디로 이사 갔는지 아십니까?"

"아니, 모르겠는데. 아무래도 도망치듯 나갔으니 말이오. 이웃들에게도 아무 말 없었던 것 같고."

히야마는 흥미롭다는 시선을 가장했다.

"마루야마 준은 어떤 소년이었습니까?"

"그야 뭐, 평범한 아이였소. 만나면 인사도 빠짐없이 하고, 딱히 불량아도 아니었다오. 따지자면 얌전한 아이였지. 거기다 저기 대학병원이 있잖소. 내가 간장이 안 좋아서 그 대학병원에 다녔는데, 준의 할머니도 심장이 나빠 한 때 입원해 있었다오. 곧잘 준이 예쁜 꽃을 가지고 병문안 오는 것을 복도에서 보곤 했소. 착한 아이였던지라 그 사건이 일어났을 때는 얼마나 놀랐는지. 필시 나쁜 친구들이 그 얌전한 애를 꼬드긴 거요. 그 집 부인도 나가기 전에 그런 소리를 했지. '여기로 이사 오지 말 걸 그랬다, 환경이 좋아 보여서 일부러 왔던 건데.'라고."

좁은 곳에 갇혀 어지간히 지루했는지 관리인은 열심히 떠벌였다.
"마루야마 씨는 언제쯤 여기에 이사 왔습니까?"
"이 맨션이 생긴 게 6년 전이니까 사건이 있기 2년 전이오."
사건이 있기 2년 전이라는 것은, 마루야마 준이 초등학교 5학년 때인가.
"다른 두 사람이 어떤 소년이었는지 아십니까?"
"아니, 직접은 모르겠구려. 하지만 한 명은 학교에서도 소문난 불량아였다지 않소. 세상에 도둑질이나 공갈까지 상습적으로 했다고 주간지에도 적혀있었고 말이오. 준은 그런 두 녀석에게 붙들려 억지로 그 사이에 끼어 있었던 거라고 했소."
"준의 어머니가 그렇게 말씀하셨나 보군요."
"그랬소. 자기들도 피해자라고."
그 말을 듣고 뱃속에서 치밀어 오르는 화를 느꼈다.
자기들도 피해자…….
히야마는 가슴 속에서 파도치는 분노를 죽이면서 관리인에게 인사를 하고 현관을 나왔다.
그 두 사람은 지금 어떤 생활을 보내고 있는 걸까. 그들이나 그들의 가족에게 있어서 쇼코를 죽였다는 죄는 이미 찰과상 정도의 흉터도 남아 있지 않은 게 아닐까. 히야마의 마음에 난 상처는 아직껏 후벼 파인 살과 신경이 다 드러나 있다. 그저 살아있는 것만으로도 이따금씩 격심한 아픔에 시달릴 때가 있다. 이렇게 소년들의 궤적을 짚어 보고만 있어도 불쾌한 고통이 가슴을 찌른다. 그래도 그 소년들을 만나야 한다고 히야마는 생각했다.
지금까지 느껴온 여러 의문을 밝혀 내지 않으면 쇼코는 편안히 눈을 감지 못한다. 그들은 어째서 그때 기타우라와에 갔던 걸까. 어째서 쇼코는 죽지 않으면 안 됐던 걸까. 그들은 정말로 죄를 회개하고 갱생한 걸까. 그런 의문의 대답은 소년들을 직접 만나 보는 수밖에 알 방법이 없는 것이다.

 히야마는 소년들이 다니던 중학교에 갔다. 소년들의 동창생 명부를 손에 넣고 싶었던 것이다. 그 명부로 어쩌면 야기나 마루야마와 지금까지 교류하고 있는 자를 알 수 있을지도 모른다.
 펜스 너머로 본 교정은 석양을 받아 주황색으로 물들어 있었다. 드넓은 공간에 학생의 모습은 보이지 않고 주위는 쥐죽은 듯 조용했다. 히야마는 지금이 여름방학이라는 것을 떠올렸다.
 1층 한곳에서 불빛이 새어나고 있었다. 여름방학에도 학교에 나오는 교사가 몇 명 있는 것이리라. 그러나 사정을 설명한다 해도 학생 명부를 쉽게 보여 줄 거라고는 생각하기 힘들었다. 히야마는 보도에서 펜스를 들여다보며 얼마동안 머뭇거렸다.
 경적이 울렸다.
 느닷없는 소리에 놀라 도로를 돌아보자 하얀색 블루버드 차량이 세워져 있었다.
 히야마는 정차한 블루버드를 쳐다봤다. 상당히 구형 모델 같다는 느낌을 받을 때쯤, 조수석 유리창이 내려가고 남자가 몸을 내밀어 얼굴을 보였다.
 "안녕하십니까, 히야마 씨."
 남자의 목소리와 둥글둥글한 윤곽에 히야마는 그 자리에 멈춰 섰다.

"이런 데서 만나다니 이런 우연도 다 있군요. 이런 곳에서 뭘 하고 계십니까?"

누쿠이는 평소와 같이 코를 씰룩거리면서 말했다.

"아무것도 아닙니다."

히야마는 최대한 냉정하게 대답했다.

"이곳은 소년들이 다녔던 중학교지요?"

누쿠이는 중학교를 가리켰다.

"이런 곳을 어슬렁대면 수상하게 볼 겁니다. 특히 히야마 씨의 경우에는 말이죠. 사와무라의 사건 후로 매스컴이 다시 이 일대에 모여들어 있으니까요."

"당신이야말로 뭘 하고 있습니까?"

"사와무라가 살해된 사건의 주변 취재입니다. 범인이 체포됐을 때를 위해 그들이 각각 어떤 생활을 보내고 있었는지를 조사하고 있는 겁니다."

히야마는 불안한 표정으로 누쿠이를 쳐다봤다.

"사와무라가 살해된 사건과 쇼코의 사건이 관계 있다고 생각합니까?"

"편집부 녀석들은 그 방향으로 생각하고 있습니다. 저는 너무 그럴듯하다고 생각하지만요."

"너무 그럴듯하다?"

"여기서 만난 것도 인연이고, 히야마 씨의 말씀을 듣고 싶군요. 편집부가 히야마 씨의 인터뷰를 받아다 달라고 해서 말입니다. 제가 히야마 씨와 친한 사이라고 생각하는 모양입니다."

"말도 안 되는!"

히야마는 내뱉듯이 말했다.

"그렇죠. 하지만 저는 히야마 씨가 여기 있는 게 다른 의미에서 흥미 깊습니다."

누쿠이가 쓴웃음을 지었다.

누쿠이는 물끄러미 히야마에게 시선을 고정시키고 있었다.

"그저 그 소년들이 어떤 생활을 하고 있는지 알고 싶었던 것뿐입니다."

누쿠이의 시선에 히야마는 별 수 없이 대답했다.

"호오."

누쿠이는 흥미 깊다는 듯 고개를 끄덕였다.

"피해자는 가해자에 대해 아무것도 알 수 없습니다. 시설에 들어가서 어떤 생활을 보냈는지도, 정말 갱생했는지도 말이지요. 그래서 제 눈으로 직접 확인하고 싶었습니다."

"그래서, 여기 와서 아셨습니까?"

"소년들은 옛날에 이곳을 떠났습니다. 그래서 학교에 가서 소년들의 동창 명부를 보여 달라고 하려고 했는데."

"학교에 가 봤자 보여 주지 않을 겁니다."

"그렇겠죠. 거기다 쇼코의 사건에 관해서도 석연치 않은 것투성입니다."

히야마는 한숨을 내쉬었다.

"무슨 뜻입니까?"

누쿠이는 흥미를 느낀 것처럼 더욱 몸을 내밀었다.

히야마는 아까까지 느꼈던 의문을 누쿠이에게 이야기했다. 주변인들은 다들 사와무라나 마루야마가 그런 범죄를 저지를 것이라고는 생각도 못했다고 말했다. 그렇다면 어째서 그들은 사건을 일으킨 것인가. 또 어째서 소년들은 도코로자와에서 힘들게 기타우라와까지 와서 빈집털이를 하자고 생각한 것인가.

누쿠이에게 대한 반감은 있었으나 가슴에 걸렸던 의문을 남에게 털어놓고 정리하고 싶다는 욕구가 더 강했다.

"과연……. 확실히 부자연스럽기는 하군요."

히야마의 이야기를 들은 누쿠이는 그렇게 중얼거렸다.

누쿠이는 얼마동안 진지한 표정으로 생각에 잠겨있는 것 같았다. 수수께끼를 공유함으로써 누쿠이에 대한 혐오감이 조금씩 누그러지는 것을 히야마는 신기하게 생각했다.

아니, 한편인 척하는 것이 이 남자의 상투적 수법 아니었나. 이 남자에게 틈을 보여서는 안 된다고 히야마는 생각을 고쳤다.

"진짜 이유는 그들의 입으로 직접 들을 수밖에 없을 것 같군요."

누쿠이는 조수석에 놔둔 가방 안에서 종이를 꺼내 창문으로 내밀었다.

히야마는 의심스러워하면서도 창에 다가가 종이를 받아 들었다.

연하장이었다. 수신자는 모르는 이름이었다. 보낸 사람은 야기 마사히코. 주소는 사이타마현 아사카시라고 되어 있다.

"재작년에 야기가 친구에게 보낸 연하장입니다."

히야마가 뒷면을 뒤집으려고 하자 "보지 않는 편이 좋습니다." 하고 누쿠이가 말렸다.

히야마는 개의치 않고 뒷면을 봤다.

A HAPPY NEW YEAR

잘 지냈냐~ 수용 생활을 끝내고 이제 겨우 집으로 돌아왔다.

시설 생활은 불편한 건 없어도 매일이 진짜 따분하고 지겨워서 참 재수가 없었다니까.

집에 돌아와서는 지금까지 참았던 만큼 하루종일 게임 삼매경. 난 한가하니까 언제 또 놀자. 그럼.

망막에서부터 분노가 몸속을 가득 채워 연하장을 든 손이 바들바들 떨렸다.

"필요하면 드리겠습니다."

"왜 제게 주는 겁니까?"

누쿠이가 잠깐 생각한 뒤 말했다.

"딱히. 매스컴이 아는 것을 히야마 씨가 알 수 없다는 게 이상하다고 생각했을 뿐입니다."

"선심 써 봐야 인터뷰는 안 할 겁니다."

"역시 무리인가."

누쿠이가 코를 씰룩거리면서 웃었다.

히야마는 누쿠이에게서 받은 연하장의 주소를 근거로 무사시 노선을 탔다. 야기가 살고 있다는 기타아사카에 있는 맨션을 찾아가기 위해서다.

퇴근 시간대에 부딪쳐 차량 안은 무척 붐볐다. 문에 몸이 붙어 꼼짝도 못한 채로 전차에 흔들리는 사이에 오늘 하루의 피로가 단번에 솟아올라왔다. 차가운 유리창에 이마를 대자 시원한 게 머리가 조금 맑아졌다.

와카쓰키 학원의 스즈키 부부는 사와무라는 후회와 죄책감을 느끼고 있었다고 말했다. 사와무라는 갱생했다고도 했다. 그러나 인간이 타인의 본심을 얼마나 안다는 걸까. 시설에서는 꾹 참고 착한 아이인 척하고 있었다가도 기간이 지나가면 반성도 남에 대한 아픔도 느끼지 못한 채 사회에 돌아간다. 어차피 그게 현실 아닌가. 그게 이 나라에서 말하는 갱생과 소년 보호의 뜻 아닐까.

히야마는 야기와 만난 후를 생각했다. 묻고 싶은 것은 산더미같았으나 야기를 만나고 싶은 동시에 절대 만나고 싶지 않다는 복잡한 심정이었다. 야기가 반성 따위는 하지 않았다는 걸 그 연하장으로 충분히 알았다.

히야마는 무서웠다. 야기의 얼굴을 보고 평정을 지킬 수 있을지 자신이 없었다. 아무리 사죄하고 울어도 야기는 속으로 혀를 내밀고 웃고 있는 것이다. 그것을 알고 있으면서 분노와 충동을 억누를 자신이 없었다.

전차가 기타아사카 역에 도착했다. 히야마는 이미 야기가 사는 맨션으로 이어지는 반대편 문으로 사람들 틈을 뚫고 갈 기력이 남아 있지 않았다.

야기의 집에 가기를 단념한 히야마는 전차를 갈아타 오오미야 역으로 돌아왔다. 역 근처 백화점 장난감 코너에 뛰어 들어가 폐점 직전의 매장에서 모모의 그림이 그려진 소꿉놀이 세트를 구입해 서둘러 미도리 보육원으로 갔다.

평소보다는 조금 빠른 시간이었기 때문에 보육원에는 아직 몇 명인가 원아가 남아있었다.

입구에서 미유키가 할 말이 있는 것 같은 얼굴로 히야마를 맞이했다. 미유키는 다른 아이와 놀고 있던 마나미를 불렀다.

"마나미, 아빠 오셨다."

마나미가 뚱한 얼굴로 히야마 앞까지 왔다.

"마나미, 모모 소꿉놀이 세트다. 집에 돌아가서 갖고 놀자."

히야마는 백화점 종이봉투를 내밀며 비위를 맞췄다.

마나미는 종이봉투를 받아들더니 횡 하고 안으로 사라져 버렸다.

"이런……. 완전히 밉보여 버렸네."

마나미의 뒷모습을 눈으로 쫓으며 히야마는 한숨을 내쉬었다.

"내일 쓰토무와 함께 놀 생각이에요."

히야마가 낙담하는 모습이 재미있었는지 미유키가 웃었다.

"곁에서 잘 지키고 있지 않으면 조만간 누구에게 빼앗겨 버릴 거예요. 아빠와 어디 가자고 해도 데이트가 있다며 딱지 맞아도 전 몰라요."

"이미 순위는 꽤 아래일걸요. 첫 번째가 쓰토무, 두 번째가 미유키 선생님, 세 번째가 모모고, 저는 대체 어디쯤일지……."

히야마는 주눅이 들어서 중얼거렸다.

"뭘 모르시긴. 물을 것도 없이 첫 번째는 아빠죠."

미유키가 당연한 것처럼 말했다.

얼마 지나자 마나미가 졸린 듯이 눈을 비비면서 돌아왔다. 말

없이 신발을 신더니 돌아가자고 오른손을 히야마에게 내민다.

미유키가 히야마를 보고 미소 지었다.

히야마는 가슴을 쓸어내리고 작은 손을 꼭 쥐었다.

3

다음 날 아침, 히야마는 가게에 출근해서 제일 먼저 카운터 안에서 설거지를 하고 있던 후쿠이에게 감사 인사를 했다.

"후쿠이, 어제는 고마워. 하루 내내 힘들었지."

현재 매상 계산이나 발주 등 가게 업무 전반에 다 능숙한 것은 베테랑인 후쿠이 뿐이라 달리 맡길 수 있는 사람이 없었다. 그래서 히야마가 하루라도 휴일을 내려면 후쿠이는 장시간 근무를 해야 했다. 그러나 마나미를 신경 써주는 후쿠이는 언제나 히야마의 일방적인 부탁을 선뜻 받아들여 주었다.

"신경 쓰지 마세요. 저도 돈을 더 벌고 싶었으니까요. 마나미는 좋아하던가요?"

"아, 아아······."

히야마는 말을 머뭇거렸다. 사무실로 향하자 후쿠이가 카운터에서 나왔다.

"저기, 점장님. 어제, 점장님을 찾는 손님이 있었는데요."

후쿠이가 작은 소리로 말을 걸었다.

"슈퍼바이저 고이케 씨인가?"

히야마는 브로드카페 점포를 순회하는 현장 감독자를 떠올렸다.

"아뇨, 그게 이름도 대지 않고 '히야마 점장님 계십니까?' 하고 묻더라고요. 그런 사람이 세 명 찾아왔습니다."

"세 명?"

"제 감인데……."

후쿠이가 드물게 우울한 표정으로 중얼거렸다.

"매스컴 관계자 아닐까요. 전에도 많이 왔잖아요. 분위기가 그런 느낌이었습니다."

"그렇군."

히야마는 후쿠이의 얼굴을 보면서 대답하고는 별 관심 없는 척하며 사무실에 들어갔다.

문을 닫은 순간, 히야마의 가슴 속에 불안이 퍼져 왔다. 후쿠이의 감은 아마 맞을 것이다. 어제의 누쿠이도 그렇고, 매스컴은 사와무라의 사건과 히야마를 연관 짓기 시작한 것이다.

다시 매스컴이라는 폭풍에 시달리게 되는 걸까. 그때처럼 직장이나 집에 밀고 들어와 무례한 질문들을 히야마에게 퍼부을 셈일까. 시간을 들여 겨우 회복시켜 온 마나미와의 평온한 생활을 짓밟을 셈일까. 게다가 이번에는 용의자에 가까운 존재이니, 더욱 장난이 아니다. 그런 상황에 휘말려들면 마나미는 어떻게 느낄까.

후쿠이는 현재의 스태프 중에서 유일하게 그때 상황을 알고 있었다. 쇼코의 사건이 일어난 것은 후쿠이가 아르바이트로 들어와 1개월 정도 지났을 무렵이었다. 후쿠이는 센다이의 고등학교에서 도쿄의 대학에 다니기 위해 상경했으나 입학하고 반년 만에 자퇴한 후 이 가게에서 쭉 일하고 있다.

히야마는 그때까지 제대로 된 직업 없이 아르바이트로만 연명하는 사람들을 달갑게 느끼지 않았다. 요식업계에서 그런 존재는 없어서는 안 되는 것이지만, 히야마는 개인적으로 앞일을 생각하지 않고 흐름에 맡기듯 살아가는 그들에게 호감을 별로 가지고 있지 않았던 것이다. 그러나 그런 생각이 후쿠이 덕분에 바뀌었다.

쇼코 사건이 일어난 뒤, 상당수의 스태프가 그만뒀다. 매일처럼 쳐들어오는 매스컴이나 하루 종일 걸려오는 장난 전화 대응에 지친 건지, 아니면 한창 세상에 대한 분노에 차서 신경이 곤두서 있는 히야마에게 정이 떨어진 건지는 분명하지 않지만 한때 이 가게는 위기에 빠졌다. 그럼에도 후쿠이는 가게에 남아서 평소와 다름없는 태도로 일해 주었다.

히야마의 발언이 일부 사람들에게 반감을 사 가게 셔터에 근거 없는 비방 낙서를 당한 적도 있다. 그때 후쿠이는 묵묵히 청소용 솔로 낙서를 지워 주었다. 히야마는 당시 후쿠이의 얼굴을 잊을 수 없었다. 언제나 익살맞던 남자가 세상의 악의에 과묵하게 저항하고 있는, 그런 얼굴이었다. 후쿠이의 어두운 표정을 본 것은 전에도 후에도 그때뿐이었다. 후쿠이의 대범한 성격은 매일 함께 일을 하는 히야마에게 일종의 구원이 되었다. 그래서 다시 후쿠이의 우울한 표정을 보게 되자 마음이 아픈 것이다. 후쿠이 역시 폭풍의 예감을 느끼고 있는 건지도 모른다.

그날은 하루 종일 우울한 기분으로 가게에 있었다. 폐점 시간이 되어 간판을 들여 넣고 셔터를 반쯤 내린 뒤 히야마는 무거운 한숨을 토했다.

결국 두려워하던 매스컴 관계자는 찾아오지 않았다.

히야마는 지시를 하면서 함께 청소를 했다. 아르바이트생들이 타임카드를 찍고 돌아간 뒤 서둘러 매상 계산과 식재 발주를 끝냈다. 오늘은 조금이라도 빨리 집에 돌아가고 싶었다. 집에 돌아가 씻기고 나면 마나미는 항상 곧 잠이 들어 버린다. 별 수 없는 일이지만 오늘은 조금이라도 마나미와의 시간을 가지고 싶어서 휴식시간에 그림책을 사 왔다.

가게를 나가서 히카와산도를 통해 큰길로 향했다. 양쪽을 가로수에 에워싸인 산책로는 고요했다. 낮에는 늘어지도록 더웠는데 지금은 기분 좋은 바람이 불었다. 바로 가까이 시끄러운 번화기가 있는데도 카와 신사에서 뻗어 나온 이 산책로만은 다른 공기가 흘러오는 것 같았다. 가로등 아래에 고양이 몇 마리가 무리 지어 있었다. 줄무늬 색을 판별할 수 없을 정도로 어둑어둑 했지만 이 부근에서 자주 봤던 고양이 가족이리라고 멋대로 상상했다. 공교롭게도 오늘은 먹이로 줄 수 있는 것을 아무것도 가지고 있지 않다.

초목이 소리를 내고, 고양이가 몸을 훌쩍 돌렸다. 그 순간, 히야마의 목덜미에 뜨거운 충격이 달렸다. 시야가 어두워지고 오른쪽 뺨에 긁힌 듯한 아픔과 콘크리트의 냉기가 느껴졌다.

히야마는 신음하면서 한쪽 손으로 목을 눌렀다. 열인지 통증인지 모를 충격이 연수를 뛰어다니면서 두개골 안에서 불쾌한 소음을 일으켰다. 콘크리트의 거칠거칠한 감촉을 입술에 느끼면서 자신이 놓인 상황을 어렴풋이 깨달았다. 등 뒤에서 뭔가로 목덜미를 얻어맞아 쓰러지고 만 것이다.

고개를 들려고 한 순간, 발차기가 들어왔다. 순간 눈을 감자 어두운 시야에 타는 듯한 불길이 퍼지고 오른 눈 부근에 예리한 아픔이 달렸다. 히야마는 얼굴을 땅으로 향한 뒤 매상금이 든 작은 가방을 배 아래에 두고 머리를 감싸 거북이 같은 방어 자세를 취했다.

목소리가 들렸다. 남자 몇 명의 웃음소리였다. 히야마의 등에 소름이 돋았다. 다음 순간, 옆구리를 도려내는 듯한 심한 고통이 덮쳐 왔다. 이어서 등, 넓적다리, 머리를 감싼 손에 아픔이 와서 박혔다. 남자들은 고함을 치고 욕을 퍼부으면서 쉬지 않고 히야마를 발로 찼다. 뭐라고 하는 건지 모르겠다.

돈이 목적인가?

상대의 공격은 가차 없었다. 감각이 마비되어 통증은 타는 듯한 열로 바뀌었다.

더는 못 참겠다. 히야마는 힘을 쥐어짜 배 밑으로 숨겼던 가방을 내던졌다. 길에 떨어진 가방 안에서 찰그랑 하고 동전 부딪치는 소리가 울렸다. 남자들의 움직임이 멈췄다.

"유리, 너도 해."

남자의 목소리가 겨우 귀에 들렸다.

"가즈야의 원수를 갚고 싶다고 했잖아."

가즈야……. 귀에 익은 이름을 듣고 저리는 뇌로 생각했다. 사와무라 가즈야를 말하는 건가? 히야마는 마비된 목을 필사적으로 틀어 올려다봤다.

젊은 여자가 히야마를 내려다보고 있었다. 오른손에 둔하게 빛나는 봉을 들고 찌르는 듯한 시선을 히야마에게 향하고 있었다.
"사와무라 가즈야와 아는 사이냐?"
입에 고인 피 때문에 말이 불분명하다.
여자는 계속 히야마를 내려다본 채 움직이지 않았다. 어깨가 희미하게 떨리고 있었다.
"어서 해 버려. 누구 오기 전에."
히야마는 목소리가 들린 쪽으로 얼굴을 향했다. 세 명의 젊은 남자가 가방이 떨어진 곳으로 뛰어가는 게 보인다. 히야마는 천천히 머리를 되돌린다. 그런 동작조차 중노동이었다.
여자는 두 손으로 봉을 꼭 쥐고 있었다.
"어째서 가즈야를 죽인 거야."
"난 안 죽였어."
입으로는 잘 전할 자신이 없어 똑똑히 눈을 향했다.
"유리! 어서 해. 이제 간다."
여자는 남자들의 재촉에 봉을 쳐들고 히야마를 노려보면서 몇 번인가 작은 심호흡을 반복한다. 마음속으로 주저하고 있는 것 같았다. 그러다 문득 젊은 남자들 쪽을 보고 외쳤다.
"뭐 하는 거야!"
히야마는 여자의 시선 끝으로 눈을 향했다. 남자들이 가방을 들고 떠나려 하고 있었다.
"그건 아니잖아!"
여자는 봉을 쥔 채 뛰어갔다.
"뭐 어때. 이 정도 벌은 내려 줘야지."
"그런 건 가즈야한테 실례야!"

여자는 안색이 싹 바뀌어서 남자들에게 다가가 가방을 빼앗아서 히야마의 앞으로 돌아왔다.

여자의 기세에 압도당한 건지 남자들은 투덜대면서 사라져갔다.

여자는 가방을 히야마 옆에 툭 떨어뜨리고 다시 정면에서 봉을 들었다.

"말했지. 가즈야를 죽이고 싶다고."

"아아……."

히야마는 여자를 빤히 쳐다봤다.

"소중한 사람을 잃었는데 그런 생각 할 만도 하지. 너도 그렇잖아?"

여자는 히야마의 모든 행동을 놓치지 않겠다는 듯 응시하고 있었다.

"하지만 만일 사와무라 가즈야를 죽인 인간과 만났다 해도 넌 절대 그를 죽이지 못해."

"그걸 어떻게 알아!"

여자는 울컥 해서 대들었다.

"너는 그런 짓 못 해. 난 알아."

여자가 문득 시선을 비꼈다.

히야마는 그 시선을 쫓았다. 히야마의 가슴에 갈기갈기 찢어진 포장지 안으로 그림책이 엿보였다. 심하게 짓밟혀 표지는 발자국과 혈흔으로 더러워져 있었다.

"정말 안 죽인 거 맞지?"

여자의 어조에 괴로움이 조금 섞여 있었다.

히야마는 고개를 끄덕였다.

"이 이상 소중한 걸 잃고 싶지 않거든."

밤중의 오오미야 공원은 깊은 어둠에 잠겨 있었다. 끝없이 펼쳐진 고요함 속에서 나무 사각거리는 소리만이 귀에 울려왔다.

히야마는 아동 유원지의 벤치에 앉아 있었다. 눈앞에 우뚝 선 비행탑의 커다란 윤곽만이 암흑 속에 어렴풋이 두드러졌다. 그 탑은 원래 비행기를 본뜬 놀이기구로 위로 매달려 올라가 빙글빙글 도는 구조로 되어 있는 모양인데, 히야마는 이 비행탑이 움직이는 것을 본 적이 없었다. 고도 성장기에 만들어졌을 복고적인 놀이 시설은 훨씬 전에 본래의 역할을 마치고 지금은 광대한 공원의 약속 장소 역할을 하고 있을 뿐이었다.

비행탑 기둥에 꽃다발이 놓여 있었다. 사와무라 가즈야는 이 장소에서 살해당한 것인가. 히야마는 가만히 놓인 꽃다발을 보면서 상상을 부풀렸다. 암흑만 가득한 이런 장소에서 사와무라는 뭘 하고 있었던 걸까. 누군가를 기다리고 있었던 걸까.

큰 소리가 나고 상상이 끊어졌다. 히야마는 자동판매기로 눈을 향했다.

가토 유리는 이곳에서 이야기를 하고 싶다고 했다. 히야마는 걷는 것도 괴로울 정도로 온몸이 상한 상태였지만 유리는 이 장소가 아니면 안 된다면서 결단코 양보하지 않았다.

오오미야 공원으로 향하는 동안, 유리는 자신의 이름만 댔을 뿐 말이 없었다. 봉을 쥐고 노려보는 형상은 꼭 귀신 같았지만 걷는 모습을 옆에서 보니 뚜렷하게 쌍꺼풀이 진 귀여운 소녀였다.

남자들을 윽박질러 쫓아냈다는 게 믿어지지 않았다.

유리가 히야마 앞에 와서 캔 주스를 내밀었다.

"이걸로 식혀요."

히야마가 주머니에서 지갑을 꺼내려고 하자 "됐어요. 사과하는 의미로."하고 유리가 고개를 흔들고 히야마 옆에 앉았다.

"꽤나 싼 치료비로군."

히야마는 짓궂게 대답하곤 캔 주스를 눈에 댔다.

"잘못했어요……."

유리는 온순하게 머리를 숙였다.

"가즈야가 죽어서 제정신이 아니었어요. 제가 어떻게 됐었나 봐요."

히야마는 옆으로 유리의 얼굴을 봤다. 힘없이 고개 숙인 유리는 아까와는 다른 사람 같았다.

"너는 사와무라와 어떤 관계지?"

"가즈야와는 집이 근처라 어렸을 적부터 친구였어요. 유치원부터 중학교 중반까지 쭉 같이 다녔죠."

"아까 그 남자애들은?"

마비된 손끝으로 간신히 캔을 따 주스를 마셨다. 탄산이 입 안에 아렸다.

"아, 그 사람들은 카즈야의 초등학교 때 동급생이요. 같은 고등학교라 제가 오늘 일을 부탁했던 거예요. 가즈야의 죽음을 다소나마 애도해 주는 건가 생각했는데 아까의 짓거리를 보고 그게 아니라는 걸 알았어요. 단순히 심심풀이로 어울려 준 거죠."

확실히 히야마는 발로 차이면서도 그건 증오가 아니라 '재미'

를 위한 것 같다는 느낌을 받았다.

"그런 녀석들한테 당한 건가."

히야마는 얼굴을 일그러뜨렸다.

"죄송합니다."

유리는 고개를 푹 숙였다.

"너……."

히야마는 아까 유리가 지었던 표정을 떠올리고 말했다.

"단순히 어릴 적 친구가 아니지."

"네. 고등학교에 들어가고부터 사귀기 시작했어요. 부모님께는 비밀이었지만."

유리는 복잡한 표정으로 고개를 끄덕였다.

"사와무라가 와카쓰키 학원을 나와서부터인가."

이 말에 유리가 고개를 들고 히야마를 봤다.

"어제 와카쓰키 학원에 다녀왔거든. 사와무라가 있었던 기숙사 사람들과도 이야기를 나누고 왔어."

"어쩐 일로요?"

유리가 히야마를 물끄러미 쳐다봤다.

"사와무라에 대해 알고 싶어서."

유리는 얼마 동안 시선을 허공에서 헤매다가 히야마에게 되돌렸다.

"그래서, 가즈야에 대해 아셨나요?"

히야마는 침묵했다. 대답할 길이 없었다. 주머니에서 담배를 꺼내 가게 판촉용 종이 성냥으로 불을 붙이려고 했지만 손끝이 떨려서 쉽지 않았다. 유리가 싸구려 라이터를 꺼내 히야마의 담배에 불을 붙였다. 그녀는 벤치에 내려놓은 히야마의 담배를 손에 들고 물었다.

"저도 피워도 돼요?"

미성년자라는 건 알고 있었지만 히야마는 고개를 끄덕였다.

유리는 담배에 불을 붙이고 연기를 뿜었다.

"어렸을 적부터 친구였는데 저도 온통 모를 일투성이에요. 아직도 믿을 수 없어요. 가즈야가 그런 짓을 했다니."

유리는 손에 든 담배를 떨면서 중얼거렸다.

"그렇게 착한 오빠였는데."

"그리고 보니 사와무라에게는 여동생이 있었지."

"아홉 살 차이로 이름은 사키. 제게도 같은 나이 남동생이 있어서 가즈야가 곧잘 같이 놀아 줬어요. 자기 동생에게도 제 동생에게도 다정한 좋은 오빠였지요."

유리는 담배를 피웠다. 연기를 빨아들이고 힘들어하는 표정을 보면 고조된 감정을 달래려고 억지로 피우고 있는 건지도 몰랐다.

와카쓰키 학원에서도 사와무라는 여동생을 귀여워했다고 들었다. 연하 아동을 잘 돌봐 주는 착한 소년이라고 했던 것을 떠올렸다.

"하지만 저희 부모님은 동생에게 이제 만나면 안 된다고 말씀하셨어요. 그러자 동생이 제게 묻는 거예요. 어째서 가즈야 형을 만나면 안 되냐고요. 가즈야는 시설을 나온 후로도 쭉 두려워하고 있었다고 생각해요. 지금은 오빠라고 부르며 따르지만, 언젠가 사키도 자기가 저지른 행위를 알 때가 올 거라면서요."

유리의 이야기를 듣고 사와무라가 자신이 범한 죄를 몹시 후회했을 것이 짐작됐다. 다양한 사람들의 이야기를 듣고 사와무라에 대해 알면 알수록 어째서 그런 사건을 일으킨 건지 참으로 이상했다.

"사와무라는 야기 마사히코나 마루야마 준과는 친했나?"

"야기와는 초등학교 때부터 친구였어요. 같은 어린이 야구단에 있어서 친했죠. 하지만 초등학교 4학년 때에 야기의 부모님이 이혼했고, 야기는 아버지를 따라갔는데 그 뒤에 아버지가 재혼하셨어요. 새어머니와는 사이가 좋지 않았나 봐요. 새어머니가 자기가 데려온 자식만 귀여워했던 것 같은데, 그 무렵부터 야기의 낌새가 이상해졌어요."

"비뚤어졌다 이건가."

"맞아요. 폭력적이 되서 도둑질을 하거나 하급생을 공갈하거나. 예전 친구들은 다 떨어져 나갔지만 가즈야는 가만 두고 보지 못했던 것 아닐까요."

"마루야마 준은? 초등학교 5학년 때에 이사 왔다고 들었는데."

"그다지 인상이 남지 않았어요. 존재감이 없다고 해야 하나. 여자 아이들 사이에서는 아예 관심 대상도 되지 않았던 것 같아요. 얼마 동안 남자아이들 사이에서 따돌림을 당했던 것 같지만 마루야마와 어울리게 되고부터는 따돌림도 없어졌던 듯해요. 다들 야기를 두려워했거든요."

야기는 학교에서도 문제아였다. 그렇다면 앞장서서 마루야마를 따돌려야 자연스러운데. 히야마는 의문을 말로 표현했다.

"마루야마는 야기의 부하 같은 존재였어요. 용돈을 꽤 많이 받아서, 곧잘 셋이서 오락실에 모여 있었어요."

과연. 돈으로 야기의 관심을 끈 것인가. 히야마는 납득했다.

히야마는 세 사람의 인간관계를 머릿속으로 정리해 봤다. 사와무라도 마루야마도 사건 전까지는 특별히 비행 경향이 없었던 것 같다. 역시 쇼코 사건에서는 야기가 주도적인 역할을 했던 걸까.

"와카쓰키 학원을 나온 뒤, 사와무라는 어떤 생활을 하고 있었지?"

"사건이 있고 가즈야의 가족은 이타바시로 이사를 갔어요. 가즈야도 시설에서 돌아와 이타바시의 야간 고등학교에 입학했죠. 그것도 꽤나 망설였던 것 같지만……."

"왜지?"

"그런 죄를 저지른 자신이 태평하게 학교에 다니는 게 견딜 수 없었던 거죠. 부모의 설득으로 일단 고등학교만은 다니기로 한 것 같아요. 아침부터 저녁까지 가까운 인쇄 공장에서 일하고 저녁부터 학교에 갔어요."

"시설을 나온 후로, 사와무라에게는 어떤 친구가 있었을까."

히야마는 신경 쓰이던 점을 물었다.

"고등학교에서나 직장에서나 친한 친구는 거의 없었던 것 같아요. 분명 사람을 접하는 게 무서웠던 거라고 생각해요. 친해진 후에 자신의 과거가 드러나 멀어져가는 게. 가즈야는 저 말고 다른 옛날 친구들과는 연락을 다 끊고, 친구도 아는 사람도 없는 곳에서 지독히도 쓸쓸하게 살고 있었어요."

히야마는 사와무라의 고독을 상상해 봤다. 자신이 범한 죄로 인해 세상의 눈길을 두려워하면서 지내는 생활을.

"너뿐이었구나."

사와무라의 유일한 기댈 곳이었을 유리에게 눈을 향했다. 유리는 의미가 통한 듯 작게 고개를 끄덕였다.

유리의 이야기를 듣고 히야마의 상상은 빗나갔다. 사와무라는 나쁜 아이들과 어울리고 있었던 게 아닌 것 같다. 친구도 없는 고독한 생활을 보내고 있었던 그가 누군가에게서 원한을 사 살해당한 걸까.

"어째서 사와무라는 이런 곳에 온 걸까······."

히야마는 암흑에 눈을 향하면서 중얼거렸다.

"저도 그게 이상했어요!"

"사와무라는 이곳을 잘 알았나?"

"아마도 전엔 한 번도 와 본 적 없었을 거라고 생각해요. 그래서 사건에 대해 듣고 히야마 씨와의 접점밖에 생각하지 못했던 거예요."

"사와무라는 살해당하기 전에 뭔가 이상한 낌새는 없었나."

"있었어요."

유리가 히야마를 쳐다보며 말했다. 눈이 살짝 젖어 있었다.

"갑자기 헤어지자고 말했어요."

예상치 못했던 대답에 히야마는 말이 막혔다. 사와무라에게 달리 좋아하는 여성이라도 생겼다는 걸까.

"이제부터 진짜 속죄를 해야 하니까 헤어져 달라고요."

"진짜 속죄?"

생각지 못한 단어에 히야마는 유리를 똑바로 보고 되물었다.

"무슨 뜻이지?"

"모르겠어요······."

유리가 고개를 숙였다.

"저는 진지한 마음으로 사귀고 있었어요. 설령 부모님이 반대한다 하더라도 가즈야의 힘이 되어주고 싶었죠. 그래서 그런 말만 가지고는 납득할 수 없어서 몇 번이고 물어봤어요. 왜 헤어져야 하냐고요. 하지만 가즈야는 그 이상 아무 대답도 해주지 않았어요."

진짜 속죄? 속죄라는 것은 쇼코 사건에 대한 죄를 갚는다는 의미일까. 사와무라는 쇼코나 히야마의 가족을 위해 뭔가를 하려 하고 있었다는 건가? 무엇을?

"처음에는 다른 좋아하는 사람이 생긴 것 아닌가 생각했어요. 자신의 과거를 알고 있는 인간이 지긋지긋해진 것 아닌가 하고요. 그럴듯한 이별의 말로 나와 헤어질 셈이 아닌가 했던 거죠. 하지만 아까 그 녀석들 중 한 명에게서 들었는데, 가즈야는 최근 들어 옛날 친구들에게 연락해서 야기가 어디 있는지 찾고 있었다고 해요. 가즈야는 야기와도 마루야마와도 두 번 다시 만나고 싶지 않다고 항상 말했어요. 그만큼 옛날 친구들을 피해 생활해 왔는데, 자기 쪽에서 야기를 찾고 있었다니. 그 이야기를 듣고, 저도 가즈야가 정말로 뭔가를 하려하고 있었던 것 아닐까 생각했어요."

"야기가 관계된 건가."

"모르겠어요……."

유리는 고개를 젓고는 되물어 왔다.

"그 사실과 가즈야가 살해당한 게 서로 관계가 있는 건가요?"

"뭐라고 말 못하겠어. 직접 만나서 물어 보는 수밖에."

"만난다니……. 야기를 만나시게요?"

히야마는 잠시 생각하다가 결심했다.

"사와무라가 뭘 하려 하고 있었던 건지 알고 싶어."

"저도 알고 싶어요. 이대로는 가즈야가 편히 눈을 감지 못할 거예요. 협력하게 해 주세요."

유리가 애원했다.

"그럼 야기 일로 뭘 알게 되거든 연락을 해 주겠어?"

히야마는 고개를 끄덕이고 주머니에서 휴대전화를 꺼내 보았다. 액정이 깨져 고철덩이가 되어 있었다.

"아까 일 때문에……."

유리가 어쩔 줄 몰라서 말했다.

히야마는 대신 가게의 종이 성냥을 건넸다.

"여기로 연락해 줘."

성냥을 받아든 유리는 간절한 눈으로 히야마를 쳐다봤다.

"가즈야를 죽인 범인을 잡고 싶어요."

유리의 시선에 히야마는 당황했다. 일개 커피숍 점장이 대체 뭘 할 수 있단 말인가.

"분명 경찰이 잡아 줄 거야."

그렇게 대답하는 것이 고작이었다.

역에 이어지는 큰길까지 와서 유리와 헤어진 히야마는 은행의 야간금고에 매상금을 맡기고 미도리 보육원으로 향했다.

11시가 지난 시각이었다. 항상 히야마는 데리러 가는 게 늦다고는 하나 시간이 이래서야 미유키도 걱정하고 있을 것이다. 마음은 초조했지만 몸이 생각처럼 움직여 주지 않았다.

가드레일을 잡고 삐걱거리는 근육에 채찍질을 하면서 발을 앞으로 내딛었다. 온몸에 열이 났다. 머리가 어지러웠다.

간신히 미도리 보육원에 도착해 문을 연 히야마는 갑자기 힘이 쭉 빠져 무릎을 꿇고 앞으로 고꾸라졌다.

"히야마 씨!"

고개를 들자 미유키가 눈앞에서 숨을 삼키며 히야마의 얼굴을 들여다보고 있었다.

"어떻게 된 거예요, 그 얼굴!"

"아무것도 아닙니다. 어쩌다 발이 걸려 넘어져서."

미유키는 곧 보육원 안 선반에서 구급상자를 가져왔다.

"일단 들어오세요."

히야마는 완만한 동작으로 신발을 벗고 안으로 들어갔다.

"대체 무슨 일이 있었던 건가요."

히야마의 얼굴에 난 상처에 소독용 거즈를 대면서 미유키가 물었다.

"한눈을 팔다가 전신주에 부딪쳐서……."

히야마는 뻔한 거짓말을 늘어놓았으나 미유키는 믿지 않는 것 같았다. 거즈를 갖다 대는 힘으로 알 수 있었다.

"최근 들어 히야마 씨, 왠지 이상해요."

미유키의 표정에 분노가 배어났다.

"그렇습니까?"

히야마는 미유키의 말을 인정했으나 그렇게 대답할 수밖에 없었다.

"그래요. 요전번 수영장 일도 그렇고. 평소대로라면 분명 마나미와 한 약속만은 어기지 않았을 거예요. 대체 뭘 하고 계신 건가요?"

미유키는 한쪽 손을 히야마의 뺨에 대고 히야마를 빤히 쳐다보고 있었다. 미유키의 표정이 분노에서 불안으로 변해 가는 것이 느껴졌다.

"아빠, 어서 와."

마나미의 목소리에 히야마가 옆을 봤다.

눈을 뜬 마나미가 서 있었다. 히야마와 시선이 마주친 마나미는 소스라치게 놀라서 울음을 터뜨렸다.

"마나미, 괜찮아."

미유키가 허겁지겁 마나미에게로 뛰어갔다.

히야마는 구급상자 안에 들어 있던 거울을 꺼내 자신의 얼굴을 봤다. 히야마는 눈꺼풀 위가 퉁퉁 붓고 멍이 들어 있었다. 이래서야 마나미가 우는 것도 당연하다.

미유키가 흐느껴 우는 마나미를 달랬다. 마나미의 우는 얼굴이 소독약보다도 더욱 시큰거렸다.

집에 돌아온 히야마는 마나미와 함께 이불 위에 쓰러졌다.

마나미를 씻길 기력도 남아 있지 않았다. 당연히 그림책도 읽어 줄 수 없었다. 히야마는 마나미의 이불을 제대로 덮어 주고 잠든 마나미의 머리카락을 쓰다듬었다. 그런 동작에조차 몸이 삐걱거렸다.

미유키가 하는 말은 지당했다. 최근 들어 마나미의 웃는 얼굴을 보지 못한 기분이 든다. 히야마는 자신에게 있어 가장 소중한 것을 소홀히 하고 있다는 사실을 인정하지 않을 수 없었다.

사와무라의 죽음 이후 히야마의 마음은 뭔가에 사로잡혀 있었다. 내막을 알고 싶다. 그러나 그게 과연 마나미와의 생활과 맞바꿀 정도로 중요한 것일까. 자신은 무엇을 위해 이런 일에 몰두하고 있는 걸까. 슬플 뿐인 과거를 다시 눈앞으로 끌어와 대체 뭘 하자는 건가. 소년들에 대해 아무리 알아봤자 쇼코가 돌아오는 건 아니지 않은가. 마나미에게 있어서 소중한 것은 어머니를 잃어버린 과거가 아니라 히야마와 함께 지내는 현재이자, 앞으로 올 미래가 아닐까. 히야마는 자문자답을 반복했다.

쇼코는 어떻게 생각하고 있을까. 어두운 천정을 올려다보며 히야마는 생각했다. 쇼코는 소중한 딸을 소홀히 하는 히야마를 나무라고 있을까. 아니면 자신의 인생에 일어난 비극의 전말을 딸에게 전해 주기를 바라고 있을까.

사와무라는 속죄를 생각하고 있었다. 쇼코를 죽인 후회와 죄책감에 쫓겨 뭔가를 하려 하고 있었던 것이다. 히야마는 사와무라의 의도를 꼭 알고 싶었다.

지금까지 히야마의 가슴 속에는 소년들에 대한 분노나 증오만이 충만해 있었다. 이대로 아무것도 알지 못한다면 언제 폭발할지 모르는 위험한 감정을 쭉 안고 사는 것과 마찬가지다. 평생 누군가를 증오하면서 생활하고, 얼굴도 모르는 인간을 죽을 때까지 용서하지 못하고 살아간다. 그런 아버지의 손에 자라는 마나미는 과연 행복할까.

마나미가 언젠가 어머니의 죽음이나 어머니를 죽인 소년들에 대해 알고 싶다고 생각할지 어떨지는 알 수 없다. 다만 마나미가 알고 싶어 할 때를 대비해 히야마는 이야기를 준비해 두고 싶었다. 어머니를 죽인 소년들을 향한 증오와는 다른 말을.

4

아침의 샤워는 고통을 함께 가져다 주었다.
격심한 아픔으로 평소보다 한 시간 넘게 빨리 눈을 뜬 히야마는 전신의 아픔을 어루만지는 것처럼 천천히 샤워를 했다. 아침 식사 준비도 마나미 챙기기도 평소의 세 배가 넘는 시간이 걸려 미도리 보육원에 도착한 것은 상당히 늦은 시간이 되었다.
미유키의 시선이 따가웠으나 부어오른 얼굴을 다른 보호자에게 보이지 않은 것이 그나마 다행이었다.
미도리 보육원을 나와서 역 근처 공중전화로 가게에 전화를 걸었다.
오후부터 출근해도 괜찮겠냐고 묻자 후쿠이가 "그렇게 바쁘지 않으니 괜찮습니다."하고 말해 주었다.
히야마는 오오미야에서 미나미우라와에 가서 무사시노선을 탔다.
앉고 싶었으나 좌석은 공교롭게도 다 차있었다. 히야마는 문에 상반신을 기댔다. 승객들의 시선이 신경 쓰여 시선을 창으로 향했다.
기타아사카역에서 전차를 내려서 역 앞 파출소에서 지도를 확인했다.

야기가 사는 맨션은 금방 찾았로. 역에서 약 10분 거리로, 개발 중인 주택지 안의 낡고 커다란 맨션은 눈에 잘 띄었다.

히야마는 건물 현관으로 들어갔다. 현관엔 잠금장치가 없었다. 엘리베이터를 타고 5층까지 올라가 야기의 집 앞까지 왔다. 문패를 확인하고 초인종을 눌렀다.

잠깐 기다리자 안에서 발소리가 다가와서 문을 열었다.

"다케시?" 하고 야구 모자를 쓴 아이가 연한 갈색으로 태운 얼굴을 내보였다.

초등학교 2, 3학년 정도일까. 아이는 커다란 눈으로 물끄러미 히야마를 쳐다봤다. 히야마의 눈 위에 붙인 반창고에 흥미가 있어 보였다.

히야마는 그 시선에 조금 주눅이 들었으나 소년에게 물었다.

"형, 집에 있니?"

"없어요."

소년은 무뚝뚝하게 대답하더니 히야마에게 흥미를 잃은 건지 집 안으로 달려가서 "엄마"하고 불렀다.

"누군지 확인도 안 하고 열면 안 되지."

안에서 엄마의 잔소리가 들려왔다.

"누구세요? 신문이라면 벌써 보는데요……."

현관에 나온 여자는 말을 끝맺지 못하고 히야마를 보고 의아한 표정을 지었다.

"히야마라고 합니다."

히야마는 여자에게 얼굴을 향했다. 여자는 히야마의 이름을 듣더니 놀라서 얼굴이 굳어졌다.

히야마의 등장에 놀란 건지, 눈꺼풀 위 상처로 한층 오싹한 얼굴에 겁을 먹은 건지. 아마도 양쪽 다이리라. 여자는 서서 꼼짝을 하지 못했다.

히야마도 얼마 동안 아무 말 없이 그 자리에 우뚝 서서 여자의 다음 반응을 기다렸다.

"아, 아, 무슨 일이신가요."

간신히 쥐어짠 여자의 목소리는 상기되어 있었다.

"마사히코 군 있습니까."

"어, 없는데요······."

여자는 겁에 질린 표정으로 슬금슬금 뒷걸음치면서 대답했다.

여자의 태도에 작게나마 품었던 기대가 깨졌다. 자기 자식이 죽인 인간의 가족과의 대면은 이 여자에게 그저 피하고 싶은 것이리라.

"몇 시쯤 돌아옵니까."

히야마는 실망을 드러내며 물었다.

"무슨 용건이신지요."

"마사히코 군에게 여러 모로 묻고 싶은 게 있어서요. 꼭 만나고 싶습니다. 다음에 다시 찾아뵙겠습니다."

"거의 오지 않으니 몇 번을 오셔도 헛수고일 거예요."

히야마가 다시 찾아오지 않도록 못박는 것처럼 여자는 딱 잘라 말했다.

"거의 돌아오지 않는다? 시설을 나온 후로 학교에 다니고 있지 않습니까."

"고등학교도 중퇴해서 지금은 거의 집에 들르지 않네요."
아들을 포기한 어머니의 표정에 히야마는 어이가 없었다.
"보호자면서 그것을 가만히 놔둡니까."
"보호자라고 해도 그 아이를 키운 건 6년 정도예요. 제가 나쁜 게 아니라고요. 친엄마가 교육을 잘못 시켜서 이렇게 된 거예요."
여자는 신경질적으로 소리 질렀다.
"그렇다고 책임 유기입니까. 자식이 그런 죄를 저질러도 자신들은 관계없다고 하는 겁니까?"
히야마는 여자가 하는 말을 듣고 노여움이 치밀었다.
"소송이라도 거실 셈인가요?"
민폐라는 양 얼굴을 찡그리는 여자를 히야마는 경멸의 시선으로 쳐다봤다.
"혹시나 소송을 할 거면 그 아이에 대해서만 해 주세요. 우리는 그런 돈의 여유도 없으니까요. 그 아이더러 평생 걸려 갚으라고 하죠. 저희 가족도 고생이라고요. 그 사건 때문에 남편은 일을 그만둬야 했고, 사람들 보는 눈은 차갑지, 기껏 산 집도 나와야 했단 말이에요. 내키는 대로 하세요. 그 아이를 지지든 볶든 마음대로 하시라고요. 하지만 저희 가족은 가만히 놔 두세요!"
여자는 마구 쏘아붙였다. 말이 다 끝나자 눈에 눈물이 그렁그렁 맺혔다.
히야마는 이성을 잃은 여자를 보면서 공허함을 느꼈다.
이 여자의 입장에서 보자면 히야마는 자신들의 생활을 위협하는 외적인 것이다. 히야마가 앞으로 덮쳐올 매스컴을 겁내는 것처럼. 그녀는 자기 가족을 지키기 위해 필사적으로 저항했다. 그 가족 안에 야기 마사히코는 들어있지 않은 것이다. 야기 마사히코 또한 이 가족에게 있어선 성가신 외적에 지나지 않는 것이리라.

히야마는 발길을 돌렸다.

"앞으로 뭐 하실 이야기가 있을 때는 변호사 선생님을 통해 주세요."

문이 닫히고 곧바로 체인 걸리는 소리가 났다.

맨션 복도를 걸으면서 어째서인지 와카쓰키 학원의 사쿠라이 원장이나 스즈키 부부의 얼굴이 떠올랐다. 새빨간 남인 아이들을 위해 자신의 생애를 걸어 함께 생활하고 지키고 필사적으로 갱생시키고자 하는 사람들.

야기 마사히코에게 있어서 시설에 있었던 시간은 어떤 것이었을까. 그게 어떤 시간이었든, 시설을 나온 야기에게 가족이라는 기댈 곳은 없었던 것이다.

히야마는 오후가 되어 가게에 출근했다.

카운터에 서 있던 후쿠이가 제일 먼저 히야마의 얼굴을 보고 놀랐다.

"어떻게 된 겁니까, 그 얼굴?"

"어쩌다 계단에서 발을 헛디뎌서 말이야. 이 얼굴로 카운터에 섰다가는 손님이 달아나겠지."

히야마는 농담으로 대답했다. 계산대에 사무실의 열쇠가 없었다.

"니시나 씨가 쉬고 있습니다."

히야마는 사무실 문을 두드렸다. 얼마 있다가 안에서 문이 열렸다.

"나오셨어요."

히야마의 얼굴을 본 아유미가 경악한 표정을 했다.

히야마는 사무실에 들어가 탁상을 봤다. 애플 데니시와 카페라테와 참고서가 있었다.

"점장님, 대체 어쩐 일이세요."

"어제 오랜만에 술을 좀 많이 마셨더니 계단에서 발을 헛디뎌서."

히야마는 머리를 긁적였다. 스스로도 뻔하다고 느끼는 거짓말이라 말이 잘 이어지지 않았다.

"공부하고 있었나 보네. 신경 쓰지 말고 계속해."

히야마는 탁자를 가리키며 말했다.

아유미는 탁자로 돌아가 참고서를 읽기 시작했다.

히야마는 벽에 걸어 둔 시간표에 눈을 향했다. 오늘은 아르바이트생들이 하루 종일 들어오는 날이었다. 이 정도면 자신은 카운터에 들어갈 필요도 없을 것 같았다. 사무실에서 직원들 급료 계산이라도 하고 있자.

선반에서 장부를 꺼내 아유미의 맞은편에 앉았다. 문득 아유미를 봤다. 진지한 표정으로 참고서를 훑어보고 있다. 그 광경이 어쩐지 그립게 느껴졌다.

쇼코도 휴식 시간에는 항상 저렇게 공부를 하고 있었다. 근무 중간의 소소한 즐거움으로 초콜릿소스가 듬뿍 뿌려진 데니시를 소중히 입에 넣으며 이른 아침부터 저녁까지 일주일에 6일을 이 가게에서 일하며 저녁부터 학교에 나갔다.

쇼코의 생활을 알고서 잠은 제대로 자고 있는지 걱정이 되어 시간표를 편하게 짜 줄까 물어봤지만 쇼코는 오히려 조금이라도 많이 일하고 싶다며 의욕을 보였다. 히야마는 열예닐곱 살의 소녀가 어째서 그렇게 열심히 일하는 건지 이상하게 생각했다. 그때는 모녀 가정이라 돈을 벌어 생활에 보태야 하는가 보다 짐작할 뿐이었다.

실제로 쇼코는 일에도 열심이었고, 더 많이 일하겠다는 자세는 가게에 큰 도움이 되었다. 미성년자임에도 스태프들의 신뢰가 두터웠고 히야마도 높이 평가하고 있었다.

쇼코는 한결같고 사랑스러웠다. 주위 남성 스태프들에게서도 인기가 있었다. 그러나 부딪혀 본 남성들은 모두 퇴짜를 맞았던 것 같다.

당시 히야마는 가게를 열고 얼마 안 된 시기라 익숙하지 않은 잡무에 쫓겨 머리를 싸매면서 곧잘 탁상 앞에 앉아 있었다. 그러나 하루에 30분, 쇼코와 휴식시간에 마주 앉아 있을 때만은 편안함을 느낄 수 있었다. 항상 나누는 이야기는 두세 마디였지만 자신이 앞으로 하고 싶은 일을 이야기하는 쇼코의 말은 어째서인지 히야마의 심금을 울렸다.

히야마에게는 그런 정열이 없었다. 어느 새엔가 사람에 대한 불신을 안고 조직에 속하기를 피해 부모가 남겨 준 보험금으로 가게를 낸 데에 지나지 않았다. 긍정적인 사고가 아니었던 것이다. 젊은 가게 주인이라고 하면 듣기는 그럴 듯했지만 제멋대로인 아르바이트생이나 성가신 인간관계에 벌써 지겨워지기 시작하고 있었다.

지금이라는 시간을 최선을 다해 살고 있는 쇼코가 부러웠다. 사람의 생명을 구하는 일을 하고 싶다, 그것을 위해 매일 노력하는 쇼코가 히야마의 눈에 눈부시게 비쳤다. 그런 쇼코에게 끌리는 것은 시간 문제였다.

아유미가 문득 고개를 들면서 시선이 마주쳤다.

"왜 그러세요?"

아유미가 히야마를 쳐다보며 말했다.

긴장이 많이 풀렸나 보다. 지금은 히야마의 눈을 똑바로 보면서 이야기해 준다. 히야마는 기뻤다.

"아니, 열심히 하고 있구나 싶어서. 수험은 내후년이잖아?"

"저희 고등학교는 수준이 굉장히 낮아서 많이 노력하지 않으면 어렵거든요."

"그래?"

"이력서 보지 않으셨나요. 꼴통 고등학교로 유명해요."

히야마는 의외로 생각했다. 아유미는 총명한 아이다. 요 며칠 보면서 일 배우는 게 빠른 데에 히야마는 살짝 놀라고 있었다. 아유미라면 분명 좋은 고등학교에 들어갈 수 있었을 텐데. 하기야 학력과 사회에서 실제로 필요시되는 능력은 별개겠지만.

아유미는 시간이 아깝다는 것처럼 시선을 곧 참고서로 떨어뜨렸다.

히야마는 여러 가지 필기가 된 참고서를 봤다. 참고서 옆에 영화표가 놓여 있었다.

"그건?"

"아까 후쿠이 씨가 주셨어요. 같이 가지 않겠느냐고요."

아유미는 고개를 숙인 채 대답했다.
"그렇군."
히야마는 미소 지었다. 그러고 보면 자신이 제일 처음에 쇼코를 꾄 것도 영화였음을 떠올렸다.
"하지만 거절할까 해요."
참고서를 훑어보면서 아유미가 말했다.
"영화 안 좋아해?"
"꼭 해야 할 일이 있거든요."
고개를 숙인 아유미의 표정은 알 수 없었지만 어조에서는 흔들림 없는 의지가 느껴졌다.
히야마는 쓴웃음을 지으며 쇼코에게 데이트를 신청했을 때를 떠올렸다. 아니, 몇 번이나 보기 좋게 거절당했던 나날을 떠올리고 있었다. 조금은 후쿠이를 응원하고 싶어졌다.
"가고 싶지 않으면 거절해. 그 녀석은 그런다고 앙심 품을 녀석이 아니니까. 하지만 자신을 봐 주는 사람이 있으면 공부도 일도 더 힘이 나지 않을까 생각해 봐."
"고려해 보겠습니다."
히야마를 쳐다보며 아유미가 작은 소리로 말했다.
타이머가 울렸다.
휴식시간이 끝나고 아유미가 참고서를 가방에 넣은 뒤 쟁반을 들고 일어섰다.
"미안하게 됐네. 공부를 방해해서."
"아뇨."
아유미가 나가고 얼마 있자 노크 소리가 나고 후쿠이가 쉬러

들어왔다.
 후쿠이는 담배에 불을 붙이며 히야마의 얼굴을 물끄러미 보더니 놀렸다.
 "점장님도 아직 젊으시네요. 싸움이라니."
 히야마도 담배에 불을 붙이고 불렀다.
 "후쿠이."
 "네이."
 "다음번에 담배 한 갑 사라."

3장
별

1

히야마는 눈꺼풀 위에 붙인 반창고를 떼어내 화장실 쓰레기통에 버렸다. 이틀이 지나 붓기도 많이 가라앉은 것 같다.

화장실을 나온 히야마는 플로어에서 카운터를 쳐다봤다. 오늘은 드물게 후쿠이가 쉬는 날이었다. 아르바이트인 스즈키 유코를 불러 세웠다.

"스즈키 씨, 좀 지저분하던데 C체크 부탁해요."

"네에."

유코가 건성으로 대답하면서 마지못해 화장실 청소를 하러 갔다.

가게는 바빴다. 쉴 새 없이 손님이 왔지만 계산을 담당하는 아아유미의 손님 응대는 매끄러웠다. 웃음을 잃지 않고 차례차례 주문을 받는다. 또랑또랑하고 정중하게 손님을 대하는 아유미를 보고 있자니 히야마도 시원스러운 기분이 들었다. 그러나 갑자기 양복 차림 남성의 차례에서 흐름이 멈췄다. 아유미가 두세 마디 말을 나눴다.

"점장님."

아유미가 히야마를 향해 불렀다.

남성이 히야마를 돌아봤다.

그 얼굴을 보고 히야마의 쾌청한 기분은 단숨에 날아갔다.

눈앞의 남자는 등을 곧게 뻗고 앉아있었다.

히야마보다 몇 살 연상 같은데 기름기 없이 부드러운 머리털에 커다란 눈이 젊은 인상을 줬다. 동안을 감추듯이 쓴 은테 안경이 남자에게 영리함을 더했다.

노크 소리가 나고 쟁반을 든 유코가 사무실에 들어와서 남자와 히야마의 앞에 커피를 내려놓고 나갔다.

"얼맙니까."

남자는 동전지갑을 꺼냈다.

"괜찮습니다."

"그럴 수는 없지요."

남자는 살짝 정색을 하며 말했다. 히야마가 별 수 없이 가격을 말하자 동전지갑에서 정확히 270엔을 꺼내 탁상에 올려놨다. 빚진 것 없는 관계로 처신한 것에 만족했는지 이번에는 히야마에게 명함을 내밀었다.

볼 것까지도 없었다. 남자의 얼굴은 한때 텔레비전에서 자주 보았다.

남자의 시선에 히야마는 별 수 없이 명함을 봤다. '아이자와 미쓰오 법률사무소 변호사 아이자와 히데키'라고 적혀 있었다.

"바쁘실 텐데 실례하겠습니다."

말투는 정중했지만 아이자와의 얼굴에는 조금도 빈틈이 없었다.

"아뇨."

그대로 무거운 침묵이 흘렀다. 히야마는 자기가 먼저 입을 열 생각은 없었다. 그저 침묵을 참을 수 없게 되어 "드시죠." 하고 컵을 가리켰다.

"실례하겠습니다."

아이자와는 커피에 설탕을 넣고 스푼을 들었다.

히야마는 커피를 블랙 그대로 입에 댔다. 커피를 젓는 손의 얼룩을 쳐다보면서 아이자와가 뭐라고 말을 꺼낼지 상상했다.

커피를 한 모금 마신 뒤 아이자와가 말했다.

"무슨 속셈이십니까?"

"뭐가 말입니까."

히야마는 아이자와의 시선을 받아쳤다.

"그저께 야기 마사히코 군의 집에 일방적으로 찾아가셨다고요."

역시 그 이야기인가. 히야마의 상상은 정확했다.

"어째서 그런 짓을 하시는 겁니까."

아이자와는 정중한 말투 속에 비난의 가시를 품고 있었다.

"야기 마사히코를 만나기 위해섭니다."
"뭘 위해서 말입니까?"
"야기에게 여러 가지로 묻고 싶은 게 있어서요."
"무엇을 묻고 싶으신 겁니까?"
"그런 것을 당신에게 이야기할 필요는 없지 않습니까."
 히야마가 단호하게 말하자 아이자와는 노골적으로 입가를 구기며 입을 다물고 말았다. 어떤 식으로 눈앞의 남자를 설교할지 머릿속으로 궁리하고 있는 것이리라.
"저는 그들의 부첨인이었습니다. 저에게는 앞으로도 그들의 인권을 지켜갈 의무가 있습니다."
"인권이라고요?"
 히야마는 코웃음쳤다.
"가만히 지켜봐 주실 수는 없겠습니까."
 아이자와는 딱하게 여기는 눈으로 쳐다봤다.
"그들은 시설을 나와 앞으로 새 출발을 하고자 필사적으로 노력하고 있습니다."
"인권 얘기를 하셨는데, 이쪽에도 알 권리라는 것이 있죠. 단지 범인들의 나이가 어리다는 것만으로 피해자 측은 가해자에 대해 아무것도 알 수가 없습니다. 시설에 들어가 어떤 생활을 보냈는지, 어떤 반성의 마음을 가지고 있는지도 알 수 없습니다."
 아이자와는 곤혹스럽다는 듯이 머리를 긁적였다.
"이것은 제 개인 의견입니다만, 알 권리와 소년의 인권을 비교한다면 저는 소년의 인권을 우선해야 한다고 생각합니다. 히야마 씨의 기분도 압니다. 정말 불행한 사건이었다고 생각합니다. 다만 그렇다고 해서 히야마 씨가 그들의 생활을 짓밟고 유린하는 것은 그들의 장래를, 갱생을 저지하는 일이 되는 것입니다."

"갱생을 저지한다?"

히야마는 아이자와가 하는 말을 듣고 분노를 드러냈다.

"히야마 씨는 그들을 미워하고 계십니다. 별 수 없는 일이라고 생각합니다만, 그런 히야마 씨가 눈앞에 나타나면 그들은 어떻게 생각할까요. 자신에 대해 세찬 증오를 가진 인간을 앞에 두고, 그들은 긍정적이 될 수 있을까요."

"확실히 미워하고 있습니다. 소중한 사람을 빼앗겼으니 당연하지요. 하지만 아무것도 알지 못한다면 언제까지고 미워할 수밖에 없습니다. 피해자는 이런 기분을 언제까지고 억누르며 살아가라는 말씀입니까?"

"소년은 사회 전체가 지켜가야 할 존재입니다. 히야마 씨에게도 사회의 일원으로서 힘을 보태 주시기를 부탁드리고 싶군요."

"그걸 말씀이라고 하십니까!"

아이자와는 히야마의 대답에 조바심을 느끼기 시작한 건지 계속해서 안경테를 손끝으로 만지작거렸다.

얼마든지 다정하고 따뜻할 수 있을 것 같은 아이자와의 커다란 눈에 매섭고 험악한 빛이 서렸다. 히야마는 그 눈에서 이 남자의 본성을 훔쳐본 기분이 들었다.

"이전에 매스컴의 취재에서 쇼코 씨의 어머님 말씀도 들었습니다. 어머님은 무척이나 이성적인 생각을 가지신데 비해 히야마 씨는 소년법의 이념을 그다지 이해하지 못하시는 것 같습니다."

"결함투성이 법률을 어떻게 이해합니까?"

"저는 존귀한 법률이라고 생각합니다."

아이자와는 일단 커피로 목을 축인 뒤 이어서 이야기했다.

"어린이는 크든 작든 다양한 실수를 거듭하며 성장해가는 법입니다. 잘못에는 벌이 아니라 교육, 이것이 소년법의 이념인 것이죠. 그리고 어린이가 죄를 저지르는 것은 지금의 사회를 만들어 온 우리 어른들에게도 큰 책임이 있습니다. 비행의 내용이 심각하면 할수록, 저는 어린이를 그 비행에 이르게 한 사회가 잘못되었다고 느낍니다. 그런 반성도 없이, 범죄를 저지른 소년에게 엄벌만 가하면 되는 줄 아는 작금의 세론에 도저히 찬동할 수 없습니다."

아이자와는 열띤 웅변을 펼쳤다.

히야마는 진저리가 나서 항변할 기분도 더 나지 않았다.

소년을 옹호하는 자들은 사회나 환경이라는 말을 즐겨 쓴다. 사회나 환경이나 교육이 나빴기 때문에 이런 범죄가 일어나는 것이라고. 그 영향도 확실히 있을 것이다. 다만 불우한 유년 시절을 이겨내고 죄를 범하지 않는 사람도 많이 있지 않은가. 중학생 때 양친을 잃은 히야마도, 어렸을 적부터 어머니와 둘이서 생활해 온 쇼코도 갖은 고생과 다양한 괴로움을 뛰어넘으면서 열심히 살아왔다.

아이자와의 주장에 히야마는 보복을 해 주고 싶다는 기분이 들었다.

"아이자와 씨는 가족은 계십니까."

갑자기 화제가 바뀌자 아이자와가 갈피를 못 잡고 히야마를 봤다.

"아내와 딸이 있는데요."

"자녀 분은 몇 살입니까?"

"네 살입니다만."

마나미와 동갑이다. 히야마는 죄책감을 떨쳐냈다.

"만일 아이자와 씨의 자녀분이 소년들에게 목 졸려 죽고 난도질당했다 하더라도 아이자와 씨는 지금과 같은 말씀을 할 수 있겠습니까."

히야마의 질문에 아이자와의 시선이 침착성을 잃고 허공을 헤맸다.

아마도 집에서는 좋은 부친일 이 남자는 일상생활에서는 결코 그려 볼 일 없을 광경을 상상하고 만 것이리라. 히야마도 그 사건이 일어날 때까지는 결코 상상할 수 없던 광경이었다.

아이자와의 표정을 보면서 어떤 대답이 돌아올지 가만히 기다렸다. 이런 주장을 되풀이하는 사람들에게 꼭 한 번 묻고 싶었던 바다.

"제 생각은 변하지 않습니다."

마음을 새로 먹고 시선을 히야마에게 되돌린 아이자와는 의연하게 말했다.

"저는 어린이라는 것은 실로 무한한 가소성과 가능성을 가진 존재라 생각하고 있습니다. 불우한 환경에서 자라 딱한 사건을 일으키고 만 어린이라도 그 후에 노력해서 완전히 갱생해 지금은 당당한 직업을 가지고 사회에 공헌하고 있는 경우도 있습니다. 저는 그런 어린이들을 많이 알고 있습니다. 이번 건에서 소년들은 확실히 중대한 과오를 저질렀습니다. 그러나 소년들은 필사적으로 갱생에의 길을 걷고 있습니다. 아시리라 생각합니다만, 결국 가슴 아픈 일을 당하고만 사와무라 군은 시설을 나온 후로 일을 하면서 야간 고등학교에 다니는 성실한 생활을 하고 있었습니다. 마루야마 군은 사립 고등학교에 다니면서 면학에 힘쓰고 있습니다. 야기 군은 가정 문제도 있어서인지 완전히 마음을 잡았다고는 할 수 없습니다만, 그래도 본인 나름대로 앞으로의 인생을 모색하고 있을 거라고 생각합니다. 적어도 경찰 신세를 질 만한 짓은 하고 있지 않은 것 같습니다."

"아이자와 씨, 그게 소년들의 갱생이라고 생각합니까."

"무슨 뜻인지요."

갱생이란 무엇일까. 히야마는 쭉 생각해 왔다.

죄를 범한 자가 면학에 힘쓰고 정당한 직업을 가지는 것이 갱생일까. 두 번 다시 형벌 법령에 저촉되는 행위를 하지 않는 것을 갱생이라고 하는 걸까. 확실히 사회에 있어서는 그것도 중요한 일이리라. 그러나 히야마는 아니라고 생각했다. 앞으로 자신이 어떻게 살아갈 것인가 이전에, 자신이 범한 과오를 정면에서 마주보는 것이 진짜 갱생이 아닐까. 그리고 그렇게 이끌어 가는 것이 진짜 교정 교육이 아닐까, 하고.

갱생이란 무엇입니까.

그것을 묻고자 고개를 든 히야마에게 아이자와가 먼저 말했다.

"히야마 씨에게도 분명 따님이 있었죠?"

"네."

"히야마 씨는 육아가 어렵다고 느낄 때가 없습니까."

"있죠, 그야……."

"그렇지요. 제게도 자주 있습니다. 어떻게 키우면 이 아이가 죄를 범하지 않는 선량한 인간으로 성장해 줄 것인가 하고 항상 생각하고 있습니다. 자신의 아이를 범죄자로 만들고 싶은 부모는 없을 테니까요. 그 소년들의 부모님들도 물론 그랬겠죠. 다만 유감스럽게도 육아에 절대적인 정답은 없는 게 아닐까 라고 생각하고 맙니다. 히야마 씨는 어떻게 생각하십니까."

히야마는 아이자와를 주시하면서 마나미와의 생활을 머릿속에 그렸다. 육아는 시행착오의 연속이다. 그것은 인정할 수밖에 없었다.

"아무리 가정교육을 엄하게 해도, 어린이의 정서를 풍요롭게 하고자 노력해도, 가정이 원만해도, 그런 것과는 관계없이 어린이는 때로 과오를 저지를 때가 있습니다. 제 아이에게나, 히야마 씨의 자녀 분에게나 그런 일은 절대 없을 거라고 단언할 수 있을까요."

단언할 수 있을까. 히야마는 마음속으로 생각했다. 하지만 어린이가 과오를 저지르지 않기 위해 최대한의 노력을 하는 것이 부모의 사명이 아닐까.

"저는 딸이 그렇게 되지 않도록 최선을 다할 겁니다. 그것이 부모의 책임입니다."

"자신만만하시군요."

아이자와는 싸늘하게 웃었다.

거기엔 동안의 얼굴은 이미 가고 없었다. 그저 남의 의견을 부정하고자 계획하는 차가움이 있었다.

"만일 과오를 저질러 버렸을 경우에는, 그것을 어떻게 받아들이고 어떻게 살아가야 할지를 딸과 함께 생각할 겁니다. 당신에게 묻고 싶습니다. 갱생이란 무엇입니까."

히야마는 아이자와를 주시한 시선에 힘을 주고 물었다.

"과거를 청산하고 생활 태도를 개선하는 것. 사전에는 그렇게 적혀 있지요."

아이자와는 히야마의 생각을 대수롭지 않게 흘러 넘겼다.

"당신 자신은 어떻게 생각하십니까?"

히야마의 힐문을 아이자와는 과장스러운 탄식으로 받아쳤다.

"아무리 이야기해도 평행선인 것 같군요.

아이자와는 티라도 내는 것처럼 손목시계를 보고 일어났다.

"아직 이야기는 끝나지 않았습니다."

"저도 여러 모로 볼 일이 많아서요."

아이자와가 히야마를 내려다보면서 말했다.

"어린이들의 환경을 다져 나가는 것이 부모의 사명이다. 제가 말하고 싶은 것은 그것뿐입니다. 오늘은 시간을 내 주셔서 감사했습니다."

아이자와는 갖다 붙이는 것처럼 빠른 말투로 말하고는 서둘러 사무실을 나갔다.

아이자와가 닫은 문을 향해 컵을 내던지고 싶은 충동이 솟았으나 겨우 참았다.

불쾌한 기분으로 다 식은 커피를 목에 흘려 넣고 컵을 쟁반에 올려 사무실을 나갔다. 쟁반을 난폭하게 카운터 반환구에 놓자 반환구 안쪽에 있던 아르바이트 유코가 깜짝 놀란 얼굴로 히야마를 봤다.

"아까 나간 거, 아이자와 선생님 아닙니까."

히야마는 목소리가 들린 쪽을 보고 놀랐다. 카운터 앞 테이블 석에 누쿠이가 있었다.

히야마와 얼굴을 마주한 누쿠이는 히야마의 험악한 표정을 보고 순간적으로 표정이 굳어졌다.

"변호사 선생과 난투극이라도 벌이셨나요?"

테이블 석에서 히야마 쪽으로 다가온 누쿠이가 히야마의 얼굴을 뜯어보며 말했다.

"아닙니다."

히야마는 끓어오르는 화를 조금이라도 가라앉혀보려고 반환구에 놓인 컵이며 유리잔 정리를 시작했다.

"저 사람은 말을 잘 하니 싸움이 아니었다면 히야마 씨가 불리했겠군요."

누쿠이는 히야마를 구슬리고자 농담처럼 웃었다.

"자기 하고 싶은 말만 하고 내빼다니! 약한 입장의 인간을 지키는 게 변호사 아닌가?"

히야마는 화를 가라앉히지 못하고 내뱉었다.

"그들 입장에서 보면 피의자나 가해 소년이 약한 입장인 거죠."

"어째서 그렇게 되는 겁니까? 아무 잘못도 없는데 느닷없이 불합리한 범죄에 휘말려 든 피해자의 인권보다 가해자의 인권 쪽을 소중히 한다는 겁니까?"

"일본의 형법학 체계가 그렇게 되어 있는 겁니다."

누쿠이가 대수롭지 않게 말했다.

히야마는 납득이 가지 않는다는 얼굴로 누쿠이를 봤다.

"전쟁 전에 특고경찰이라는 게 있었죠. 지독한 고문을 행하며 죄 없는 사람들을 투옥하거나 사상 탄압을 해 온 자들입니다. 덕분에 전쟁 후에도 수많은 누명 사건이 일어났습니다. 그런 쓸쓸한 역사에 입각해 이 땅의 인권이라는 것은 우선 경찰에 체포된 피의자나 재판에 붙여지는 피고인을 국가 폭력에서 지키는 권리 중심으로 발전돼 왔는데요. 변호사와 형법학자 모두가 국가에게서 피고인의 권리를 되찾아야 한다며 조금이라도 형벌을 가볍게 하자는 데에 주안을 두는 나머지, 이번에는 피해자의 인권을 등한시 하게 되어 버린 겁니다. 대학 같은 곳에서도 피의자나 피고인, 수형자의 처우 문제는 자세히 배우지만 피해자에 관해서는 제대로 배운 게 없었습니다."

"법학부셨습니까."

"네, 일단은."

"하지만 그렇지 않은 변호사도 있지 않습니까?"

"물론 그렇습니다. 다만 아이자와 선생님의 장인인 아이자와 미쓰오 선생은 전 일본 변호사 연맹의 부회장으로 소년법 개정 논란 때도 반대파의 급선봉이 된 분이에요. 융통성이라곤 없는 인권파입니다. 그 데릴사위인 히데키 씨에게도 역시 장인이 큰 영향을 준 것이겠지요. 언젠가는 아이자와 미쓰오 법률 사무실을 이을 테니까요."

"법조계의 미래는 참 밝군요."

피해자의 아픔을 느끼지 못하는 변호사들에 대한 야유였다.

"히데키 씨는 고생하며 자라서 가정 사정으로 고등학교에는 진학하지 못하고 대학 검정을 통해 유명 국립대학 법학부에 입학했다고 합니다."

"어떻게 그렇게 잘 아십니까."

"소년법이 개정된 직후에 잡지에서 대담한 적이 있거든요. 이번 개정에 대한 의견을 듣느라."

"어떤 이야기를 했습니까."

"아까까지 히야마씨와 나눴던 것과 같은 이야기겠지요."

히야마는 아이자와와 주고받았던 대화를 떠올리고 더욱 불쾌해졌다.

"히야마 씨가 어떤 감상을 받으셨는지는 모르겠으나 일리 있는 부분도 있다고 보았습니다."

히야마도 아이자와의 주장이 전부 틀렸다고는 생각하지 않았다. 그러나 아이자와의 시점은 일방적이고 뭔가 어긋났다는 느낌도 들었다. 어린이의 보호에만 눈을 돌리고 피해자의 시점에 서지 않는다면 두 시각은 영원히 맞물리지 못할 것이다.

"그런데 오늘은……."

히야마는 누쿠이가 뭘 위해 여기 온 건지 생각하고 우울한 표정이 되었다.

"그런 얼굴 하지 마십시오."

누쿠이가 애교 있는 얼굴로 쳐다봤다.

"오늘은 히야마 씨에게 부탁이 있어서 찾아왔습니다."

"뭡니까."

히야마는 무뚝뚝하게 말했다.

"실은 이번에 사회학자인 미야모토 신야 씨와 공저로 책을 출판하게 되어서요. 소년 범죄와 소년법 문제에 관한 책입니다. 소년법이 개정되고 2년 반이 지났지만 아직 다양한 문제와 시행착오가 있다고 생각합니다. 그래서, 전쟁 후에 일어난 소년 범죄의 실례나 데이터를 검증하면서 입장이 다른 분들의 이야기를 들어 소년법 문제를 총괄할 수 있는 내용으로 꾸미고 싶다고 생각하고 있습니다."

히야마는 누쿠이의 이야기를 듣고 맥이 빠졌다. 사와무라의 사건과 조금도 관계가 없지 않은가.

"보호파, 엄벌파 쌍방의 기탄없는 의견을 싣고 싶거든요. 가정 재판소의 재판관, 조사관, 변호사나 교육자, 매스컴 관계자 분 등 몇 명의 협력자는 얻어 냈으나 히야마 씨⋯⋯."

거기서 누쿠이가 열띤 시선을 히야마에게 고정시켰다.

"히야마 씨가 피해자의 입장에서 생각하는 바를 이 책에서 이야기해 주셨으면 하는 바람입니다."

"네?"

히야마는 놀랐다.

누쿠이의 진의를 알 수 없었다. 소년 범죄의 피해를 당한 사람은 많이 있는데 어째서 자신인가. 지금의 히야마는 사와무라 살해 혐의가 씌워진 상태다. 누쿠이 자신도 히야마를 의심하고 있는 게 아닐까.

"여러 가지로 생각하시는 게 있을 것 아닙니까."

"제가 잡히면 책의 선전이라도 됩니까."

히야마의 밉살스러운 말을 들은 누쿠이의 표정이 흐려졌.

누쿠이의 시선이 식어가는 것을 느끼고 히야마의 가슴에 씁쓸함이 퍼졌다. 농담으로 얼버무리려 시선을 돌리고 억지로 웃었다.

"점장님."

유코가 비품 창고 입구에서 불렀다.

"가토 씨라는 분에게서 전화요."

살았다.

"사무실로 연결해 줘."

유코에게 말한 히야마는 누쿠이를 남기고 사무실로 갔다.

히야마가 수화기를 들자 유리의 목소리가 들려왔다.

"다친 건 어때요?"

"아아, 괜찮아."

"야기는 이미 만나셨나요?"

"만나지 못했어. 야기는 집에 거의 돌아가지 않나봐."

"그렇군요……"

잠깐 동안 침묵이 흘렀다.

"야기와 중학교 때 친했던 친구에게 물어봤는데, 지금은 연락도 거의 안 하고 지낸대요."

"그렇군."

히야마는 낙담했다.

"하지만 주로 이케부쿠로에서 논다는 소문을 들었어요. 히야마 씨는 컬러 갱이라고 들어본 적 있으세요?"

컬러 갱. 들은 적 있었다. 미국의 스트리트 갱 같은 복장으로 노상강도나 공갈을 하는 집단이다. 그룹에 따라 빨강이나 파랑의 상징색이 있는 듯, 오오미야에도 그런 패거리가 배회하고 있었다.

"지금도 그런 이름으로 부르는지는 모르겠지만, 야기는 그런 녀석들이랑 같이 다니고 있나 봐요. 그 녀석들이 모이는 데라고 가게를 하나 가르쳐 줬는데, 혼자 가기는 무서워서……."

"그런 곳에 가면 안 돼."

히야마는 유리를 말렸다.

"지금 어디 있지?"

"이케부쿠로요."

아이자와의 말이 머리를 스쳤으나 야기를 만나고 싶다는 충동을 억누를 수 없었다. 사와무라가 말했던 진짜 속죄가 어떤 것인지 어떻게든 알고 싶었다.

히야마는 벽에 걸린 시간표를 봤다. 아르바이트 한 명이 7시에 돌아가지만 그때까지는 아르바이트가 세 명 있다. 7시까지 돌아오면 영업에 지장 없으리라.

"지금 갈 테니까 어디서 만나자."

합류 장소를 정한 뒤 히야마는 전화를 끊었다.

사무실을 나오자 눈앞 화장실 문고리에 '청소 중'이라는 팻말이 걸려 있었다. 지시 없이도 착실하게 C체크, 즉 화장실 청소에 들어가 주는 것은 그녀밖에 없다. 히야마는 문을 두드렸다.

역시나 대걸레를 든 아유미가 얼굴을 내밀었다.

"지금부터 잠깐 나갔다 올게. 7시까지는 돌아올 테니까 다른 사람들한테도 전해 줘."

"네. 다녀오세요."

플로어에 누쿠이의 모습은 없었다. 히야마는 조금 불편한 마음으로 가게를 나섰다.

오오미야역에서 사이쿄선을 탔다. 좌석은 거의 차 있었지만 한 사람 분 자리가 비어 있었다. 아직 몸 마디마디가 쑤신다. 히야마는 사양 않고 앉았다. 창밖의 하늘은 아직 밝았지만 손목시계를 보니 4시가 지났다. 이케부쿠로에 도착하면 5시가 될 것이다.

무사시우라와 역을 지났을 무렵, 차 안에 아기 울음소리가 울렸다.

히야마는 대각선 앞에 놓인 유모차를 봤다. 유모차 앞에 앉은 젊은 아이 엄마가 어르고 있었다. 그래도 아기 울음소리는 점점 커져 갔다. 아이 엄마의 얼굴에 당황한 빛이 떠오른다. 주위 승객들은 불쾌한 시선을 던지기 시작하고 있었다. 아이 엄마는 난처해하며 유모차에서 아기를 들어 품에 안고 어르기 시작했다. 그래도 울음을 멈추지 않는다. 서서히 차 내의 시선이 예민해지는 것이 느껴졌다. 노골적으로 혀를 차는 사람도 있었다. 아이 엄마는 반 울상을 띠고 아기를 어르고 있다.

히야마는 더 견디지 못하고 아이 엄마에게서 시선을 돌렸다.

아기 울음소리를 듣고 있는 사이 쇼코의 슬픔을 띤 눈동자가 떠올랐다.

쇼코가 임신을 알려왔을 때, 히야마는 뺨이 붉어지는 것을 느꼈다. 추운 밤이었다. 몇 년이나 혼자서 살아왔다고 느끼고 있었던 히야마는 '가족'이라는 걸 상상하곤 몸도 마음도 따뜻해졌다.

"결혼하자."

히야마는 그 자리에서 망설임 없이 말했다.

그러나 얼굴을 든 쇼코를 보고 아까까지의 따스함이 거짓말처럼 말끔히 사라졌다.

쇼코의 눈동자에 깊은 슬픔이 서린 것처럼 느껴졌기 때문이다. 연인으로서 교제하는 동안에도, 가게에서 일하고 있을 때도 느낀 적 없는 어두움이었다.

쇼코는 지울 생각이라고 말했다. 히야마에게 이야기 하는 것조차 몹시 망설였다고도.

쇼코는 자신을 거절하고 있는 것일까. 아니, 아니다. 쇼코는 분명 자신을 사랑해 주고 있다. 그럼 어째서인가.

히야마는 절망하면서 열심히 생각했다. 한 가지 짚이는 게 있다면 간호사가 되고 싶다는 쇼코의 꿈이었다. 쇼코는 다가올 봄에 간호사 학교의 수험을 앞두고 있었다. 확실히 임신, 출산, 육아 씩이나 되면 얼마 동안 간호사 학교에 다니는 것은 어려워질지도 모른다. 쇼코는 간호사가 되기 위해 요 몇 년 간 필사적으로 공부해 왔다. 그러나 육아가 일단락되면 학교에 다니는 것도 가능하고, 히야마도 거기에 반대할 생각은 없었다. 히야마도 협력하겠다고 설득했다.

그래도 쇼코는 완강히 고개를 저어 댔다.

"당신은 사람의 생명을 구하는 일이 하고 싶다고 했지. 그게 자신의 바람이라고. 그렇다면 그 아이를 낳아 줘. 그건 당신밖에 할 수 없는 일이니까."

히야마는 필사적으로 호소했다.

히야마의 호소에 단단한 껍질이 깨졌다. 쇼코는 어째서인지 그 자리에서 울음을 터뜨리고 말았다. 그렇게 얼마동안 계속 울었다.

그러나 마나미를 무사히 출산한 뒤에도 쇼코의 눈동자 속 슬픔은 완전히 사라지지 않았다. 자신의 아이를 눈앞에 보고 있으면 기뻐야 할 텐데. 히야마는 번번이 이상하게 생각했다.

쇼코는 아이를 키우는 것에 불안과 당혹스러움을 느끼고 있었던 게 아닐까. 그렇게 느낀 것은 텔레비전 뉴스를 보고 있을 때였다. 뉴스에서는 매일처럼 어린이들의 범죄가 보도되고 있었다. 또 현 내에서는 아이들을 어디론가 유인해 나쁜 짓을 하는 사건이 자주 일어나고 있었고, 어린이가 피해자가 되는 사건도 끊이지 않았다. 그런 뉴스를 볼 때마다 쇼코의 슬픔이 점점 깊어져 갔던 것이라고 생각한다. 자신의 아이가 피해자도 가해자도 될 수 있는 시대. 그런 시대에 아이를 낳아 키우는 일의 어려움을 쇼코는 쭉 느끼고 있었던 게 아닐까.

육아에 절대적인 정답은 없다.

히야마는 아이자와의 말을 떠올렸다. 그럴지도 모른다. 부모 된 자라면 누구나 아이를 키우는 데한 불안으로 고민하고 있을 것이다. 쇼코도 사회에 대해 불안을 안고 육아에 고민하면서도 열심히 마나미와 마주하고 있었던 것이다.

쇼코는 아기 침대에서 자는 마나미를 향해 곧잘 뭐라고 말을 걸곤 했다. 말을 모르는 마나미에게 뭔가를 전하려고 했던 걸까. 쇼코는 마나미에게 아낌없는 애정을 쏟았다. 단 5개월이기는 했지만 쇼코의 애정이 지금의 마나미를 지탱하고 있는 것이다.

차 안에서는 변함없이 아기가 울고 있었다. 자기야말로 울고 싶다는 표정을 지은 아이 엄마가 품에 안은 아기를 어르고 있었다.

히야마는 최대한 부드러운 시선을 던졌다. 그것이 젊은 엄마에게 전해지고 있는지는 알 수 없었지만.

2

이케부쿠로 역 구내를 나와 서쪽 출구 공원으로 가자 분수 앞에서 가토 유리가 기다리고 있었다.

히야마와 유리는 공원 맞은편에 있는 카페에 들어갔다.

마실 것을 주문하고 나자 유리가 더 못 기다리겠다는 것처럼 가방에서 메모지를 꺼내 히야마에게 보였다.

"로사 회관 가까이에 있는 루즈라는 바가 야기의 패거리가 모이는 곳이래요."

로사 회관은 이케부쿠로 서쪽 출구 번화가에 있다. 술집이나 유흥업소, 오락실이 혼잡하게 들어선 구역이다.

히야마는 메모를 쥐었다.

"내가 다녀오마. 넌 오지 않는 편이 좋아."

"어째서요?"

유리는 불만스러운 표정을 지었다.

"나는 싸움 실력에는 자신이 없어. 하지만 혼자라면 도망칠 수 있어."

히야마는 쓴웃음 지었다.

"실력이 별로인 건 요전 일로 알았어요. 그러니까 더."

"넌 이 이상 관여하지 않는 편이 좋아. 야기가 그 사건에 관계됐다면 너무 위험해."

유리가 납득할 수 없다는 얼굴로 히야마를 봤다.

"야기에게서 들은 내용은 네게도 전부 이야기할게. 사와무라가 어떤 생각을 하고 있었는지 반드시 네게 알릴 테니까."

히야마는 필사적으로 설득했다.

유리는 얼마동안 생각에 잠겨 있다가 "정말요?" 하면서 가방에서 주섬주섬 한 장의 사진을 꺼냈다.

히야마는 건네받은 사진을 봤다. 사진에는 천진난만한 표정의 소년이 세 명 찍혀 있었다.

"참고가 될지 어떨지는 모르겠지만. 히야마 씨는 야기의 얼굴을 모르죠?"

"그 녀석들이냐?"

히야마는 유리에게 시선을 향했다.

유리가 끄덕인 것을 보고 히야마는 다시 시선을 사진에 떨어뜨렸다.

"그 사건 조금 전에 캠프 가서 찍은 사진이에요."

사진을 잡고 응시한 히야마는 소년들의 모습에 경악했다. 거기 찍혀 있는 것은 세 사람의 너무나도 순진한 표정이었다.

"이게 가즈야고 이쪽이 야기. 여기 안경 쓴 게 마루야마."

유리가 손가락으로 가리키며 설명했다.

한가운데에 있는 티셔츠를 입은 사와무라는 까무잡잡하니 딱 스포츠 소년이라는 느낌이다. 오른쪽의 마루야마는 희멀겋게 생기고 섬약한 분위기의 소년이었다. 도둑질이나 공갈을 자주 했다는 야기도 다른 두 사람보다 몸집은 조금 크지만 히야마가 보기에는 천진하게 생긴 지극히 평범한 소년에 지나지 않는다.

후에 세 사람이 일으킨 사건을 알고 있는 히야마 입장에서 보자면 소년들의 평범함이 반대로 충격이었다.

"가즈야도 이 무렵에 비하면 꽤 변했어요. 키도 많이 컸고 어른스러워졌죠. 다른 두 사람도 많이 변했을 거라고 생각하지만 참고가 되길 바라면서."

유리가 맡기겠다는 시선으로 히야마를 쳐다본다.

히야마는 고개를 끄덕이고 사진을 주머니에 넣었다.

카페 앞에서 유리와 헤어진 히야마는 서쪽 출구의 번화가로 향했다.

로맨스도리의 아케이드를 지나자 야한 전기 장식과 가게 앞에서 쏟아지는 잡다한 소음에 뒤덮였다. 땅거미가 짙어진 환락가는 지나다니는 사람들을 더욱 심하게 도발했다. 시각과 청각을 시달리면서 히야마는 길을 걸어갔다.

노래방과 술집을 지나 더욱 뒷골목으로 들어가자 유흥업소가 이어진 구획에 들어갔다. 메모를 들고 허둥대는 히야마에게 유흥업소의 삐끼가 끈질기게 달라붙었다. 히야마는 적당히 뿌리치면서도 심장 고동이 서서히 빨라지는 것을 느꼈다.

바 '루즈'는 유흥업소와 전화방이 모인 작은 빌딩 지하에 있었다. 유흥업소의 요란한 네온사인에 숨은 조잡한 간판이 빌딩 벽에 걸려 있었다. 장사하고 싶은 생각이 조금도 없어 보이는 가게였다.

지하로 내려가는 계단을 한 단 내려가서 발을 멈췄다. 지하층은 동굴처럼 어두웠으며 거기서 풍겨오는 공기는 호기심에 들르는 손님 따윈 거절하겠다는 메세지를 확연히 전하고 있었다. 그렇지 않아도 두 번 다시는 올 일 없을 것이다. 히야마는 각오를 굳히고 계단을 내려갔다. 계단은 어두워서 발밑도 잘 보이지 않고 싸구려 리놀륨 바닥이 삐걱거리는 소리만 귀에 울려왔다.

지하층에 내려서서 눈앞의 문을 열자 몸을 밀어내는 것 같은 랩의 중저음이 뱃속에 울렸다.

좁은 가게 안은 허용량을 훨씬 넘은 보랏빛 연기로 충만했다. 여섯, 일곱 명 정도가 앉을 수 있을 것 같은 카운터와 테이블 석이 세 곳 있다. 히야마는 한가운데 테이블 석에 다리를 뻗고 앉아 있던 손님들에게 눈이 갔다. 헐렁한 상의를 입은 네 명의 젊은이가 술을 마시면서 나른하게 담배를 피우고 있었다.

어쩌면 이중에 야기가 있는 걸까. 히야마는 태연한 척 둘러봤으나 어두운 가게 안에서는 얼굴을 판별할 수 없었다. 네 젊은이의 팔뚝이나 목에 엄청난 수의 문신이 자리 잡고 있는 것은 알 수 있었다.

사자 갈기 같은 머리 모양을 한 남자가 입구에 선 히야마를 힐끗 봤다. 그 남자의 시선을 따라 다른 세 사람도 히야마를 향했다. 그 날카로운 시선에 히야마는 며칠 전의 아픔을 떠올리고 근육을 경직시켰다. 히야마는 눈을 피하지 않았다. 험한 시선에 노출되는 대가로 그들 중에 야기로 보이는 인물이 없는 것을 확인했다.

히야마는 시선을 돌려 카운터로 눈을 향했다. 눈썹 숱이 적은 바텐더가 차가운 눈으로 유리잔을 닦고 있었다. 티셔츠로 엿보이는 팔에는 손목까지 빽빽하게 반어인의 비늘 같은 문신을 했다.

히야마는 카운터 제일 안쪽 자리에 앉았다. 이쪽에 눈도 주지 않는 바텐더에게 맥주를 주문한다.

바텐더가 히야마의 앞에 와서 냉담하게 말했다.
"손님, 가게 잘못 찾아온 것 아닙니까?"
"아뇨, 맥주 주십시오."
바텐더는 귀찮다는 얼굴로 히야마 앞에 버드와이저 캔을 아무렇게나 놨다. 잔도 내주지 않는다. 바텐더는 히야마를 무시하는 것처럼 떨어져서 카운터 끝에서 팔짱을 꼈다. 같은 서비스업으로서 이런 접객으로 장사가 되는 것을 어떤 뜻에서 부럽게 느꼈다. 이 캔 하나가 얼마나 나갈지가 걱정이 되기 시작했다.

히야마는 캔을 따고 맥주를 마셨다. 맛은 느낄 수 없었다. 그냥 탄산수를 내놔도 지금은 눈치 채지 못할 것이다. 히야마는 조금도 취기가 돌지 않는 맥주를 마시면서 어떻게 야기의 정보를 얻을 것인지 필사적으로 생각했다. 그러나 아무리 생각해도 묘안이 나오지 않았다. 역시 정면 돌파밖에 없을 것 같았다.

"오늘 야기는 안 왔나 보죠?"
히야마는 바텐더를 보고 최대한 아무렇지 않은 듯이 물었다.
가게 안의 공기가 단번에 바뀌었다. 지금까지 히야마의 뒷자리에서 시시한 이야기로 떠들던 남자들의 목소리가 뚝 그친 것이다. 히야마는 등에 시선이 아프게 꽂히는 것을 느꼈다. 아까 그 네 명은 야기의 동료가 분명하다. 등에 눈이 달리지 않았어도 지금 그들이 짓고 있는 표정을 알 것 같았다.

바텐더가 미심쩍은 얼굴로 히야마를 봤다.
"당신, 마사히코랑 아는 사이요?"
"아는 사이라기보다, 야기를 만나고 싶어서 찾고 있는 중입니다."

"정체가 뭐요? 보호관찰관 같은 거요?"
"천만에!"
뒤에서 날카로운 목소리가 들린 순간, 히야마의 목덜미에 예리한 바람이 스치고 지나갔다.
뭔가가 날아가 박히는 소리에 히야마가 오른쪽을 봤다. 옆의 벽에 걸린 다트판에 다트가 꽂혀 있었다. 히야마는 테이블 석을 돌아보면서 저도 모르게 목덜미를 더듬었다. 소름이 돋았다. 테이블 석의 남자들이 냉소 짓고 있었다.
"당신, 텔레비전에서 아우성치던 녀석이지."
갈기 머리 남자가 도발적인 눈으로 으르렁댔다.
"뭐야, 텔레비전이라니."
바텐더가 물었다.
"마사히코가 그랬잖아요. 옛날에 텔레비전에서 마사히코를 죽인다고 떠벌였다는 녀석 이야기."
"아아."
바텐더는 이해가 갔다는 표정을 지었다.
"녀석의 옛날 친구가 어두운데 불려가서 기습당해 죽었대요."
"나는 아무 짓도 하지 않았어."
히야마는 변명했다. 당장이라도 히야마에게 덤벼들 것 같은 기세로 남자들이 일어섰다.
"할 수 있으면 해 보라고 마사히코가 그러던데. 1대 1 결투라면 언제든 상대가 되어 준다고 말이야."
"나는 야기에게 이야기를 듣고 싶은 것뿐이야."
히야마는 경계하면서 호소했다.

"교정 시설은 전과로 인정이 안 되니 별도 제대로 달 겸 네 녀석을 죽이고 소년원이나 형무소에 가 주겠다고 하더군."

남자의 말을 듣고 히야마는 분노를 담은 눈으로 노려봤다.

또 한 명이 히야마의 멱살을 잡고 짖었다.

"뭐하면 우리가 상대해 줘도 좋고 말야."

히야마는 남자의 손을 뿌리쳤다.

"야기를 어떻게 할 생각은 없어. 나는 이야기를 듣고 싶은 것뿐이다."

"아저씨, 기세가 너무 등등한 거 아냐?"

"그만둬!"

바텐더가 카운터에서 나와 고함쳤다.

"여기서 소란 일으키지 마."

그 일갈에 남자들의 움직임이 멈췄다. 바텐더의 서슬에 남자들의 태도가 얌전하게 바뀌었다. 이곳에서의 진짜 힘 관계를 알았다.

바텐더는 히야마의 목덜미를 잡고 가게 밖으로 끌어냈다.

"돈은 됐으니까 그만 가 주시오."

"야기를 만나서 꼭 묻고 싶은 게 있습니다."

"그 녀석은 얼굴 안 보인지 한참 됐소."

그리고 히야마의 귓가에 수군거렸다.

"그렇게 큰소리 쳤지만, 옛날 친구가 살해당해서 그 녀석도 겁을 먹었다오."

"저는 정말 아무것도 하지 않았고 할 생각도 없습니다. 단지 이야기를 하고 싶은 것뿐입니다."

히야마는 주머니에서 가게 이름이 들어간 종이성냥을 꺼냈다.

"이걸 야기에게 전해 줄 수 없겠습니까?"

바텐더가 일소에 붙였다.

"준다고 전화는 하지 않을 거요. 그 녀석은 세상에서 당신을 가장 무서워하니까."

"어떻게 전해만 주십시오."

히야마는 종이성냥을 바텐더에게 맡겼다.

바텐더는 별 수 없다는 얼굴로 성냥을 바지 주머니에 넣고 가게 안으로 돌아갔다.

이케부쿠로역에 돌아온 것은 6시 40분이 지나서였다. 도저히 7시까지 가게에 돌아갈 수 있을 것 같지 않았다. 히야마가 돌아갈 때까지 아르바이트 두 명이서 버티게 할 수밖에 없었다. 공중전화를 찾았다. 휴대전화가 망가지고 좀처럼 새 것을 사러 갈 시간 여유가 없었던 것이다.

사이쿄선 4번 승강장은 퇴근 시간과 겹쳐 혼잡했다. 좁은 승강장에는 피로한 하루를 어서 끝내고 싶다고 서두르는 사람들의 열기가 넘쳤다. 마침 전차가 들어와 있었으나 히야마는 타는 것을 포기하고 다음 줄을 섰다. 안내방송과 소음과 요란하게 울리는 벨 소리가 묘하게 귀에 거슬렸다. 주위에 눈에 보이지 않는 한숨이 충만했다. 보지 않더라도 하나같이 흐리멍덩하게 생기가 없는 것을 알 수 있었다. 히야마의 마음도 활기가 없었다.

아까 전 남자들의 말에서 야기의 현재 모습을 역력하게 본 것 같은 기분이 들었다. 야기는 결코 반성도 개심도 하지 않았다. 히야마의 작은 기대는 산산조각 났다. 쇼코의 죽음은 그들에게 있어서 대체 뭐였던 걸까. 그들에게 이루어진 교정 교육이란 대체 뭐였던 건가. 뭔가를 하나씩 알아갈 때마다 분노와 공허함이 납처럼 가슴 속에 쌓일 뿐이다.
……전차가 들어옵니다.
전광판이 켜지고 안내방송이 흘러나왔다.
과연 야기는 연락을 해 올 것인가.
야기는 히야마를 두려워하고 있다고 아까 그 바텐더가 말했다. 야기는 사와무라를 죽인 게 히야마라고 생각하고 있는 걸까. 야기는 허세를 부리면서도 죽음의 공포에 벌벌 떨고 있다. 히야마에게는 그 사실이 그나마 위안으로 여겨졌다. 그것이 재판도 안 받고 반성도 하지 않은 야기에게 내려진 벌인 것이다.
승강장의 소음을 비명이 잡아 찢었다.
히야마는 고개를 들었다. 시야 오른쪽 끝으로 순간 믿을 수 없는 장면을 포착했다. 사람 그림자가 승강장을 박차고 나가서 붕 떠 보였다. 그리고 곧 보이지 않게 되었다. 선로에 떨어진 것이다. 순간적으로 알 수 있었다.
오른쪽 옆줄에 서 있었던 사람들이 술렁이며 선로를 내려다봤으나 귀를 찢는 경적에 놀라 몸을 젖혔다.
고함소리 같은 경적과 급브레이크의 굉음을 퍼뜨리며 전차가 돌진해 왔다. 히야마의 뺨에 닿는 바람은 미지근했지만 등에는 오한이 들었다.
고막을 찌르는 불쾌한 소리를 내며 전차가 멈췄다. 하지만 예정 정차 위치 조금 앞에서밖에 멈추지 못했던 것 같다. 히야마는 주위를 둘러봤다. 승강장 여기저기에서 사람들이 귀를 막고 있었다. 수런거리는 소리와 비명이 회오리쳤다. 히야마의 뒤에서 엄청난 힘이 밀고 왔다. 승강장에 있던 사람들이 남자가 떨어진 현장을 보고자 모여든 것이다. 전차 문은 열리지 않는다. 안의 승객들이 흥미진진하게 승강장을 보고 있다.

순간적으로 일어난 일이었다. 비상벨을 울릴 여유도 없었다. 살았을까. 순간적으로 봤을 뿐이지만 떨어진 사람은 남성 같았다. 히야마는 숨이 막히는 것을 느꼈다. 점점 사람들이 밀려든다. 걱정스럽게 보고 있는 사람도 있지만 노골적으로 호기심을 드러낸 구경꾼도 있었다. 입가에 추한 웃음을 띠우고 현장을 보지 않으면 손해라는 양 몰려든다.

히야마는 기분이 나빠졌다. 사방에서 몸을 옥죄는 압박감과 이 자리에 떠도는 더러운 공기에 구역질마저 들었다. 어서 이 덩어리에서 탈출하고 싶었다.

누가 어깨를 잡는 느낌에 히야마는 눈을 돌렸다. 역무원이 "실례합니다."하고 말하면서 히야마와 옆에 있던 남성 사이를 가르고 전차로 다가갔다.

"비키세요, 비켜 주세요."

역무원은 간신히 전차 앞에 도착해서 문 가까이에 쭈그렸다. 승강장과 전차 틈새를 들여다보고 뭐라고 말을 걸었다. 주위 사람들은 숨을 삼키며 지켜보고 있었다.

"거기 가만히 있어!"

역무원이 아래를 향해 큰 소리로 외쳤다.

그 말을 듣고 "살아 있어." "살아 있대." 하고 안도와 낙담이 섞인 목소리가 군집 속에 퍼졌다.

히야마는 옆에서 시시한 표정을 짓고 있는 남자를 곁눈질해 보면서 얼굴도 모르는 인간의 무사함을 일단 기뻐했다.

그러나 이런 상황에서는 전차도 금방은 움직이지 않을 것이다. 멀리 돌아가는 게 되기는 하지만 다바타까지 나가서 게이힌 도호쿠선으로 오오미야에 가는 게 현명할 것 같았다.

히야마는 인파에 역행해 계단으로 향했다.

아유미와 유코가 사무실에서 나왔다.

아유미가 계산대 앞에서 매상 계산을 하고 있는 히야마에게 말을 걸었다.

"수고하셨습니다."

"수고했어. 오늘은 정말 미안했어. 남은 거라 그렇지만 마음에 드는 데니시를 가지고 돌아가도록 해."

"만세. 잘 됐다."

유코가 아유미에게 웃는 얼굴로 말했다.

히야마도 웃었다. 속물적이긴. 아유미는 달랐지만, 유코는 히야마가 가게에 돌아온 후로 지금까지 쭉 뚱한 표정을 하고 있었던 것이다.

히야마가 돌아왔을 때 가게는 상당히 붐볐다. 둘만의 영업은 힘들었겠지만 아유미가 일하는 모습을 보고 히야마는 안심했다. 아유미는 계산만이 아니라 어느새 음료 만드는 법도 익혔다. 게다가 빠르고 정확하다. 후쿠이가 잘 가르친 것도 있겠지만 아유미가 노력파인 것은 말할 필요도 없다.

유코는 기쁜 듯이 달콤한 데니시를 종이봉지에 담았다.

"니시나 씨는 뭐로 할래?"

유코의 물음에 아유미는 고개를 작게 흔들었다.

"전 아까 휴식 때 먹었고 빨리 가야 해서요."

"사양할 것 없어. 내일이든 모레든 먹을 수 있다고."

"아뇨, 괜찮습니다. 먼저 실례할게요."

아유미는 히야마에게 인사를 한 뒤 반쯤 닫힌 셔터 아래로 나갔다.

"그럼 점장님, 니시나 씨 몫까지 가져가도 될까요."

유코가 히야마를 보면서 미소 지었다.

겨우 매상 계산을 끝낸 히야마가 커피머신에 남은 졸아든 커피를 마시고 있을 때 셔터를 두드리는 건조한 소리가 들렸다.

누가 뭘 잊고 갔나. 그렇게 생각하며 입구를 보자 "늦은 시각에 실례합니다." 하면서 양복 차림의 남자가 셔터 밑으로 들어왔다. 사에구사 형사다.

사에구사는 셔터 바깥을 향해 뭐라고 손으로 지시했다. 바깥에 누가 있는 것 같다. 요전에 본 나가오카라는 형사일까.

"잠깐 시간 괜찮겠습니까."

사에구사가 카운터로 다가왔다. 정중한 말투지만 요전번 이상으로 은근한 압력을 느꼈다.

"밖에 누구 있으면 들어오라고 하시죠."

히야마는 컵에 입을 댔다. 바싹 졸아든 쓴맛이 입안에 퍼졌다.
"아뇨, 신경 쓰지 마십시오. 대단한 이야기가 아니니. 확인만 좀 드릴 겁니다."
"드릴까요."
히야마가 컵을 들었다. 무엇을 확인하러 왔다는 걸까. 불안이 스쳤다. 사에구사에게 속마음을 보이고 싶지 않아서 여유 있는 척 했다.
"다 졸아들어서 꽤 쓰지만요."
"마침 잘됐군요. 오늘은 철야할 것 같은데."
히야마는 컵에 커피를 따라 사에구사에게 건넸다.
"감사합니다."
사에구사는 컵을 받아들어 입에 댔다.
"맛있군요. 좋은 콩을 쓰시는 것 같습니다."
히야마는 쓴웃음을 지었다. 이자의 미각도 상당히 둔한가 보다.
"그래서 오늘은 무슨 확인입니까."
히야마는 진지한 얼굴로 돌아왔다.
사에구사가 히야마를 쳐다봤다.
"히야마 씨는 오늘 쭉 가게에 계셨습니까."
오늘의 행동을 묻는 사에구사를 히야마는 미심쩍게 생각했다.
"왜 물으십니까."
"언짢게 생각하지 말아 주십시오. 단순한 확인입니다."
사에구사는 변함없이 얼굴 전체의 주름을 동원해 애교를 떨려고 했으나 그 안광에는 강한 의도가 담겨 있었다.
"4시가 지나서 잠깐 나갔다 왔는데요."

"그래서 몇 시 경에 돌아오셨습니까."

"7시 30분 넘어서 왔습니다."

"어디에 다녀오신 겁니까."

"이케부쿠로입니다."

그 지명에 사에구사의 동공이 희미하게 흔들린 것을 히야마는 놓치지 않았다. 꺼림칙한 예감이 들었다.

"어떤 일로 가셨습니까."

히야마는 주저했다. 야기를 찾으러 갔다고는 말할 수 없다. 말하면 끈질기게 동기를 물을 것이다. 그 소년들을 습격하기 위해 수소문하고 있다고 터무니없는 의심을 사서는 곤란하다.

"살 게 좀 있어서."

"살 게 있어서라고요?"

사에구사가 신음했다.

"뭡니까, 대체? 어디에 뭘 사러 가셨습니까."

사에구사는 아무것도 놓치지 않겠다는 시선을 히야마에게 집중시켰다.

히야마는 저도 모르게 눈을 피하고 싶어졌다. 대체 뭘 알고 싶은 건지 히야마에게는 짐작이 가지 않았으나 서툰 거짓말은 통하지 않는다. 사에구사의 눈은 그렇게 이야기하고 있었다.

"도큐핸즈(이케부쿠로에 있는 잡화를 다루는 백화점 — 옮긴이)에 피쳐를 사러······."

히야마는 1개월 전의 일을 떠올리고 거짓말을 했다.

"피쳐?"

히야마는 쓰레기통 위를 가리켰다.

"물그릇 말입니다. 수가 부족하거든요."
"영수증은 있습니까?"
"오늘은 사지 않았습니다. 사려던 사이즈가 없어서 말이죠."
"그건 바쁜 시간에 가게를 비우면서까지 필요한 것이었습니까?"

히야마는 놀랐다. 사에구사는 아까 나간 아르바이트 중 누군가에게 히야마의 행동을 캐물은 것일까.

"더 빨리 돌아올 셈이었습니다. 하지만 돌아오는 길에 전차 사고가 있었습니다."
"그랬죠."

사에구사는 이미 알고 있다는 얼굴로 고개를 끄덕였다.

"방금 전 이케부쿠로 서에서 연락이 들어왔습니다."
"형사님께 말입니까."
"6시 48분, 이케부쿠로역 4번 승강장에서 고등학생이 선로에 떨어졌다고 합니다. 그 시간에 히야마 씨는 어디에 계셨습니까?"

사에구사가 히야마에게 시선을 고정시켰다.

그 시선을 받는 히야마의 가슴속에 정체 모를 공포가 밀려들었다. 더 이상 감출 수 없는 불안이 얼굴의 근육을 경직시키는 것이 느껴졌다.

"떨어진 것은 마루야마 준이었습니다."
"네?"

히야마는 그 말의 뜻을 금방 이해할 수 없었다.

사에구사는 히야마의 반응을 음미하는 것처럼 잠자코 있었다.

"그런 어처구니없는……."

"사실입니다."

히야마의 눈앞이 캄캄해졌다. 집중하지 않으면 눈앞에 있는 사에구사의 얼굴조차 붙들 수 없었다.

"마루야마 준은 입시학원에서 돌아오는 길에 사고를 당했다고 합니다. 다행히도 마지막 순간 승강장 아래 빈 공간으로 피할 수 있었던 덕에 떨어질 때 입은 찰과상 정도로 끝났습니다만."

히야마의 얼굴 근육을 경직시킨 불안이 이번에는 전신을 치달리며 희미한 경련을 일으켰다. 히야마는 커피잔을 내려놨다. 카운터에 마찰음이 울렸다.

믿을 수 없었다. 야기 마사히코를 찾으러 갔다 돌아오는 길에 예기치 않게 마루야마 준과 같은 장소에 있었다니. 그런 우연이 과연 있을까.

히야마는 그때 시야 한구석으로 들어왔던 남자의 모습을 떠올렸다.

그 남자가 마루야마 준…….

"사정을 들은 조사원에 의하면 마루야마는 뒤에서 누군가에게 밀린 것 같다고 이야기한 듯합니다."

히야마는 고개를 들었다. 지금까지의 생각을 지웠다. 우연이라고 생각하고 있는 건 분명 자신뿐이리라. 경찰에게 이건 우연 따위가 아니라 필연이다. 마루야마가 있는 곳을 찾아낸 히야마가 일을 하다 나와서 마루야마의 뒤를 밟아 그를 밀어 떨어뜨렸다. 그렇게 생각하면 모든 앞뒤가 맞는 것이다.

히야마는 혀를 차고 싶은 기분이었다. 아까까지 사에구사와 나눈 대화를 없던 것으로 하고 싶었다. 경찰은 히야마가 도큐핸즈에 가지 않았다는 것을 금방 조사해 낼 것이다. 언젠가는 야기에 관해서도, 찾으러 갔던 바에 관해서도, 가토 유리에 대해서도 이야기하지 않으면 안 될 것이다. 지금 이야기해야 할까. 히야마는 망설였다.

"히야마 씨는 사고를 목격하셨습니까."

사에구사가 핵심을 파고들었다.

"네……."

머뭇거리면서 중얼거렸다.

"떨어진 남성의 옆줄에 서 있었습니다."

여기서 얼버무려 봤자 무의미하다고 체념했다. 히야마의 어깨를 잡고 인파를 갈랐던 역무원과 눈이 마주쳤던 것을 떠올린 것이다. 경찰이 히야마의 사진을 가지고 탐문수사를 벌이면 금방 알 수 있는 일이리라.

"그렇습니까."

사에구사는 한숨을 내쉬었다.

"그 시간에 승강장은 꽤 붐볐던 것 같더군요."

히야마는 고개를 끄덕였다. 끄덕이면서 머릿속으로 필사적으로 그때 인파에 있었던 얼굴을 떠올리려고 했다. 그 주위에 있던 사람들 속에 마루야마 준을 습격한 인간이 있었던 것이다. 그러나 기억은 열을 가한 알코올처럼 이미 머리에서 기화되고 없었다. 겨우 말할 수 있는 것은 히야마가 아는 인물은 없었다는 것뿐이다.

"히야마 씨가 계셨던 장소를 정확히 증언해 주는 인물이 있으면 좋을 텐데요."

히야마는 사에구사의 표정을 살폈다. 사에구사의 표정은 히야마를 의심하고 있다고도, 걱정하고 있다고도 볼 수 없는 복잡한 것이었다.

경찰은 분명 역무원이나 그 자리에 있었던 승객들에게 탐문수사를 할 것이다. 그렇게 사람이 들끓었던 승강장에서 히야마는 옆줄에 있었기 때문에 사고와는 무관했다고 정확히 증언해 주는 사람이 있을 것인가.

"아빠, 일 아직 안 끝났어?"

갑작스러운 목소리에 깜짝 놀라 히야마는 입구를 봤다.

마나미가 셔터 아래로 들어와 히야마를 향해 걸어왔다. 그 뒤로 들어온 미유키가 사에구사의 모습을 확인하고 멈춰 섰다.

"죄송합니다. 손님이 계셨군요."

"아뇨, 괜찮습니다. 이쪽 분은?"

사에구사가 히야마에게 물었다.

"딸이 다니는 보육원의 선생님입니다."

"마나미가 오늘은 한숨도 자지 않고 어서 아빠를 만나고 싶다고 해서······."

"신경 쓰지 마십시오. 저도 돌아가려던 참이었으니까요."

사에구사는 아까와는 딴판으로 온화한 웃음을 띠더니 마나미의 머리를 쓰다듬었다.

"마나미, 안녕."

"안녕하세요."

마나미가 웃는 얼굴로 말했다.

"맛있게 잘 마셨습니다."

사에구사는 컵을 히야마에게 되돌려주면서 작은 소리로 말했다.

"지금부터 마루야마의 사정 청취를 하러 가야 해서요."

사에구사가 마나미와 미유키를 웃는 얼굴로 보면서 나갔다.

사에구사가 가게를 나가고, 히야마는 필사적으로 마나미의 웃는 얼굴을 찾았다. 그러지 않으면 제정신으로 못 있을 것 같았다.

본사에의 발주를 마칠 무렵에는 카운터 앞 소파 석에서 마나미가 잠들어 있었다. 옆에 앉은 미유키는 히야마의 표정에서 심상치 않은 분위기를 느낀 건지 쭉 불안한 시선으로 보고 있었다.

일을 마친 뒤 마나미를 등에 업고 미유키와 함께 오오미야역으로 향했다.

도중에 걱정스레 캐묻는 미유키에게 히야마는 아까 사에구사가 말한 마루야마 준의 이야기를 간단하게 했다. 미유키는 믿을 수 없다는 표정으로 말을 잃었다.

그 뒤 미유키가 걸어 오는 말은 귀에 거의 들어오지 않았다. 아니, 귀에는 들어왔겠지만 히야마의 신경이 본래 취해야 할 반응을 포기해 버린 상태였던 것이다.

오오미야역에서 미유키와 헤어진 히야마는 무거운 발걸음으로 우쓰노미야선 승강장으로 내려갔다.

승강장에는 이제부터 귀가하려는 회사원이나 취객이 드문드문 녹초가 되어 서 있었다. 하루 종일 일이나 접대에 기진맥진해져 얼이 빠져서일 것이다. 이유는 전혀 다르겠지만 히야마도 그들과 마찬가지로 몸에 힘이 하나도 없었다. 서 있는 것만으로도 탈진할 정도의 허탈감이 히야마의 전신을 지배하고 있었다.

생각하는 거야. 그러지 않으면, 경찰의 혐의를 풀지 않으면 이 생활을 파괴당할지도 모른다. 마나미와 함께 보내는 소중한 시간을. 지금 내가 스스로 할 수 있는 일은 사건을 분석하는 정도밖에 없지 않은가.

마루야마 준은 대체 누구에게 습격당한 걸까. 우선 그 생각부터 들었다.

역시 사와무라 가즈야 사건과 관계가 있는 걸까. 오늘 승강장에서 마루야마를 습격한 인물이 사와무라를 살해한 것일까.

공통점은 있었다. 하나는 두 사람 다 쇼코를 살해한 가해자라는 것이다. 또 하나는 두 사건 모두에 히야마가 주요 관련자라는 것. 사와무라 가즈야의 사건이나 마루야마의 사건 양쪽 모두에서 히야마가 경찰에 의심을 사도록 꾸며져 있다는 생각이 자꾸만 들었다. 그러나 현실적으로 그런 일이 가능할까. 사와무라의 사건 때에는 어느 정도는 가능할 법도 하다. 히야마의 하루 일과를 파악하고 있는 범인이 의도적으로 히야마가 혼자 있는 시간을 노려 히야마의 가까이에서 사와무라를 죽이면 되니까.

다만 마루야마의 사건은 아무리 해도 설명이 가지 않는다. 히야마의 오늘 행동은 완전히 예정 외였다. 이케부쿠로에 가기로 결정한 것도 오늘 저녁이 돼서였다. 그 시간에 역 승강장에 간 것도 히야마 혼자만이 알고 있었다. 설령 범인이 마루야마 준의 행동을 파악하고 있어서 그 시간대 전차에 타는 것을 알고 있었다 하더라도 의도적으로 히야마를 마루야마와 같은 장소에 두는 것은 불가능하다. 히야마와 마루야마가 같은 승강장의 가까이에 있었다는 것은 우연이 아니면 있을 수 없는 일이다.

마루야마를 습격한 범인은 처음부터 히야마에게 죄를 뒤집어씌울 의도는 없이 마루야마를 습격했다. 그때 우연히도 가까이에 히야마가 있었다고밖에 생각할 수 없다. 그 승강장의 인파 속에서 아는 사람이 보이지 않았던 것만은 확실하다. 그 말은 그 인파 속에 히야마가 모르는, 사와무라와 마루야마에게 살의를 가진 인간이 있었다는 말이다.

대체 누가…….

히야마는 퍼뜩 생각이 미쳤다. 한손으로 바지 주머니를 뒤져 유리에게 빌린 사진을 꺼냈다.

이 무렵에 비하면 변했을 거라고 생각하지만 어떤 참고가 된다면……. 유리의 말을 떠올렸다.

"야기…….”

히야마는 생각난 이름을 중얼거렸다.

사와무라는 살해되기 직전에 야기를 찾고 있었다. 무엇인지는 모르겠지만 '진짜 속죄'를 하기 위해서.

히야마는 현재의 야기의 얼굴을 모른다. 4년 전 중학 시절 사진을 봤을 뿐이다. 다소 닮은 구석이 남아 있다 하더라도 한창 성장기에 4년이나 지났으면 그 붐비는 인파 가운데에서는 알아보지 못할 것이다.

예를 들면 이런 가설은 어떨까. 어떤 이유로 마루야마에게 살의를 가진 야기가 그를 습격할 기회를 노리고 미행하고 있었다. 그리고 승강장에 도착한 야기는 범행에 이르렀는데, 그 현장에 때마침 히야마가 있었다. 또는 승강장까지 마루야마를 쫓아온 야기가 거기서 우연히도 히야마가 있는 사실을 깨달았다. 이것은 절호의 기회라고 생각해 범행을 저질렀다.

반대로 생각하는 것도 가능하다. 히야마가 바를 찾아갔을 때

야기가 가까이에 있었다면? 야기는 히야마를 미행해 역 승강장까지 왔다. 거기에 때마침 마루야마 준이 있었다…….

전차가 빛을 뿜으며 승강장에 들어왔다. 히야마는 저도 모르게 두 걸음 뒤로 물러섰다.

가볍게 머리를 흔들었다. 지금까지의 생각은 머릿속의 공상에 지나지 않는다. 그래도 히야마는 야기가 이 두 사건에 대해 어떤 열쇠를 쥐고 있으리라고 확신했다.

3

다음 날 아침, 큰길을 지나 가게에 도착하자 후쿠이가 오픈테라스에 놓인 화분에 물을 주고 있었다. 드문 광경에 히야마는 비가 내리던 날보다 더한 꺼림칙한 예감을 느꼈다.

히야마를 알아본 후쿠이가 물뿌리개를 놓고 달려왔다.

"지금은 가게에 안 가시는 편이 좋아요."

후쿠이가 허둥대며 말했다.

"무슨 일이야?"

"매스컴이 잔뜩 몰려왔어요. 카운터 앞자리에 진을 치고 점장님이 오시기만 기다리고 있어요."

히야마는 무거운 한숨을 내쉬었다. 예상은 하고 있었다.

'위기일발 고등학생, 이케부쿠로역 승강장에서 떨어졌다가 기적의 생환'

오늘자 조간신문에는 작게나마 마루야마가 승강장에서 떨어졌던 사고의 기사가 실려 있었다. 사와무라의 사건에 이어서 이번엔 마루야마의 사건이다. 매스컴이 이번 일을 히야마와 관련지어 생각하는 것도 무리는 아니었다.

"대체 무슨 일이 있었던 겁니까."

"대단한 일 아니야."

갖다 붙인 것처럼 어색한 발뺌을 한 히야마는 가게로 향했다.

출근을 안 할 수는 없다. 도망쳤다고 여겨지는 것도 싫었다. 자신에게는 무엇 하나 찔리는 구석이 없으니까.

그래도 매스컴과의 대면은 되도록 피하고 싶었으나 이 가게에는 뒷문이나 뒤창 같은 게 없다. 사무실에 들어가려고 해도 가게 입구로 들어가 플로어를 지나야 했다.

히야마는 가게에 들어갔다.

카운터 앞 테이블에 앉아 있던 무리들이 히야마를 확인하고 벌떡 일어섰다. 네댓 명의 기자가 다가왔다.

"히야마 씨, 알고 계십니까. 그 사건의 가해자가 두 명 습격당했습니다. 한 명은 살해당하고 다른 한 명도 부상을 입었다고 합니다."

히야마는 기자를 피해 계산대에서 사무실의 열쇠를 꺼냈다. 계산대에 있던 아유미와 눈이 마주쳤다. 아유미는 당황한 것처럼 시선을 내리깔았다.

플로어를 지나가려 하는 히야마의 앞에 기자가 막아섰다. 낯익은 얼굴이 있었다. 쇼코의 사건 때에도 이렇게 히야마의 생활을 짓밟고 간 녀석들이다.

"어떻게 생각하십니까. 한마디 부탁드립니다!"

다부진 럭비선수 같은 체구의 기자에게 앞이 막혀 히야마는 멈출 수밖에 없었다. 카운터에서 들어간 플로어에 있던 손님들이 호기심의 시선을 향하고 있었다.

"관계없습니다."

히야마는 기자 한 명을 노려보며 말했다.

그 태도가 기자의 투쟁심에 불을 붙인 것 같다.

"그때, 히야마 씨가 말씀하셨던 대로 되었군요. 이것은 소년들에게 벌이 내려진 걸까요."

히야마는 아무 대답도 하지 않았다. 대답할 수 없었다. 기자를 밀어내는 것처럼 따돌렸다.

"뭐라고 말 좀 해 주십시오!"

등 뒤에서 고함소리가 들렸으나 돌아보지도 않고 사무실로 들어갔다.

그 후로 몇 시간이나 사무실에 틀어박혀 있었다. 가게 사무도 전혀 손에 잡히지 않아 히야마는 한숨만 쉬고 있었다. 후쿠이가 마음을 써서 소고기 덮밥을 사다 주었으나 젓가락을 댈 기분도 들지 않았다.

노크 소리가 났다. 히야마는 일어나서 잠긴 문을 열었다. 아유미가 쟁반을 들고 서 있었다.

"휴식 들어가도 될까요."

아유미가 조심스레 물었다.

"물론."

아유미가 쟁반에서 컵을 들어 히야마에게 내밀었다.
"뭐 필요한 것 있으시면 내선 전화로 말씀해 달라고 후쿠이 씨가 말했어요."
아유미는 히야마의 맞은편 자리에 앉더니 가방에서 참고서를 꺼내 펼쳤다.
"시끄러운 일이 생겨서 미안해."
"아뇨. 처음에는 뭘까 하고 깜짝 놀랐지만 후쿠이 씨에게서 사정을 들었거든요."
"그래."
히야마는 고개를 끄덕이고 바깥 상황을 물었다.
"녀석들은 아직 있나?"
"아뇨, 아까 그 사람들은 이제 돌아갔어요."
아유미는 미간을 찡그리더니 내뱉듯이 말했다.
"남의 괴로움을 이해하지 못하는 저질들이네요."
히야마는 아유미의 말에 놀라운 눈을 향했다. 아유미의 그런 태도를 보기는 처음이었다. 항상 예의 바른 아유미가 히야마를 위해 이 정도로 감정표현을 해 주다니. 우울과 불안에 빠진 지금의 히야마에게는 아유미나 후쿠이의 친절함이 고맙고 든든했다.
"점장님 부인은 어떤 분이셨어요?"
아유미는 말하고 바로 물은 것을 후회한 것처럼 시선을 깔았다. 슬픈 과거를 떠올리게 하는 질문을 해서 미안하게 느낀 것이리라.
"니시나 씨를 닮은 사람이었어."
히야마는 한껏 웃어 보였다.

"네?"

아유미는 눈을 크게 떴다. 히야마의 웃음이 의외였던 건지, 아니면 모르는 여성이 자신을 닮았다는 말에 놀란 건지 당황한 표정을 띠고 있었다.

"그 사람도 간호사를 목표로 하고 있었어. 여기서 아르바이트를 하면서 말이지. 매일 열심히 일하고, 휴식 시간에는 시간을 아껴 공부에 매진했어. 지금의 니시나 씨처럼. 남의 생명을 구하는 일을 하고 싶다고 이야기했어."

히야마는 그 시절 쇼코에게 품었던 동경을 아유미에게 이야기했다. 쇼코의 인생은 이미 끝나고 말았다. 하지만 쇼코와 같은 꿈을 가지고 노력하고 있는 인간이 가까이에 있다는 것이 히야마는 기뻤다. 그 생각을 꼭 아유미에게 전하고 싶었다.

"그렇군요."

아유미는 그렇게 중얼거리더니 시선을 참고서로 내렸다.

아유미의 태도에 약간 실망하는 자신에게 쓴웃음을 지었다. 아유미라면 좀 더 흥미를 나타내 줄 거라고 생각했는데. 그러나 아유미도 이런 이야기에 대해 뭐라고 대답하면 좋은 건지 알지 못하는 것이리라.

아유미는 조금도 한눈팔지 않고 참고서를 훑어보며 형광펜으로 줄을 긋는다. 형광펜을 든 손이 희미하게 떨리고 있었다. 일면식도 없는 희생자 쇼코의 원통함을 공감해 주고 있는 걸까.

사무실의 전화가 울렸다. 어쩌면 매스컴일지도 모른다. 히야마는 꺼림칙한 예감을 느끼면서도 전화를 받았다.

"여보세요."

말이 없었다.

"여보세요……. 여보세요……!"

말을 거듭하는 사이에 히야마는 상대가 누군지 짐작이 갔다.

"야기냐? 야기 맞지."

히야마는 탁상에서 공부하고 있는 아유미를 힐끗 보고 목소리를 낮췄다.

"야기 맞지?"

"왜 내 뒤를 밟고 다니는 거야."

아유미는 마음을 써 준 건지 사무실을 나갔다.

"네게 묻고 싶은 게 있다."

"가즈야도 그런 구실로 불러낸 거냐? 말해 두겠지만 우리를 원망하는 건 완전히 헛다리 짚은 거라고."

"무슨 뜻이야!"

히야마는 노여움을 담아 말했다.

"어제 마루야마를 밀어 떨어뜨린 것도 당신이지."

야기는 의심이 들어찬 목소리로 물었다. 말의 진의를 확인하고자 히야마는 귀를 기울이면서 대답했다.

"나는 아무 짓도 하지 않았어. 걔들을 습격한 건 너 아냐?"

"대체 내가 그 녀석들을 습격할 이유가 뭔데?"

"사와무라는 살해당하기 전에 널 찾아다니고 있었다. 진짜 속죄를 하기 위해서 말이야."

"진짜 속죄? 뭐야, 그게?"

"그게 무엇을 의미하는지는 몰라. 하지만 넌 알 거다. 뭐지? 사와무라가 하려고 했던 속죄라는 건?"

침묵이 흘렀다. 이윽고 잔잔한 수면에 잔물결이 이는 것처럼 잠긴 웃음소리가 들려온다. 수화기 너머로 불쾌한 숨결이 뿜어져 나온 것처럼 가슴이 술렁였다.
"당신에게 재미있는 걸 보여 주지."
"재미있는 것?"
히야마는 미간을 찡그렸다.
"뭐야, 그건."
"보면 알 거야. 만날 장소는 내가 정하겠어. 갑자기 목을 따이고 싶진 않으니까."
히야마는 소리 죽여 혀를 찼다.
"어디가 좋겠냐."
"그렇지……. 사이타마 슈퍼아리나 알아?"
"아, 여기서 가까워."
"정면 C게이트에서 6시. 오늘은 분명 블러디섬의 라이브가 있으니까 사람도 많고 딱 좋겠어."
"꼭 가지."
히야마는 전화를 끊었다. 담배를 물고 불을 붙인다. 폐에 두 번 빨아들이고 재떨이에 비벼 껐다. 진정이 되지 않아 일어나서 사무실을 나갔다.
마침 화장실에서 나온 아유미와 눈이 마주쳤다. 꽤나 험악한 표정을 짓고 있었는지 히야마를 본 아유미의 표정이 굳어 있었다.

5시 20분이 지나 히야마는 사무실을 나왔다. 그리고 카운터에 선 후쿠이에게 말을 걸었다.
"잠깐 나갔다 올게. 한두 시간이면 돌아올 거야."
"알겠습니다."
히야마는 가게를 나와 손목시계를 확인했다.
사이타마 슈퍼아리나는 오오미야의 옆 정거장인 사이타마 신도심에 있다. 가 본 적은 없지만 전차 창문으로 그 커다란 규모를 몇 번인가 본 적이 있었다.
야기는 대체 뭘 보여 주겠다는 걸까. 재미있는 것이라고 했다. 과연 그것은 사와무라가 말했던 속죄라는 말과 관계있는 것일까. 히야마의 걸음걸이가 자연스레 빨라졌다.
오오미야역으로 향하는데 뒤에서 부르는 소리가 들렸다.
"점장님, 잠깐만요."
돌아보니 유코가 숨을 헐떡이며 달려오고 있었다.
"무슨 일이야?"
"미유키 씨라는 분에게서 전화요."
"전화?"
히야마는 표정을 살짝 일그러뜨렸다. 휴대전화가 없으면 이런 게 불편하다.
"마나미가 아픈가 봐요. 후쿠이 씨가 빨리 불러오라고……."
유코가 말을 채 끝내기도 전에 히야마는 달렸다.
가게에 들어서자 수화기를 든 후쿠이가 "지금 돌아오셨습니다." 하고 말하고는 히야마에게 전화를 내밀었다. 수화기를 귀에 대자마자 심상치 않은 목소리가 들어왔다.
"큰일 났어요. 마나미가!"

"대체 무슨 일입니까."

저도 모르게 히야마의 언성이 높아졌다.

"마나미가 경기를 일으켜서."

미유키는 어쩔 줄을 몰랐다. 보육사라면 보통 원아가 경기 좀 일으킨 것 가지고 이렇게 당황하진 않을 것이다. 심상치 않은 분위기에서 히야마는 얼굴에서 핏기가 가시는 것을 느꼈다.

"많이 심합니까."

"열이 없어요. 열을 동반한 경기라면 그렇게 걱정할 것 없는데. 게다가 몇 번이나 경기를 일으키면서 의식도 확실히 돌아오지 않아요. 아까 구급차를 불렀어요."

"알겠습니다. 금방 가겠습니다."

히야마는 전화를 끊고 뛰쳐나갔다. 그 모습을 가까이에서 듣고 있던 후쿠이가 걱정스럽게 배웅했다.

히야마는 미도리 보육원을 향해 달렸다. 달리면서 야기와의 약속이 뇌리를 스쳤으나 그 이상으로 마나미의 얼굴이 히야마의 마음을 차지하고 있었다.

구급차의 사이렌이 멀리서 들렸다. 히야마는 더욱 속도를 올려 달렸다.

상가빌딩 앞 도로에 구급차가 세워져 있었다. 통행인이 몇 명인가 걸음을 멈추고 있었다. 마침 마나미를 태운 들것을 구급차에 밀어넣는 참이었다. 미유키가 불안한 얼굴로 붙어 있었다.

히야마는 구급차 곁으로 달려갔다.

"미유키 선생님."

히야마의 부름에 돌아본 미유키는 살짝 안도한 표정을 띠웠다.

히야마는 들것에 실린 마나미 쪽으로 시선을 향했다. 마나미는 창백한 얼굴로 전신이 굳어져서 경련을 반복하고 있었다.

"마나미!"

불러 봐도 마나미는 반응을 보이지 않았다.

구급대원의 재촉으로 히야마는 구급차에 탔다.

"저도 가겠습니다."

미유키도 올라탔다.

구급차가 사이렌을 울리며 출발했다.

눈꺼풀 사이로 흰자위를 드러낸 창백한 얼굴을 보고 히야마는 몹시 후회했다. 마나미의 바들바들 떨리는 손을 자신의 손으로 조용히 감쌌다. 작은 진동이 히야마의 자책감을 부채질했다.

이것은 벌이다. 마나미를 제대로 돌보지 않았던 자신게 내려진 벌이다. 그 벌로 어째서 마나미가 이렇게 괴로워해야 하는 것인가. 히야마는 끊임없이 자신을 책망했다.

"괜찮겠죠."

미유키가 히야마의 경직된 손등에 따스한 온기를 얹었다.

병원에서 택시로 맨션에 돌아온 것은 이미 한밤중이라 해도 무방할 시간이었다. 진찰 결과, 의사는 이제 용태가 안정되었으니 걱정 없을 거라며 마나미를 돌려보내 주었다.

택시 안에서 히야마와 미유키 사이에 낀 마나미는 축 늘어져서 자고 있었다. 작은 숨소리를 듣고 히야마도 미유키도 안도의 표정을 지었다.

문이 열리자 히야마는 마나미를 깨우지 않게 조심해서 안았다.
미유키가 택시요금을 내고 내렸다.
"죄송합니다. 나중에 갚을 게요."
미유키는 그런 건 됐다며 고개를 흔들었다.
"정말 신세 많이 졌습니다."
"아무튼 정말 다행이에요. 큰일이 아니라."
말한 미유키가 시선을 멈췄다. 히야마는 미유키의 시선에 이끌려 맨션 현관을 봤다. 다가오는 인물을 확인하고 히야마의 신경이 긴장됐다. 사에구사 형사와 나가오카 형사다.
사에구사는 히야마에게 안긴 마나미의 모습을 확인하고는 작게 말했다.
"안녕하십니까."
옆에 선 나가오카는 변함없이 견제하는 시선을 미유키에게 향하고 있었다. 미유키는 당혹스러운 시선으로 히야마를 쳐다봤다.
"가게로 찾아뵀었더니 종업원이 히야마 씨는 벌써 돌아가셨다고 해서요."
히야마는 병원에서 가게로 전화를 걸어 후쿠이에게 폐점 업무를 맡긴 일이 있었다.
"점장님은 그냥 댁에 돌아가세요."
히야마는 이렇게 말하는 후쿠이의 친절을 받아들이기로 했다.
"잠깐 괜찮겠습니까."
평소엔 늘 온화할 듯한 사에구사가 완고하고도 강한 어조로 말했다.
"딸이 경기를 일으켜서요. 내일로 할 수 없겠습니까."

히야마는 초조함을 감추지 않고 말하고는 눈앞의 남자들을 지나쳐 건물 현관으로 향했다. 미유키도 히야마의 뒤를 따랐다.

"야기 마사히코가 살해당했습니다."

사에구사의 말을 들은 순간, 히야마의 고동이 빨라졌다. 품에 안은 마나미가 깨는 것 아닐까 걱정될 정도로.

"야기가······."

히야마가 천천히 뒤를 돌아보자 사에구사는 고개를 끄덕였다.

"오늘 오후 7시 30분경, 사이타마 신도심 부근 신칸센 고가 아래 주차장에서 날카로운 흉기에 찔린 사체가 발견되었습니다. 야기가 가지고 있던 휴대전화의 마지막 발신기록은 히야마 씨의 가게로 되어 있었습니다. 오후 2시 47분입니다."

미유키가 동요한 얼굴을 히야마에게 향했다. 야기가 누구냐고 묻는 눈치다.

"자세한 건 검시 결과를 봐야겠지만 발견된 당시 시체의 상황으로 보아 사망하고 많은 시간은 지나지 않은 듯하다고 했습니다. 사망시각은 발견된 7시 30분에서 대략 한 시간 정도 사이로 추정되고 있습니다."

히야마는 사에구사의 시선을 받아들였다. 사이타마 신도심 부근 신칸센 고가 아래라면 사이타마 슈퍼아리나 바로 근처다. 히야마를 기다리던 야기가 살해당했다. 그 충격이 히야마의 심장을 더욱 세차게 흔들어댔다.

"실례지만 히야마 씨는 그 시간대에 어디 계셨습니까? 종업원에게 물어본 결과 히야마 씨는 5시 30분경에 외출하셨다고 들었는데요."

"병원에 있었습니다."

미유키가 입을 열었다.

"히야마 씨 따님이 경기를 일으켜서 구급차로 병원에 실려 갔거든요. 히야마 씨는 5시 30분쯤 구급차에 타서, 그 후로 지금까지 계속 병원에 있었어요. 저도 쭉 히야마 씨 옆에 있었습니다."

미유키가 단숨에 말했다.

사에구사가 나가오카와 얼굴을 마주 봤다. 그리고 히야마에게 물었다.

"어느 병원입니까?"

"오오미야 니시 종합병원입니다."

히야마가 대답하자 나가오카가 메모를 했다.

"그렇습니까."

사에구사가 한숨을 내쉬었다. 기대가 빗나가 유감스럽게 생각하고 있는 건지, 아니면 히야마에게 알리바이가 있어 안도한 건지. 사에구사가 내쉰 한숨의 의미는 정확하지 않았다.

"밤 늦게 무척 실례했습니다."

사에구사는 공손하게 머리를 숙였다. 그리고 처음으로 마나미를 걱정하는 시선을 했다.

"오늘은 이만 늦었으니 내일 경찰서에서 이야기를 듣고 싶은데요."

"알겠습니다."

히야마가 대답하자 사에구사와 나가오카는 그대로 철수했다.

"야기라니 그게 누군가요."

미유키가 당혹스러움을 감추지 않고 물었다.

히야마는 시선을 이리저리 움직이며 말했다.
"소년A입니다."
히야마의 대답을 듣고 미유키의 시선이 냉랭해졌다. 무슨 말을 하고 싶은 건지는 잘 알았다. 마나미를 소홀히 한 채 계속 소년들에게만 정신 팔려 있었던 것을 질책하고 있는 것이다.
"택시를 부르죠."
히야마는 말을 돌려 얼버무렸다.

히야마는 택시에 탄 미유키를 배웅하고 집으로 돌아갔다.
가능한 한 거실의 빛이 새어들지 않도록 미닫이문을 살짝 열로 침실에 들어갔다. 이불 안에서 마나미가 새근새근 자고 있었다. 히야마는 이불을 고쳐 덮어 주고 마나미의 머리카락을 다정하게 쓰다듬었다.
마나미 덕분에 살았다는 심정이었다. 이제 네게서 눈을 떼지 않으마. 다 끝난 거다. 전신에서 힘이 빠졌다.
고맙다. 미안하다. 잠든 마나미의 얼굴을 쳐다보면서 몇 번이고 마음속에서 되풀이해 말했다.
거실에 돌아오자 사이드보드 위의 액자 속에서 쇼코가 웃어 주고 있었다.
어쩌면…… 당신이 도와준 거야?
히야마는 액자 속 웃는 얼굴을 바라봤다. 그러고 보면 그녀는 옛날부터 곤경에 처한 사람을 보면 꼭 돕는 성격이었다.
히야마는 웃는 순간 눈물이 흘러내리고 하는 것을 참았다.

4

조명을 켰다. 깜깜했던 가게 안이 밝아졌다. 음악을 켰다. 아침의 상쾌한 멜로디가 울린다.
종이컵에 오렌지주스를 따라 카운터 앞 소파에 오도카니 앉은 마나미에게 건넸다. 평소보다 빨리 일어나서도 마나미의 눈은 반짝반짝 빛났다. 무척이나 오늘이 기대됐나 보다.
히야마는 카운터로 돌아와 커피머신의 전원을 켰다. 싱크대에서 걸레를 빨아 솜씨 좋게 카운터에 놓는다.
"좋은 아침입니다."
반쯤 열린 셔터 밑으로 후쿠이와 아유미가 들어왔다.
"좋은 아침. 좀 더 천천히 와도 됐는데."
가게가 문을 여는 것은 오전 7시 30분이었다. 7시 전에 가게에 와서 개점 준비를 한다. 히야마는 오늘 하루를 쉬기로 했다. 후쿠이와 아유미가 하루 동안 가게 보기를 자진해서 떠맡아 준 것이다. 그래서 하다못해 개점 준비 정도는 히야마가 혼자서 하겠다고 두 사람에게 전해 뒀었는데.
"안녕, 후쿠이 오빠."
마나미가 웃는 얼굴을 향했다.
마나미는 후쿠이와 면식이 있었다. 오빠라고 부르며 따랐다.
아유미도 곧 카운터에 들어와 히야마를 돕기 시작했다.
"좋은 아침, 마나미. 이거 언니랑 오빠가 주는 선물."

후쿠이가 과자가 든 비닐봉지를 마나미에게 건넸다.

"잘 먹을게."

마나미가 신이 나서 히야마에게 자랑했다. 히야마는 후쿠이와 아유미에게 감사를 표했다.

"두 사람 모두 고마워."

"아뇨."

아유미가 가볍게 목례했다.

카운터 밖에서 후쿠이가 감탄한 목소리를 내면서 "니시나 씨." 하고 아유미를 불렀다.

히야마가 시선을 향하자 후쿠이가 마나미의 만화경을 들여다보며 감탄하고 있었다.

"예쁜데. 이런 건 처음 봐."

"언니한테도 보여 줄게."

마나미가 카운터 안에 있는 아유미를 보고 미소 지었다.

과자의 효과는 아니겠지만 아유미도 마나미의 소중한 사람 중 한 명이 된 모양이었다.

낯을 가리는 성격인 아유미는 조금 꺼리는 눈치를 보였으나 마나미와 후쿠이가 보채자 카운터를 나갔다.

교대로 후쿠이가 카운터에 들어와서 아유미가 도마에 대고 썰던 레몬을 마저 얇게 썰었다.

"예쁘지?"

마나미가 자랑스럽게 말했다.

히야마도 만화경을 들여다보는 아유미에게 시선을 향했다. 너무 아름다워 감동한 건지 넋이 나가서 보고 있었다.

"좋지? 좋지?"

만화경에서 눈을 뗀 아유미는 마나미의 물음에도 반응하지 못할 정도로 자기 세계에 들어가 있었다. 이번에는 뚫어져라 표면의 아름다운 세공 무늬를 보고 있다.

"이거, 어디서 샀니?"

아유미가 어떻게든 꼭 알고 싶다는 어조로 마나미에게 물었다.

"몰라. 엄마가 사 준 거야."

마나미는 기쁜 듯이 대답했다.

"니시나 씨가 꽤나 마음에 든 모양이네요."

히야마의 옆에 있던 후쿠이가 말했다.

"점장님, 저거 어디서 파는 겁니까?"

"나도 찾아 본 적 있는데 모르겠어. 뭐야, 너도 갖고 싶냐?"

"니시나 씨가 곧 생일이거든요."

후쿠이가 소곤소곤 대답했다.

"그렇군."

히야마는 얼굴을 누그러뜨렸다. 눈치 없이 캐묻는 짓은 하지 않기로 했다.

개점 준비가 끝나고 가게 셔터를 활짝 연 뒤 히야마와 마나미는 가게 앞에 세워 둔 사륜구동 자가용차에 올라탔다.

"휴식 시간엔 제때 제때 쉬는 거 잊지 마. 오늘은 뭐든 좋아하는 거 먹어도 되니까."

배웅하러 나온 후쿠이에게 말한 뒤 히야마는 차를 출발시켰다.

백미러로 뒷좌석을 보자 마나미가 언제까지고 손을 흔들고 있었다.

히야마는 차를 항공 공원역을 향해 몰았다.

쉬는 날에 미유키를 굳이 오오미야까지 오게 하는 건 미안했기 때문에 항공 공원역에서 합류하기로 했던 것이다.

눈에 익은 광경이 창밖에 펼쳐지기 시작했다. 히야마는 야기와 마루야마의 집을 찾아 이곳에 왔던 일을 떠올리고 조금 복잡한 기분으로 역 앞까지 이어지는 가로수 길을 차로 달렸다.

미유키와 그 소년들은 쇼코의 사건이 일어났을 때 같은 지역에 살고 있었던 것이다.

항공 공원역의 로터리에 차를 진입시켜 빙 돌았다.

뒷좌석의 마나미는 창에 얼굴을 찰싹 붙이고 밖을 보고 있었다.

"아, 미유키 선생님이다."

먼저 발견한 것은 마나미였다. 마나미의 목소리에 히야마도 로터리 도로에 시선을 돌렸다. 눈을 향한 히야마는 미유키를 발견하는 게 마나미보다 1초 늦은 이유에 납득했다.

미유키는 기분 좋은 햇살에 녹아든 것 같은 상쾌한 하늘색 원피스를 입고 있었다. 한쪽 손에 큼지막한 도시락 바구니를 들고 수줍게 웃으며 손을 흔들었다. 평소 미도리 보육원에서 청바지 차림만 봐온 히야마에게는 다른 사람처럼 비쳤다. 순간 눈을 가늘게 좁힌 것은 햇살 때문만이 아니었으리라.

미유키는 뒷좌석 문을 열고 차에 탔다.

"안녕하세요."

그리고 옆에 앉은 마나미에게 바구니를 내보였다.

"도시락 싸 왔단다."

마나미의 환성을 신호로 차는 출발했다.

도코로자와 인터체인지에서 간에쓰 고속도로로 들어갔다. 시야에는 구름 한 점 없는 푸른 하늘이 펼쳐져 있었다.

히야마는 가끔씩 백미러를 확인했다. 뒷좌석에서 마나미와 미유키가 끝말잇기를 하고 있었다. 만면에 웃음을 띤 마나미의 모습을 실로 오랜만에 볼 수 있었다.

완간선으로 들어가자 마나미는 얌전해졌다. 오른쪽에 보이는 도쿄만을 구경하고 있는 듯했다.

가사이 임해공원의 광대한 주차장에 차를 세웠다. 차에서 내리자 피부를 알맞게 자극하는 햇살과 도쿄만에서 흘러오는 바닷바람이 히야마 일행을 맞이했다.

히야마는 주차장에 세워진 안내판에 시선을 향했다.

녹음과 물로 구성된 광대한 부지에는 구경거리가 많이 있었다. 수족관이며 조류원이며 자연공원 등이다. 어디부터 돌면 좋을까.

"일단 수족관에 가지 않으실래요?"

망설이는 히야마를 보고 미유키가 제안했다.

"펭귄이 있단다."

마나미에게 가르쳐 주자 마나미는 못 기다리겠다는 것처럼 뛰어나갔다.

마나미를 가운데 두고 셋이서 손을 잡고 산책로를 걸었다. 마나미는 히야마와 미유키의 손에 매달렸다.

마나미의 즐거운 표정을 옆에서 보며 히야마는 생각했다. 쇼코 때는 이런 식으로 마나미와 셋이서 어딘가에 나간 적이 없었다. 이런 당연한 즐거움을 지금까지 마나미에게 선사해 주지 못했다.

히야마는 맑은 하늘을 우러렀다. 쇼코는 어딘가에서 이 광경을 보고 있을까.

수족관에 들어가자 마나미의 눈이 반짝반짝 빛났다. 텔레비전에서밖에 본 적 없었던 펭귄을 눈앞에 두고 그 일거수일투족을 호기심 있게 바라보았다. 그런 마나미를 보면서 히야마는 평온함에 잠겨 있었다. 최근 2주일간 히야마의 신경을 침식해 온 긴장과 불안에서 겨우 해방된 것이다. 그런데 이 거북한 느낌은 뭘까.

야기가 살해당한 당시 히야마의 알리바이는 확인되었다. 이로써 히야마에 대한 혐의도 걷혔을 것이다.

히야마는 경찰서에 가서 사정 청취를 받았다. 그때 사에구사에게 사와무라가 살해당한 후의 행동을 정직하게 이야기했다. 와카쓰키 학원에 갔던 것, 가토 유리에게서 들은 사와무라에 관한 이야기, 야기가 살해당한 당일에 전화로 야기와 나눴던 대화를 생각나는 대로 이야기했다. 사에구사는 흥미 깊은 듯 히야마의 이야기에 귀를 기울였다. 야기는 분명 히야마에게 '재미있는 것'을 보여 주겠다고 말했다. 그러나 야기의 소지품 중에는 그럴듯한 것이 없었다고 한다. 사에구사를 비롯한 수사진은 그 사실에 강한 관심을 보였다.

"소년들이 갱생했는지 알고 싶다는 히야마 씨의 기분은 이해합니다. 다만 여기서부터는 경찰의 영역입니다. 이제 더 관여하지 말아 주십시오."

사에구사는 못을 박는 것처럼 말했다.

그런 건 알고 있다. 안타까움을 느끼면서도 이 뒤로는 수사진에게 범인 체포를 맡길 수밖에 없는 것이다.

히야마는 생각했다. 언젠가 사와무라의 속죄가 뭔지 아는 날이 올까 하고.

넓고 푸르른 잔디밭 위에서 미유키가 만든 주먹밥을 입 안 가득 넣고 먹던 마나미가 참새 우는 소리를 듣고 뛰어나갔다.
히야마는 배가 불러서 잔디밭에 드러누웠다. 하늘에서 기분 좋은 빛이 내리쬐어도 마음을 뒤덮은 안개는 변함없이 걷히지 않았다.
"즐겁지 않으신가 봐요."
미유키의 소박한 질문이 가시가 되어 박혔다.
"즐겁습니다. 마나미도 저렇게 기뻐하고요."
미유키는 커다란 나무 아래에서 참새의 지저귐에 귀를 쫑긋 세우고 있는 마나미를 쳐다봤다. 히야마도 같은 쪽을 향했다.
"이런 시간이 소중한 법이죠."
미유키의 말을 곱씹으며 히야마는 고개를 끄덕였다.
마나미가 소중한 비밀을 감춘 표정으로 뛰어 돌아왔다.
"참새가 많아."
"마나미, 사진 찍을까?"
히야마는 주머니에서 휴대전화를 꺼냈다.
"새로 사셨군요. 카메라 달린 것으로."
미유키의 말에 기쁜 듯이 고개를 끄덕인 마나미가 히야마의 무릎 위에 얼른 올라앉았다.
"미유키 선생님, 여기요."
미유키는 살짝 꺼리는 표정을 하면서도 히야마의 옆에 앉았다.

히야마는 자신들을 향해 사진을 찍었다. 바싹 붙은 세 사람의 모습이 프레임에 담겼다.
"꼭 가족 같다."
마나미가 무심코 한 말에 히야마는 심경이 조금 복잡해졌다. 미유키는 아무 말도 하지 않고 그저 미소 짓고 있었다.
히야마 일행은 한가로이 조류원을 산책한 뒤 돌아가기로 했다. 주차장까지 가는 길을 걸으면서 바람을 조금 느꼈다. 저물기 시작한 하늘이 광대한 부지를 붉은 색으로 물들이고 있었다.
앞장서서 가던 마나미가 멈춰 섰다. 히야마와 미유키는 마나미가 쳐다보는 곳에 시선을 향하고는 감탄의 목소리를 흘렸다.
멀리 보이는 대관람차가 보석처럼 눈부시도록 아름다운 빛을 반짝이고 있었다.
"만화경이다."
마나미가 기쁜 듯이 말했다.
그렇다. 빛이 만들어 낸 원은 만화경처럼, 다양한 종류의 꽃을 흐드러지게 피운 듯 반짝이고 있었다.
마나미는 두 손으로 통을 만들어 들여다봤다. 빙빙 돌리는 시늉을 하면서 저녁 하늘에 떠오른 만화경에 홀려 있었다.

히야마는 천천히 움직이는 빛의 띠에서 백미러로 눈을 돌렸다. 뒷좌석의 마나미는 미유키에게 기대 잠이 들어있었다.
"오늘은 정말 감사했습니다."
만족스럽게 잠든 마나미의 얼굴을 보고 히야마는 미유키에게 감사 인사를 했다.
"저야말로 정말 즐거웠습니다."
"모처럼의 휴일을 이렇게 빼앗고 말았군요."
"휴일은 할 일이 없어서 항상 따분하거든요. 또 불러주세요."
"네, 물론이죠. 마나미도 기뻐했고요. 하지만 미유키 선생님에게도 소중한 분이 계실 텐데."
히야마는 말을 머뭇거렸다. 미유키의 사생활 이야기는 지금까지 들은 적이 없었다.
"없어요."
미유키가 작게 쓴웃음을 띠웠다.
"못 믿겠는데요. 미유키 선생님이라면 얼마든지 좋은 사람이……."
"히야마 씨야말로 재혼은 하지 않으시나요."
"생각 못 하겠군요, 저는. 다만 마나미에겐 어느 쪽이 좋을까 생각할 때는 있습니다."
히야마는 조용히 말했다.
"그렇게까지 말씀하시고, 쇼코가 왠지 부럽네요."
"저는 절대 좋은 남편이 아니었습니다."
히야마는 자조했다.
"미유키 선생님에게는 멋진 사람이 나타날 겁니다."
"저는 틀렸어요. 겁쟁이라서……."
백미러 안에서 미유키는 고개를 흔들어댔다.
미유키의 눈동자를 보고 히야마는 저도 모르게 앞창으로 시선을 되돌렸다. 의미를 알 수 없는 두근거림이 가슴에 퍼졌다. 미유키의 새까만 눈동자 안으로 언젠가 어딘가에서 봤던 어두운 빛이 엿보였던 것이다.

4장
고백

1

 차는 교차점에서 좌회전했다. 도로변에는 패밀리 레스토랑이며 자동차 쇼룸이 이어져 있었다. 커다란 창에 반사된 빛이 아플 정도로 비쳐 들어왔다.
 "왠지 눈이 따끔거리네요."
 운전석에 앉은 나가오카가 투덜거렸다.
 조수석의 사에구사는 나가오카를 보고 쓴웃음을 지었다. 별수 없다. 요즘 들어 나가오카는 서에 틀어박혀 비디오만 보는 매일을 보냈기 때문이다.
 야기 마사히코가 살해된 다음 날, 약속대로 히야마 다카시가 출두했다. 사에구사는 사정 청취에 입회했다.

사에구사와 마주 보고 앉은 히야마는 긴장하고 있는 것 같았다. 사에구사가 딸을 걱정하는 말을 하자 살짝 얼굴을 누그러뜨리며 말했다.
"괜찮습니다."
그러고는 그제야 긴장을 푼 건지 사에구사의 질문에 침착한 어조로 대답하기 시작했다.
히야마의 이야기는 사에구사의 관심을 끌었다.
사에구사는 곧바로 사이타마 슈퍼아리나 각소에 설치된 방범 카메라의 영상을 입수했다. 히야마의 말을 뒷받침하는 것처럼 C게이트 부근을 내려다보는 방법 카메라에서 야기로 여겨지는 인물을 확인할 수 있었다. 주차장에서 발견됐을 때와 같이 짙은 색깔 파카를 입고 금색 머리를 곤두세운 모습이었다.
비디오 안의 광경은 작은 소란 상태였다. 그날은 인기 록밴드의 라이브가 예정되어 있었던지라 시꺼먼 복장에 금발 머리라는 비슷한 차림의 젊은이들로 꽉 차 있었다. 다만 폭동이라도 일어나는 것 아닌가 싶을 정도의 불만스러운 열기가 화면에 응축되어 있었는데, 이유를 스태프에게 묻자 록밴드의 멤버가 몸이 안 좋아져 이날 라이브가 연기됐기 때문이라고 했다.
6시에 인파를 가르고 그곳에 온 야기는 침착하지 못하게 주위를 어슬렁대고 있었다. 그리고 7분 뒤, 야기의 발이 멈췄다. 야단법석인 가운데 야기는 얼마 동안 한쪽 방향에 얼굴을 향한 뒤 화면에서 사라졌다. 그 뒤, 어떤 카메라의 영상 속에서도 야기의 모습은 확인되지 않았다. 화면을 꽉 메운 사람들 때문에 워낙 식별이 어렵기도 했다. 한 시간 반 뒤, 야기의 모습은 사이타마 슈퍼아리나 뒤에 위치한 신칸센 고가 아래 무인 주차장에서 확인되었다. 그는 예리한 날붙이에 등이 찔려 죽어 있었다.

히야마는 야기와의 통화 내용을 최대한 되살려 이야기해 주었다. 사에구사는 특히 야기가 히야마에게 재미있는 것을 보여 주겠다고 한 대목에 제일 큰 관심을 가졌다. 야기의 유류품 안에 그럴듯한 물건이 없었기 때문이다. 지갑과 휴대전화, 담배와 라이터와 열쇠 종류뿐이었다. 열쇠는 집과 오토바이의 열쇠였고, 지갑이 남겨져 있었던 점으로 봐서 강도 살해는 아니었다.

히야마의 말에서 야기는 신변의 위험을 느끼고 상당한 경계심을 가지고 있었음이 드러났다. 야기는 약속 장소와 시간을 직접 정하고 사람이 많은 곳에서 히야마를 만나기로 했다. 그런데 어째서 일부러 인기척 없는 주차장을 향해 간 것인가.

야기는 그때 뭘 봐서 자리를 이동한 걸까. 고려할 수 있는 것은 야기와 면식이 있는 인물이 야기를 부른 것이 아닌가 하는 것이었다. 야기가 경계심을 풀 만한 인물, 그 인물이 야기를 주차장으로 불러내 살해했다. 그리고 살인자는 야기가 히야마에게 보이려고 했던 뭔가를 가지고 간 게 아닐까.

그것은 대체 무엇일까…….

사에구사는 가토 유리의 이야기를 떠올렸다. 가토 유리라는 소녀의 존재와 그에 얽힌 사정은 히야마에게서 전해 들었다. 그녀도 이미 히야마에게 연락을 받았던 모양이었다. 가토 유리는 사에구사의 호출에 쾌히 응해 침착한 태도로 이야기를 들려주었다.

이야기의 내용은 히야마가 이야기한 바와 일치했다. 사와무라 가즈야는 살해되기 직전까지 옛 친구들에게 연락을 취해 야기가 지금 어디에 사는지를 묻고 다녔으나 옛 친구들에게 그 목적은 이야기하지 않았다고 했다.

사와무라 가즈야는 가토 유리에게 "진짜 속죄를 하겠다."고 말했다. 그것을 위해 사와무라는 야기를 찾고 있었던 걸까. 그리고 그것은 야기가 히야마에게 보이려고 했던 '재미있는 것'과 같은 것일까. 그 뭔가가 사와무라 가즈야, 마루야마 준, 야기 마사히코라는 세 소년이 습격당한 원인인 것일까.

사에구사는 가볍게 고개를 흔들었다. 알 수 없는 일이 너무 많다. 조사는 완전히 처음으로 돌아왔다. 다만 히야마 다카시에 대한 용의가 흐려졌다는 것이 사에구사의 마음을 조금 편하게 해 주었다.

"다 왔습니다."

나가오카가 핏발 선 눈으로 쳐다봤다.

사에구사는 표정을 긴장시키고 고개를 끄덕였다. 실마리는 그밖에 없었다.

마루야마 준이 사는 맨션은 기타구 쥬조역 부근에 있었다. 번화한 상점가에서 한 발자국 들어간 주택가에 베이지색 외관의 새 건물이 우뚝 서있었다.

사에구사와 나가오카는 건물 현관에 들어가 인터폰을 울렸다.

"오늘 아침에 연락드린 사이타마 현경의 사에구사입니다."

자동잠금장치가 걸린 문이 열리자 엘리베이터를 타고 3층으로 올라갔다.

마루야마의 집 앞까지 가자 곧 문이 반쯤 열리더니, 젊게 꾸민 마루야마의 어머니가 강매 외판원이라도 만난 듯한 표정으로 사에구사와 나가오카를 맞이했다.

사에구사와 나가오카는 10평 정도 되어 보이는 거실의 소파에서 얼마 동안 기다려야 했다. 어머니가 홍차와 케이크 4인분을 탁상에 내려놓았다. 직업상 받기 힘든 융숭한 대접이었으나 어머니의 태도는 싸늘했다.

마루야마 준이 문을 열고 거실에 들어왔다. 사에구사와 나가오카가 곧 자리에서 일어났다.

사에구사는 최대한 웃는 얼굴로 말을 걸었다.

"몸도 안 좋은데 미안하구나. 준, 네게 조금 묻고 싶은 게 있어서 말이다."

마루야마 준은 창백한 얼굴로 서 있었다. 검은 테 안경만이 존재감을 나타내고 있고, 그 이외에는 전부 꺼져들 것처럼 흐릿하게 보인다.

어머니의 지시에 마루야마 준이 어머니와 나란히 사에구사와 나가오카의 맞은편에 앉았다. 무릎에 놓은 손이 바들바들 떨렸다.

"그렇게 무서워하지 않아도 돼."

긴장을 풀어주고자 말을 걸어 봤으나 마루야마 준은 사자 앞의 초식동물처럼 작게 움츠러들어 있었다.

4년이 지나도 마루야마에 관해서만은 인상이 바뀌지 않는다. 사와무라 가즈야와 야기 마사히코는 4년이라는 시간이 지나면서 몰라볼 정도로 변했다. 그것은 성장했다는 좋은 의미에서가 아니지만, 적어도 육체적으로는 변모했었다. 그러나 마루야마 준만은 처음 중학교를 방문했을 때부터 인상에 거의 차이가 없었다. 마른 체구에 안경, 존재감이 적고 얌전해 보이는 얼굴 생김새. 그때도 교표가 없는 것을 사에구사에게 지적받고 지금처럼 흠칫거렸다.
"무서워하지 말라는 게 억지죠. 우리 아이는 까딱하면 죽을 뻔했다고요. 아직까지 밥도 목을 못 넘기는데. 수사는 대체 어떻게 되고 있는 거죠?"
어머니가 새된 소리를 질렀다.
사에구사는 홍차와 함께 한숨을 집어 삼켰다. 마루야마 준이 이케부쿠로역 승강장에서 떨어진 뒤 병원에서 사정 청취를 했을 때의 일이 되풀이되는 것인가. 그때도 어머니의 히스테리에 휘둘려 무척 고생했다.
"그 범인의 체포를 위해 준에게서 여러 가지로 이야기를 듣고 싶은 겁니다."
"4년 전에도 제 아들은 휘말려 들었던 것뿐이에요. 번지수를 잘못 짚는 데에도 정도가 있지. 어서 빨리 잡아 주세요."
어머니가 분개해서 말했다.
이 여자는 알고 있는 걸까. 히야마 다카시의 아내는 이제 딸을 안아 줄 수도, 성장을 지켜볼 수도 없다는 걸. 나쁜 친구의 꾐에 빠졌다고 말하지만, 자기 아들은 분명 그 중대한 사건에 발을 들였다는 것도.
"어머님, 죄송하지만 준과 저희끼리만 이야기할 수 없을까요."
사에구사는 정중하게 머리를 숙였다.
"제가 있으면 안 되는 이유라도 있나요."
어머니의 시선이 험악해졌다.

"제게 자리를 비키라는 말씀이시면 아이자와 선생님을 동석시켜 주세요."

아이자와 선생님······. 마루야마 준을 비롯한 세 소년의 부첨인이 되었던 아이자와 히데키 변호사겠지. 사에구사는 내심 쓴웃음을 지었다. 그의 장인인 아이자와 미쓰오에게는 기껏 잡은 피의자의 처우 문제로 사에구사도 몇 번인가 나가떨어진 적이 있었다. 참 좋은 후계자를 들였다.

"아뇨, 잠깐 확인만 하는 거니까요. 그럼 부디 그대로 계십시오."

사에구사는 별 수 없이 몸을 내밀고 마루야마에게 말했다.

"몇 가지 질문을 할 테니 대답해 줬으면 싶구나. 우리는 너를 습격한 범인을 하루 빨리 잡고 싶단다. 정직하게 대답해 주겠지?"

마루야마가 약하게 고개를 끄덕였다.

"우선 요전에도 물었는데 네가 이케부쿠로의 승강장에서 떨어졌을 때, 네 주위에 아는 사람은 없었니? 혹은 네 뒤를 밟던 사람이나."

"모르겠어요. 있었을지도 모르고 없었을지도 몰라요."

꺼져 드는 목소리였다.

"승강장이 붐비기도 했고, 그날은 몸 상태가 안 좋아서······ 빨리 집에 가고 싶다는 생각만 하느라······."

"사와무라는 그런 일을 당하기 전에 야기를 찾고 있었다고 하는구나. 너는 그 사실을 알고 있었니?"

사에구사의 질문에 마루야마의 입이 조개처럼 꽉 닫혔다.

"알고 있었구나?"

사에구사는 재차 물었다.

"딱 한 번, 사와무라에게서 집으로 전화가 온 적이 있어요."

마루야마가 작게 중얼거렸다. 어머니가 험악한 표정으로 마루야마를 봤다.

"그랬어?"

"하지만 만나지는 않았어요. 전화를 받았더니 사와무라였어요. 어떻게 알아낸 건지는 모르겠지만."

마루야마가 필사적으로 변명했다.

"사와무라와 무슨 이야기를 했지?"

"딱히 대단한 건…… 야기가 지금 어디 살고 있는지 알면 가르쳐 달라고 했어요. 저는 모른다고 하고 끊었어요."

"그것뿐? 사와무라가 어째서 야기를 찾는지 듣지 못했니?"

"금방 끊어서요. 야기가 있는 곳을 제가 알 리가 없는 데다가, 이제 그 애들이랑은 연관되고 싶지 않아요."

그 부분만 어조가 강해졌다.

"사와무라는 속죄를 할 생각이었던 것 같더구나."

"속죄?"

마루야마가 깜짝 놀란 듯이 얼굴을 들었다.

"그래. 무슨 뜻인지 알겠니? 사와무라는 피해자인 히야마 씨를 위해 뭔가를 하고자 했던 것 같아. 뭘 하려고 했던 건지는 모르겠는데, 혹시 짚이는 것 없겠니?"

순간 마루야마는 옆에 앉은 어머니의 얼굴을 살피며 고개를 흔들었다.

"모르겠어요."

"정말 아무것도 생각나는 게 없다는 거니? 잘 생각해 봐."
사에구사가 열띤 시선으로 호소했다.
"속죄라고 하면 사죄하는 것이잖아요? 그 정도밖엔……. 그 사람의 가족에게 사죄하고, 꽃을 올리고……."
더듬거리는 대답이 돌아왔다.
모친의 시선을 힐끔힐끔 살피면서도 사에구사는 말을 이었다.
"너는 히야마 씨 가족에게 사죄했니?"
"아뇨……."
마루야마가 고개를 숙였다.
"하지만 언젠가는, 마음속으로는 쭉 사죄하고 있었어요. 죄송하다고요."
마루야마는 오열하기 시작했다.
사에구사는 실수했다고 생각했다. 상대의 기분을 어지럽혀서야 조사가 힘들어지는 건 당연하다. 그래도 마루야마나 그 어머니와 이야기를 나누는 사이에 그의 안에 어떤 마음이 숨어있는지 꼭 엿보고 싶어졌던 것이다.
"이제 됐잖아요."
어머니는 적대적으로 사에구사를 쏘아보았다.
"한 가지만 더!"
사에구사는 어머니의 쏘는 듯한 시선을 막았다.
"너희들은 어째서 그때 기타우라와에 갔던 거지? 도코로자와에서 기타우라와까지는 무척 멀지 않니?"
마루야마는 얼굴을 가리고 울면서 고개를 흔들었다.
"모르겠어요. 전 야기랑 사와무라를 따라갔던 것뿐이에요."

사에구사와 나가오카는 어머니의 날카로운 시선에 쫓겨나오듯 집을 뒤로 했다.

2

히야마는 가게 벽에 걸린 시계를 봤다. 10시가 넘었다. 카운터를 둘러보자 아르바이트생이 할 일 없이 서 있다. 학생들의 길었던 여름방학도 끝나고 만 지금, 평일 이 시간대는 하품을 참는 한가한 시간이 되어 버린다.
히야마는 오픈테라스의 화분에 물을 주고 빌딩의 우편함에서 우편물을 꺼내와 사무실의 문을 두드렸다.
문을 열자 기이한 광경이 눈에 뛰어 들어왔다.
휴식중인 후쿠이가 탁상 앞에 앉아서 무슨 책을 열심히 읽고 있었다. 후쿠이가 만화 말고 다른 책을 읽는 장면은 오랫동안 알아 오면서 한 번도 본 적이 없었다. 장난이 아니다. 여기다 날벼락처럼 갑자기 눈이라도 내렸다가는 이번 달은 적자가 되지나 않을까.
"뭐 하고 있어, 너?"
"뭐냐니, 당연히 공부죠."
히야마의 시선이 오히려 뜻밖이라는 듯 후쿠이가 대답했다.
"공부라니 무슨?"
"개호복지사(노인의 일상생활지원과 간병을 전문으로 하는 인력 ─ 옮긴이) 과정이 있는 전문학교에 들어가자 싶어서요. 아, 하지만 다른 사람들한테는 비밀로 해 주세요. 이 나이에 수험공부라니 부끄러우니까요."

후쿠이는 쑥스러운 듯이 웃었다.

"뜬금없이 웬 개호복지사?"

"그야······."

후쿠이가 머리를 긁적였다.

"남을 도울 수 있는 일이잖아요."

어디서 이 증세가 옮아 왔는지 느낌이 왔다. 그 단순함에 히야마는 웃음이 나올 것 같았으나 후쿠이의 진지한 눈빛을 보고 생각을 바꿨다.

"저는 지금까지 누구에게도 믿음직한 존재가 아니었어요. 부모님도 애초에 저 같은 놈에게 기대를 걸지 않았고요. 그래서 지금까지 저 좋을 대로 하고 싶은 일밖에 하지 않았는데, 최근 들어 그게 참 쓸쓸하게 느껴져서요."

"나는 쭉 자네를 의지해 왔다고."

히야마는 진심에서 우러나와 말했다.

"그래서 이 가게가 좋다니까요. 아직 얼마 동안은 더 신세를 질 테니 잘 부탁드립니다."

기쁜 듯이 참고서로 눈을 되돌린 후쿠이를 힐끗 보면서 히야마는 손에 들고 있던 우편물을 분류하기 시작했다. 필요 없는 광고 우편물을 쓰레기통에 버리고 광열비 청구서를 선반에 넣었다. 서류봉투 크기의 우편물만 한 통 남았다. 안에는 뭔가 딱딱한 것이 들었다. 손짐작으로 비디오테이프 같다는 것을 알았다. 브로드카페 본사에서 새로운 교육 비디오라도 보낸 걸까. 그렇지만 우표가 붙어있지 않다. 받는 이 란에는 '히야마 다카시 님'이라고만 프

린트된 컴퓨터 문자 라벨이 붙여져 있다. 뒤를 봐도 보낸 이의 이름이 어디에도 없었다. 히야마는 미심쩍게 생각했다.

타이머가 울리고, 휴식을 마친 후쿠이가 사무실에서 나갔다.

문이 닫히자 히야마는 봉투를 뜯어 봤다. 내용물은 역시 비디오테이프였다. 봉투 안에는 그 외에 아무것도 들어 있지 않았다. 비디오테이프 본체에도 라벨 같은 것이 붙여져 있지 않다. 그냥 검은 플라스틱이다.

히야마는 14인치 텔레비전과 일체형으로 되어 있는 비디오 데크에 테이프를 밀어 넣었다. 흑백 모래폭풍이 비친 뒤, 흐릿한 녹색이 화면에 펼쳐졌다. 화면은 불안정하게 흔들리면서 후퇴해간다.

뭘까. 히야마는 얼굴을 텔레비전 가까이로 가져갔다. 핀트가 맞지 않은 채로 좌우로 흔들리는 진녹색 화면을 얼마동안 쳐다보다가 멀미가 난 것처럼 기분이 나빠졌다.

뭐지, 이 비디오는? 이건 도저히 프로가 찍은 영상이 아니다. 일반인이 가정용 비디오로 찍은 영상이리라. 그것도 꽤나 초심자의 손에 의한 것이다.

히야마는 흥미를 잃고 비디오를 멈추려고 했다.

화면이 위를 향하고 먼 곳을 포착했다. 아직 선명하지는 않지만 이제 겨우 화면에 경치가 비춰졌다. 잡목림 지대 같다. 주위 일대에 나무며 풀이 울창하게 우거졌다.

아까 화면에 펼쳐졌던 흐릿한 녹색은 무슨 풀이었나 보다. 너무 가까이 비춰서 뿌옇게 흐려졌던 것이다.

화면이 좌우로 흔들린다. 한 점에서 멈춰서 원거리로 초점을 바꾼다. 변함없이 흔들림이 심한 영상이라 뭘 비추고 있는 건지 확실하지가 않다.

히야마는 눈에 피로를 느끼고 화면에서 시선을 돌렸다. 담배를 꺼내 불을 붙인다. 연기를 뿜어낸 뒤, 다시 화면으로 눈을 향했다.

사람 그림자가 보였다. 입자가 거친 화상 속에 잡목림에 있는 세 명의 실루엣이 비쳤다. 서서히 핀트가 맞춰지고 거친 입자가 선명해진다. 어린이인 것 같다. 세 어린이가 잡목림 안에서 렌즈에 등을 돌리고 서있다. 초등학생일까? 중학생일까? 계절은 아마도 여름이 아닐까. 나뭇잎 사이로 새어드는 햇살의 강도로 그렇게 느꼈다. 세 사람 다 청바지 차림에 야구모자를 쓰고 있다. 영상은 그들이 입고 있는 반팔 셔츠의 하양, 검정, 빨강 색깔을 판별할 수 있을 정도로 안정되었다.

화면이 소년들을 포착하면서 왼쪽으로 이동했다. 풀이 소년들의 모습을 가린다. 다시 소년들이 비춰졌다. 방금 전 앵글에서 왼쪽으로 90도 정도 이동한 화상이다. 소년들의 옆모습에 렌즈를 향하면서 배율을 올렸다.

히야마는 화면에 눈을 부라렸다.

세 명의 소년 앞에 사람이 서있다. 사람이라기보다 유아라는 편이 좋을지도 모른다. 소년들의 허리 정도 키 밖에 오지 않는다. 울고 있는 것 같다. 손으로 얼굴을 닦는 몸짓. 남자 아이일까? 여자 아이일까? 파란색 야구 모자를 쓰고 있는 것을 보면 남자 아이인 것 같다.

뭐야, 이 비디오는. 히야마는 망설였다. 비디오를 꺼야 하나. 이대로 봐야 하나. 이대로 계속 봤다가는 후회할 것 같은 예감이 가슴에 퍼졌다. 화면에서 풍기는 차가운 기운에 얼굴에서 땀이

가셨다. 마른 목에 침을 겨우 삼켜 넣었다.
 흰색 반팔 셔츠를 입은 소년이 한 걸음 앞으로 나왔다. 야구모자 그늘로 안경이 엿보였다. 눈앞의 유아에게 손을 내밀었다. 뭔가를 쥐고 있다. 순간적으로 빛났다. 나이프 같다.
 뭘 하려는 거지, 이 소년은. 화면을 쳐다보면서 히야마의 심장 고동은 빨라졌다.
 유아가 울면서 천천히 바지를 내렸다. 하얀 셔츠를 입은 소년이 유아의 앞에 쭈그리고 앉았다. 다른 두 소년은 손뼉을 치면서 흥을 돋우고 있다. 하얀 셔츠를 입은 소년은 유아의 하반신에 천천히 날붙이를 가져간다.
 그리고 나이프를 아래로 슥 내려 국부에 날을 박아 세웠다.
 그 순간, 화면에 세게 흔들렸다. 유아는 비명을 지르면서 무너져 내리듯 앞으로 쓰러졌다. 그때까지 손뼉을 치던 소년들이 굳어진 것처럼 정지했다.
 히야마의 등줄기가 오싹해졌다. 화면을 똑바로 쳐다볼 수 없다. 담배를 든 손이 떨리고 소름이 돋는 게 느껴진다.
 노크 소리가 났다. 히야마는 제정신으로 돌아와 황급히 비디오를 멈췄다. 문을 열자 남자 아르바이트생이 얼굴을 보였다.
 "휴식 들어가도 될까요."
 "그래……."
 히야마는 메마른 목소리로 대답하고 담배를 재떨이에 눌러 껐다. 손바닥이 식은땀으로 축축했다.

집에 돌아와 마나미를 재운 뒤 히야마는 조용히 미닫이를 닫고 거실 소파에 앉았다. 소파에 푹 잠기자 깊은 어둠 속으로 떨어져가는 허탈감이 느껴졌다. 몸은 아까부터 휴식을 원하고 있는데 예민해진 신경이 그것을 굳게 거부하고 있었다.

그 후로 히야마는 오늘 온 비디오가 대체 뭔지를 냉정하게 생각하고자 했다. 그 비디오는 세 소년들의 나쁜 장난을 찍은 비디오다. 아니, 장난이라는 귀여운 수준이 아니다. 아직 나이도 얼마 안 된 유아에게 행해진 추한 범죄의 기록이다. 비디오에 찍힌 유아는 마나미와 비슷한 나이대의 아이로 보였다. 그 광경을 떠올리기만 해도 구역질이 났다. 분노와 증오로 피가 몸속을 폭주했다.

어째서 그런 게 온 걸까. 대체 누가, 무슨 목적으로 그런 비디오를 보낸 걸까.

이유는 모르겠지만 보낸 사람은 그 비디오의 촬영자이리리라. 그자는 소년들의 동료일까. 범죄자가 자신이 범한 범죄를 기록한다는 것은 가능성 있는 이야기다. 다만 그 앵글로 봐서는 기록이라기보다 몰래 촬영한 것에 가깝게 느껴졌다.

대체 누가 그런 것을 촬영한 것인가. 아무리 생각해도 히야마는 알 수 없었다. 그저 한 가지 짐작할 수 있는 것은 그 비디오 안에 찍혀있던 세 소년이 야기 마사히코와 사와무라 가즈야, 마루야마 준이 아닌가 하는 것이었다.

히야마는 만지기도 꺼려지는 그 비디오테이프를 가방 속에서 꺼냈다. 그리고 가토 유리에게서 빌린 사진도 꺼내 봤다. 소파 앞에는 36인치 텔레비전이 있었다.

이 큰 화면으로 보면 확실히 알 수 있을 것이다. 그러나 다시

한 번 그 추한 행위를 직시할 용기가 히야마에게는 없었다.

히야마는 일어나서 조용히 미닫이문을 열었다. 마나미가 이불 안에서 새근새근 자고 있다. 그것을 확인하고 다시 미닫이를 닫았다.

히야마는 뜻을 굳히고 비디오테이프를 기계 안에 밀어 넣었다.

3

메이지도오리 가장자리에 차를 세웠다.

손목시계를 보자 12시 조금 전이었다. 창으로 비쳐드는 빛이 눈부시다. 히야마는 눈을 가늘게 뜨고 왼쪽에 쭉 뻗은 담을 쳐다봤다. 아직 새것 같은 담 10미터 정도 앞에 교문이 있었다.

히야마는 담배를 꺼내 불을 붙였다. 뒷문도 있을 테니 확실한 방법은 아니지만 어쩔 수 없다. 여기서 기다리기로 했다.

비디오가 오고 일주일이 지났다. 유리에게 빌린 사진과 대조해 본 히야마는 비디오 속 인물이 쇼코를 죽인 소년들이라고 확신했다.

소년들의 모습을 보면 꽤 옛날에 촬영된 것임을 알 수 있었다. 유리에게 받은 사진이 찍힌 시기와 같은 무렵이리라. 그렇다면 비디오가 찍힌 것은 소년들이 쇼코의 사건을 일으키기 전이라는 말이다.

비디오를 보면서 야기의 말이 머리를 스쳤다.

……당신한테 재미있는 걸 보여 주지.

야기가 말했던 재미있는 것이란 어쩌면 이 비디오를 말한 게 아니었을까.

거기까지 고려하고 히야마는 생각했다. 만일 이 비디오가 야기가 말했던 재미있는 것이라면 야기를 살해한 범인은 비디오테이프를 가지고 돌아갔다는 말이다. 그리고 지금 히야마는 그것과 같은 것을 가지고 있다. 소년들이 습격당한 것과 이 비디오에는 과연 관련이 있을까.

히야마는 비디오를 사에구사 형사에게 줘야 할지 망설였다. 만일 소년들이 습격당한 것과 관계가 있다면 조사에 있어서 중요한 단서가 될 것이다.

그러나 히야마는 주저했다. 히야마에게 보내져 왔다는 데에 어떤 의도를 느낀 것이다.

히야마는 마루야마 준에게 직접 진상을 캐물을 수밖에 없겠다고 생각했다. 마루야마에게 이야기를 들은 후에 경찰에 전달해도 늦지는 않다.

히야마는 유리에게 마루야마와 연락을 취할 방법을 찾아 달라고 부탁했다. 유리는 옛 친구들에게서 정보를 모아 주었다. 어디 살고 있는지는 알 수 없었으나 마루야마가 다니는 학교를 가르쳐 주었다. 도시마 구에 있는 신설 남학교였다.

담 안에서 종소리가 들려왔다. 토요일에도 수업이 있는 고등학교 같았지만, 10분 정도 지나자 흰색 반팔 셔츠를 입은 학생들을 교문을 빠져나와 삼삼오오 흩어졌다.

히야마는 사진을 보고 있던 시선을 보도로 향했다. 학생들이 차 옆 보도를 지나간다. 알아볼 수 있을까. 사진을 찍은 때로부터

4년 넘게 지났다. 얼굴 특징 정도는 다소 남아 있을까. 의심을 사지 않을 정도로 주의 깊게 보도의 인파를 쳐다봤다.

저도 모르게 얼굴이 돌아갔다. 백색과 흑색의 파도 속에서 그럴듯한 소년의 모습을 발견한 것이다. 반팔 셔츠에서 나온 팔은 혼자만 겨울을 연상시키듯 희었다. 흐린 존재감이 도리어 인상적인 소년은 전신에 경계심을 드러내고 흠칫거리면서 혼자 걷고 있었다. 변하지 않았다. 안경이 존재감을 지운 희박한 표정 속에서 비굴하게 일그러뜨린 입매만이 나이프를 쥐고 유아 앞에 쭈그려 앉았을 때의 표정과 일치했다.

히야마는 차에서 내려 보도의 인파에 섞여 들었다. 주위 학생들은 친구들과 담소를 나누며 떠들썩하다. 놓칠 걱정은 없다. 이 시끌벅적한 흐름 속에서 그 혼자만이 붕 떠 있다.

색이 하얀 소년은 교차점을 건너더니 역으로 이어지는 큰길이 아니라 뒷골목으로 들어갔다. 떠들썩한 가운데의 고독보다 조용한 고독을 선호하는 것일까. 히야마에게 있어서는 오히려 좋았다.

"마루야마."

골목으로 들어간 히야마는 뒤에서 이름을 불렀다.

갑자기 불러 세워진 마루야마는 흠칫 하고 몸을 떨더니 쭈뼛거리면서 천천히 뒤를 돌아봤다.

"마루야마 준이지."

히야마는 물었다.

마루야마는 얼마 동안 히야마를 빤히 쳐다봤다. 이윽고 인상이 흐린 담백한 얼굴에 추한 그늘이 드리워졌다.

히야마는 천천히 마루야마에게 다가갔다. 마루야마가 부들부들 떨면서 구멍을 찾는 쥐처럼 시선을 좌우로 돌렸다.
"아무 짓도 안 해. 이야기가 하고 싶은 것뿐이야."
"살려 주세요."
후방에밖에 퇴로가 없음을 깨달은 건지 발길을 돌리고 도망치려고 했다.
"이 비디오에 대해서 듣고 싶어."
마루야마가 고꾸라지듯이 발을 멈췄다. 땅에 한 손을 짚으면서 히야마를 돌아봤다.
그는 히야마가 든 비디오테이프를 보고 표정이 얼어붙었다.

적당히 차를 유턴시켜 이케부쿠로 방면으로 몰았다.
비디오를 보이자 마루야마는 얌전히 차에 탔다. 히야마는 조수석에 앉은 마루야마의 무릎에 놓인 팔에 눈을 향했다. 맥박이 느껴지지 않는 비칠 듯이 가느다란 팔이 화병에 꽂은 식물을 연상시켰다. 이 손이 쇼코의 몸을 나이프로 찌른 것이다. 쇼코를 죽음으로 몰아넣은 것이다. 히야마는 격정에 부들부들 떨리는 손을 필사적으로 핸들에 밀어붙였다.
메이지도오리를 따라 몇 곳인가 패밀리레스토랑이 있었으나 점심시간대의 평화로운 분위기 안에서 할 수 있는 이야기도 아닌 것 같았다. 히야마는 그곳을 지나쳐 도중에 눈에 띈 노래방 주차장에 차를 넣었다.
토요일 오후라서 그런지 카운터는 교복 차림의 학생들과 인근의 주부들로 붐볐다. 그래도 십 분도 채 안 되어 히야마와 마루야마는 좁은 방으로 안내되었다. 소파에 마주 앉아서 점원에게 콜라를 둘 주문했다. 점원이 문을 닫고 나가자 순식간에 공기가 답답해졌다.

마루야마는 눈앞에서 계속 고개만 숙이고 있었다. 옆방에서 여고생의 가성이 들려온다. 콜라가 서빙되어 왔지만 마루야마의 시선은 검은 테이블 한 점에서 움직이지 않았다.

히야마는 마루야마의 거동을 빤히 주시했다. 무표정한 얼굴에서 그의 마음 변화를 조금이라도 느껴 보려고 했으나 히야마의 가슴에 전해져 오는 것은 없었다. 이 소년에게 묻고 싶은 것, 알고 싶은 것이 많이 있었다. 눈앞에 있는 소년은 이제 쇼코의 최후를 아는 마지막 한 사람인 것이다.

히야마의 가슴 속에서 다시 억누를 수 없는 증오가 끓어올랐다. 히야마는 쇼코가 죽는 순간에 같이 있지 못했다. 할 수만 있다면 쇼코의 호흡이 멈추고 의식이 꺼지는 그 순간까지 쇼코의 곁에 있어 주고 싶었는데. 아무리 비참한 최후라도 지켜보고 싶었지만, 히야마는 이제 상상할 수밖에 없다. 쇼코의 마지막 모습은 이 소년의 기억에 얼마나 남아 있을까.

"저, 저를…… 어쩌시려고요?"

마루야마가 겁에 질려서 물었다.

"아무 짓도 안 해. 네게는 여러 가지 물어봐야 할 게 있다."

히야마는 감정을 누르고 대답했다.

"학원에 가야 해요. 어머니가 걱정해서 경찰에 신고할지도 몰라요."

주먹이 나가려는 걸 겨우 참았지만 그 말에 화가 치민 히야마는 마루야마를 노려봤다.

"네게는 앞으로 시간이 많이 있어. 공부하기 전에 해야 할 일이 있을 거 아냐."

긴박한 공기를 느낀 마루야마의 모습이 움츠러든 것처럼 보였다. 마루야마는 고개를 푹 숙인 채로 어깨를 떨면서 "잘못했습니다……. 잘못했습니다……." 하고 울기 시작했다.

히야마는 마루야마의 뺨을 타고 내리는 물방울을 가만히 보고 있었다. 이건 단순한 생리현상일까. 아니면 마루야마의 진심이 우러난 것일까. 히야마는 판단하지 못하고 물었다.

"내 아내의 마지막 모습을 기억하냐."

마루야마는 얼굴을 가리고 울면서 고개를 끄덕였다.

"그 모습을 절대 잊으면 안 된다. 너는 앞으로도 살아갈 거야. 네가 앞으로 어떤 인간이 되어가든, 너희들이 빼앗은 내 아내의 마지막 표정을, 괴로움을, 결코 잊어서는 안 돼."

히야마는 펄펄 끓는 감정을 토해냈다.

"잘못했습니다……. 잘못했습니다……."

마루야마의 흐느끼는 소리가 실내에 울렸다.

"지금부터 묻는 것에 정직하게 대답해 줘."

목에 뭐가 걸린 것처럼 어조는 명료하지 못했으나 네, 하고 대답한 것 같았다.

"이 비디오에 찍혀 있는 건 너와 야기, 사와무라지."

히야마는 비디오테이프를 테이블에 올려놨다.

비디오를 보였을 때 마루야마의 표정에서 히야마는 마루야마가 이 비디오의 존재를 알고 있다고 직감했다.

"네……."

마루야마가 기어들어 가는 목소리로 고개를 끄덕였다.

"이걸 누가 찍었지?"

"모릅니다."

마루야마가 가는 목을 흔들었다.

"하지만 너는 이 비디오의 내용을 알고 있어. 어린 아이에게 비열한 짓을 하는 장면이 담겨 있지. 이 비디오는 대체 뭐지?"

마루야마는 입술을 일그러뜨리고 침묵하고 말았다. 히야마는 팔짱을 끼고 마루야마의 말을 기다렸으나 반응은 없었다.

"알았다."

히야마는 일어섰다.

"시간 낭비로군."

마루야마가 문을 연 히야마를 올려다봤다.

"어쩌시려고요?"

"경찰에 이 비디오를 제출하겠어."

"잠깐만요!"

마루야마는 절박한 표정으로 일어섰다.

"저는 그런 짓 하고 싶지 않았다고요!"

처음으로 마루야마가 주장했다.

히야마는 문을 닫고 소파에 앉아 마루야마의 얼굴을 똑똑히 주시했다.

"저는 초등학교 5학년 때 전학을 왔어요……."

마루야마도 힘 없이 소파에 앉아 더듬더듬 이야기하기 시작했다.

"얼마 안 가 반 아이들에게서 따돌림을 당하게 됐어요. 학교에

가도 괴롭힘당하거나 무시당할 뿐이고 사이좋은 친구도 한 명도 없었죠. 부모님에게는 걱정 끼치고 싶지 않아서 숨겼지만요. 초등학교를 졸업하면 대부분은 가까운 중학교에 올라가지만, 어머니는 시험을 봐서 사립중학교에 들어가라고 말해 주셨어요. 합격하는 게 그 녀석들에게서 떨어지는 유일한 기회였는데……. 그랬더라면 이런 일은…….'

그게 모든 것의 원흉이라는 것처럼 마루야마가 표정을 일그러뜨렸다. 알고 싶은 이야기는 아니었으나 히야마는 잠자코 듣기로 했다.

"시험 전날, 반 녀석들에게 불려 나가 건방지다는 이유로 구타를 당했어요. 너 같은 건 어디 가든 따돌림당할 운명이라고 하면서 때리고 차고 했어요. 결국 시험에 집중할 수 없어져 시험에서 떨어졌지요. 어머니도 낙담하셨지만, 그것보다도 다시 3년 동안 그 지옥을 맛봐야 한다고 생각하니 자살해야겠다는 생각까지 들더라고요. 그런 때 말을 걸어 준 게 사와무라였어요. 사와무라와는 그때까지 이야기를 나눈 적이 거의 없었지만 운동을 좋아해서 가끔씩 캐치볼을 하자고 불러 주곤 했어요. 기뻤어요."

마루야마는 표정을 살짝 누그러뜨렸다. 그러나 곧 입매를 구기고 말을 이었다.

"가끔씩 둘이서 놀러 가곤 하게 되었는데, 그러는 사이 오락실에서 사와무라의 친구인 야기와 친해졌어요. 야기는 초등학교 시절부터 불량아로 소문났었지만 같이 놀면서는 그런 식으로 느낀 적이 없었어요. 거기다 야기나 사와무라와 함께 있다 보니까 다른 녀석들에게서 따돌림당하는 일도 없어졌고요. 가끔씩 돈을 뜯기는 일은 있었지만 그것도 보디가드 비용으로 생각하면 납득할 수 있었죠. 하지만 내게 그런 짓을 시키다니……."

무시무시한 광경을 뚫린 것처럼 마루야마의 얼굴이 딱딱하게 굳어졌다.

"야기가 명령한 일이었던 거냐?"

"원래는 야기 혼자서 하던 짓이었어요. 항공 공원에서 놀고 있는 아이를 데려다가 위협하거나 장난을 치는."

"어째서 어린아이에게 그런 짓을 했던 거야? 야기 같은 불량아쯤 되면 또래 양아치와 싸움이라도 하면 될걸."

"잘은 모르겠지만 분명 그 나이대 아이에게 원한이 있었던 것 아닐까요."

히야마는 야기의 집에 갔을 때를 떠올렸다. 현관에서 얼굴을 내민 배 다른 동생. 4년 전이라면 비디오에 찍혀 있던 유아와 비슷한 나이이리라. 동생만 귀여워하는 계모, 계모에게 미움 받는 자신. 야기의 마음속에 쌓여간 불만과 증오가 아무 관계없는 무력한 유아에게 향해졌던 것인가.

"하지만 주변에서 소문이 퍼지면서 경찰도 주목하게 되자 제가 아이를 데려오는 역할을 하도록 명령 받게 됐어요. 저는 그런 짓은 하고 싶지 않았어요. 하지만 야기에게 거슬렀다가는 다시 학교에서 견딜 수 없는 매일이 시작돼요. 그렇게 생각했더니 거스를 수 없었어요. 그런 부끄러운 짓을 했다는 건 아무에게도 들키고 싶지 않아요."

마루야마가 진실을 토로하는 것은 죄책감보다도 아마 경찰에 이 테이프가 가지 않았으면 하는 마음에서이리라.

"이 비디오는 누가 촬영했지?"
"몰라요."
마루야마가 고개를 흔들었다.
"너는 이 비디오의 존재를 알고 있었어. 그렇지? 누가 찍었는지 짚이는 사람이 있었기 때문 아냐?"
마루야마의 창백한 얼굴에서 더욱 색이 빠졌다. 뭔가를 숨기고 있다고 히야마는 확신했다.
"네게 있어서는 숨기고 싶은 오점이겠지만 이 비디오에는 역시 중요한 뭔가가 있어. 나는 사와무라나 야기가 살해당한 것과 네가 습격당한 것 사이에 어떤 관련이 있는 게 아닌가 생각해. 역시 경찰에 알려야 하겠지."
"이걸 찍은 인간이 저를 습격한 건가요?"
마루야마가 겁먹은 눈으로 쳐다봤다.
"그렇게 생각하는 게 타당하겠지. 나머지는 경찰이 조사할 일이야."
히야마는 일어서서 쌀쌀맞게 덧붙였다.
"너도 몸조심 하고."
"히야마 씨 부인 주위에 범인이……"
마루야마가 중얼거렸다.
생각지 못한 말에 히야마는 돌아봤다.
"무슨 뜻이지?"
히야마의 사나운 태도에 놀란 건지 마루야마는 산소를 찾는 물고기처럼 필사적으로 입을 뻐끔거리고 있었다.
"무슨 뜻이냐고!"

마루야마의 뜻 모를 말에 불안하게 이성을 유지하고 있던 히야마의 마지막 끈이 날아갔다. 히야마는 마루야마의 멱살을 양손으로 쥐고 소파 등에 밀어붙였다.

"뭘 숨기고 있는 거야! 말해!"

멱살을 잡혀서도 머뭇거리고 있는 마루야마에게 화가 치솟았다.

"그 비디오가 야기에게 왔어요."

마루야마가 울부짖었다. 히야마는 마루야마를 잡고 있던 손을 놨다.

"무슨 말이야?"

"그 사건 일주일 전에, 야기 앞에 우편으로 비디오가 왔어요."

"그 사건이라니, 쇼코를 죽인 사건 말이냐?"

마루야마가 상기된 얼굴로 필사적으로 고개를 끄덕였다.

"안에는 그 비디오와 컴퓨터로 작성한 편지, 사진이 들어 있었어요."

"사진?"

"히야마 씨 부인의 사진이요. 어느 공원에서 유모차를 미는 사진이었죠."

히야마는 멍하니 마루야마를 봤다. 같은 언어임이 분명할, 마루야마가 하는 말의 의미가 이해되지 않는다. 마치 외계인이라도 보고 있는 기분이다.

"쇼코의 사진이 왜 들어 있어. 이상한 소리 하지 마!"

마루야마는 필사적으로 머리를 흔들었다.

"편지에는 히야마 씨 맨션의 주소가 적혀 있고, 이 여자를 죽이라고 적혀 있었어요. 아니면 비디오테이프의 사본을 경찰이나 학교, 부모님의 직장에 뿌릴 거라면서…….."

히야마는 생각지 못한 말에 경악하면서 마루야마의 표정을 멀거니 쳐다봤다. 마루야마의 보드라운 뺨이 실룩실룩 경련했다.

믿을 수 있을 리가 없었다. 누군가가 소년들을 이용해 쇼코를 죽이려 했다니. 쇼코는 남들에게 살의를 품게 할, 원한을 살 인간이 아니다. 누구나 호감을 가지는 여성이었다. 언제나 한결 같고 성실했으며 다정함이 넘쳤다. 그런 쇼코를 누가 죽이고 싶다고 생각할까.

"그럴 리 없어……."

히야마는 중얼거렸다.

마루야마는 훌쩍훌쩍 울고 있었다. 거짓말이라고 누가 말해 줘. 훌쩍이는 소리가 히야마의 고막에 들러붙는다.

"저는 싫었어요. 하지만 그 두 사람이 할 수밖에 없다고 했다고요."

"협박에 못 이겨 저지른 계획적인 살인이었다는 말이냐!"

히야마는 믿을 수 없다는 마음으로 소리쳤다.

"그 비디오의 내용이 알려지기보다 사람을 죽이는 쪽을 선택했다는 말이냐."

"혼란스러웠어요. 우리가 한 짓을 비디오로 들이대니 어떻게 하면 좋을지 알 수가 없었어요. 어렸던 거예요. 지금이라면 그 장난이 알려지는 것보다 살인을 저지르는 쪽이 죄가 무겁다는 걸 알지만, 그 무렵에는 우리가 한 짓을 부모나 학교가 알면 어쩌나 싶어서. 어쩌지, 어쩌지, 어쩌지……. 그 생각밖에 들지 않아서."

히야마는 망연자실하게 소파에 몸을 기댔다. 눈앞에서 우는 마루야마를 노려보면서 체온이 급격히 떨어지는 것을 느꼈다. 그들이 가진 가치 개념에 전율을 느끼지 않을 수 없었다. 물론 유아에게 저지른 그 행위는 중대하고 용서할 수 없는 범죄지만 그것을 숨기기 위해 살인을 선택하다니. 죄의 무게를 다는 저울의 무시무시함, 그리고 미숙하다는 말로는 이해할 수 없는 그들의 내면에.

다만 그 이상으로 히야마의 가슴 속에서 다른 감정을 밀어내고 급속히 증식해 오는 뭔가가 있었다. 그런 미숙한 소년들을 이용해 쇼코를 죽이라고 명령한 인간에 대한 거센 증오다. 그 녀석은 스스로의 손을 더럽히는 일 없이 죄의식이 부족한 아이들의 마음을 이용해 지금도 어딘가에서 태평하게 살고 있는 것이다.

"야기는 그 여성을 죽인다 하더라도 우리와는 면식 없던 사람이니까 경찰도 모를 거라고 했어요. 저희는 미리 의논해서 학교를 쉬었어요. 히야마 씨가 어떤 일을 하는지 몰랐기 때문에 토요일이나 일요일이면 집에 있을지도 모른다고 생각했던 거예요. 편지에 적혀 있던 주소에 갔어요. 야기는 평소 공갈에 쓰던 나이프를 가지고, 저와 사와무라는 공작용 커터칼을 들고요."

히야마는 귀를 막고 싶었다.

그러나 듣지 않으면 안 된다. 도망치고 싶어지는 감정에 또 다른 자신이 필사적으로 저항했다.

"하지만 집까지 가서 초인종을 누르려고 생각해도 도저히 용기가 나지 않았어요. 별 수 없이 맨션을 빙 돌아갔더니 히야마 씨 집에 뜰이 있기에 일부러 공을 던져 넣고선 뜰에 들어가 테라스에서 얼마 동안 낌새를 살피자고 생각했어요. 그래서 가까운 운동용품 가게에 가서 공을 샀어요. 그런데 담을 낑낑 올라가 뜰에 들어갔더니 바로 앞에 부인이 계셨던 거예요. 저희들은 얼어붙었어요. 공이 들어가서 찾고 있다고 필사적으로 변명하자 부인은 생긋 웃으면서 그러라고 다정하게 말해 주셨지요. 공을 찾는 척하던 저는 가슴이 아파졌어요. 아마 다들 마찬가지였을 거예요. 야기와 사와무라가 결심한 듯이 흙발 그대로 안에 들어갔어요……."

목메어 울던 마루야마는 괴로운 듯이 몸을 앞으로 굽히고 토했다. 입을 막은 손 틈새로 위액 같은 것이 바닥에 떨어졌다. 괴로운 듯이 눈에 눈물이 그렁거린다.

"화장실에 다녀와라."

마루야마는 미안한 표정으로 히야마를 보고는 몸을 굽히고 밖으로 나갔다.

혼자 남자 히야마의 시야가 흐려졌다. 이제 아무것도 듣고 싶지 않았다. 지금까지는 쭉 쇼코의 최후에 대해 알고 싶다고 생각해 왔으나 막상 닥치고 보니 그건 책형이나 화형이 따로 없는 고문이었다.

히야마의 사고는 혼탁했다. 도저히 믿고 싶지 않은 이야기였다. 그러나 그 이야기를 사실로 받아들였을 때, 엉켰던 실이 풀려가는 느낌이 들었다. 히야마가 지금까지 의문으로 생각했던 것이, 히야마가 지금까지 알아낸 것이 한 가닥 굵은 실이 되어 손에 감기는 기분이었다.

소년들이 어째서 일부러 기타우라와에 갔을까 하는 것도, 사와무라가 무엇을 위해 야기가 있는 곳을 조사하고 있었는가 하는 것도. 사와무라는 야기에게서 이 비디오를 손에 넣어 경찰에 진실을 알리고자 생각했던 것이 아닐까. 그것이 그에게 있어서의 진짜 속죄라는 의미가 아니었을까. 그런데 어떤 계기로 그것을 안 범죄 주모자가 사와무라를 죽였다. 그리고 비디오의 존재를 아는 소년들을 차례차례 습격했다.

야기가 전화로 히야마에게 말한 "우리를 원망하는 건 완전히 헛다리 짚은 거라고."라는 말의 의미도 이것으로 이해가 됐다.

이것으로 모든 게 설명되는 것이다.

다만 한 가지 알 수 없는 것이 있었다. 어째서 히야마의 수중에 이 비디오가 있는 것인가 하는 것이다. 대체 누가 보낸 걸까. 쇼코를 죽인 주모자가 보낸 건가. 그건 생각하기 힘든 일이었다. 비디오를 보낸 인물은 대체 무슨 목적으로 히야마에게 보낸 것일까.

마루야마가 입가를 손수건으로 누르며 돌아왔다.

"4년 전에 온 비디오와 편지는 어쨌지?"

"모르겠어요."

마루야마가 고개를 흔들었다.

"야기가 그대로 가지고 있었을지도 모르고, 처분했을지도 몰라요. 잡힌 후로 야기와는 만나지 않아서요."

히야마는 사고를 집중시켜 이제부터 자신이 무엇을 해야 할지를 열심히 생각했다.

"경찰에 가실 건가요?"

마루야마가 조심스레 물었다.

히야마는 마루야마를 주시했다. 그럴 기분은 훨씬 전에 사라지고 없었다. 대신 한 가지 생각이 가슴 속에 박혔다. 쇼코를 죽이라고 협박한 주모자를 이 손으로 찾아내고 싶다. 그때와 같이 진실이 경찰이나 재판이라는 히야마의 손이 닿지 않는 곳으로 가 버리지 않도록, 어째서 쇼코가 죽어야 했는지 직접 추궁해 주고 싶었다.
"아니, 너희들을 협박한 녀석을 찾을 거야."
히야마는 대답했다.
"찾는다니, 어떻게요."
"모르겠어."
히야마의 가슴이 욱신거렸다.
"하지만 반드시 찾아낼 거야."

차는 이케부쿠로에서 가와고에 가도로 들어갔다.
소년들을 협박한 인물을 찾자고 마음을 먹었지만 아무 단서도 없었다. 일단 그 비디오가 촬영된 현장 근처에서 쇼코와 관련이 있는 인물을 찾아볼 수밖에 없었다. 그렇게 말하자 마루야마는 "협력하겠습니다."라고 말했다. 마루야마로서도 범인이 잡히지 않으면 언제 또 자신이 습격당할지 알 수 없다는 공포가 있는 것이리라.
마루야마가 어떻게 되든 히야마가 알 바 아니었지만 사건의 단서를 조금이나마 가지고 있는 것은 이제 그뿐이었다. 히야마는 마루야마에게 비디오를 찍힌 현장으로 안내하라고 시켰다.
우라와 도코로자와 우회도로로 들어가자 양쪽으로 한가로운 전원 풍경이 펼쳐졌다. 지난번에도 마나미와 미유키를 태우고 지나간 길이었으나 햇빛을 받은 경치는 그때와 전혀 다르게 보였다.

히야마의 심장 고동이 서서히 빨라졌다. 그 이유를 생각하지 않으려고 했으나 소용없는 짓이었다.

쇼코와 관련이 있으면서 이 지역에 익숙하고 소년들의 신분을 알고 있을 가능성이 있는 인물……. 순간 머리에 떠오를 뻔한 미유키의 웃는 얼굴을 히야마는 급히 떨쳐 냈다.

이 무슨 어처구니없는 생각인가. 순간적으로 지우기는 했으나 그런 상상을 할 뻔 했던 자신을 마음속으로 욕했다.

조수석에 앉은 마루야마가 멀리 전방을 보고 있었다.

히야마는 마루야마의 시선을 쫓았다. 드넓은 전원 풍경 속에 어울리지 않는 건물이 우뚝 서 있다. 대학병원의 근대적인 건물은 가사이 임해공원에서 돌아올 때엔 조용한 가운데 떠오른 빛의 무리로밖에 보이지 않았는데 지금 보니 주위에 위용을 자랑하고 있었다.

히야마는 맨션 관리인에게서 들은 이야기를 떠올렸다. 마루야마는 예쁜 선물을 들고 곧잘 심장이 나쁜 할머니의 병문안을 가는 착한 소년이었다고. 마루야마는 할머니의 사랑을 많이 받고 자란 걸까. 그런 착했던 소년 마루야마가 어디서 마음을 잘못 먹은 걸까. 강요 당했다고는 하나 유아에게 비열한 행위를 하고, 끝에 가서는 사람을 죽인 것이다. 사와무라 역시 평소에는 여동생을 아끼는 착한 소년이었다. 마루야마나 사와무라의 마음은 대체 어쩌다 망가져 버린 걸까.

마루야마에게 시선을 향하자 그는 무릎 위에 올린 가방에 손을 얹고 변함없이 먼 곳을 보고 있었다.

그렇게 좋아했던 할머니는 지금도 살아 있을까. 히야마는 묻고 싶었으나 결국 묻지 않았다.

잡목림은 야기가 옛날에 살았던 주택가 뒤편에 있었다. 콘크리트에 침식된 주택가나 포장도로 주위를 뒤덮으려는 듯 넓고 무성하게 펼쳐졌다.
 터진 철조망으로 몸을 밀어 넣어 히야마는 마루야마의 뒤를 따라갔다. 풀이나 잔가지를 밟으면서 발밑이 불안한 경사를 올라간다. 머리 위를 덮은 가지와 잎이 외부의 빛을 차단했다. 어슴푸레한 가운데 앞장선 마루야마는 묵묵히 나뭇가지를 헤치며 나아갔다. 몇 번이나 오갔던 길인 듯 마루야마의 걸음은 4년 넘게 지났다고는 생각되지 않을 정도로 익숙했다. 대체 몇 명의 아이들이 그들의 먹잇감이 된 걸까. 이 잡목림 안에서 아이들이 느꼈을 공포를 상상하자 숨이 막힐 것 같았다.
 히야마가 보기에 사진 속 세 소년은 천진난만한 보통 어린이였다. 그러나 피해를 당한 유아 입장에서는 그들은 틀림없이 악마로 보였을 것이다. 여기서 일어난 일이 유아들에겐 앞으로 영영 지울 길 없는 마음의 상처가 되었고, 소년들에게 있어서도 돌이킬 수 없는 죄와 벌을 낳았다. 누군가에게 협박당해 쇼코를 죽인다는 돌이킬 수 없는 일을. 그렇게 그들의 소중한 인생 또한 끊어지고 말았다.
 히야마는 질척이는 땅을 쳐다봤다. 이곳을 지나갔을 협박자는 흔적을 남기지 않은 채 어둠 속에서 히야마를 조롱하고 있는 것처럼 느껴졌다.

"여깁니다."

마루야마가 멈춰 선 장소에는 커다란 소나무가 서있었다. 발치에는 무릎 높이까지 풀이 뒤덮였다. 히야마는 주위를 빙 둘러봤다. 주변에는 초목이 빽빽하게 자랐다.

"두 번 다시 여기에는 오고 싶지 않았어요."

마루야마는 입술을 깨물며 그 자리에서 뒷걸음질 쳤다.

히야마는 마루야마를 쳐다봤다.

"가끔씩은 오는 편이 좋아. 너는 자신이 한 일을 잊어서는 안 돼."

마루야마는 고개를 숙이더니 시선을 돌리면서 히야마의 시선 끝에서 사라졌다.

히야마는 한숨을 내쉬었다. 여기 온다고 협박자의 흔적이 발견될 리 없다는 것은 잘 알고 있었다.

다만 부정하고 싶었던 것뿐인지도 모른다. 마루야마가 이야기한 비현실적인 내막에 대한 부정. 그 다정했던 쇼코가 누군가에게서 원한을 사 계획적인 범죄에 의해 살해당했다는 믿기 힘든 이야기를.

어슴푸레한 숲에 뒤덮인 광경도, 거기 서 있는 지금의 자신도 도저히 현실적으로 느껴지지 않았다. 다만 이 잡목림에서 빠져 나가도, 이 악몽에서 깨어나도 이제 쇼코는 어디에도 없다는 것만이 현실이었다.

"거기서 뭐 해!"

갑자기 수풀 속에서 고함이 들려왔다.

히야마는 제정신으로 돌아와 목소리가 난 쪽을 향했다.

헬멧에 작업복 차림의 남자 두 명이 초목을 헤치고 나왔다.
"이곳은 사유지니 마음대로 들어오지 말아 주시오."
"죄송합니다."
히야마는 머리를 숙였다.
히야마가 돌아보니 갑자기 혼이 나 깜짝 놀란 건지 마루야마가 파란 얼굴로 우뚝 서 있었다.
히야마와 마루야마는 인부들의 재촉으로 온 길을 돌아와 철조망 바깥으로 쫓겨 나왔다.

히야마는 전차로 돌아가겠다는 마루야마를 항공 공원 역까지 태워다 줬다.
역 앞에서 차를 세워도 마루야마는 좀처럼 내리려고 하지 않았다.
"다음에, 향을, 올리러 가도, 될까요……."
더듬더듬 힘없는 목소리가 들려왔다.
히야마는 마루야마의 얼굴을 옆에서 보면서 망설였다.
"미안하지만 지금은 그런 걸 받아들일 수 있는 기분이 아닌 것 같다."
마루야마는 고개를 숙인 채로 차에서 내렸다.
역으로 향하는 홀쭉한 등을 힐끗 확인한 뒤 히야마는 차를 출발시켰다.
앞차의 미등에 눈이 흐려졌다. 몽롱하다. 아직껏 현실에서 괴리된 것 같은 감각을 질질 끌고 있었다. 가슴을 찌르는 불쾌한 아픔만이 히야마를 현실에 묶어 두고 있었다.
 가해자와의 대면은 결국 히야마의 상처를 더욱 후벼 팔 뿐이었다.
 나는 무엇을 기대하고 있었던 걸까. 무엇을 알고 싶었던 걸까. 마루야마의 눈물을 봐도 얄팍한 연기라는 생각뿐 절망스러운 허무함만이 가슴을 꽉 메운다. 알고 싶었던 진실은 히야마에게 더 한 고통만을 안겨 주었다.
 어째서 쇼코는 죽어야 했던 것인가. 단지 그것을 알고 싶은 것뿐인데 새로이 드러난 현실이 히야마를 괴롭히고, 온갖 수단으로 고문하고 있다.
 아무것도 더 알려고 하지 마라. 문득 누군가가 히야마를 잡아 멈추고 있는 것처럼 느껴졌다.
 히야마도 알고 싶지 않았다. 오늘 하루 동안 있었던 일을 잊어버리고 싶었다. 쇼코가 누군가의 꿍꿍이에 의해 계획적으로 살해당했다니, 생각도 하지 못했고 믿고 싶지도 않았다.
 애당초 이런 비디오만 오지 않았더라면······.
 어쩌면 누군가가 의도적으로 히야마의 등을 떠밀고 있는 것은 아닐까. 이 비디오에 의해 소년들을 시켜 쇼코를 죽인 협박자의 존재가 수면 위로 떠올랐다. 비디오를 보낸 인물은 그 녀석을 찾으라고 히야마에게 호소하고 있는 게 아닐까.
 보낸 이의 의도는 알 길이 없었지만 히야마는 마음속으로 굳게 맹세했다. 벌을 받지 않고 지금도 사회 어딘가에서 태연히 살고 있을 교활한 협박자를 반드시 자신의 눈앞에 끌어내 주겠다고.

4

히야마는 7시가 지나 가게에 돌아왔다. 곧바로 카운터에 들어갔으나 아르바이트생들은 차가운 표정의 히야마에게 말 거는 일 없이 묵묵히 일을 했다. 히야마는 거북함을 느끼고 곧 사무실로 틀어박혔다.

오늘은 후쿠이와 아유미가 모두 쉬는 날이었다. 토요일, 일요일 근무를 희망하는 사람이 많아서 후쿠이는 주로 그런 날에 쉬었다. 학교가 시작된 아유미는 최근에는 일주일에 2~3일 가게에 나오는 정도였다. 어쩌면 지금쯤 데이트라도 하고 있을지도 모른다. 억지로 그런 흐뭇한 광경을 상상하면서 예민한 신경을 조금이라도 가라앉히려고 했다.

공연히 두 사람의 얼굴이 보고 싶어졌다. 그 두 사람의 얼굴을 보고 있으면 어째서인지 마음이 포근해지는 것이다. 두 사람의 모습에 자신들의 모습을 겹쳐 보고 있는 건지도 모른다. 잃어버려서 이제 되찾을 수 없는 자신과 쇼코의 시간을.

가게를 닫고 미도리 보육원에 마나미를 데리러 갔다. 오늘은 미유키도 쉬는 날이었다. 미유키 선생님 없이 하루를 보낸 마나미는 평소보다 따분한 얼굴이었으나 히야마는 오히려 살짝 다행이라는 생각을 했다. 지금 그의 표정을 보면 눈치 빠른 미유키가 뭔가 심상치 않다는 낌새를 챌지도 모른다.

집에 돌아와서 마나미를 목욕시키고 재웠다. 간신히 긴 하루를 마쳤다는 생각에 그는 냉장고에서 맥주를 꺼내 와 소파에 쓰러졌다. 그 자세로 사이드보드에 놓인 액자를 바라봤다. 사진을 보면서 쇼코와의 추억을 되새겨 보았다. 고등학교 1학년 때에 브로드카페에서 아르바이트를 시작했을 때부터 쇼코에게 마지막으로 입을 맞춘 사건 당일 아침까지의 4년 남짓한 기억이다. 그는 가능한 한 자세하게 쇼코의 윤곽을 떠올리려 애썼다. 그녀가 한 말, 그녀와 함께 보낸 시간을 최대한 더듬어갔다.

그러나 쇼코를 생각하면 생각할수록 막다른 벽에 부딪히는 느낌이었다. 기억의 조각 어디에서도 쇼코가 남의 원한을 샀을 만한 구석은 조금도 보이지 않았기 때문이었다.

쇼코는 절대 교우 범위가 넓은 여성이 아니었다. 하루의 대부분을 카페의 아르바이트로 지내고, 저녁부터는 학교에 가는 똑같은 생활. 토요일, 일요일에는 반드시 아르바이트를 했으니까 하루를 통틀어 자유로운 시간은 거의 없지 않았을까.

그런 쇼코였기에 교우 관계라고 해 봤자 같이 일했던 브로드카페의 아르바이트생이나 고등학교 친구 정도밖에 떠오르지 않았다. 그중에 협박자가 있으리라고는 도무지 생각이 되지 않았다.

거기다 공부와 일로 바쁜 생활을 보냈던 쇼코는 의도적으로 깊은 인간관계를 피하는 느낌이었다. 친구들과도 조금 거리를 두고, 어쩌다 한 번씩 같이 식사나 하는 정도였다고 한다. 그래도 쇼코는 누구에게서나 호감을 샀는데, 워낙 배려심 많고 다정한 성격이었던 데다 친구들도 그녀의 바쁜 생활을 이해해 주었기 때문이었다.

히야마는 늘어진 몸을 억지로 일으켜 다다미방으로 향했다. 자고 있는 마나미를 깨우지 않도록 조용히 벽장을 열고 발꿈치를 들어 제일 윗칸을 손으로 더듬었다. 만져지는 것이 있었다. 떨어뜨리지 않게 손가락 끝으로 상자를 내리고 거실로 돌아와 소파 위에 올려놨다.

오랜만에 보는 종이상자의 뚜껑을 열었다. 쇼코와의 추억이 담긴, 버릴 수 없는 물건들이었다. 4년 전부터 멈춰진 시간이 이 안에 담겨 있다. 쇼코가 썼던 수첩, 연하장이나 편지, 고등학교 졸업앨범과 졸업장, 그리고 히야마가 쓴 연애편지.

상자 안에서 다섯 권의 수첩을 꺼냈다. 1995년에서 99년까지의 수첩이었다. 고등학교에 입학한 해부터 졸업하고 마나미를 출산한 해까지의 수첩을 쇼코는 버리지 않고 놔뒀던 것이다.

수첩을 열기 전에 잠시 망설였다. 아무리 자신의 아내, 이미 죽은 고인의 것이라고는 하나 남의 사생활을 엿보는 것에 양심의 가책을 느낀 것이다. 그는 '미안'하고 속으로 중얼거리며 1999년도 수첩부터 한 권씩 찬찬히 살펴봤다.

쇼코의 꼼꼼한 성격은 수첩에서도 잘 드러났다. 모눈에 깔끔한 글씨로 일정이 적혀 있었다. 페이지를 넘기다가 '결혼', '졸업' 등의 글자를 확인할 때마다 히야마는 감개에 젖어들었다. 5월을 젖히자 밝은 색깔이 뛰어들어 왔다. 5월 8일, 출산. 주위에 분홍색 형광펜으로 하트 모양이 그려져 있었다. 6월에서 9월까지는 공백이 많았다. 군데군데 '산부인과 검진'이나 '월급'이라는 글자가 보였다.

마지막에 주소록 페이지를 봤다. 쇼코는 휴대전화가 없었다. 당시는 지금처럼 누구나 휴대전화를 가지고 있었던 시대가 아니었고, 쇼코 자신 또한 필요성을 느끼지 못했던 것 같았다. 다만 깔끔한 글씨로 균형 있게 적힌 주소록은 분명 휴대전화의 데이터보다 더 가치 있는 것처럼 느껴졌다. 연락처 대부분이 고등학교 동급생과 브로드카페의 직원들이었다. 히야마는 주소를 확인했다. 도코로자와시나 사야마시 등 항공 공원 근처에 사는 자는 없었다. 혹시 해서 학생들 주소록도 봤으나 역시 항공 공원 주변에 관계된 인물은 없었다.

마찬가지로 95년부터 98년까지의 수첩 네 권도 살펴봤다. 그럴듯한 인물은 아무도 보이지 않았다. 히야마는 안도인지 낙담인지 모를 한숨을 토했다. 물론 항공 공원 가까이에 살지 않더라도 범인일 가능성이 없는 건 아닐 것이다. 다만 그럴 경우 지금의 히야마로선 비디오를 촬영한 협박자를 찾아낼 단서가 없었다.

벽에 부딪혔음을 느끼며 다시 한 번 수첩을 넘겨갔다. 이상한 점이 한 가지 있었다. 다섯 권의 주소록 가운데 친구인 하야카와 미유키의 이름이 없는 것이다. 확실히 미유키는 고등학교에 들어간 뒤로 쇼코와는 소원해졌다고 전에 이야기했다. 그러나 중학교 3학년부터 고등학교 입학 년도에 해당하는 95년의 주소록에도 기재되어 있지 않은 것은 어찌된 일일까. 사이가 좋았기 때문에 연락처 정도는 외워 두고 있었던 걸까.

사소한 의문을 일단 제쳐두고 이번에는 편지 종류를 살폈다. 편지 종류라고 해봐야 거의가 연하장이다. 이쪽도 브로드카페의 직원들과 고등학교 친구들이 대부분이었다. 그중에서 다섯 통, 고시바 하루히코와 고시바 마사에라는 인물에게서 온 엽서가 히야마의 눈을 끌었다. 멋진 초서체 붓글씨를 보고 다른 친구들과는 달리 나이가 많은 연장자일 거라는 생각이 들었다. 주소는 군마현 아가쓰마 군이었다.

네 통의 연하장에는 쇼코의 안부를 묻는 간단한 인사가 곁들여 있었다. 그리고 마지막 한 통은 검은 테가 들어간 엽서였다.

전부터 병으로 요양 중이었던 처 고시바 마사에가 지난 8월 4일 오전 5시 12분, 향년 예순두 살로 타계하였습니다. 긴 투병 생활 속에서 저 또한 각오는 하고 있었으나 처의 죽음이 막상 현실로 찾아오니 온몸의 힘이 빠진 것을 느낍니다. 처도 임종 자리에서는 괴로움에서 해방된 것처럼 평온한 얼굴이었지만, 마지막까지 그가 나타나지 않았던 것만이 원통할 따름입니다. 장례식 절차는 유족과 친지들끼리 잘 치렀습니다. 생전에 베풀어 주신 온정에 감사드리며 이렇게 삼가 알려 드립니다.

소인을 보니 1999년 8월 9일이라고 되어 있었다. 히야마는 이 고시바 마사에라는 사람의 사망통지서를 얼마 동안 쳐다보고 있었다. 히야마가 찾던 종류는 분명 아니었지만 엽서의 내용이 가진 자력에 끌렸던 것이다. 쇼코가 살해당하기 약 2개월 전의 편지. 그리고 '마지막까지 그가 나타나지 않았던 것만이 원통할 따름입니다.'라는 말.

'그'란 쇼코도 아는 인물이 아닐까. 그게 아니면 편지에 '그'라고 쓰지 않을 것이다. 군마현 아가쓰마군에 사는 이 고시바라는 사람은 대체 쇼코와 어떤 관계인 걸까.

다음 날은 맑은 일요일이라 가게도 붐볐다. 마루야마의 이야기를 들은 후로 히야마는 그다지 식욕이 없었으나, 그래도 3시가 지나서 달착지근한 데니시를 커피로 목에 넘겼다. 위에 쑤시는 듯한 통증이 느껴졌다. 제대로 챙겨 먹지 않는데다가 졸음을 이기려고

들이킨 커피와 담배로 인해 내장이 경계 신호를 발하고 있는 모양이었다. 어젯밤 내내 쇼코의 물건을 조사하다 정신이 들고 보니 아침이었지만, 결국 성과다운 성과는 아무것도 없었다.

남은 데니시를 입에 넣고 사무실에 있는 전화의 수화기를 들었다. 낮 시간이지만 일요일이고 하니 장모 스미코는 집에 있을 것이다. 히야마는 번호를 누르면서 잠깐 망설였다. 장모에게 어디까지 이야기하면 좋을까. 스미코는 히야마가 모르는 쇼코의 인간관계를 알고 있을지도 모른다. 그러나 어떻게 물으면 좋단 말인가. 설마 쇼코에게 살의를 품을 만한 인물로 짐작가는 바가 없냐고 물어야 하나? 사정을 알면 스미코는 엄청난 충격을 받을 것이다. 추가적인 아픔을 겪는 것은 자신만으로도 충분하다는 생각을 하는 사이에 통화가 연결됐다.

"아아, 자넨가. 마나미의 상태는 어떻지?"

"네, 이제 괜찮습니다. 심려를 끼쳤습니다."

"그래. 다행이네."

스미코의 어조는 밝았다. 마나미가 경기를 일으킨 일이나 경찰의 혐의에서 벗어난 것 같다는 이야기는 며칠 전에 했다.

"다음 쉬는 날에라도 놀러 오게나."

"네, 조만간 찾아뵙겠습니다. 그런데……."

히야마는 이야기를 일단 끊었다.

"쇼코의 관계자 중에 고시바 하루히코 씨라는 분을 아십니까?"

"고시바 하루히코?"

스미코는 생각에 잠기듯이 신음했다.

"쇼코와 무슨 관곈가?"

"군마 현 아가쓰마 군에 거주하시는 분입니다."

긴 침묵이 흘렀다.

"들은 적 없는데……."

스미코의 목소리가 변했다.

히야마는 그 목소리에서 뭔가가 있음을 느꼈다.

"아니, 딱히 대단한 건 아니에요."

히야마는 분위기를 수습했다.

"그 사람이 어쨌는데?"

스미코의 어조는 딱딱했다.

"친척 분이 아닌가 보군요. 어제 어쩌다 쇼코의 물건을 정리하고 있었는데 고시바 씨라는 분에게서 온 연하장이 나와서, 군마 현 아가쓰마군에 사는 사람인데 어떤 친분이 있었나 하고 조금 신기했던 것뿐입니다."

"옛날에 그쪽에 살았던 적이 있었어."

쌀쌀맞은 대답이었다.

"예? 그렇습니까."

"쇼코가 어렸을 적에 말이네. 이혼하고서 우리 둘은 이쪽으로 이사 왔지만."

스미코의 어조가 거칠어진 이유를 알았다.

"고시바 씨의 전화번호는 혹시 모르시죠?"

"모르겠네."

확 밀쳐내는 것 같은 말투는 명백히 이 화제를 피하고 싶다는 의사표시로 들렸다. 스미코에게 있어서 아가쓰마 군에 살았던 시절의 결혼 생활은 떠올리고 싶지 않은 기억일까.

히야마는 비위를 맞추기 위해 "조만간 마나미를 데리고 가겠습니다."하고 말한 뒤 전화를 끊었다.

5

다카사키역에서 녹색과 주황색으로 칠해진 3량짜리 전차에 탔다. 아가쓰마선 차량 안은 텅 비어있었다. 마주보는 식의 좌석에 앉자마자 마나미는 일찌감치 배낭에서 과자를 꺼냈다. 완전히 소풍 기분인 것 같았다.

시부카와를 지난 즈음에서 아카기산의 웅대한 경치가 펼쳐졌다. 히야마는 얼마 동안 그 경치에 눈을 고정시켰다. 고시바의 주소를 지도로 조사해 본 결과, 고우하라역에서 그렇게 멀지 않다는 것을 알았다. 최근 들어 잠이 부족한 히야마는 장거리 운전을 해서 찾아가기보다는 전차에서 한숨 잘 생각이었으나 내내 곤두섰던 신경을 정화해 주는 듯한 풍경에 완전히 눈을 빼앗기고 말았다.

무인역인 고우하라에 내려 아가쓰마강의 나리를 건너자 황금색으로 물든 논이 산자락까지 펼쳐졌다. 민가의 지붕 같은 것이 드문드문 보인다.

마나미의 손을 잡고 논두렁길을 걸었다. 한창 벼 베기 작업을 하던 노인이 무슨 일인가 싶은 얼굴로 히야마와 마나미를 쳐다봤다.

"이 부근에 고시바 씨 댁이 어딥니까."

히야마는 노인에게 물었다. 노인은 손가락으로 한쪽을 가리켰다.
"저기 저쪽에 있는 빨간 지붕 집."
민가가 모인 장소와는 반대쪽, 산자락에 가까운 삼림 앞에 빨간 지붕이 작게 보였다.
"감사합니다."
히야마는 노인에게 인사하고 마나미의 손을 끌었다. 마나미도 노인에게 "바이바이." 하고 손을 흔들었다.
"꽤 걸어야겠는데."
히야마는 중얼거렸다. 마나미는 그런 건 상관없이 마냥 좋은 듯했다.
"토끼 있을까?"
"토끼는 없을걸. 개구리는 있겠지만."
히야마는 마나미와 잡담을 나누면서 논두렁을 걸었다. 완만한 비탈을 올라가자 주위에 산울타리가 쳐진 낡은 2층 목조가옥이 보였다. 정원 곳곳에 잡초가 무성하고 농기구도 어질러진 채로 방치되어 있으며 가옥도 폐가처럼 칙칙했다.
적막에 싸인 가옥에서는 사람의 생활감이 느껴지지 않았다. 지금은 여기 살지 않는 걸까. 히야마는 언뜻 그런 생각을 했으나 넓은 정원 한구석에서 닭 우는 소리가 들렸다. 현관문을 두드렸다. 고요한 현관 앞에 메마른 소리만이 울렸다. 몇 번 두드리다 포기하려던 그때, 문이 열렸다.
안에서 초로의 남자가 얼굴을 내밀었다. 권태감이 얼굴 전체에 찌들어 집보다도 더욱 칙칙해 보이는 남자였다. 그 노려보는 눈에 히야마는 선 채로 굳어졌다.

"고시바 씨 되십니까."

히야마는 간신히 입을 열며 가방에서 엽서를 꺼냈다.

"저는 마에다 쇼코의 남편입니다."

고시바는 그것을 듣더니 깊이 파인 얼굴의 주름을 움직여 놀라움을 나타냈다.

"그러십니까, 들어오십시오."

고시바는 힘이 다한 태엽 인형 같은 완만한 발걸음으로 히야마와 마나미를 다다미방으로 안내했다. 약한 곰팡내가 코를 찔렀다. 그는 살며시 먼지가 내린 다다미 위에 방석을 깔고는 집 안에 있는 부엌으로 사라졌다.

"뭘 내오실 것까진 없습니다."

히야마는 고시바에게 그렇게 말한 뒤 따분한 듯이 방석 위에 드러누운 마나미를 작은 목소리로 꾸짖었다. 그가 방석에 무릎을 꿇고 앉자 마나미도 옆에서 따라했다.

방 한구석에 불단이 있었다. 그곳이 과자나 작은 인형으로 장식된 것을 보고 조금 이상하다는 느낌이 들었다. 영정은 두 개였는데, 히야마는 그중 하나를 보고 저도 모르게 앗 하고 작게 소리를 질렀다. 하나는 초로의 여성이었다. 아마도 아내인 마사에겠지. 그리고 또 하나는 어린 소녀였다. 마나미와 비슷한 나이가 아닐까. 만면에 웃음을 띤 모습이다.

고시바는 보리차와 오렌지주스를 쟁반에 올려 돌아와서 그걸 좌탁에 내려놓고 툇마루의 창을 열어 환기를 시켰다.

마나미는 주스를 한 모금 마시고 일어나서 툇마루 바깥의 정원을 구경했다.

"아, 꼬꼬닭이다. 놀다 와도 돼요?"
마나미는 천진하게 신이 났다. 히야마는 난처한 얼굴로 고시바를 쳐다봤다. 고시바는 눈부신 듯이 눈을 가늘게 좁히고 고개를 끄덕였다.
"그러렴."
신이 나서 현관으로 달려가는 마나미에게 히야마가 주의를 주었다.
"멀리 가면 안 된다."
좌탁 너머로 고시바와 마주 앉게 되었다. 갑자기 고시바가 머리를 깊이 숙였다.
"쇼코의 사건은 뉴스로 알고 있었지만, 저도 몸이 약해 조문도 가지 못하고 죄송했습니다."
"아뇨. 저야말로 느닷없이 찾아뵈어 죄송합니다."
히야마도 황송하게 머리를 숙였다.
"아내가 죽고 살 기력도 없던 그 직후에 또 그런 참혹한 소식을 듣게 되다니……."
고시바의 깊은 주름이 더욱 일그러졌다.
"쇼코는 딸 에쓰코와 동갑이었기 때문에 저도 아내도 친딸처럼 생각하고 있었습니다."
고시바의 눈이 불단으로 향한다.
"쇼코와 동갑이라면……."
"딸이 죽은 건 20년 전입니다. 쇼코의 집이 그쪽 대밭 뒤여서 아이들 둘이 곧잘 함께 놀았습니다. 사십 줄이 지나 얻은 외동딸이었기에, 정말이지 눈에 집어넣어도 아프지 않다는 말을 누가 만들었는지······."

고시바는 정원에서 들려오는 씩씩한 목소리 쪽을 향했다. 툇마루로 비쳐드는 햇살에 눈을 가늘게 뜨면서 닭을 쫓아 정원을 뛰어다니는 마나미를 귀엽다는 듯이 얼마 동안 쳐다보고 있었다.

"쇼코는 몇 살 까지 이곳에 살았습니까."

"네 살 정도였던가. 그 사건이 있고 얼마 후에 부인과 집을 떠났습니다."

"그 사건?"

히야마는 고시바를 물끄러미 쳐다봤다.

고시바의 표정에서 한 순간 온기가 사라지고 먹구름이 꼈다.

"듣지 못했습니까."

혼잣말 같이 중얼거리는 고시바의 말에 히야마는 되물었다.

"그 사건이라는 게 뭐지요?"

고시바는 어두운 눈을 불단에 향했다.

"그날 저희가 논일을 하고 있는데 쇼코가 울면서 왔습니다. 무슨 일이 있었냐고 물어봐도 쇼코도 아직 어려 그저 '에쓰코가, 에쓰코가······.' 하면서 흐느낄 뿐이었습니다. 저희 부부는 에쓰코의 신상에 무슨 일이 일어난 것 아닌가 하고 허둥댔습니다. 놀다가 다치기라도 한 건가 생각했던 겁니다. 쇼코는 심상치 않게 겁에 질린 표정으로 이 뒤의 대나무밭 쪽을 가리켰습니다. 저희 부부는 대밭에 들어갔습니다······."

히야마는 고시바를 앞에 두고 마주 앉아 있는 것이 갑자기 괴로워졌다. 고시바의 몸이 부들부들 떨리고 있었다.

"대밭에 들어가자 한곳만 마른 풀이 봉긋한 부분이 있었는데,

그걸 봤을 때는 정말이지 심장이 멎을 뻔했습니다. 잎과 나뭇가지가 무덤처럼 쌓여 있었는데 크기가 딱……. 저희 부부가 급히 마른 잎을 치워내자 안에 여자애가 누워 있지 뭡니까. 피 묻은 옷은 확실히 그날 에쓰코가 입고 있던 옷과 같은 거였지만, 딸이란 걸 인정하지 못한 채 한참을 정신이 나가 있었습니다. 아니라고 생각하고 싶었던 거죠. 얼굴은 차마 볼 수가 없었습니다. 돌 같은 것으로 알아볼 수 없을 만큼…….'

히야마는 숨을 삼켰다. 꿀꺽 삼킨 침이 목 안에 씁쓸하게 퍼졌다.

고시바는 핏발 선 두 눈을 한 점에 고정하고 있었다. 사나운 감정이 갈 곳을 찾아 고시바의 몸 안에서 날뛰고 있는 것처럼 여겨졌다.

"저희가 바보였습니다. 설마, 설마 이 마을에서 그런 일이 일어날 줄은 꿈에도 상상하지 못했습니다. 큰 사건 한 번 일어난 적 없는 한가로운 마을이었으니까요."

"범인은 체포되었습니까?"

히야마는 말을 짜냈다.

고시바는 고개를 끄덕이더니 더욱 공허한 시선이 되어 대답했다.

"경찰은 쇼코의 이야기를 토대로 사건을 수사했습니다. 어린아이인 만큼 경찰도 신중하게 시간을 들였지요. 쇼코가 자기 집 뒤뜰에서 혼자 놀고 있을 때 대밭에서 에쓰코의 우는 소리가 들려왔다고 합니다. 대밭으로 나가 본 쇼코는 거기서 에쓰코가 울면서 남자에게 목이 졸리고 있는 것을 목격하고 도망쳐 왔지요. 쇼코는 범인을 전에 본 적이 없는 사람이라고 대답했습니다. 다만 에쓰코의 목을 조르던 오른손 손등에 특이한 모양의 흉터가 있었던 것은 기억하더군요. 그것이 중요한 단서가 되어 범인은 체포되었습니다. 다른 마을에 사는 중학교 3학년 아이였다고 합니다."

고시바는 견딜 수 없다는 표정으로 깊은 한숨을 내쉬었다.

"다만 그 이상은 모릅니다. 열다섯 살 어린이에게 죄를 물을 수 없다는 거겠죠. 경찰에서 아무것도 가르쳐 주지 않은데다가 재판도, 징역도 없습니다. 소문으로는 소년원인지 어딘지 우리가 알 수 없는 곳에 가고 끝났다고 들었습니다."

히야마는 고시바의 얼굴에 깊이 파인 주름을 쳐다봤다. 괴로움이 그대로 묻어나는 이 주름은 딸을 잃었을 때의 형상 그대로 굳어진 것이 아닐까. 긴 세월동안 화석처럼 굳어 버린 번민의 흔적을 바라보며 히야마는 이후 고시바 부부가 살았을 삶을 상상하고 가슴이 죄어들었다.

히야마도 그랬다. 쇼코를 잃은 그 순간부터 히야마의 시간은 멈췄다. 쇼코를 잃었을 때의 기억만이 끝없이 이어지는 것 같았다. 아무것도 하고 싶지 않았다. 하지만 그래도 히야마에게는 마나미가 있었다. 마나미의 성장이, 마나미와 보내는 시간이 멈추려는 그의 태엽을 간신히 다시 감아주었다. 고시바에게는 그런 존재가 없었던 것이 아닐까.

히야마는 사망통지서 엽서를 내밀었다.

"여기에 적혀 있는 '그'란 따님을 죽인 소년이로군요."

고시바는 고개를 끄덕였다.

"쇼코와는 연락을 쭉 주고받고 계셨습니까."

"아뇨, 그저 쇼코가 어느 날 갑자기 이곳을 찾아온 일이 있었을 뿐입니다. 꽤나 성장한 후에요. 할머니나 아버지가 죽었을 때 조차 오지 않았으니까요. 쇼코에게 있어서 이 마을은 몹시 꺼림칙한 곳이었겠죠. 그래서 갑자기 찾아왔을 때는 참 놀랐습니다."
"혼자서 왔습니까?"
"그렇습니다."
"그게 언제입니까?"
"해는 확실하지 않지만 4월이었습니다. 그해 봄부터 고등학교에 입학한다고 했습니다."
고등학교 입학이면 1995년일까. 히야마는 다시 물었다.
"쇼코는 이곳에 왜 왔을까요."
고시바는 고개를 갸웃거렸다.
"모르겠습니다. 아버지나 할머니가 남아 있는 거라면 또 모르겠지만, 그 집은 이미 폐가였으니까요. 하룻밤을 집에 재워줬습니다. 쇼코는 에쓰코의 불단에 향을 올려 주었죠. 저녁 식사 준비를 도와주고 어깨를 주물러 주고 쓸쓸한 늙은이의 이야기 상대가 되어 줬고 말이죠. 우리 부부는 마치 딸이 돌아온 것 같은 기분이 들어 기뻤습니다. 쇼코는 가슴 아프다는 듯 저희 둘을 걱정해 주었습니다. 그때는 처도 병으로 앓아누운 상태였고, 저도 처도 에쓰코를 잃고부터 살아갈 의욕이란 게 영 없었기 때문에 역시 폭삭 늙어 보였나 보죠."
히야마의 가슴 속에서 따스한 뭔가가 치밀어 올라왔다. 역시 그렇다. 쇼코는 누구에게나 다정한 여성이었다.
"어떻게 하면 저희의 기분이 조금이라도 치유되겠느냐고, 쇼코는 그렇게 물었습니다. 이 아이는 정말 상냥한, 착한 아이로 성장했구나 싶어 저희는 눈물이 나올 뻔했습니다."

"그 질문에는 뭐라고 대답하셨습니까."

같은 범죄 피해자로서 히야마는 고시바의 대답을 알고 싶었다.

"에쓰코를 잃은 괴로움은 결코 치유되지 않습니다. 그 사건 뒤, 저도 처도 십수 년간 그저 괴로워하기만 하는 인생이었습니다. 그런데 이제 자기 생명도 그리 길지 않다고 느꼈던 것이겠지요. 아내는 죽기 전에 에쓰코를 죽인 가해자와 만나고 싶어 했습니다. 처의 기분은 잘 압니다. 이제 와서 새삼스럽게 뭘 어쩌겠다는 건 아닐 겁니다. 그저 상대가 에쓰코의 영정 앞에서 합장하고 사과해 줬으면 좋겠다, 하다못해 죽기 전에 그것을 보고 싶다. 그러지 않으면 천국에서 에쓰코를 볼 낯이 없다는 얘기였어요. 쇼코는 처의 이야기를 듣고 울음을 터뜨리더니 꼭 사죄하러 올 거라며 저희를 격려해 주었습니다."

히야마는 고시바의 이야기에 귀를 기울이면서 고개를 깊이 끄덕였다. 히야마는 모르는 쇼코의 얘기지만 그녀의 느낌이 생생히 전해져 왔다. 히야마가 아는 다정한 쇼코의 온기가 고시바의 이야기에서 엿보였다.

이야기하는 데 지친 건지 고시바가 피곤한 듯 기침을 했다.

"괜찮으십니까."

"오늘은 묘하게 손님이 많아서."

"피곤하신데 죄송했습니다. 슬슬 실례하겠습니다."

히야마는 자리에서 일어섰다.

히야마는 두 사람에게 향불을 피워 올린 뒤 고시바의 집을 나왔다.
산보 겸 산길을 걸어 역으로 가기로 했다. 다음 전차까지는 아직 두 시간 가까이 남았다. 히야마는 마나미의 손을 잡고 석양이 비치는 산길을 걸었다.
이곳에는 협박자에게 이어지는 단서가 없었다. 지푸라기에라도 매달리는 심정으로 찾아와 봤지만 히야마의 머리엔 더 많은 의문이 남았을 뿐이었다. 쇼코는 왜 갑자기 이 마을을, 어렸을 적 기억에 깊은 상처를 만든 이곳을 찾은 걸까. 아버지나 할머니가 죽었을 때조차 오지 않았다면서 말이다. 쇼코에겐 쭉 피해 왔던 이곳에 올 어떤 계기가 있었던 걸까.
저녁놀이 산길의 나무들을 꼭두서니 빛으로 물들였다. 히야마는 낙심하면서도 쇼코가 어렸을 적 봐왔을 광경을 가슴에 새겼다.
산길 끝에 사람이 하나 보였다. 길가에 웅크리고 합장하던 그 사람은 갑자기 벌떡 일어나서 걷기 시작했다. 히야마와 마나미가 가 보니 작은 지장보살상이 서 있었는데, 옆에 아까 그 사람이 놓고 간 듯한 꽃이 보였다. 히야마는 쭈그리고 앉아서 마나미를 쳐다봤다.
"마나미, 보살님께 초콜릿을 드리면 어때?"
마나미는 지장보살을 보며 생각에 잠겼다.
"좋아. 초코볼 좋아할까?"
"그럼, 마나미도 좋아하잖니."
히야마는 마나미를 보고 미소 지었다.
마나미가 초콜릿을 지장보살 앞에 놓자 히야마는 조용히 합장했다. 마나미도 히야마를 흉내를 내 합장한다.

히야마가 일어서니 앞서 떠났던 사람이 멈춰 서서 이쪽을 보고 있었다. 움직이지 않는 그 형체를 유심히 쳐다보던 히야마는 자신의 눈을 의심했다.

"히야마 씨!"

누쿠이도 놀란 목소리로 외쳤다.

"이야, 깜짝 놀랐습니다. 히야마 씨 부인께서 이곳 출신에, 게다가 그 사건의 목격자였다니."

누쿠이는 백미러로 눈을 향했다. 히야마는 뒷좌석에서 백미러에 비치는 누쿠이의 흥분한 얼굴을 보고 있었다. 누쿠이와 함께 산길을 내려온 길이었다. 히야마는 지난번에 책 취재 의뢰를 받았을 때 한 말 때문에 누쿠이에게 서먹한 감정을 느끼고 있었는데, 반면 누쿠이는 그런 건 조금도 개의치 않는 듯 마나미와 끝말잇기를 하며 놀고 있었다. 산길을 나가자 누쿠이가 차로 역까지 바래다 주겠다고 했다.

"누쿠이 씨는 그런 곳에서 뭘 하고 있었습니까?"

"취재입니다. 지난번에 이야기 드렸죠. 사회학자인 미야모토 씨와 대담집을 출판한다고요. 그 책의 준비를 위해 소년사건에 관한 신문 기사를 무수히 살펴보다가 이 사건에 대해 알게 되서 말입니다."

"한 건 한 건 이렇게 해서 조사하는 겁니까."

히야마는 조금 감탄했다.

"아뇨, 이 사건에는 조금 걸리는 게 있어서."
"걸리는 거요?"
"30년도 더 된 이야기지만 소년 사건이니까요. 자료가 거의 없어서 직접 관계자 분에게서 이야기를 듣고자 이곳저곳 돌아다녔습니다."
"그래서 뭘 좀 아셨습니까."
"네, 뭐……."
누쿠이가 말을 흐렸다.
"관계자들도 이미 지나간 과거로 취급하고 있다는 것을 알았습니다. 에쓰코라는 소녀를 살해한 당사자 역시 마찬가지일 겁니다."
"범인은 지금 어떻게 살고 있을까요."
"소년원을 나온 후 학교에 들어가 지금은 평범하게 사회생활을 하고 있는 것 같습니다."
누쿠이가 씁쓸한 표정으로 탄식했다.
히야마는 사법 체계의 불합리성에 다시금 분노했다. 어린 아이를 죽인 소년은 소년법이라는 면죄부를 얻어 아무렇지 않은 얼굴로 생활하고 있다. 고시바 부부에게 고개를 숙이러 오는 일 한 번 없이 그야말로 덤불 속으로 사라진 것이다.
"과거라니! 피해자 가족들의 괴로움은 끝이 없습니다."
"네. 이런 일을 하다 보면 우울해집니다."
누쿠이는 알고 있다며 한숨을 쉬었다. 히야마는 괴로운 표정 그대로 굳어진 고시바의 깊은 주름을 떠올렸다 끝없는 괴로움. 끝없는 자책감.

"이제 곧 역입니다."
누쿠이가 백미러를 보더니 핸들을 돌렸다.
"가게까지 바래다 드려야겠네요."
히야마는 옆을 봤다. 마나미는 그에게 기대 잠이 들어 있었다.
"감사합니다."
차는 산골짜기를 누비는 간선도로를 달렸다. 차창에 우울한 표정을 지은 자신이 비쳤다. 누쿠이도 피곤한지 말이 없다. 새까만 어둠이 차 안의 공기를 더욱 무겁게 만들었다.
"연예계 쪽 일은 안 하십니까."
히야마는 분위기를 전환하고자 가볍게 화제를 제공했다.
"에?"
느닷없는 말에 누쿠이가 괴상한 목소리를 냈다.
"필자 일을 하실 거라면 딱히 이런 우울한 소재가 아니라도 연예나 스포츠 같이 더 즐거운 일이 있지 않습니까."
"공교롭게도 그쪽에는 재능이 없어서. 게다가 원래는 필자나 기자 지망이 아니었습니다."
누쿠이가 쓴웃음을 지었다.
"어쩌다 지금과 같은 일을?"
"전에는 법무교관으로 있었습니다."
히야마는 놀랐다.
"법무교관이 뭔지 아시나요?"
"네, 소년원이나 소년감호소의 간수죠?"
"간수라는 표현은 적절하지 못하지만요. 안 믿겨 지십니까."
누쿠이가 웃으며 백미러를 들여다봤다. 히야마는 고개를 끄덕였다. 그렇게 보이지 않았다. 필자라고 칭하고는 있으나 영락없이 조직 사회에 적응하지 못하고 튕겨져 나온 인물로 보고 있었다.
"대학을 졸업하고 도치기에 있는 소년원에 배속되었습니다."
"어째서 그만두셨습니까."
히야마는 의아했다. 법무교관이라면 국가 공무원이다. 반면 누쿠이의 현재 차림새를 보면 빈말로라도 생활이 안정되어 보인다고는 할 수 없을 텐데.
"뭐, 이런저런 사정이 있어서……."
누쿠이는 말을 흐렸다.
히야마는 누쿠이의 옛 직업을 알게 되자 잠시 누그러졌던 감정이 다시금 곤두서는 것을 느꼈다. 누쿠이는 죄를 범한 인간을 감싸는 입장이었던 것이다. 와카쓰키 학원에서 만난 직원들에게서 느꼈던 위화감이 시트 틈새에 자리 잡았다.
"그럼 누쿠이 씨는 보호주의겠군요."
히야마는 쏘아붙이는 투가 되었다.
"소년의 가소성인지 뭔지를 믿으며 어떤 지독한 범죄를 저지르든 소년들에게는 죄가 없다, 재기를 위한 교육만 있으면 된다고 생각하시겠군요."
"그랬다고 생각합니다."
누쿠이가 조용히 고개를 끄덕였다.
"제 일에 사명감을 가지고 있었습니다."
누쿠이의 대답에 히야마는 차갑게 웃었다.
"누쿠이 씨가 소년범에게 소중한 사람을 잃은 유족의 기분을 이해 못하는 것도 당연합니다. 범인을 갈기갈기 찢어발기고 싶다는 피해자의 분노를 결코 이해할 수 없을 겁니다."

"그럴지도 모릅니다. 그 무렵에는 눈앞에 있는 소년들이 전부였습니다. 죄를 범하고 소년원에 들어온 이 아이들을 어떻게 하면 재기시킬 수 있을 것인가, 어떻게 하면 앞으로 사회에 순응할 수 있는 어른으로 만들 것인가만을 생각했습니다. 실제로 소년들이 제게 기쁨을 준 적도 많이 있었습니다. 사회에서 죄를 짓고 거칠어졌던 소년들이 생활지도와 교관들의 노력에 의해 서서히 마음을 열어 타인과의 유대를 되찾아가는 모습을 볼 때면 그 일을 하기를 잘했다고 생각했습니다."

"그렇다면 그만둘 필요가 없었지 않습니까?"

히야마는 가시 돋친 말투로 대답했다.

"한 소년이 들어왔습니다. 열여섯 살 된 그 아이의 죄목은 상해치사였습니다. 동급생들과 집단으로 한 급우를 구타하여 죽게 만든 것입니다. 그는 다른 아이들처럼 허세를 부리지도 않고, 불량스러운 느낌이 없었습니다. 오히려 좋은 집에서 어리광부리며 자란 도련님 같은 인상이었지요. 사건은 따돌림이 발전해 일어났던 겁니다. 소년원에서 그는 지극히 모범적이었습니다. 생활 태도도 문제가 없었고, 사건에 대해 반성도 하고 있는 것처럼 보였습니다. 이 아이는 괜찮겠다, 다소 먼 길을 돌아오기는 했지만 사회에 돌아가도 분명 재기할 수 있을 것이다. 당시 저는 그렇게 생각했습니다."

누쿠이의 이야기를 듣고 있자니 히야마는 차에서 내리고 싶어졌다. 역시 그렇다. 이 남자는 범죄자 소년의 미래밖에 보지 않는다. 살해당한 희생자나 괴로워하는 가족을 보려 하지 않는 것이다.

"그러던 때에, 어떻게 알아냈는지 살해당한 아이의 아버지가 소년원을 찾아왔습니다. 그는 소년과 면회시켜 달라, 소년이 어떤 교육을 받고 있는지 알고 싶다며 저에게 따지고 들었습니다. 그러나 소년원 입장에서는 둘을 만나게 할 수야 없는 노릇이지요. 소년원은 소년과 피해자의 문제를 떨어뜨려 생각하는 데다가, 저 또한 그런 일은 소년의 갱생에 좋지 않다고 생각해 부친의 애원을 일축하고 말았습니다."

히야마는 누쿠이의 말을 흘려들으려 유리창 바깥의 어둠을 쳐다봤다.

"그 뒤, 소년은 무사히 소년원을 나갔고 소문으로는 고등학교 복학도 결정된 것 같았습니다. 그때의 저는 자기만족에 젖어 있었습니다. 하지만 그 후 얼마 안 가 소년이 그 피해자 소년의 아버지에게 살해당했다는 소식을 전해 듣게 된 거죠."

마지막 말을 듣고 히야마는 운전석의 누쿠이를 응시했다. 누쿠이는 담담한 어조로 말을 이었다.

"피해자 소년의 아버지는 어느 휴일, 우연히 소년원을 나온 소년을 봤다고 합니다. 그길로 급히 집에 돌아가 부엌칼을 들고 와서 소년을 찌른 거죠. 저는 이 무슨 바보 같은 짓이냐며 경악했습니다. 그는 앞으로 무한한 가능성을 지닌 젊은 인생을 빼앗은 건 물론, 스스로 범죄자로 전락함으로써 자기 가정 또한 붕괴시키고 말았습니다. 저는 법치국가에서 복수라는 어리석은 짓을 저지른 그를 결코 용서할 수 없었습니다."

히야마는 텔레비전에 방영된 자신의 말을 비웃던 누쿠이의 태도를 떠올렸다. 국가가 벌을 내리지 않는다면 내 손으로 범인을 죽이고 싶다……. 어리석은 짓 하지 마라, 그런 짓을 해서 어쩔 것이냐, 남은 가족은 어떻게 되느냐며 히야마에게 조용히 훈계하는 누쿠이의 목소리가 마음속으로 들려오는 것 같았다.

"저는 그의 공판을 방청하기로 했습니다. 법정에 끌려나오는 그를 한껏 쏘아 봐 주고 싶었습니다. 그러나 그런 기분은 재판이 시작되고 곧 박살났습니다. 저는 외아들을 잃은 아버지의 통곡을 그때 비로소, 바보 같게도 재판정에서 처음 보게 된 것입니다. 그의 가정은 아들을 잃은 때 이미 붕괴한 상태였습니다. 이제는 결코 돌아오지 않는 아들, 그에게 있어 아들은 무너져 버린 커다란 기둥이었습니다. 피해 소년의 아버지는 자신과 아내의 분노, 슬픔을 달래고자 최선을 다해 몸부림쳤습니다. 필사적으로 자신의 기분을 달래 줄 것을 찾고 있었던 겁니다. 가해 소년과 만나서 소년이 어떤 식으로 갱생해 가는지를 알고자 했던 건 바로 그 노력의 일부였습니다. 그런데 자신의 얼굴조차 모른 채 휴일에 신이 나서 놀고 있는 소년을 보자 살의의 비등점을 넘어 버린 거겠죠. 아무 것도 몰랐던 건 바로 저였습니다. 결국 눈앞에 있는 소년밖에 생각하지 못했습니다. 피해자의 존재를 무시하고서 진정한 갱생은 있을 수 없는 것인데……."

"그게 그만둔 이유입니까."

"동료들은 모두들 열심히 노력하고 있습니다. 죄를 범한 소년들에 대한 교화는 절대적으로 필요한 일입니다. 소년원에서도 다양한 방법으로 교정 교육에 힘쓰고 있습니다. 하지만 피해를 입거나 생명을 빼앗긴 피해자, 그 가족에 대한 속죄 교육과 그 과정을 피해자 분들에게 제대로 전달하는 시스템이 빠져 있는 것입니다."

히야마도 그렇게 느꼈다. 쇼코를 죽인 가해자가 어떤 속죄의 마음을 가지고 있는지 지금까지 전혀 알 수가 없었다. 만일 사와무라 가즈야가 느꼈던 죄책감이나 고독을 좀 더 빠른 단계에서 알았더라면 히야마의 고통과 증오도 조금은 누그러졌을지도 모른다.

"제가 그만둬도 우수한 법무교관은 많이 있습니다. 그래서 전 피해자들의 이야기를 듣고 돌아다니며 한 걸음 물러난 곳에서 소년법과 소년의 처우에 대해 고민하는 쪽을 택했습니다. 결국 피해자 측과 소년범을 옹호하는 측 양쪽 모두에게 미움을 사고 말았지만요."

누쿠이가 쓴웃음을 지었다.

"당신에게는 명확한 주장이 없는 것처럼 보입니다. 엄벌파도 아니고, 그렇다고 해서 보호파도 아니고."

"피해자 분들의 이야기를 듣고 구 소년법이 가진 문제를 통감했습니다. 피해자에게는 사건에 대해 알 수 있는 당연한 권리조차 없었습니다. 뉘우침이 없는 교정 교육, 오직 소년들의 인권만을 소리 높여 주장하는 보호주의에 의문을 느낀 겁니다. 하지만 그들을 엄벌에 처해야 한다는 주장에도 전 의문을 느낍니다. 어린이에게는 교육이 필요합니다. 소년원과 소년형무소는 그 개념이 완전히 다릅니다. 일반 형무소 제도의 현실을 생각해 볼 때, 소년을 엄중히 처벌해 소년형무소에 집어넣는다는 것은 갱생을 포기하는 것과 같은 일입니다. 제대로 된 교육 없이 강제 노역만을 시키면서 몇 십 년을 담 안에 가둬 둔다 하더라도 소년들은 언젠가 사회에 돌아옵니다. 히야마 씨라면 그것이 무엇을 의미하는지 아시겠죠. 그래서 아무리 생각해도 양쪽 모두에 찬동할 수 없었던 겁니다. 좀 더 중요한 사항이 논의되어야 한다는 생각이 떠나지 않았습니다."

"어떤 논의 말입니까?"

히야마는 물었다.

"히야마 씨가 지금 가장 바라는 것입니다."

"제가 가장 바라는 것?"

확실히 뭔가가 빠졌다는 기분은 들었다. 소년법 개정 전에 펼쳐진 '엄벌파'와 '보호파'의 논쟁 때에 느낀 위화감. 한쪽은 어린이의 인권을 지키자는 주장을 앵무새처럼 되풀이하고, 한쪽은 '야수를 풀어 놓지 말라'는 선동적 감정론에 지배되어 있었다. 그때 확실히 뭔가 소중한 문제가 무시되고 있는 것 같은 기분이 들었다. 히야마는 곰곰이 생각했지만, 차가 가게에 도착할 때까지 말로 표현하기는 어려웠다.

차가 가게 앞에 서자 히야마는 마나미를 흔들어 깨웠다.

가게 셔터가 반쯤 닫혀 있고 가게 안에서 아유미가 쓰레기봉지를 두 손으로 들고 나오는 것이 보였다. 뒤에서 후쿠이도 쓰레기봉지를 들고 나온다. 후쿠이가 아유미의 쓰레기봉지를 하나 들어 주려고 했으나 아유미는 그 손을 피했다. 아유미의 쌀쌀한 태도를 보고 히야마는 고개를 갸웃거렸다. 싸우기라도 한 걸까.

"정말 감사합니다."

히야마는 인사를 하고 차에서 내렸다.

"푸우 씨, 바이바이."

마나미가 손을 흔들었다.

히야마는 저도 모르게 웃음을 터뜨렸다. 딸의 센스에 감탄해서였다. 운전석에서 마나미에게 손을 흔드는 누쿠이에게 말을 걸었다.
"커피라도 어떠세요?"
"물론 공짜겠죠?"
누쿠이가 웃었다.
"다 졸아들어 맛없는 커피로 좋으시다면."
히야마는 들어오라는 손짓을 했다.

마나미는 푹 잠이 들었다.
히야마는 딸의 자는 얼굴을 확인하고 거실 소파에 앉았다. 맥주를 마시면서 다리를 쭉 뻗고 장딴지를 주물렀다. 하루 종일 많이 걸은 날이었다. 마나미는 그 이상으로 뛰어다녔으니, 다음 날은 둘 다 근육통에 시달리는 하루가 될 것 같았다. 이번 여행은 다리의 통증 외에도 히야마의 머리에 무거운 뭔가를 남겼다. 쇼코가 어린 시절에 겪었던 참담한 사건, 그리고 하나의 의문이다. 집에 돌아온 지금까지 그 의문은 머리 한구석에 풀리지 않고 남아 있었다.
쇼코는 어째서 갑자기 그 마을을 찾았던 걸까. 눈앞에서 친구가 무참하게 살해당했던 꺼림칙한 마을을. 하긴 성장한 뒤에 어린 시절 살았던 곳의 그리운 풍경을 보고 싶어지는 건 드문 일이 아닐지도 모른다. 단순한 변덕일 수도, 큰 의미 없는 행동일 수도 있다. 그러나 그 갑작스러운 심경 변화가 왠지 마음에 걸렸다. 히야마가 알고 있는 쇼코의 고등학교 시절의 범위 안에서는 쇼코

살해를 지시한 협박범의 그림자를 발견할 수 없었다. 그래서 그는 자신이 모르는 쇼코의 중학교 시절에 대한 집착을 버리지 못하는 건지도 모른다.

장모 스미코라면 알고 있을까. 히야마는 벽시계를 보고 전화기로 향했다. 수화기를 들었을 때 스미코가 보였던 거부 반응이 머리를 스쳤다. 고시바 하루히코에 대한 스미코의 거부감은 과거의 부부 생활 외에도 그 꺼림칙한 사건의 기억 때문이리라.

스미코는 쇼코가 그 마을에 갔던 것을 알고 있을까? 히야마는 단축버튼을 눌렀다.

"아아, 자넨가. 무슨 일이야?"

스미코의 어조는 평소와 다를 바가 없었다.

"실은 오늘 마나미와 함께 하이킹을 다녀왔습니다."

히야마는 최대한 명랑하게 말을 시작했다.

"쇼코가 어렸을 적 살았던 곳을 마나미에게 보여 주고 싶어서. 경치가 무척 멋지더군요."

"그래……"

스미코의 목소리가 잦아들었다.

"고시바 씨 댁도 찾아가 봤습니다. 쇼코와 친하게 지내 주셔서 고맙다는 인사를 겸해서요. 놀랐습니다. 사건에 대해 듣고."

히야마는 아무렇지 않게 계속했다.

"쇼코에게서는 그런 이야기를 한 번도 듣지 못했거든요."

"떠올리기도 싫었던 게지. 쇼코는 그때 일만 떠올려도 정서 불안에 빠져 혼란스러워 하곤 했어. 이혼한 것도 쇼코와 그 마을에서는 더 살 수 없었기 때문이라네. 전 남편은 시어머님이 계셔서 그곳을 떠날 수 없었거든."
"쇼코는 어른이 된 후에도 그런 상태였습니까?"
"그래……."
별 수 없다는 투로 스미코는 말을 이었다.
"요즘 말하는 트라우마라고 하나? 다 크고 나서도 사건을 연상시키는 것은 접하려고 하지 않았네. 그래서 집에서도 그 사건이나 그 마을 이야기는 금기였어. 그러니 자네에게 이야기하지 않았던 것도……."
"하지만 그래도 쇼코는 그 마을에 갔습니다."
스미코는 대답을 하지 않았다. 무겁고 긴 침묵 속으로 호흡을 가다듬으려고 하는 숨소리만이 작게 들려왔다.
"모르셨습니까? 고등학교에 입학하는 해 봄에 쇼코는 고시바 씨를 찾아갔습니다. 떠올리기도 싫은 기억이 있는 그 마을에."
수화기 너머에서 숨을 삼키는 소리가 들려왔다.
"쇼코는 어째서 그 마을에 갔던 겁니까. 중학교를 졸업할 무렵에 쇼코의 기분을 흔들 만한 무슨 일이 있었던 겁니까?"
"아무것도 없네."
스미코의 어조에 노여움이 섞였다.
"가르쳐 주십시오. 중요한 일입니다."
"모르네. 아무것도 없었네."
스미코는 히야마의 말을 막았다.
"자네 이상하게 왜 그러나. 대체 뭘 파고드는 게야?"
히야마가 말을 더하려고 하자 "바빠서 이만 끊겠네." 하며 스미코는 무정하게 전화를 끊었다.

히야마는 수화기를 놓고 천장을 올려다봤다.
역시 고등학교에 입학하기 전에 쇼코에게 무슨 일이 있었던 것이다. 히야마의 어렴풋한 추측이 확신으로 바뀌었다.

6

셔터를 반쯤 내리고 청소를 시작한 뒤로 후쿠이가 한숨만 푹푹 쉬고 있었다. 계산대 앞에 서서 매상 계산을 하던 히야마는 얼마동안 그 모습을 빤히 보고 있었다. 오늘은 빨리 집에 돌아가고 싶은데 이래서는 일이 언제까지고 안 끝나지 않는가.
"왜 그래, 후쿠이. 정신 똑바로 차리라고."
"점장님……."
후쿠이가 침울한 얼굴로 히야마를 쳐다봤다.
"여자는 정말 모르겠네요."
"니시나 씨와 싸우기라도 했어?"
"모르겠어요. 왠지 갑자기 차가워져서 절 피하는 것 같은 게……. 제가 무슨 기분에 거슬리는 짓이라도 한 걸까요."
"공부가 바쁜가 보지."
그렇게 말하면서 히야마도 문득 생각했다. 그러고 보면 아유미는 최근 들어 휴식 시간에 공부를 하지 않게 되었다. 의자에 앉아서 멍하니 벽을 보고 있는 광경을 몇 번인가 목격했다. 역시 학교가 끝난 뒤에 아르바이트를 하는 건 상당히 피곤한 일일 것이다.
"여자 마음은 갈대라잖아. 다음에 만났을 때는 원래대로 돌아와 있을 거야."

소걸음처럼 느릿느릿한 후쿠이의 엉덩이를 때려 간신히 일을 끝내고 히야마는 서둘러 미도리 보육원으로 향했다.

어젯밤 스미코와 통화를 한 뒤, 히야마는 쇼코의 물건들을 다시 한 번 확인해 봤다. 그러나 쇼코의 중학교 시절에 관련된 물건은 졸업장만 있을 뿐, 졸업앨범이나 명부 종류는 전혀 나오지 않았다.

역시 미유키에게 물어볼 수밖에 없었다. 중학교 시절 같은 학원의 친구였던 미유키에게라면 학교 생활이나 고민 등을 이야기했을 가능성이 있다. 어쩌면 갑자기 그 마을을 찾게 된 심경에 대한 이야기를 들었을지도 모른다. 미유키가 아는 것이 바로 협박자와 이어지진 않더라도 어떤 단서를 얻을 수 있지는 않을까. 히야마의 가슴이 두근거리고 발걸음이 빨라졌다.

미도리 보육원의 문을 열자 조명을 반쯤 끈 어두침침한 가운데에서 책상에 앉아 작업을 하고 있는 미유키의 모습이 보였다. 미유키가 히야마가 온 것을 눈치챘다.

"이제 오세요?"

"마나미는 자고 있습니까."

히야마는 슬리퍼로 바꿔 신고 안으로 들어갔다.

"네."

미유키가 미소 지었다.

히야마는 홑이불에 몸을 푹 싼 마나미의 자는 얼굴을 확인했다. 다행이다. 마나미가 깨 있으면 자세한 이야기를 할 수 없다.

미유키는 마나미를 보던 눈을 손에 든 뜨개바늘로 되돌렸다.

히야마는 미유키의 손에 들린 편물에 시선을 향했다.
"크리스마스까지 완성할 수 있을지."
미유키가 작게 쓴웃음을 짓는다.
"뜨개질은 처음이거든요. 마나미 게 성공하면 다음에는 어른 용에 도전해 보게요."
미유키는 기쁜 얼굴로 히야마를 쳐다봤다.
미유키의 시선을 받으면서 히야마는 다른 데에 정신이 팔려 있었다. 뭘 어떻게 물으면 좋을까. 미유키에게 어디까지 이야기하면 좋을까. 그것만이 머릿속을 빙글빙글 돌았다. 쇼코는 돌발적으로 살해당한 것이 아니라 누군가의 교활한 계획에 의해, 명백한 살의에 의해 살해당한 것이라고 전하면 미유키는 얼마만큼의 충격을 받을까.
"쇼코와는 몇 년 정도나 알고 지내셨습니까."
히야마의 갑작스러운 말에 미유키는 허를 찔린 표정을 지었다. 미유키는 잠시 생각한 뒤 대답했다.
"중학교 2학년 도중부터 졸업할 때까지 같은 학원에 다녔고, 그 후로도 가끔씩 만났으니까……."
"중학교 시절에 쇼코에게서 고민 상담을 받은 적 없습니까. 학교의 교우관계라든가, 인간관계 같은 문제로."
미유키는 흥이 깨진 표정으로 손에 든 편물을 쳐다보다가 다시 히야마를 봤다. 그 얼굴이 의아한 표정으로 바뀌었다.
"그런 적 없는데요. 진로나 장래 뭐가 되고 싶다 같은 이야기면 몰라도."
미유키는 쌀쌀맞게 대답했다.

"미유키 선생님, 쇼코는 어떤 여자였죠?"
"어떤 여자냐니……. 그건 히야마 씨가 더 잘 아시겠죠. 어째서 그런 걸 물으시죠? 오늘 히야마 씨 좀 이상하시네요."
"쇼코와는 4년을 알고 지냈습니다. 그 대부분이 아르바이트와 점장이라는 관계입니다. 어쩌면 제가 모르는 쇼코가 더 있는 것 아닌가 하는 기분이 듭니다."
히야마는 진의가 잘 전해지지 않는 것이 안타까웠다. 그러나 미유키에게 진실을 이야기할 용기가 없었다. 누군가가 쇼코에게 원한을 가지고 계획적으로 죽인 거라는 것을.
"만일 미유키 선생님 기억 속에 제가 모르는 쇼코의 일면이 있다면 전부 알고 싶습니다."
히야마는 필사적으로 말을 이었다.
"그런 걸 알아서 어쩌시게요!"
미유키가 말을 막는 것처럼 말했다.
히야마는 기가 죽었다. 미유키의 눈에 희미한 노여움과 당혹감이 숨어 있는 것처럼 느껴졌다.
"확실히 히야마 씨가 함께 지낸 4년간이 쇼코의 전부는 아니겠죠. 하지만 자신이 모르는 쇼코의 기억을 듣는다 해도 무슨 의미가 있단 말인가요. 분명 장례식 날 히야마 씨에게 쇼코와의 기억을 이야기한 적은 있어요. 하지만 히야미 씨도 이제 슬슬 앞을 보고 걸어 주세요. 쇼코는 이제 없어요. 쇼코의 기억을 아무리 긁어모아도 이제 돌아오지 않는다고요."
히야마는 얼떨떨하니 서 있었다. 미유키의 신랄한 말이 가슴을 찔렀다. 하지만 화는 나지 않았다. 미유키를 상처 입히고 있는 건 그 자신일지도 모른다. 미유키의 눈이 살짝 젖은 것을 보고 히야마는 처음으로 그렇게 생각했다.
"미유키 선생님, 왜 그래요?"
눈을 뜬 마나미의 목소리에 제정신으로 돌아온 미유키가 황급히 마나미에게로 뛰어갔다.
"아무것도 아니야. 아빠 오셨단다."
히야마는 마나미를 향해 어색한 웃음을 지었다.

다음 날, 오오미야역에서 전차를 내린 히야마의 발걸음은 무거웠다. 어젯밤에 쑥스럽게 헤어진 여파가 남아 있었다. 마나미는 그런 어른의 사정 따위 아무 관계도 없다는 양 성큼성큼 신나게 걸어갔다.
미도리 보육원의 문을 열자 다른 보육사가 와서 마나미를 맞이했다. 히야마는 안도인지 불안인지 모를 한숨을 토했다. 신발을 벗은 마나미는 곧바로 안에 있는 미유키 쪽으로 달려갔다.
"미유키 선생님, 안녕하세요."
미유키는 평소와 같은 웃는 얼굴로 마나미를 맞이했다. 그리고 입구에 선 히야마를 보고는 가볍게 목례를 하더니 곧바로 시선을 돌렸다.
"잘 부탁드립니다."
옆에 있던 보육사를 향해 웃음을 꾸며 보인 뒤 히야마는 문을 닫았다.
상가 빌딩을 나와 오오미야 역으로 향하면서 히야마는 휴대전화로 가게에 전화를 걸었다. 전화를 받은 후쿠이에게 정오 무렵에 나가도 괜찮겠냐고 확인을 했다. 그는 그대로 오오미야를 출발해 가와고에서 도부도조센으로 갈아타 두 번째 정거장인 가미후쿠오카 역에서 내렸다.

쇼코가 다녔던 중학교는 금방 찾을 수 있었다. 담장 너머로 체육복을 입은 학생들이 교정을 달리고 있는 것이 보였다. 이곳이 쇼코가 다녔던 중학교다. 가을 하늘 아래에서 잠시 동안 감개에 젖어들었으나 곧 각오를 굳혔다. 이렇게 되면 쇼코의 학교 친구들을 일일이 조사해 볼 수밖에 없다.

종이 울리기를 기다려 정문 앞 보도에서 잠시 기다리다가 정문을 통해 들어갔다. 입구에 설치된 신발장에는 체육 수업이 끝난 학생들이 몰려 있었다. 히야마는 체육복 차림으로 그 속에 섞인 젊은 남교사를 불렀다.

히야마는 우선 자신의 신분을 밝히고 쇼코의 졸업장과 자신의 신분증을 제시했다. 그리고 명료한 어조로 사정을 이야기했다. 자신의 죽은 처가 이 중학교 졸업생이라 과거 급우들에게 사망 소식을 전하고 싶은데 명부가 남아 있지 않아 난처한 상황이라고 설명했다. 교사는 뜻밖에 선뜻 승낙하더니 히야마를 응접실로 안내해 주었다.

응접실에서 기다리고 있자니 교사가 졸업 앨범을 가지고 왔다.
"복사를 해 드리겠습니다. 몇 반입니까?"
"그게 잘……."
히야마는 모르겠다는 얼굴로 앨범을 넘겼다.
학급별 사진을 살펴봤다. 네모 칸 안에서 학생들이 다양한 포

즈로 사진에 찍혀 있다. 이 안에 쇼코에게 원한을 품고 소년들을 협박한 인간이 있을지도 모른다. 히야마는 다섯 학급 전부를 다 봤다.

그러나 거기에 마에다 쇼코는 없었다. 이상하게 생각하면서 여학생의 얼굴과 이름을 다시 한 번 꼼꼼히 눈으로 쫓았다.

"없습니다."

히야마는 교사에게 호소했다.

"1995년 졸업이지요?"

"네."

틀림없다. 졸업장에는 틀림없이 1995년이라고 적혀 있었다.

"잠깐 다른 선생님에게 물어보겠습니다."

교사는 응접실을 나갔다.

혼자 남은 히야마는 졸업앨범을 가만히 보고 있는 사이에 정체 모를 불안에 휩싸이기 시작했다.

2시가 지나 미유키가 가게에 왔다. 바쁜 낮 시간이 지나고 아르바이트생들에게 차례대로 휴식을 준 히야마가 계산대에 서 있을 때였다.

"어제 일을 사과드리고 싶어서……."

미유키는 시선을 내리깔고 중얼거렸다.

히야마는 중학교에서 나온 이후로 쭉 가슴이 메는 듯한 답답함을 느끼고 있었다.

"밖으로 나가지 않겠습니까."

히야마는 미유키에게 권했다.
조용한 히카와산도를 오오미야 공원 방면으로 걸었다.
"어제는 주제넘은 소리를 해서 죄송했습니다."
미유키가 머리를 숙였다.
"제가 속이 너무 없었습니다. 히야마 씨나 마나미에게 있어서 쇼코는 지금도 역시 소중한 사람이자 어머니인데."
히야마는 하늘을 올려다봤다. 구름 한 점 없는 하늘. 시야 한 구석에서 가로수의 잎이 살랑인다. 그러나 답답함은 조금도 나아지지 않았다.
"히야마 씨가 알고 싶으시다면 기억하는 한 쇼코의 이야기를……."
미유키의 말 한마디 한마디가 히야마의 불안을 부채질한다.
"어째서 거짓말을 하는 겁니까?"
"네?"
미유키가 멍하니 히야마를 봤다.
"사실대로 말씀해 주십시오."
"사실대로라뇨?"
미유키가 얼버무리는 듯한 표정을 지었다.
"쇼코와 미유키 선생님은 같은 학원에 다닌 게 아닐 겁니다. 사실은 쇼코와 무슨 관계입니까?"
"사실은이라니……. 저와 쇼코는 학원에서 알았어요."
필사적으로 웃는 표정을 하면서도 미유키의 어조는 명료하지 못했다.
"그럴 리가 없습니다!"

히야마는 언성을 높였다.

"쇼코는 중학교 3학년 1년간을 거의 여자소년원에서 지냈으니까요."

히야마의 말에 미유키가 눈을 크게 떴다.

"쇼코에게 대체 무슨 일이 있었던 겁니까?"

히야마는 나무라듯 말했다.

이건 쇼코의 중학교에서도 알 수 없었던 이야기였다. 거북한 표정을 지으며 돌아온 남교사는 쇼코가 어떤 사건을 일으켜 소년원에 들어가 있었다고 털어 놓았다. 졸업장은 학교 측이 소년원에 전달했지만, 졸업앨범과 명부에는 어머니 스미코의 희망으로 쇼코의 이름을 싣지 않았다는 말이었다. 어떤 사건을 일으킨 거냐고 묻는 히야마 앞에서 남교사는 옛날 일이라 잘 모르겠다며 얼버무리고 허둥지둥 가 버렸다.

"미유키 선생님은 알고 계시죠? 그래서 그 일을 숨기고자 지금까지 거짓말을 했던 겁니다."

미유키의 표정이 굳어졌다.

"만일 그렇다 치고, 그게 어쨌다는 건가요. 히야마 씨가 아는 쇼코가 전부라도 좋잖아요. 누구에게나 과오는 있는 거예요. 그런 걸 이제 와서 파헤쳐서 뭐가 된다고요."

"저는 진실을 알고 싶습니다. 아니, 알아야만 합니다."

미유키가 안색을 바꿨다.

"어째서요? 그런 건 아무도 바라지 않는데."

"쇼코를 죽인 진짜 범인을 찾아야 한단 말입니다!"

히야마는 마루야마의 이야기를 들은 뒤로 쭉 눌러 왔던 격정을 터뜨렸다. 미유키는 영문을 모르겠다는 얼굴로 반대로 히야마를 노려봤다.

"쇼코를 죽인 진짜 범인이라니, 무슨 말씀을 하시는 거죠?"

"그 사건은 소년들이 돌발적으로 일으킨 사건이 아닙니다. 쇼코에게 살의를 품은 누군가가 소년들을 협박해 꾸민 짓입니다."

"거짓말……."

망연자실한 표정을 지으면서 미유키가 두 걸음, 세 걸음 히야마에게서 뒷걸음쳤다. 히야마의 말이 세찬 폭풍이 되어 미유키의 가슴을 때린 것 같았다. 하지만 미유키도 쉽게 꺾이진 않았다. 그녀는 몸을 움츠리고 필사적으로 바람을 견뎌 내는 것처럼 침묵을 지키고 있었다.

"이 손으로 범인을 잡고 싶습니다. 아니면 쇼코는 편안히 눈을 감지 못할 겁니다. 그렇지 않을까요?"

히야마는 미유키에게 다그쳤다. 미유키가 힘없이 고개를 저었다.

"쇼코는 그러기를 바라지 않을 거예요. 필시 그만두라고 할 거예요."

"무슨 뜻입니까?"

히야마는 미유키의 양 어깨를 잡고 세차게 흔들었다.

"가르쳐 주십시오!"

미유키는 히야마의 손을 뿌리치고 다시 두 걸음, 세 걸음 후퇴했다. 그리고 힘없이 창백해진 입술을 열었다.

"쇼코는 사람을 죽였어요."

7

토요일 오후가 되면 우울해진다. 정오를 지나 교문을 나와 드넓은 항공 공원 안을 가로지른다. 이 거리에서 살다 보면 하늘이 넓게 느껴진다. 오늘은 구름 한 점 없는 푸른 하늘이었다. 눈부신 햇살을 맞으며 커플이나 가족들이 기분 좋게 산책하고 있었다.
하지만 미유키의 마음은 공원을 빠져나오는 순간 음울해졌다. 도로를 오가는 차들이 배기가스를 마구 뿜어내는 데다 국도변에 있는 그녀의 집은 끝없이 이어지는 느티나무 가로수로 인해 항상 그늘이 졌기 때문이다. 그러나 미유키의 기분을 음울하게 만드는 진짜 원인은 집 안에 있었다.
미유키의 집은 세탁소였다. 1층이 점포와 부엌이고, 미유키와 부모, 할머니 네 명은 2층에서 살고 있었다. 현관을 들어가자 가게에서 일을 하는 부모님의 목소리가 들렸다. 또 뭐라고 말다툼을 하는 모양이었다. 2층에 올라가 자기 방으로 뛰어들어서도 높고 날카로운 목소리와 낮은 고함소리가 아래층에서 울려 왔다. 정말이지 지겨웠다. 가방을 바닥에 내던지고 교복을 갈아입었다. 어른들 사정에 깊이 파고들 생각은 손톱만큼도 없지만 저 두 사람을 보고 있으면 대체 어떻게 자기가 태어날 수 있었는지 신기해졌다.
급식이 나오지 않는 토요일이라 배가 고팠지만 저 싸우는 소리와 함께 점심 식사를 할 수 있을 정도로 미유키의 신경이나 위장은 튼튼하지 않다. 어디 나가자. 기껏 날씨도 좋은데 이런 음침한 데 있을 필요는 아무 데도 없다. 그대로 있으면 몸에서 이끼라도 자랄 것 같은 기분이었다. 미유키는 외출을 위해 옷을 골라 다시 한 번 갈아입고 지갑과 가방을 챙겨 계단을 내려갔다.

어디에 갈까. 항공 공원역 매표소 앞에서 미유키는 생각했다. 신주쿠까지는 여기서 한 번에 갈 수 있다. 하지만 몇 번 간 적이 없음에도 미유키에겐 신주쿠라는 거리가 거북했다. 도코로자와에서 갈아타서 이케부쿠로에 가자. 선샤인도오리의 영화관에서 영화라도 보고, 책을 사고, 도큐핸즈에서 귀여운 노트라도 사서 돌아오자. 그렇게라면 귀가 후의 우울한 시간을 견뎌낼 수 있을 것 같은 기분이 들었다. 소지금은 4000엔 정도밖에 없지만 충분하리라. 미유키는 표를 샀다.

미유키의 기대는 어긋났다. 소중한 용돈을 쓸 마음이 드는 영화는 상영되고 있지 않았다. 원래 미유키는 영화를 특별히 좋아하는 편이 아니었다. 그런 건 친구나 가족과 함께 가야 즐거운 것이다. 영화뿐만이 아니었다. 도큐핸즈에 들어가 다양한 캐릭터 상품을 보고 돌아다녀도 조금도 즐겁지 않다는 것을 깨달았다. 혼자서 선샤인도오리를 걷고 있자니 곧 쓸쓸해지고 말았다. 주위에 오가는 사람들이 모두 즐겁게 보였다.

오락실에 들어갔다. 인형 뽑는 기계에 귀여운 곰 인형이 있었다. 중학생인 미유키로서는 큰맘 먹고 나온 이케부쿠로다. 저 인형을 가지고 돌아가는 것이 자신의 사명처럼 여겨지기 시작했다. 하지만 1000엔 넘게 써도 노리던 인형은 꼼짝도 하지 않았다.

화가 났다. 반드시 저 인형을 손에 넣어 주겠다. 고리에서 인형이 빠져나갈 때마다 미유키는 이를 갈았다.

옆의 고리가 움직였다. 옆을 보자 소녀 하나가 버튼을 조작하고 있었다. 소녀는 미유키 또래 같았다. 청치마에 분홍색 카디건을 걸친 모습은 그다지 세련되지 않다. 소녀의 목적은 아무래도 미유키가 노리고 있는 것과 같은 인형인 것 같았다. 미유키는 질 수 없다는 마음으로 계속해서 도전했지만 이 이상 돈을 썼다가는 당장 다음 날부터가 괴로우므로 포기했다.

미유키는 얼마 동안 소녀의 도전을 구경하고 있었다. 그 아이도 거의 2000엔을 넘게 썼을까, 소녀가 인형을 고리에 끼워서 구멍에 넣은 순간에는 미유키도 분한 마음을 잊고 환성을 지르고 말았다. 소녀는 기계에서 인형을 꺼내 미유키를 보고 섰다.

"줄게."

"에?"

미유키는 어리둥절하며 인형을 받아들었다.

"하, 하지만······."

"즐거웠으니까."

미유키의 얼굴을 본 소녀는 만족스럽게 출구로 향했다.

"저, 저기."

소녀가 돌아봤다.

"혼자야? 배 안고프니?"

소녀가 미소 지었다. 전학생이 처음 친구들 놀이에 끼었을 때 짓는 웃음처럼 보였다.

두 사람은 햄버거 가게에 들어갔다. 미유키는 소녀에게 감자튀김을 샀다. 자리에 앉아서도 처음에는 무슨 이야기를 하면 좋을지 알지 못했다. 소녀는 스스로는 이야기를 그다지 하지 않는 타입인 듯 말이 없는 편이었다. 하지만 감자튀김을 집어먹을 때마다 서서히 긴장이 풀려서 다양한 이야기를 하기 시작했다. 이름은 마에다 쇼코라고 했다. 가미후쿠오카의 중학교에 다니는 3학년. 미유키와 동갑이었다.

쇼코는 학교에서는 어둡다는 소리를 듣는 편이라 친구가 별로 없다고 했다. 그래서 곧잘 혼자서 이케부쿠로에 나온다는 말이었다. 그러나 미유키는 그녀가 스스로 말하는 것만큼 어두운 성격일 거라곤 생각되지 않았다. 상대가 누구냐에 따라 다른 것이리라. 지금의 대화는 꽤 즐겁지 않은가.

두 사람은 학교 수업이나 유행에 대해 이야기했다. 어느 학교나 큰 차이 없구나. 별 볼 일 없는 이야기들이었지만 미유키에게는 신선한 시간이었다. 아까까지 우울했던 기분이 거짓말처럼 풀렸다. 알 리가 없는 서로의 담임교사 흉내를 내고서는 둘이 같이 배를 잡고 웃었다.

파르코 백화점에서 옷을 구경하고 다녔다. 가진 돈으로 살 수 있는 것은 없었지만 둘이서 "이거 어울린다."라든가 "저거 괜찮다."하는 식으로 구경만 해도 충분히 즐거웠다. 백화점을 나오자 일대에는 이미 땅거미가 깔려 있었다. 서쪽 출구 공원 계단에 앉아서 캔주스를 마셨다. 돈은 이제 돌아갈 차비 정도밖에 남아있지 않다. 조금 으스스했지만 작은 모닥불을 꺼트리지 않게 차례차례 잔가지를 던져 넣는 것처럼 두 사람은 부질없는 대화를 이어나갔다. 하지만 이제 돌아가지 않으면 안 되는 시간이었다.

그때, 둘 중 누구 하나가 일어나서 시시한 현실로 돌아갔더라면 쇼코와의 사이도 쭉 이어졌을지도 모른다.

쇼코는 자기가 먼저 돌아가려는 기미는 보이지 않았다. 미유키도 작별의 말을 꺼낼 수가 없었다. 상황이 그랬기에 그런 꼬임에 빠지고 만 걸까.

세 명의 젊은 남자가 말을 걸어 왔다. 남자라면 교복에 스포츠머리나 빡빡머리 동급생밖에 보지 못한 미유키 입장에서는 갈색 머리에 단정치 못한 복장의 그들이 조금 멋지게 비쳤다. 그들은 텔레비전에 나오는 젊은 연예인처럼 나불나불 떠들며 개그맨처럼 즐겁게 유혹의 말을 던져 왔다.

"잠깐이면 괜찮을까."

미유키와 쇼코는 서로 눈을 마주쳤다.

다쿠야와 준지와 겐은 도쿄 내 고등학교에 다니는 2학년이라고 말했다. 다섯 사람은 그들이 단골이라는 주점에 들어갔다. 돈이 없다고 하자 내 줄 테니 사양 말라고 다정하게 말했다. 미유키와 쇼코는 좌우 남자들 사이에 끼어 앉았다. 미유키는 쇼코와 거리가 벌어져 조금 불안한 기분으로 칵테일을 핥듯이 마셨다. 처음에는 분위기도 나름대로 흥겨웠다. 남학생들 또한 한껏 들떠서 즐겁게 해 주었다. 그러나 시간이 지남에 따라 서서히 불안이 커져 왔다. 다쿠야 맞은편에 앉은 쇼코에게 눈을 향해 보니 그녀 역시 말수가 적어진 게 같은 기분인 듯했다.

"이제 슬슬 돌아가야……."

꺼져 드는 목소리 말하는 미유키의 말에 말하자 "그러네." 하고 쇼코도 일어섰다.

"아직 괜찮잖아."

다쿠야가 쇼코의 손을 난폭하게 잡고 도로 앉혔다.

그때, 그들 본래의 거친 얼굴이 드러났다. 그들의 위압적인 공기가 담배 연기와 함께 주위를 가득 채웠다. 옆자리의 남자가 바싹 다가앉았다. 미유키는 혐오감을 느꼈다.

"노래방 갈까."

그들의 말에 미유키는 살짝 안도했다. 이 자리에서 해방되는 것이다. 밖에 나가면 어떻게든 구실을 대고 돌아가자. 쇼코와 함께 역까지 달리는 거야. 그리고 연락처를 교환하고 집에 돌아가야지. 저 따분한 집으로.

가게를 나가서도 미유키는 젠에게 손목을 꽉 잡혀 있었다. 손을 뿌리치고 도망칠 수 없을까 눈치를 보았지만 앞의 쇼코는 숫제 다쿠야와 준지 사이에 끼어 있었다. 돌아본 쇼코와 눈이 마주쳤다. 불안한 표정이었다.

적적한 공원에 왔다. 공중전화 불빛만이 빛나고 있었다. 다쿠야가 공중전화 앞에서 미유키와 쇼코에게 티슈 봉투를 건넸다. 영문을 알지 못하고 미유키와 쇼코는 서로 얼굴을 마주봤다.

"자금을 조달해야지."

다쿠야가 희미하게 기분 나쁜 웃음을 지었다.

미유키와 쇼코는 티슈를 손에 들고 들여다보았다. 판촉용 티슈에는 전화방 광고가 인쇄돼 있었다.

"싫어."

쇼코의 반응에 그들이 웃었다.

"착각하지 마. 정말로 몸을 팔라는 게 아니야. 너희들은 그냥 전화만 하면 돼. 그 다음은 우리가 알아서 할 테니까."

"싫어."

쇼코는 그래도 거부했다.

"그 정도는 해 줘도 좋은 거 아냐?"

다쿠야의 눈이 위압적으로 변했다.

"너희들도 실컷 먹고 마시고 즐겼잖아. 이런 걸 이용해서 여자를 사려는 녀석은 사회악이야. 잠깐 설교 좀 해 주자는 것뿐이라고."

노려보는 듯한 세 사람의 눈을 보고 거절할 수가 없어졌다. 쇼코와 미유키는 차례대로 전화를 걸었다.

미유키의 전화를 받은 남자는 서른 살 회사원이라고 자신을 소개했다. 몇 살이냐는 물음에 미유키는 스무 살이라고 대답했다. 30분 후에 이 니시이케부쿠로 공원에서 만나기로 약속을 하고 전화를 끊었다.

다섯 사람은 화장실 뒤에 숨어서 공원을 살폈다. 미유키는 남자가 약속을 깨기를 기도했다. 쇼코도 같은 심정이었을 것이다.

30분 뒤, 어둠 속에 남자가 한 명 나타났다. 남자는 공중전화 주위를 어슬렁댔다. 양복 차림에 검은 가죽 가방을 들고 표시로 지정한 주간지를 들고 있었다.

"네 전화 받았던 사람이지."

다쿠야가 미유키의 등을 밀었다.

미유키는 비틀비틀 걸어갔다. 뒤를 돌아보니 쇼코가 걱정스러운 눈으로 지켜보고 있었다.

남자에게 다가갔다. 남자가 미유키를 보고 "안녕." 하고 싱글벙글 웃음을 지었다. 서른 살이라는 것은 거짓말인 것 같았다. 나이가 좀 더 들어 보였다. 결혼도 했고 아이도 있을지도 모른다.

남자는 미유키의 얼굴을 뚫어져라 보더니 미심쩍은 표정이 되었다.
"너, 스무 살이라고 한 거 거짓말이지. 고등학생이냐?"
남자는 고개를 틀면서 중얼거렸다.
"더 아래냐?"
미유키가 말을 못하고 있자니 "이런 시간에 뭘 하고 있어. 가족들이 걱정하니 돌아가라."하고 설교했다.
"아저씨, 내 여자한테 뭐 하는 거야!"
뒤에서 고함소리가 들렸다. 남자가 당황한 눈으로 미유키를 쳐다봤다. 미유키는 눈을 피했다.
"난 아무것도……"
세 사람은 남자의 변명을 일거에 무시했다. 다쿠야의 발차기를 먹고 쓰러진 남자를 세 사람은 축구라도 하듯 마구 발로 찼다. 살과 뼈가 뒤틀리는 불쾌한 소리가 들려왔다. 미유키는 그 광경을 멍하니 보고 있었다. 다쿠야는 쓰러진 남자의 얼굴을 잡아들고 바지 뒷주머니에서 꺼낸 나이프를 내보였다.
"깔보지 말라고, 아저씨."
그리고 미유키와 쇼코를 보고 희미한 웃음을 지었다.
미유키의 등에 소름이 돋았다. 그게 꼭 미유키와 쇼코를 향한 말 같아 심장이 공포에 오그라들었다.
"경찰이 올 거야."
쇼코가 비명을 질렀다.
그들은 남자의 주머니에서 지갑을 찾아 빼앗고 미유키와 쇼코의 손을 잡고 달렸다. 이제 저항을 시도할 기력도 없었다. 그저 무서웠다. 얼른 그 장소에서 멀어지고 싶었다.

노래방에 뛰어 들어간 그들은 오늘밤의 전과를 놓고 큰 소리로 웃었다. 지갑 내용물을 꺼내서 미유키와 쇼코에게 기분 좋게 음료를 권했다.

입에 댄 컵이 달각달각 소리를 냈다. 아무리 억누르려고 해도 미유키의 떨림은 멈추지 않았다. 그 남자는 괜찮을까.

"그 사람, 괜찮을까? 죽은 거 아닐까."

쇼코는 미유키의 심정을 대변해 중얼거렸다. 그 말을 들은 세 사람이 크게 웃었다.

"안 죽어, 안 죽어. 인간이 그렇게 쉽게 죽을까 봐."

"그만 갈래!"

쇼코는 뜻을 굽힌 것처럼 일어서서 미유키에게 손을 내밀었다.

"가자."

"지금 안 나가는 게 좋을걸."

다쿠야가 막았다.

"지금 나갔다가는 경찰한테 잡힐 거야. 여기서 좀 있다가 막차로 돌아가면 되잖아. 뭐, 노래나 불러."

다쿠야는 선곡책을 던졌다.

미유키도 쇼코도 도저히 노래할 기분이 아니었다. 그들도 그럴 생각은 없는 것 같다. 불편한 침묵이 이어졌다.

"분위기 봐라."

겐이 조명을 껐다.

미유키가 경계한 순간, 옆에 있던 준지가 미유키를 덮쳐눌렀다. 두 손을 잡혀 소파 위에 구속당했다.

"싫어!"

쇼코의 비명이 울렸다. 건너편 소파에서 다쿠야가 쇼코를 깔아 눌렀다. 미유키도 큰 소리로 비명을 질렀다.

"여기는 친구가 일하고 있는 데다 방음도 잘 되니까 소용없어."

다쿠야의 비웃음 소리가 울렸다. 겐이 준지에게 가세해 같이 미유키를 잡아 누른다. 겐의 다리가 억지로 미유키의 넓적다리를 밀어 열었다.

"그만둬!"

"큭!"

다쿠야가 비명을 지르며 벌떡 일어났다. 그 비명에 남자들의 움직임이 멈췄다.

쇼코가 휘청휘청 소파에서 일어나 조명을 켰다. 그 모습을 보고 미유키를 덮쳐 누르던 겐과 준지가 숨을 삼켰다. 다쿠야 쪽으로 시선을 옮기니 그는 팔을 누르면서 신음하고 있었다. 피가 흐르고 있었다.

"이년, 내 나이프를 갖고 있어."

다쿠야가 괴로운 듯이 소리쳤다.

쇼코가 겐과 준지에게 나이프를 향했다.

"놔!"

겐과 준지는 어안이 벙벙해져 꼼짝도 하지 않고 있었다.

"놓으라고! 나 진심이야."

쇼코는 핏발 선 눈으로 말했다.

미유키의 몸에서 겐과 준지가 떨어졌다. 미유키는 급히 일어나서 쇼코의 옆으로 갔다. 쇼코는 문을 등지고 나이프로 위협했다.

둘은 달렸다. 정신없이 번화가 뒷골목을 빠져나갔다. 숨이 차

멈춰 서서, 미유키는 부들부들 떨면서 울었다.

"괜찮아, 이제 괜찮아."

쇼코가 미유키의 어깨를 끌어안았다.

가능한 한 남들 눈에 띄지 않는 뒷골목을 걸어 역으로 향했다. 엄청난 하루였다. 이런 시간에 집에 돌아가면 분명 부모님에게 호되게 혼날 것이다.

"엄마 아빠가 걱정할 텐데 잠깐 전화 좀 해도 될까?"

미유키는 주차장 옆에 있는 공중전화로 달렸다. 지갑에서 전화카드를 꺼내면서 변명을 생각했다. 그때 누가 어깨를 붙잡았다. 억센 손아귀 힘에 오한을 느끼면서 미유키는 뒤를 돌아봤다.

미유키의 코끝에 남자의 머리털이 닿았다. 아래를 보고 있던 남자가 천천히 얼굴을 들고 말했다.

"지갑을 돌려줘."

남자의 얼굴을 보고 미유키는 작게 비명을 질렀다.

찌부러진 코와 얼굴 전체에 생긴 검붉은 멍, 핏발 선 눈은 불과 한 시간 정도 전에 본 얼굴 모습과는 완전히 달랐다.

"그 지갑에는 소중한 게 들어 있어. 네 친구들이 있는 곳으로 데려가!"

남자는 미유키의 손을 잡고 힘껏 잡아당겼다.

"죄송해요. 친구가 아니에요."

남자의 손을 뿌리치고자 몸부림쳤으나 남자는 조금도 귀를 기울이지 않고 분노에 차 미유키를 잡고 흔들었다.

"그만해요."

쇼코가 달려와 미유키와 남자 사이에 끼어들려고 했으나 남자의 왼손에 밀려 물러나고 말았다.

"어서 데려가!"

남자는 이번에는 미유키의 머리채를 잡아당겼다. 도저히 감당할 수 없는 분노였다.

"아파요, 아파요."

미유키는 울기 시작했다.

"놔 주세요."

쇼코가 와서 애원했으나 또다시 있는 힘껏 밀쳐져 길바닥에 엉덩방아를 찧었다.

미유키는 발이 걸려 길에 쓰러졌다. 그래도 남자는 힘을 빼지 않고 미유키의 머리카락을 잡아당기며 일으켜 세우려고 했다. 아파. 아파. 이제 더 참을 수 없었다.

기묘한 진동이 느껴졌다. 고개를 들자 쇼코와 남자의 몸이 밀착된 그대로 정지했다. 미유키의 머리카락을 잡고 있던 남자의 손에서 힘이 빠져나갔다. 남자는 낮은 신음소리를 내면서 무릎을 꿇었다.

미유키는 멍하니 쇼코를 올려다보다가 넋이 나간 얼굴로 나이프를 움켜쥔 쇼코를 보고 무슨 일이 일어난 것인지를 깨달았다.

연행된 이케부쿠로 서에서 무슨 이야기를 했는지는 거의 기억하지 못한다. 그저 쭉 울고 있었던 것 같은 기분이 든다. 사정 청취를 한 여성 취조관이 나이프에 찔린 남성은 사망했다고 말했다. 그 말만이 귀에 달라붙어 있었다.

쇼코는 살인 용의로 체포되었다. 미유키는 보호 처분에 그쳤다. 상황을 만든 것은 나인데. 나 또한 같은 죄일 텐데. 죄책감은 커져만 갔다.

경찰서에 온 부모님은 난데없는 큰일에 얼굴이 하얗게 질렸지만 사람을 죽인 게 미유키가 아님을 알자 노골적으로 안도한 표정을 보였다. 부모님의 그런 태도가 미유키에게 더욱 양심의 가책을 느끼게 했다. 쇼코는 지금쯤 어떤 심정일까. 주위의 비난은 얼마나 클까. 미유키는 가슴이 찢어질 것 같았다.

미유키는 심야 배회와 전화방 이용 등 부도덕 행위를 했다는 명목으로 소년재판에 붙여지게 되었다. 하지만 미유키와 쇼코에 대해 신문이나 주간지 기사 논조는 동정적이었다. 미유키는 가정재판소 조사관에게서 어린이의 권리를 지키기 위해 활동하는 변호사가 쇼코의 부첨인으로 자원했다는 사실을 전해 들었다. 소년재판 사건에서 부첨인이 붙는 경우은 불과 1퍼센트 정도라고 하니, 그 사실이 그나마 구원처럼 여겨져 미유키는 자신을 위로했다.

미유키는 소년재판에서 보호관찰 처분을 받았다. 결국 소년원으로 가게 되었다는 걸 조사관에게서 전해 들었다. 그 사건 후로 쇼코와는 만나지 못했다.

미유키는 정기적으로 보호사에게 교육 상담을 받아야 했다. 바늘방석 같았던 생활도 지나고, 고등학교에 입학하고서는 그런 사건은 없었다는 듯 당연한 일상이 돌아왔다. 사건에 대해 전혀 모르는 동급생들과 보내는 매일. 부모에게 걱정을 끼치지 않을 정도로 공부하고, 특별 활동에 땀을 흘리고, 때로는 놀러 나가기도 하는 명랑한 나날.

하지만 아무리 시간이 흘러도, 아무리 평범한 생활을 보내고 있어도 가슴 속 밑바닥에 침전된 죄책감이라는 앙금은 사라지지 않았다.
 쇼코는 지금쯤 어떤 생활을 보내고 있을까. 그리고 그 남자의 가족은 어쩌고 있을까. 얼마나 괴로워하고 있을까. 생각은 하지만 직접 알아보겠다는 용기가 미유키에겐 없었다.
 피해자의 가족이 가까이에 살고 있다는 사실은 보호사를 통해 들었다. 주소를 가르쳐 주었지만 미유키는 찾아갈 수가 없었다. 미유키는 보호사가 준 주소의 메모를 지갑에 넣었다. 이것은 쭉 가지고 있자고 결심했다. 잊어서는 안 되는 것이다. 언젠가 자신에게 용기가 생겼을 때에, 반드시 유족을 만나러 가서 한마디라도 사과하자. 그렇게 생각해 왔다. 하지만 시간이 지나면 지날수록 그 문턱은 높아만 갔다. 미유키는 쭉 도망치고 있었다.
 미유키는 고등학교 졸업 후의 진로에 대해 보육사가 되고 싶다는 희망을 갖고 있었다. 자신 같은 인간이 어린이의 교육을 맡겠다는 건 주제넘은 짓이라 생각했지만 보육에 힘쓰는 걸 평생에 걸친 속죄로 삼자고 생각했다.
 그런 때에 텔레비전으로 믿을 수 없는 뉴스를 접했다.
 쇼코의 얼굴 사진이 나오고 있었다. 쇼코는 그날 만났을 때와 크게 변하지 않은 청초한 모습이었다. 그녀가 결혼해서 아이를 낳았다는 것도 알았다. 그러나 동시에 알게 된 그녀의 행복과 불행에 미유키는 그날 밤을 내내 울며 지새웠다.
 미유키는 장례식에 갈지 말지 망설였다. 만일 문상객이나 가족 중 누군가가 쇼코와 무슨 관계냐고 물으면 어떻게 대답해야 할지 고민이었다. 미유키는 거짓말을 못 했다. 하지만 꼭 나가고 싶었다. 아니, 나가지 않으면 안 된다.

가능한 눈에 띄지 않게 하자, 그렇게 생각하면서 향을 올렸으나 무리였다. 쇼코의 영정을 눈앞에 두고, 남겨진 남편과 아이를 봤더니 더 이상 눈물을 멈출 수 없었다.

음식상으로 안내해 준 쇼코의 어머니에게 미유키는 자신과 쇼코의 관계를 이야기했다. 쇼코의 어머니는 깜짝 놀라서 미유키에게 애원했다.

"사건에 대해서는 비밀로 해 줬으면 한다."

남편인 히야마 다카시는 아무것도 모르는 것 같았다. 미유키는 그러마고 대답했다. 쇼코에게는 큰 빚이 있다. 도저히 다 갚을 수 없는, 아니 이제 결코 갚을 수 없는 빚이다. 끝까지 이 비밀을 지키겠다고 미유키는 굳게 맹세했다. 그리고 쇼코에게도 제일 미련으로 남았을 육아에 가능한 한 협력하자. 그것이 그녀에 대한 최소한의 속죄로 여겨졌다.

이제 이야기하고 말았다. 끝내 이야기하고 말았다. 미유키는 히야마의 얼굴을 똑바로 쳐다볼 수 없었다. 쇼코에게도 더 이상 얼굴을 들 수 없다. 미안해, 쇼코. 정말 미안해.

5장
속죄

1

눈을 뜨자 마나미가 히야마를 흔들고 있었다.
"아빠, 시간 됐어."
히야마는 천천히 소파에서 일어났다. 머리가 볼트를 박아 넣은 것 같이 아팠다. 대체 얼마나 마신 걸까 싶어 테이블로 눈을 향했다. 위스키와 진 병이 거의 다 비었다.
굼뜬 동작으로 샤워를 한 뒤 마나미에게 맥도날드에서 아침식사를 하면 어떻겠냐고 제안했다. 마나미는 몹시 기뻐한 반면, 그는 커피를 입에 대는 게 고작일 것이었다.
오오미야역 앞 맥도날드에서 마나미에게 아침식사를 시키고 미도리 보육원으로 향했다.

3층에서 엘리베이터 문이 열렸지만 히야마는 발을 내딛을 수 없었다. '열림' 버튼을 누른 채로 나오지 않는 히야마를 마나미가 이상하다는 듯이 올려다봤다.

"혼자 갈 수 있지?"

"아빠는 안 가?"

히야마는 고개를 끄덕였다.

"그래. 자, 여기서 잘 보고 있을 테니까."

히야마의 재촉에 마나미가 별 수 없이 문을 향해 걸어갔다. 불안한 얼굴로 몇 번이나 뒤를 돌아봤다. 히야마는 그때마다 웃음을 지어 보이며 마나미를 재촉했다. 마나미가 문을 열고 들어가는 것을 확인하고 '닫힘' 버튼을 눌렀다.

마나미가 가엾기는 하지만 오늘은 미유키와 얼굴을 마주칠 기분이 도저히 들지 않았다. 히야마의 마음은 어지러웠다. 평소와 같은 표정을 지을 자신이 없었다. 자신의 표정 하나로 미유키를 심하게 상처 입힐지도 모른다는 공포는 단순한 변명일까.

히야마는 가게에 출근하기 전에 가까운 도서관에 들어갔다. 1994년 4월 신문 축소판을 손에 들고 열람석에 앉았다. 쿵쿵 뛰는 심장을 억누르면서 전화번호부 같은 책자를 넘겨갔다. 기사는 사회면 구석에 작게 실려 있었다.

여중생이 고등학교 교사를 칼로 찔러 살해

23일 늦은 밤, 도시마 구 이케부쿠로 4초메 노상에 남성이 쓰러져 있다는 110번 신고가 들어와 경찰이 출동했다. 피해 남성은 복부를 나이프에 찔린 상태였으며, 병원으로 호송됐지만 과다 출혈로 사망했다. 피해자는 다나시 시내 고등학교 교사인 다키자와 도시오 씨(37).

이케부쿠로 서는 근방에 있던 사이타마 현 가미후쿠오카 시내 중학교 3학년에 재학 중인 소녀A(15)를 살인 혐의로 체포했다. 소녀는 용의를 인정하고 있다고 한다. 조사에 의하면 피해자와 소녀는 전화방을 통해 알았으며, 그것이 사건으로 발전한 것으로 보고 동 서는 소녀에게서 동기 등 자세한 사정을 청취중이다.

기사를 봐도 히야마는 사실을 받아들일 수가 없었다. 어제 미유키에게 들은 내용이 아직까지 질 나쁜 농담처럼 여겨졌다. 이 작은 기사에 실린 소녀A와 히야마가 알고 있는 쇼코의 모습이 도저히 겹쳐지지 않았다.

그저 쇼코가 고등학교에 입학할 당시 어째서 아가쓰마 군의 고시바 부부를 찾아갔는가가 조금 이해된 것 같은 기분이 들었다.

두 번 다시 떠올리고 싶지 않은 기억이 남은 마을, 그곳으로 쇼코를 몰아간 것은 누를 수 없는 죄책감이 아니었을까. 자신이 알고 있는 범죄의 피해자 유족을 만나는 것, 쇼코는 어떻게 하면 피해자 가족의 마음을 조금이라도 치유할 수 있을까 하고 지푸라기에라도 매달리는 심정으로 대답을 찾으러 간 것이 아닐까. 사람을 죽여 버렸다는 절망적인 죄책감이 쇼코를 그 마을로 보낸 것이리라.

고시바의 아내는 가해자가 사죄하러 와 줬으면 좋겠다고 말했다. 그 말을 듣고 쇼코는 다키자와 도시오의 유족을 찾아갔을까?

미유키의 이야기가 사실이라면, 사람을 죽였다고 해도 그건 과실 치사에 가까운 것이 아닐까. 쇼코나 미유키에게 동정할 수 있는 점은 있다. 하지만 그렇다고 해도 유족의 피해 의식이 사라지는 게 아니라는 것쯤 히야마 또한 잘 알고 있었다. 히야마의 부모를 자동차로 친 대학생도 따지고 보면 과실 치사였다.

그러나 만일 이 사건에 대해 알고 있었더라면 히야마는 쇼코를 어떤 식으로 봤을까. 그때 면접을 보러 왔던 쇼코를 고용했을까? 쇼코를 사랑했을까? 히야마는 그런 식으로 생각을 뻗어나가는 스스로에게 심한 혐오를 느꼈다.

지금 자신이 생각해야 하는 것은 소년들을 협박해 쇼코의 살해를 지시한 인간을 찾아내는 것이다. 히야마는 그 인간에 대한 증오를 다시금 불태웠다. 어쩌면 다키자와의 가족이 관계있는지도 모른다…….

히야마는 도서관을 나와서 미유키에게 휴대전화로 문자를 보냈다.

'혹시 다키자와 도시오 씨 유족 분의 주소를 아시면 가르쳐 주십시오.'

낮의 바쁜 시간이 지나간 뒤 커피를 들고 사무실에 틀어박혔다. 토요일이기도 해서 가게는 혼잡하다. 평소라면 기뻐해야겠지만 지금은 모든 것이 지겨웠다.

휴대전화가 울렸다. 누군지 보니 미유키였다. 히야마는 주저하면서 전화를 받았다.

"하야카와 미유키입니다."
처음 듣는 미유키의 무거운 어조였다.
"다키자와 씨 가족의 주소를 알고 계십니까."
긴 침묵이 흘렀다.
"만나서 어쩌시려고요."
"모르겠습니다."
다음에 할 말이 떠오르지 않았다. 담배에 불을 붙였다.
"하지만 언젠가 꼭 만날 겁니다. 어떤 방법을 써서라도. 만나지 않으면 안 됩니다."
"보호사에게서 다키자와 씨 가족의 주소는 들어 알고 있습니다. 지금도 같은 곳에 살고 계실지 모르겠네요."
"미유키 선생님은 거기 가신 적이 있습니까."
"아뇨······."
거의 알아들을 수 없는 가느다란 목소리였다.
"가르쳐 주십시오."
몇 초의 침묵이 흐른 뒤, 미유키는 다키자와 가족의 주소를 조용히 말했다.
"만나 뵙는 것뿐이면 그렇게 늦어지시지 않겠죠?"
미유키가 다짐을 받듯이 말했다.
"네. 마나미를 데리러 가야 하니까요."
히야마는 보는 사람도 없는 미소를 억지로 지었다.
"오늘은 일찍 퇴근해서 마나미와 함께 가게로 갈게요."
전화를 끊고 선반에서 지도를 꺼냈다. 미유키에게 받아적은 주소를 보면서 지도를 펼쳐봤다.

다키자와 도시오 유족의 주소는 도쿄도 히가시무라야마 시 아키쓰초 3초메……

히가시무라야마시 아키쓰초는 도코로자와역과 히가시무라야마역 중간에 있었다. 항공 공원은 도코로자와역의 옆 정거장이다. 아주 낯선 동네는 아니었다.

노크 소리가 들리더니 아유미가 들어왔다.

"안녕하세요."

사나운 표정으로 지도를 노려보고 있는 히야마에게서 험악한 공기를 느낀 건지 아유미는 그가 있는 쪽을 힐끗 보고서 곧바로 탈의실로 들어갔다.

히야마는 당장 찾아갈 생각으로 넥타이를 매고 웃옷을 걸쳤다. 토요일 오후면 가족이 집에 있을 가능성이 높으리라는 생각이었다. 아니, 돌아올 때까지 기다려도 상관없었다.

사무실을 나가려던 때에 아유미가 탈의실에서 나왔다.

"잠깐 나갔다 올게. 7시부턴 자네와 후쿠이 둘만 남을 건데 그때까지는 돌아올 수 있을 거야."

벽에 걸린 시간표를 보면서 아유미에게 전했다.

"알겠습니다."

아유미가 고개를 끄덕였다. 사무실을 나가는 히야마를 보고 "다녀오세요" 하고 미소 지었다.

도코로자와역 앞에서 버스정류장을 찾아 종종걸음으로 걷던 히야마는 길에서 울려퍼지는 목소리에 걸음을 멈췄다. 교복을 입은 소년소녀들이 오가는 통행인에게 호소하고 있었다. 가슴에 교통사고로 부모를 여읜 아이들을 위한 모금함을 안고 있었다.

히야마는 지갑에서 1만 엔 지폐를 꺼내 세 번 접어서 소녀가 든 모금함에 넣었다. 소녀는 생각지 못한 큰돈에 조금 놀란 표정을 지으며 히야마를 올려다봤다.

"감사합니다."

소녀는 웃는 얼굴로 고개를 숙였다.

히야마는 소녀의 해맑은 미소에 가슴을 찌르는 아픔을 느끼고 도망치듯 그 자리를 떠났다.

버스를 탄 히야마는 멀리로 모금 광경을 쳐다보며 자신의 가슴을 찌른 것이 뭔지를 생각했다.

히야마 역시 교통사고로 육친을 잃은 신세다. 하지만 그는 저렇게 해맑은 미소를 지은 적이 없다. 부모를 죽게 한 인간을 원망만 하는 나날이었다. 마음에 스스로 담을 만들고 사람을 멀리하며 깊은 고독으로 빠져들었다.

그런 자신을 바꿔 준 것이 쇼코였다. 쇼코는 히야마의 고독을 감싸 주었다. 쇼코와 함께 있는 것으로 그는 쓸쓸함에서 구원받았다고 느꼈다. 하지만 정말로 구원받고 싶다고 생각하던 건 쇼코 쪽이 아니었을까. 쇼코는 그 웃는 얼굴 아래 혼자서는 도저히 못 다 감당할 커다란 고뇌와 아픔을 느끼고 있었을 것이 분명하다. 간호사가 되고 싶다, 사람의 생명을 구하는 일을 하고 싶다······. 히야마가 강하다고 감탄하며 부럽게 생각했던 쇼코의 열정 넘치는 눈도 한 꺼풀 벗겨보면 절박한 마음의 외침이었던 것이다.

쇼코는 히야마에게 아무것도 이야기하지 않았다. 아니, 이야기할 수 없었으리라. 쇼코에게 타인의 과오를 용서하지 못하는 자신 같은 남자와 지낸 시간은 곧 더없이 큰 아픔을 참아낸 시간이 아니었을까.

"마음이 무겁군요."
운전석에 앉은 나가오카가 중얼거렸다.
"그렇군."
사에구사는 고개를 끄덕일 따름이었다.
차는 눈에 익은 거리로 들어갔다. 아직 기억에 남은 주변 풍경이 사에구사의 가슴을 압박했다. 1개월 전에 이곳을 지났을 때는 오늘 같은 상황은 상상도 하지 못했다.
조사본부는 정오가 지나 그 인물에 대한 임의동행을 결정했다. 그의 어머니에겐 아까 서에서 연락을 취해봤으나 아직 집에 돌아오지 않았다고 했다.
어젯밤, 8월 23일로 연기된 블러디섬의 라이브가 다른 공연장에서 이루어졌다. 당시 라이브를 보지 못했던 관객들은 분명 환호했을 것이다. 조사본부 녀석들도 똑같이 크게 환호했다. 그날 티켓을 가지고 있던 관객들은 그대로 연기된 라이브를 볼 수 있었다. 공연장 주변은 열기가 넘쳤다. 그 열기에 불이 옮겨 붙은 것처럼 한 번은 침체됐던 조사본부의 사기가 열을 띠고 부활한 것이다.
공연 시작 전부터 경찰은 상당수의 조사원을 동원해 관객들을 대상으로 닥치는 대로 탐문수사를 벌였다. 엄청난 수의 군중들, 질문 대상은 1개월 전의 기억. 그야말로 사막에서 바늘을 찾는 작업이었다. 그러나 그중에서 몇 명인가 야기로 여겨지는 인물을 기억하는 목격자가 있었다. 그리고 함께 나란히 걷고 있었던 인물에 대한 증언을 얻을 수 있었다. 몇 명의 목격자에게서 들은 그 인물의 특징은 대체로 일치했다.
"사에구사 경부님!"
나가오카가 긴장한 눈으로 쳐다봤다. 사에구사가 창밖으로 시선을 향하자 보도를 걷는 마루야마 준의 모습이 보였다.
"차 세워."
사에구사는 차에서 내려 마루야마를 불렀다.
마루야마는 의아한 표정으로 돌아봤다.
"마침 너희 집에 가려던 참이란다. 네게 몇 가지 묻고 싶은 게 있다. 가능하다면 경찰서 쪽에서 이야기를 들려줬으면 하는구나."
사에구사는 가능한 한 마루야마를 동요시키지 않도록 부드러운 어조로 말했다.
"지금부터 말인가요?"
"무슨 볼일이라도 있니?"
"알겠습니다."
뜻밖에도 마루야마는 순순히 고개를 끄덕이고 주눅 든 기색 하나 없이 뒷좌석에 올라탔다.
사에구사는 예상 밖의 차분한 반응에 놀라움과 당혹감을 느끼면서 마루야마의 옆에 탔다.
"시간이 많이 걸릴까요."
마루야마는 교복 차림인 자신을 보며 중얼거렸다.
"옷을 갈아입고 가는 편이 좋을지······."

그러고는 운전석에 앉은 나가오카에게 시선을 향했다. 나가오카는 알았다는 것처럼 마루야마가 사는 맨션으로 차를 몰았다. 베이지색 맨션 앞에 차를 세우니 건물 현관에는 주민으로 보이는 주부들이 서서 수다를 떨고 있었다.

"제가 다녀오겠습니다."

나가오카가 사에구사에게 눈짓을 하며 말했다.

"잘 부탁하네."

나가오카가 마루야마에게 바싹 달라붙어 건물에 들어갔다. 두 사람의 모습이 사라지자 사에구사는 담배를 물었다.

아까 마루야마가 보여준 침착한 태도에 대해 사에구사의 직감은 아무 말도 해주지 않았다. 4년 전 히야마 쇼코의 조사 때나 승강장에서 떨어졌던 사고 때는 사소한 질문에도 크게 겁에 질린 마루야마인데. 이제 와서 조사가 완전히 틀린 길을 가고 있는 게 아닐까. 사에구사는 불안해졌다.

사에구사는 두 개째의 담배에 불을 붙였다. 시계를 봤다. 20분이 지났다. 조금 늦는걸? 어머니에게 트집이라도 잡힌 걸까. 사에구사는 차에서 내려 건물 현관으로 향했다. 그가 인터폰을 눌렀다.

"네."

마루야마 어머니의 불쾌한 듯한 목소리가 들려왔다.

"현경의 사에구사입니다만, 준 군은 준비가 아직 되지 않았습니까."

어머니의 미심쩍은 목소리가 돌아왔다.

"준은 아직 돌아오지 않았는데요."

어머니의 말을 듣고 사에구사의 심장이 갑자기 술렁이기 시작했다.

"어서 열어 주십시오!"

인터폰을 향해 고함쳤다.

자동잠금장치가 설치된 현관 입구가 열리자 사에구사는 곧바로 옆에 있는 엘리베이터를 봤다. 3층에서 멈춰 있다. 그 말은 곧 나가오카와 마루야마는 3층까지는 간 것이라는 뜻이다. 사에구사는 잠시 생각한 뒤 주위를 둘러봤다. 복도 안쪽에 비상계단으로 통하는 문이 있었다. 사에구사는 달려가서 비상계단의 문을 열고 계단을 뛰어 올라갔다. 계단은 옥외에 설치되어 있어 난간 밖으로 뒤뜰의 수목이 보였다. 꺼림칙한 예감이 사에구사의 고동을 더 빠르게 만들었다. 2층에서 3층으로 향하는 도중에 머리 위에서 낮은 신음 소리가 들려왔다.

"나가오카!"

3층 계단참 바닥이 온통 피범벅이었다. 책가방과 교과서가 어질러진 가운데, 나가오카가 가슴을 누르고 몸부림치고 있었다.

2

버스에서 내린 히야마는 주위를 둘러봤다. 어림짐작으로 길을 하나 찾아 들어가자 한적한 주택가가 나왔다. 히야마는 지나가던 여성을 불러 세워 다키자와 가족의 주소를 보이고 가는 길을 물었다.

"이 길을 똑바로 따라가면 골동품 가게가 있는데 거기서 왼쪽으로 꺾어서 비탈을 올라가면 될 거예요."

"감사합니다."

얼마 걷다 보니 4층 빌딩 1층에 그녀가 말한 가게가 있었다. 쇼윈도 너머로 가게 안에 서양풍 스테인드글라스 램프가 장식되어 있는 것이 보였다. 히야마는 왼쪽으로 돌아 완만한 비탈길을 올라갔다.

히야마의 숨이 가빠졌다. 완만한 경사가 심장이 터질 것처럼 가파르게 느껴지기 시작했다. 이제부터 피해자의 가족을 만난다. 그 현실이 히야마의 심장을 세차게 흔드는 게 분명했다. 히야마와 마찬가지로 소중한 사람을 빼앗긴 가족, 어쩌면 쇼코의 사건과 관련이 있을지도 모르는 인물. 다키자와의 가족은 어떤 사람들일까. 히야마의 얼굴을 보고서 어떤 반응을 나타낼까. 자신은 거기서 무엇을 보고 무엇을 느낄까. 지금은 도저히 알 수 없었다. 히야마는 그저 이제부터 보게 될 모든 것을 조금도 남김없이 망막에 새겨 넣을 작정이었다.

다키자와의 주소는 비탈 도중에 있는 단독주택이었다. 담 같은 것 없이 도로를 보고 난 주차장이 있고 그 안쪽에 현관이 있었다. 히야마는 현관으로 가다가 문 옆에 달린 문패를 보고 발을 우뚝 멈췄다.

문패는 '기무라'라고 되어 있었다. 다키자와 부인이 쓰던 옛 성일까? 아니면 가족들이 이미 이사를 가버린 걸까?

여기까지 와서 이것저것 생각하고 있어봤자 아무 소용없다. 히야마는 초인종을 눌렀다.

"네에."

여성의 목소리가 들리고, 체인이 걸린 문이 살며시 열렸다. 40대 초반쯤 되어 보이는 여성이 얼굴을 보였다.
"갑자기 찾아뵈어 죄송합니다. 실례지만 이곳이 다키자와 도시오 씨 가족 분들이 사는 댁인지요."
그는 예의 바르게 물었다.
"다키자와 도시오는 예전 남편인데요."
여성은 미심쩍은 표정을 했다.
"저는 마에다 쇼코의 남편인 히야마 다카시라고 합니다."
히야마는 부인의 표정을 살폈다.
"네에……."
그녀의 표정은 바뀌지 않았다. 수상한 강매 상인이라도 보는 눈초리였다.
"남편과 어떤 관계시죠?"
"마에다 쇼코는 다키자와 씨 사건의 가해자입니다."
히야마의 말에 경악한 부인이 눈을 크게 떴다. 문 너머로 무거운 침묵이 얼마 동안 이어졌다. 히야마가 다키자와에게 향을 올리고 싶다고 하자 마지못해 집에 들여 주었다. 가해자와 가까운 사람임에도 불구하고 승낙해 준 부인의 태도에 히야마는 반대로 당혹감을 느꼈다.
히야마는 현관 옆에 있는 거실로 안내되어 들어갔다. 구석에 불단이 있었다. 히야마는 향불을 피워 올리고 경건하게 합장했다.
다키자와의 아내가 좌탁에 차를 내려놨다.
"드시죠."
"감사합니다. 너무 마음 쓰지 마십시오."

시선을 향하자 다키자와의 아내는 어딘지 이해가 가지 않는다는 얼굴로 히야마를 보고 있었다.
"본인은 오지 않으시나요."
히야마는 그 말에 숨겨진 의미가 무엇일까 고민하며 상대의 표정을 샅샅이 관찰했다. 그러나 거기에서는 아무런 속임수도 느낄 수가 없었다.
"아내는 이곳에 찾아뵌 적이 없었습니까?"
"네."
"그렇습니까……."
낙담이 가슴에 퍼지는 것을 느꼈다.
"처는 세상을 떠났거든요."
"네?"
다키자와의 아내가 놀란 표정을 지었다.
"중학생에게 칼에 찔려 살해당했습니다."
"그렇군요……. 유감스러운 일입니다."
그녀는 얄궂은 우연이라도 느낀 것처럼 중얼거렸다.
히야마는 다키자와 부인이 취한 태도가 의외였다. 자기 남편을 죽인 인간의 관계자에게 분노는커녕 동정하는 눈길을 보내고 있다. 연기일까?
"대대적으로 보도된 사건이었는데 모르셨습니까."
"언제쯤이죠?"
"사건이 일어난 것은 4년 전 10월 4일입니다."
"그 즈음에는 일본에 없었거든요."
다키자와의 아내는 곰곰이 생각해 보고 말했다.

"여행중이셨나요?"

"여행은 아니지만 9월부터 반년 정도 미국 오리건 주에 가 있었습니다."

히야마는 생각했다. 그게 사실이라면 어떻게 해석하면 좋을까. 그러나 범인은 비디오를 이용해 소년들을 협박했다. 10월 4일에 범인이 꼭 이 나라에 있을 필요는 없다.

"게다가 저는 가해자 소녀의 이름도 제대로 몰랐으니까요. 미성년자의 개인 정보는 소년법에 의해 지켜지고 있고, 경찰이나 가정재판소도 이름은 물론 사건에 대한 정보도 거의 가르쳐 주지 않았답니다."

"2년 반 전에 소년법이 개정되었지요. 기록의 열람은 하지 않으셨습니까?"

다키자와의 아내는 고개를 끄덕였다.

"소년재판의 결과가 확정되고 3년 이상 지나면 기록의 열람이 불가능하다고 들었거든요. 다키자와의 사건이 있었던 것은 8년도 더 전이니까요."

그러고 보면 피해자의 기록 열람에 대한 조항 중 그런 문구가 있었던 것을 히야마는 떠올렸다.

"민사소송을 제기하려고는 생각하지 않으셨습니까."

"생각해 본 적은 있습니다. 왜 그런 사건이 일어난 건지, 왜 남편이 죽어야 했는지, 공공기관에서는 사건에 대해 아무것도 가르쳐 주지 않았습니다. 매스컴이나 주간지로 아는 정보엔 차마 눈 뜨고 볼 수 없는 것들만 가득했거든요. 그러니 당연히 진실을 알고 싶다는 마음이 강했죠. 게다가 하루아침에 한 집안의 가장을

빼앗긴 셈이니 어린 아이를 키우는 데도 어려움을 겪고 있었고
요……."

"그렇다면?"

"더 이상 체면을 더럽히지 말라고 친척이나 주위 사람들이 소송을 반대하더라고요. 여중생을 사려고 했던 파렴치 교사라는 낙인이 찍혀 남편이 비난받았던 것은 물론이고요. 세상의 매정한 말은 모두 들어야 했습니다. 전 남편은 학교에서는 성실한 교사로 통하고 있었는데, 어째서 그런 곳에 전화를 한 건지 아직까지 이해할 수 없습니다. 사건 당시에 저는 출산 때문에 친정에 가 있었더랬죠. 마가 끼었다고 생각할 수밖에요. 그의 변명은 이제 들을 수 없습니다. 남편이 살해당했다는 충격과 무작정 들이닥쳐 무례한 소리를 하는 매스컴에 대한 마음고생이 겹친 덕분에 아이도 사산하고 말았습니다. 피해자인 우리가 왜 이런 꼴을 당해야 하냐고 분노를 느꼈지만, 공연히 신경을 소모할 상황도 아니어서 그 후로 사건에 대해서는 잊으려고 노력했습니다."

부인의 표정에는 체념이 배어났다. 히야마 이상으로 사법 체계와 세상의 불합리성에 여태까지 괴로워하고 있는 게 분명하다.

확실히 교사의 전화방 이용은 칭찬 받을 일이 아니지만 살인 피해자인 다키자와를 비난하는 것이 정의라는 생각은 도저히 들지 않았다. 히야마는 어느 새엔가 다키자와 가족에게 동정을 느끼기 시작하고 있었다.

히야마는 좌탁에 놓인 찻잔을 보면서 쇼코를 죽인 소년들이 보호 처분됐을 때 자신이 느꼈던 감정을 떠올렸다. 그는 소중한 사람을 앗아가 놓고 변변한 벌도 받지 않은 소년들을 죽이고 싶

어했다. 무책임하게 도망 다니는 그들이나 그들의 가족을 저주했
다. 눈앞의 이 여성도 쇼코에게 그런 감정을 품고 있는 걸까.
"제 처를 원망하시겠군요."
히야마는 조용히 물었다.
"아뇨."
다키자와의 아내는 단호하게 말했다.
믿을 수 없는 말을 들은 순간, 쇼코의 얼굴이 눈에 어른거렸다.
천천히 고개를 들자 다키자와 부인이 히야마를 똑바로 쳐다보고
있었다.
"정확하게 말하자면 원망하고 있을 여유도 없었습니다. 사건
바로 뒤에 아이가 무거운 병을 앓았거든요."
"병?"
이 가족에게 닥친 계속된 불행에 놀라 히야마는 눈을 껌벅였다.
"어떤 병입니까?"
"확장형 심근증이라는 심장병입니다. 얼마 동안 국내 병원에서
치료를 받았지만 서서히 악화되어 이제 살기 위해서는 심장 이식
밖에 없다는 선고를 받았습니다. 일본에서는 이식 수술이 좀처럼
쉽지 않다고 해서 해외에서 수술을 받으라는 권유를 받았는데,
글쎄 출국비며 치료비로 8000만 엔 가까운 돈이 필요하더라고
요. 이 집을 저당 잡혀 돈을 빌렸지만 그래도 부족했습니다. 간병
과 돈 마련에 매일 바빴기 때문에 계속해서 사건에 얽매여 있을
여유가 없었습니다."
"그래서 미국에 가신 겁니까."
"그렇습니다. 고맙게도 자원봉사자 여러분이 많이 도와주시기

도 해서 4년 전 9월에 미국에 건너가서 수술을 받을 수 있었습니다."

"자녀 분의 병세는 어떻죠?"

"덕분에 수술이 성공해서 건강해졌습니다."

"그렇군요."

히야마는 안도의 한숨을 내쉬면서 자신의 의심이 공연한 것이었음을 깨달았다. 아이가 생사의 경계를 넘나들 때에 타인에 대한 복수에 골몰할 부모가 어디 있을까. 대답은 명백했다. 히야마도 자식을 둔 아버지다. 소년들을 협박한 인간은 절대 이 여성이 아니다. 그는 그렇게 확신함과 동시에 속으로 다키자와 부인에게 깊이 사과했다.

"갑자기 찾아뵈어 정말 실례했습니다."

일어나려고 했던 히야마에게 부인이 감개무량하게 중얼거렸다.

"마에다 쇼코 씨였군요……."

"네."

"저는 쭉 고시바 에쓰코라는 이름일 거라고 생각하고 있었기 때문에."

"예?"

히야마의 동작이 멈췄다. 고시바 에쓰코. 들은 기억이 있는 이름이었다. 그러나 어째서 그 이름이 여기서 나오는 건가.

"무슨 말씀입니까?"

"아아, 아뇨……."

히야마가 놀라는 모습에 말이 막힌 것 같다.

"어째섭니까."

히야마는 다키자와 부인을 똑똑히 주시하고 물었다.
"실은 고시바 에쓰코라는 개인 이름으로 1000만 엔의 기부가 있었거든요. 수술 시기가 점점 다가오는 중에 아무리 해도 목표 금액까지 1000만 엔이 부족한 때였기 때문에 그 기부는 정말 가뭄에 내린 단비처럼 느껴졌습니다. 그런데 그렇게 큰 금액을 도와주신 고시바 에쓰코 씨라는 이름에 대해선 전혀 짐작 가는 게 없었습니다. 한마디라도 꼭 감사의 말을 하고 싶다는 생각에 자원봉사자 여러분께 짚이는 게 없는지 여쭤 봤지요. 그러자 도코로자와 역 앞에서 모금활동을 하던 사람에게 이런 이야기를 들었습니다. 어느 날 유모차에 아기를 태운 스무 살 정도의 여자 분이 와서 '수술 비용까지 얼마나 남았습니까?'라고 물으셨다고요. 목표 금액까지 앞으로 1000만 엔이 필요하다고 대답하자 그 여자 분은 '입금도 가능할까요?'라며 계좌번호를 들어 돌아갔다지요. 그로부터 2주일 후에 정확히 1000만 엔의 입금이 들어왔습니다. 그 여자 분이 실제로 입금을 한 건지, 그녀가 남편을 찌른 소녀인지는 분명하지 않습니다. 그저 스무 살가량의 여자 분이었다는 말에 저는 직감적으로 그렇게 느꼈습니다."
히야마는 다키자와 부인의 말에 가만히 귀를 기울이고 있었다. 틀림없다. 그건 쇼코다. 히야마는 쇼코의 통장에서 인출된 저금을 떠올렸다. 고시바 에쓰코. 쇼코는 분명 본명을 대기 꺼려해 가명으로 입금한 것이리라.
"전 그녀가 마음속으로 쭉 속죄를 생각하고 있던 거라고 믿기로 했습니다. 그녀는 한 아이의 어머니가 되었다고요. 그 이상은 몰라도 된다고 생각했습니다."

다키자와 부인의 조용한 어조에 히야마는 말을 잃었다. 가슴 속에 쌓인 앙금이 조금씩 어딘가로 떠내려가는 것 같았다.

"다녀왔어."

현관에서 들어오는 남자 목소리가 들렸다. 거실 미닫이가 열리고 중년 남자가 얼굴을 보였다.

"손님이야?"

"네, 잠시."

다키자와 부인이 그 남자를 향해 말한 뒤 히야마를 봤다.

"현재의 남편입니다."

히야마는 약간 의외라고 느끼면서 남자에게 인사했다.

"편히 있다 가십시오."

남자가 미닫이를 닫고 사라지자 부인은 히야마의 얼굴을 보고 살짝 수줍은 표정을 지으며 말했다.

"지금까지 실컷 고생했으니 어서 새로운 행복을 찾으라고 자식도 권해 줬거든요."

"그렇습니까."

히야마는 그 표정을 보고 조금 구원받은 기분이 들었다.

"자녀 분은 함께 살고 계십니까?"

"아뇨. 말은 그렇지만 내심 마음이 복잡했겠죠. 지금은 집을 나가서 사이좋은 사촌과 함께 살고 있습니다."

그 뒤 부인과 두세 마디 말을 나눈 후 히야마는 정중히 인사를 하고 집을 뒤로 했다.

밖으로 나와 보니 한적한 주택가에는 땅거미가 깔렸다. 히야마는 완만한 비탈길을 내려갔다.

히야마의 마음은 공백이었다. 이 비탈을 오르던 때 느꼈던 흥분은 완전히 진정되었다. 비탈을 내려가면서 쇼코를 생각했다. 쇼코와 보냈던 나날이, 쇼코와의 추억이 히야마의 가슴에 그치지 않고 넘쳐났다. 하지만 아무리 쇼코의 잔상을 가슴 속에 비춰 봐도 이제 쇼코는 두 번 다시 만날 수 없다. 그 목소리를 들을 수도, 그 피부에 닿을 수도 없는 것이다. 쇼코를 떠올릴 때마다 누를 수 없는 고독과 분한 마음이 가슴 밑바닥에서 밀려 올라왔다.

히야마는 문득 걸음을 멈췄다. 골동품 가게 창으로 흐릿한 빛이 새어나오고 있었다. 히야마는 스테인드글라스 램프가 발하는 아련한 색깔에 눈을 빼앗겼다. 덧없는 빛이 뭔가를 닮았다고 느꼈기 때문인지도 모른다. 정신이 들고 보니 자기도 모르게 가게 안으로 들어가고 있었다.

가게 안에는 다양한 종류의 램프가 놓여있었다. 색색의 따스한 빛이 히야마를 다정하게 감쌌다. 얼마 동안 가게 안을 구경하던 히야마는 어떤 물건에 시선을 멈추고 선반 위의 한 점을 주시하며 천천히 다가갔다.

선반 위에는 작은 만화경이 네 개 있었다. 히야마는 표면의 세공을 확인했다. 세공의 모양이 마나미가 가지고 있는 것과 똑같았다. 다만 천사의 표정이 하나하나 미묘하게 달랐다.

"마음에 드셨습니까."

화들짝 놀라 돌아보니 머리에 두건을 감고 콧수염을 기른 점원이 조심스럽게 미소를 지었다.

"이것과 같은 것을 다른 곳에서도 팝니까?"

히야마는 흥분해서 물었다.

조바심 난 히야마의 질문에 점원이 기죽은 표정으로 고개를 흔들었다.
"취미로 직접 만든 거라 여기에밖에 없습니다."
히야마는 점원에게서 눈을 떼고 손에 든 만화경을 쳐다봤다.
쇼코는 여기에 왔었던 것이다. 다키자와의 가족을 만나기 위해…….
방문했을 때, 다키자와의 가족이 집에 없었던 건지도 모른다. 피해자에 대한 죄책감과 두려움을 이기지 못하고 그 비탈을 오르다 말고 돌아간 건지도 모른다. 하지만 쇼코는 분명히 여기까지 왔던 것이다. 결코 도망칠 수 없는 죄의식을 등에 지고 자신의 발로 여기까지 왔던 것이다.
히야마는 만화경을 들여다봤다. 선명한 색채가 어우러져 반짝였다. 감았던 눈을 떠 보니 유리창에 자신의 모습이 비쳤다. 아련한 조명을 받으며 만화경을 들여다보는 자신의 모습을 보고 뭔가 마음에 걸리는 것을 느꼈다.
처음에는 막연한 감각이었다. 어처구니없는 상상이라고 머리에서 털어내려고 했다. 히야마는 만화경에서 눈을 뗐다. 어두운 유리창 너머로 기억이 차례차례 대조되어간다. 한없이 넘치는 기억과 상상과 가설이 열기를 뿜는 것처럼 머릿속에 쭉 자리 잡고 있던 얼음 덩어리를 녹여갔다.
그럴 리가 없다…….
그러나 한 번 녹기 시작한 얼음 덩어리는 몸을 에는 듯한 냉수가 되어 히야마의 가슴에 흘러들어왔다.
히야마는 가게를 뛰쳐나가 멍하니 가게 앞에 우뚝 섰다. 쭉 품어 왔던 수수께끼가 풀렸다. 남은 건 확인하는 것뿐이었다. 그러나 마음은 얼어붙어 있었다. 이대로 아무 일도 없었던 것으로 하고 돌아가고 싶었다.

그는 무거운 걸음을 옮겨, 방금 내려온 비탈을 천천히 올라갔다.

다시금 다키자와의 아내를 방문한 뒤, 히야마는 도코로자와의 환락가를 배회했다. 갈 곳이라고는 없었다. 술을 마시고 싶다는 기분조차 들지 않았다. 그저 시간만 이대로 흘러가 주기를 바랐다.

히야마는 카페에 들어갔다. 아무것도 하지 않고, 아무 생각도 하지 않고 시간을 죽였다. 지금의 히야마에겐 그저 시간이 흐르고 있다는 것만으로도 고통이었다. 여덟 시 반이 지난 시각이었다.

휴대전화가 울렸다. 꺼내 보니 미유키의 이름이 표시되어 있었다.

"여보세요……."

"아저씨, 지금 어디 있어요?"

들은 기억 있는 목소리가 비웃고 있었다. 더욱 귀를 기울이자 누군가가 흐느껴 우는 작은 목소리가 들려왔다.

3

오오미야역에서 내린 히야마는 달렸다. 역 앞 번화가를 빠져나가 큰길로 나가서 히카와산도와의 교차점으로 서둘렀다. 가게가 가까워짐에 따라 숨도 차 왔다. 평소라면 조용해야 할 가게 앞에 무수한 적색등이 번쩍이고 역 앞보다 더한 소음이 그 주위를 뒤덮고 있었다. 도로에는 수많은 방송국 중계차가 세워져 있고, 경찰의 투광기에서 나오는 눈부신 빛이 히야마의 가게 앞만 백주대낮으로 바꾸고 있다.

히야마는 도로에까지 넘쳐난 구경꾼들을 가르고 앞으로 나아갔다. 그러나 출입금지 테이프 앞에서 제복 경관에게 제지당했다.

"히야마 씨."

안에 있던 사에구사가 불렀다. 옆에는 후쿠이가 있었다. 히야마는 제복경관의 허가를 얻어 출입금지 테이프 밑으로 몸을 굽히고 들어갔다.

"어디 계셨습니까?"

사에구사의 표정은 긴박했다.

망연자실한 표정으로 서 있는 후쿠이는 닫힌 셔터를 쳐다본 채로 히야마를 쳐다보지도 못하는 낌새다.

"어째서 이렇게 된 거야!"

히야마는 격분했다.

사에구사는 언짢은 표정으로 쳐다봤다.

"안에 있는 건 마루야마 준입니다. 야기가 살해당했을 때 함께 있었을 가능성이 나와서 임의동행을 구했으나 도중에 경관을 찌르고 도망쳤습니다."

히야마는 사에구사의 설명에 숨을 삼켰다.

"곧 비상에 들어가 쫓았으나 행방은 알 수 없었습니다. 그러다 8시가 지나서 여기서 신고가 들어왔지요."

"문 닫는 시간 전에 미유키 씨와 마나미가 와서 점장님을 기다리고 있었습니다."
 후쿠이의 목소리는 떨리고 있었다. 히야마는 마음속으로 혀를 찼다. 하필이면 이런 날에……
 "가게를 닫고 쓰레기를 내놓으러 갈 때 비명이 들렸습니다. 급히 돌아가자 가게 안에서 젊은 남자가 나이프 같은 것을 휘두르면서 미유키 씨에게 달려드는 모습이 보였습니다. 미유키 씨와 마나미를 인질로 잡고 점장은 어디냐, 점장은 어디 있냐 하고 외치더군요. 저는 곧바로 가게에 들어가려고 했지만 카운터에 있던 니시나 씨가 오면 안 된다고 눈짓을 하길래…… 남자는 니시나 씨에게 셔터를 닫도록 명령했습니다. 저는 곧 경찰에 전화했지만, 저는, 저는……"
 후쿠이는 얼굴을 일그러뜨리고 오열을 흘렸다.
 "니시나 씨를……"
 히야마는 초조함에 사로잡혀 가게 셔터를 노려봤다. 굳게 닫힌 셔터에 온갖 종류의 섬광이 비치고 있었다.
 "히야마 씨. 이 가게에 뒷문이나 창문 같이 침투로가 될 만한 건 없습니까?"
 "없습니다."
 히야마는 대답했다. 사에구사는 낙담한 듯이 어깨를 축 늘어뜨렸다.
 "아까 가게 전화로 마루야마와 이야기를 해 보았습니다. 그의 요구는……"
 "저겠죠."
 사에구사는 히야마를 응시했다.

"녀석은 제게도 전화를 해 왔습니다. 오지 않으면 딸을 죽이겠다고."

"마루야마는 아까의 첫 전화가 끊난 후 수화기를 내려놓지 않았습니다. 하지만 어떻게든 다른 방법으로 설득을 시도해 보겠습니다."

"가겠습니다."

히야마는 단호하게 말했다.

"허가할 수 없습니다. 위험합니다."

사에구사가 달래는 것처럼 히야마의 어깨에 손을 얹었다. 히야마는 그 손을 뿌리쳤다.

"가지 않으면 마나미가 죽는다고요!"

"진정하십시오. 히야마 씨를 보낼 수는 없습니다."

사에구사가 이번에는 히야마의 어깨에 얹은 손에 힘을 줬다.

"마루야마의 의도를 전혀 알 수 없습니다. 마루야마는 뭘 바라고 있는 걸까요? 히야마 씨는 짐작이 가십니까?"

"모릅니다. 저는 딸을 지키고 싶은 것뿐입니다!"

히야마는 사에구사의 손을 억지로 뿌리친 뒤 셔터 앞으로 달려갔다.

제지하는 경관을 밀쳐내고 셔터 앞까지 온 그는 두 손으로 셔터를 힘껏 때렸다. 좌중이 술렁이는 가운데 건조한 소리가 울렸다. 히야마를 향해 일제히 플래시가 터졌다.

"나다!"

가게 안을 향해 외쳤다.

"지금 간다!"

셔터를 허리 위치까지 올린 뒤 몸을 굽히고 전원을 끈 자동문을 옆으로 밀었다.
"나다!"
어슴푸레한 실내를 향해 외쳤다.
"들어오거든 셔터와 자동문을 완전히 닫아요."
마루야마의 낮게 억누른 목소리가 들려왔다.
히야마는 시킨 대로 했다. 셔터를 내리자 간접조명뿐인 가게 안은 거의 보이지 않게 되었다. 바깥의 밝은 빛 때문에 시각이 마비되어버린 모양이다. 그래도 시간이 지나자 서서히 가게 안의 상황이 희미하게 눈에 들어왔다.
히야마는 제일 먼저 훌쩍이며 우는 마나미를 찾았다. 정면의 원형 테이블에 앉은 마루야마의 팔에 목이 감겨 잡혀 있다.
"마나미!"
히야마는 걸음을 내딛었다.
"거기서 꼼짝 마세요."
어슴푸레한 가운데 마루야마가 빛나는 뭔가를 들어 보였다. 히야마는 발을 우뚝 멈췄다.
"비디오를 봤으면 이게 단순한 위협이 아니라는 걸 알겠죠? 아저씨."
마루야마는 희미한 웃음을 지으며 마나미의 부드러운 뺨에 천천히 나이프를 댔다. 그것을 보면서 유아의 국부에 나이프로 상처를 내던 마루야마의 표정이 뇌리를 스쳤다. 몸속을 흐르는 혈액이 얼어붙어 버린 것처럼 히야마는 꿈쩍도 할 수 없게 되었다.
마나미는 몸서리를 치며 흐느껴 울었으나 마루야마는 마나미의 목을 감은 팔에 힘을 주고 움직이지 못하게 했다.

"마나미, 괜찮아."

히야마는 마나미를 쳐다보며 최대한 차분하게 들리도록 목소리를 쥐어짰다.

"운이 좋았어요. 그냥 손님인 줄 알았는데 설마 당신 딸이었다니."

마루야마가 만족스레 웃었다.

이를 악물며 히야마는 천천히 가게 안을 둘러봤다. 카운터에 눈이 멈췄다. 벽에 등을 기대고 서 있는 아유미의 윤곽이 떠올랐다. 잘 보려고 애를 썼으나 어두워서 아유미의 표정을 확실히 알아볼 수 없었다. 그저 어깨를 바들바들 떨면서 마루야마 쪽을 쳐다보고 있다.

히야마는 신음소리가 나는 쪽으로 시선을 향했다. 마루야마 옆 소파 자리에서 미유키가 팔을 누르고 괴로워하고 있었다. 그 아래 바닥에는 얼룩 같은 것이 퍼져 있다.

"바깥은 꽤나 시끄러운 것 같네요. 하지만 범인이 미성년자라는 걸 알게 되면 강경한 진압은 못하게 되나 봐요."

마루야마가 남의 일처럼 말했다.

"모두 자작극이었구나."

히야마는 마루야마를 노려봤다.

"용기는 좀 필요했지만 말이죠. 하지만 그렇게 승강장에서 떨어지고 나니 당신이나 경찰도 날 의심하지 않더라고요."

"어떻게 내가 이케부쿠로에 있었던 걸 안 거냐?"

"아무래도 좋잖아요, 그런 건."

"4년 전, 야기나 자신들을 향해 협박장을 보낸 것도, 사와무라 야기를 죽인 것도 전부 너였구나."
마루야마는 대답할 생각이 없는 듯 차갑게 미소 지을 뿐이었다.
"그런 것보다, 그건 잘 가져왔겠죠."
히야마는 단추를 채운 상의 위로 옆구리를 눌렀다. 딱딱한 감촉이 느껴졌다. 허리춤에 비디오가 끼워져 있다.
마루야마는 미유키의 휴대전화로 히야마에게 전화를 걸어 비디오를 가져오라고 요구했다. 경찰에게는 비디오에 대해 절대 말하지 말라고도 했다. 히야마는 급히 하스다에 있는 자택으로 돌아가 비디오를 가지고 여기에 왔다.
"경찰한테는 말 안 했겠죠."
"그래."
히야마는 상의 단추를 풀고 바지춤에 끼워뒀던 비디오를 꺼냈다.
"주세요."
마루야마는 마치 아이가 조를 때처럼 손을 내밀었다.
"그 전에 딸과 그 사람을 놔줘."
히야마는 미유키를 가리키며 말했다.
"두 사람은 관계없잖아."
"안 돼요. 비디오가 먼저예요."
마루야마가 비웃었다.
"이 비디오를 처분하고, 그 다음은 날 굽든 찌든 마음대로 해. 모든 것을 알고 있는 건 나뿐이니까."
마루야마가 코웃음 쳤다.
"모든 것을 알고 있다. 참 거만한 소리네요."

"어차피 넌 이미 포위됐다. 더는 도망칠 수 없어. 그런 네가 마지막으로 할 수 있는 건 비디오를 감추는 것뿐이야. 그럼 이 두 사람은 관계없지."

"어서 이리 내요."

마루야마의 어조가 초조함을 띠기 시작했다.

"이 이상 더 죄 짓지 마. 자수해."

"웃기지 말아요! 얼른 내놓으라고요!"

마루야마의 새된 목소리가 가게 안에 울려 퍼졌다. 마나미가 놀라서 크게 울면서 발버둥 쳤다.

"너한테 하는 얘기가 아니야!"

히야마는 카운터 안을 가리켰다.

"그쪽의 너에게 이야기하고 있는 거야."

어슴푸레한 가운데에서 아유미가 고개를 히야마에게 향했다. 그녀는 똑바로 히야마를 쳐다보고 있는 것 같지만 표정은 잘 보이지 않았다. 히야마는 알고 싶었다.

"이 비디오를 찍은 건 너지?"

아유미는 히야마를 본 채로 미동도 하지 않았다.

"오늘, 네 어머니를 만나고 왔어."

"그러세요?"

아유미는 담담하게 대답했다.

아유미를 쳐다보면서 히야마는 다음 말을 찾을 수가 없었다. 아무리 가슴속을 뒤져봐도 거기에는 그저 슬픔밖에 없었다.

히야마는 두 번째로 다키자와 부인을 방문해 사실을 확인했다. 문패에 걸려있던 '기무라'라는 성은 현재 남편의 것이며, 부인의 옛 성은 '니시나'였다.

"왜 사모님을 죽였는지 묻지 않으시나요, 점장님."

아유미가 감정 없는 어조로 말했다.

억양 없는 '점장님'이라는 말을 듣고 히야마는 이유 모를 쓸쓸함을 느꼈다.

"쇼코는 네 아버지, 다키자와 도시오 씨를 죽이고 말았어. 살의가 있었던 건 아니지만 결과적으로 죽게 한 건 변함 없지."

"결과적으로라……."

아유미가 코웃음 쳤다. 히야마는 아유미의 웃음에 오한이 들었다.

"아무도 아버지를 감싸 주지 않았어요. 아무도 슬퍼해 주지 않았어요. 살해당한 건 아버지인데, 매스컴과 세상은 변명 한마디 할 수 없는 아버지를 맹렬히 공격했어요. 파렴치 교사니 뭐니, 아버지는 육체적으로 뿐만이 아니라 살아온 인생까지도 죽고 말았죠. 저는 하다못해 아버지를 죽인 여자에게 엄중한 벌이 내려지기를 바랐지만, 살인자는 열다섯 살의 어린 나이라는 이유만으로 보호를 받더군요. 세상에 이름이 공개되는 일도 없이, 아주 잠깐 소년원에 들어갔다가 곧 사회로 돌아오는 거예요. 그것으로 이제 죄는 다 갚았다는 양, 자신이 범한 죄나 자신이 불행하게 만든 사람들의 괴로움을 잊고 마음 편하게 살고 있었어요."

아유미의 비장한 외침을 들으면서 히야마는 마음속으로 호소했다.

잊지 않았다. 어디 있건, 뭘 하고 있건, 쇼코는 한시도 잊지 못했다. 죄책감과 자책감이라는 쇠못이 온몸에 박혀 쭉 괴로워하고 있었다.
"죽은 아버지는 온갖 뭇매질을 당하고 저희 가족 역시 괴로운 생활을 강요당했는데 살인자는 지켜도 우리는 지켜 주지 않는 게 세상이더군요. 제가 할 수 있는 건 아버지를 죽인 인간이 불행하기를 바라는 것뿐이었어요. 하지만 현실은 정반대였죠. 저는 난치병에 걸리고 말았어요. 어머니는 일과 간병, 돈 모으기에 내몰려 여위어 갔지요. 아무도 말하진 않았지만, 저는 이제 곧 죽을 거라는 걸 알았어요."

아유미의 말 한마디 한마디가 히야마의 가슴을 날카롭게 찌른다. 눈을 돌리고 싶었다. 그러나 눈을 돌려서는 안 됐다.

"그런 때에 할머니 병문안을 와있던 마루야마와 알게 됐어요."

"아유미."

마루야마가 아유미를 불렀다.

"다 말할 필요 없어."

아유미가 마루야마를 봤다.

"뭐 어때. 어차피……."

그녀는 거기서 말을 끊었고, 마루야마는 의미를 깨달은 듯이 히야마를 보고 웃었다.

"그러네. 어차피 열일곱 살은 몇 명을 죽여도 사형은 당하지 않아. 무기징역이라도 10년 정도면 나올 수 있고."

마루야마의 차가운 시선이 히야마의 가슴을 죄어들었다. 히야마나 인질들을 여기서 살려 내보낼 생각은 없다는 건가.

"……마루야마는 그 후로 매일 제 병실에 놀러 와 줬어요. 학교에 다닐 수 없었던 저는 마루야마에게서 학교 이야기를 듣고 침대 위에서 이런저런 상상을 하곤 했죠."
"학교는 시시할 뿐이야."
마루야마가 코웃음 쳤다.
"시시한 녀석들밖에 없어. 나는 오히려 아유미가 부럽던데."
아유미는 마루야마에게 살짝 시선을 향했다가 다시 히야마를 봤다.
"병원의 침대 위에서 그저 죽기만을 기다리고 있을 때, 아버지를 죽인 여자가 행복하게 살고 있다는 것을 알게 되었어요. 결혼해서 아이를 낳고 아무 일도 없었던 것처럼 즐거운 매일을 보낸다고요. 그것을 안 저는 하다못해 그 여자를 길동무로 삼겠다는 생각을 했어요. 제게 무서운 건 아무것도 없었죠. 저는 병문안을 온 마루야마에게 이 얘길 했어요. 얼마 안 남은 살 날 동안 죽이고 싶은 인간이 있다고 말이죠. 누군가에게 이야기함으로써 결심을 굳히고 싶었던 것 같아요. 그랬더니 마루야마가 좋은 방법이 있다고 하지 않겠어요."
"유아에게 나쁜 짓을 하는 현장을 촬영해 야기와 사와무라를 협박, 쇼코를 죽이게 하려고 한 건가."
히야마는 분노가 다시 솟는 걸 느끼며 마루야마를 노려봤다.
"저는 마루야마도 그 일에 강제로 동참하게 되었다는 걸 듣고 계획에 찬성했어요. 이 계획을 실행하면 그 여자도 죗값을 치르게 된다, 나쁜 짓을 당하는 아이도 구할 수 있다 라는 생각이었죠. 저는 마루야마에게서 비디오카메라를 빌려 병원을 빠져나왔어요. 몸이 생각처럼 움직여 주지 않았지만 어떻게든 잡목림 풀숲을 이동해 비디오를 찍었고요. 하지만 비디오에 찍힌 남자아이를 보면서 제게도 분명 천벌이 내릴 거라고 확신했어요……."

아유미는 괴로운 듯이 말을 맺었다.

"천벌 같은 건 없어."

마루야마가 아유미에게 웃으면서 말했다.

"우리는 일정 나이까지밖에 못할 놀이를 즐긴 것뿐이니까. 즐거웠잖아. 우리 둘이 병실에서 이것저것 꾸미면서 말이야."

"그러네……."

아유미가 흥이 깨진 어조로 말했다.

"그렇게 비디오테이프를 복사해서 협박장과 함께 보내도록 마루야마에게 부탁했어요."

히야마는 마루야마를 주시하고 말했다.

"그 두 사람이 협박에 쉽게 넘어올 거라고 생각한 거냐?"

마루야마가 의기양양하게 웃었다.

"네. 확신은 있었죠. 내가 남자 아이를 상처 입히는 것을 보고 녀석들 둘은 완전히 얼어붙었으니까요. 그 정도까지 할 줄은 몰랐나 봐요. 하지만 칼을 쓴 건 나여도 부추긴 건 개들이니까. 사와무라는 그 꼬마 또래의 여동생이 있었던 데다, 사이좋게 지내던 가토 유리의 동생 생각이 나서 더 겁에 질렸나 봐요. 녀석은 유리에게는 자기의 그런 악행을 절대 들키고 싶지 않았겠죠. 애당초 사와무라는 그런 짓을 하기 싫어했어요. 하지만 야기를 거역할 순 없으니 나를 동료로 끌어들이고 자신은 그러다가 빠져나갈 셈이었던 거예요. 정말 더러운 녀석이죠. 야기도 마찬가지로 자기 의붓동생이 같은 또래다 보니 어린아이에게 그런 짓을 했다는 게 알려지면 불편한 입장으로 살아야 해요. 게다가 열네 살 미만은 무슨 짓을 해도 죄가 되지 않는다는 걸 내가 녀석들에게 넌지시 가르쳐 줬거든요. 당신 부인과는 면식 없는 사이였으니 우리가 잡힐 일은 절대 없을 거라고 부추기기까지 했죠."

"하지만 잡혔어. 도랑에 떨어뜨린 교표가 단서가 되어서 말이야. 오산이었군."

히야마가 싸늘하게 말하자 마루야마가 큰 소리로 웃었다.

"내가 일부러 남겨뒀던 거예요. 경찰은 무능하니까요. 그 녀석들을 밑바닥까지 떨어뜨려주는 게 이 계획의 제일가는 포인트였다고요. 그 녀석들은 내 마음을 상처 입혔어요. 그런 짓을 시키다니! 살인자라는 낙인이 찍혀 평생 뉘우치며 살게 해 주고 싶었어요. 하지만 난 녀석들과 달리 평소의 행실이 좋았으니까요. 얼마든지 다시 시작할 수 있어요. 실제로 많은 사람들이 나를 동정했죠."

희희낙락 자신의 계획을 털어 놓는 마루야마를 보며 히야마는 온몸에 털이 곤두서는 혐오감을 느꼈다.

"어째서 사와무라를 죽였지?"

"3개월 정도 전에 어머니에게서 전화가 왔어요······."

아유미가 히야마를 향해 말했다.

"마루야마라는 아이가 나타나 급히 절 찾는다고 말이에요. 사건 뒤로 마루야마와 만난 적이 없었던 저는 곧 마루야마에게 전화를 걸었죠. 그런데 마루야마 말이 사와무라가 그 비디오를 경찰에 넘겨 진실을 폭로할 작정이라는 거예요. 그 말을 듣고 심장이 멎을 뻔했어요. 비디오가 경찰에 건너가면 언젠가 제가 주모자라는 게 밝혀질 테니까요. 또 마루야마는 4년 전엔 형벌을 피했지만 지금 살인 주모자로 잡혔다가는 개정된 소년법에 의해 틀림없이 엄벌에 처해질 거라고 했죠. 그렇지만 마루야마는 절 돕겠다고 했어요. 또 그때처럼 즐거운 시간을 보내자면서요. 저는 절대 잡히고 싶지 않았어요. 간호사가 되겠다는 꿈도 있었고, 특히 어머니에게는 절대 들키고 싶지 않았어요. 어머니는 재혼한 지 얼마 안 되어 이제 겨우 작은 행복을 되찾은 참이었으니까요. 절대로 잡혀서는 안 됐어요."

"네가 아르바이트를 시작한 건 내게 죄를 뒤집어씌우기 위해선가?"

히야마는 아유미를 봤다.

"내 생활 패턴을 알아내 알리바이가 없는 시간을 조사하기 위해."

아유미가 고개를 끄덕였다.

"그리고 사무실과 전화기에 도청기를 설치하기 위해서요."

히야마는 이해했다. 이케부쿠로에 있는 가토 유리에게서 전화가 왔을 때도, 야기에게서 전화가 왔을 때도 아유미는 화장실 안에 있었다. 분명 용구함에라든지 전화 도청기를 숨겨 뒀던 것이리라.

"점장님이 텔레비전에서 세 명을 죽이고 싶다고 말했던 걸 알았거든요. 마루야마는 사와무라를 오오미야 공원으로 불러냈어요. 비디오를 가지고 점장님에게 사죄하러 가자고 이야기하고 있는 사와무라를⋯⋯. 뒤에서 제가⋯⋯."

아유미는 말을 끊고 시선을 피했다. 그리고 자학적인 빛을 띤 어조로 말했다.

"은혜를 갚기 위해 인간의 생명을 구하는 일을 하고 싶다며 간호사를 지망하던 사람이 인간을 죽인 거예요. 웃기죠, 점장님."
히야마는 아유미에게서 시선을 돌렸다. 똑바로 쳐다볼 수가 없었다.
"내가 이케부쿠로에 갔을 때도 네가 마루야마에게 알린 거로군."
"몰랐죠? 니시구치 공원에서 가토 유리와 만났을 때부터 쭉 뒤를 밟고 있었는데. 당신의 비틀거리는 뒷모습을 보면서 웃음을 겨우 참고 있었죠."
마루야마가 바보 취급 하듯이 말했다.
"야기의 전화가 왔을 때도 화장실에서 듣고 있었던 거군."
히야마는 마루야마를 무시하고 아유미에게 물었다.
"저는 그 뒤, 점장님은 사이타마 슈퍼아리나에는 갈 수 없게 되었다고 마루야마에게 연락했어요."
"당신한테 살인죄를 뒤집어씌우는 건 실패했지만, 야기는 공개하려고 했던 비디오는 어서 처분해야지 싶어서요. 사이타마 슈퍼아리나의 C게이트 앞에서 기다리는 야기를 손짓으로 불렀어요. 열차 승강장에서 당신한테 죽을 뻔 했으니 너도 조심하라고 관심을 끌었죠. 그 뒤에는 대충 이유를 둘러대서 주차장까지 데려가 죽였어요. 녀석은 날 몹시 깔보고 있었기 때문에 조금도 경계를 하지 않더라고요. 그렇게 난 비디오를 손에 넣었죠."
마루야마는 거기서 생각에 잠긴 것처럼 신음했다.
"한 가지 오산이었던 건 야기가 그 테이프를 복사해 당신한테 보냈다는 거예요. 당신이 테이프를 보였을 때는 얼마나 놀랐는지.

그것 때문에 모든 계획이 망가졌어요. 협박에 대해선 모른척한다 해도 당신은 당장 경찰에 달려갈 것 같은 기세였으니까요. 일단 시간을 벌 작정으로 여러 가지 둘러대긴 했지만, 거기서 방해가 들어오지 않았으면 일찍 처리가 가능했는데."

"방해……"

히야마는 그렇게 중얼거리면서 생각했다.

아마도 잡목림에서 만난 인부들을 가리킨 말이리라. 그들이 나타나지 않았더라면 그때 마루야마에게 살해당했을지도 모른다.

"어째 피곤해지는데 슬슬 끝내죠."

마루야마의 말을 듣고 히야마는 경계했다.

"아유미, 난 손을 뗄 수 없어서 그런데 테이프 좀 받아 줘."

마루야마는 카운터를 향해 여자친구에게 어리광 피우는 투로 말했다. 아유미가 카운터에서 나왔다.

"연극을 하려면 아유미를 조금 다치게 해야 해. 경찰은 너에 대해서는 몰라. 너는 간호사가 되겠다는 꿈을 이루고 날 기다려 주었으면 해."

마루야마의 말에 작게 고개를 끄덕인 아유미는 히야마에게 다가왔다. 히야마는 걸어오는 아유미를 쳐다봤다.

조금씩, 아유미의 표정이 드러났다. 거기에는 계산대에서 손님의 마음을 사로잡던 수줍은 표정은 없었다. 가면 같은 무표정.

"점장님."

아유미가 손을 내밀었다.

히야마는 아유미의 눈을 정면에서 쳐다봤다. 그러나 아유미의 눈은 아무것도 이야기해 주지 않았다. 새까만 눈동자 속에는 빛이 없었다. 계속 쳐다보고 있자니 눈동자 속에 펼쳐진 암흑에 빨려 들어갈 것 같았다.

마루야마가 즐겁게 웃는 얼굴로 마나미의 눈동자에 나이프 끝을 갖다 댔다. 그리고 장난감 가지고 놀듯 마나미의 뺨을 나이프로 어루만졌다. 마나미의 괴로운 울음소리가 가게 안에 울려 퍼졌다.

"점장님. 비디오를 이리 주세요."

히야마는 별 수 없이 비디오테이프를 아유미의 손에 올려놨다. 아유미는 히야마에게서 시선을 떼고 등을 빙글 돌렸다.

히야마는 마루야마를 향해 걸어가는 아유미의 뒷모습을 그저 빤히 쳐다볼 수밖에 없었다. 마루야마는 다가오는 아유미를 보고 웃으며 손짓해 불렀다.

마나미의 목에서 나이프가 떨어졌다. 그때, 아유미가 느닷없이 마루야마를 안고 매달렸다. 어슴푸레한 가운데 두 사람이 뒤엉키는 것이 보였다. 히야마는 순간 무슨 일이 일어난 건지 판단할 수 없었다.

"그만둬!"

마루야마가 놀란 듯이 외쳤다.

그제야 상황을 납득했다. 아유미가 나이프를 든 마루야마의 오른손을 잡고 마나미를 떼어내려 하고 있었다. 마나미의 세찬 울음소리가 울려 퍼졌다. 히야마는 발을 내딛었다. 그때 마루야마에게 뿌리쳐진 아유미가 "윽" 하고 신음소리를 내면서 쓰러졌다. 마나미도 함께 바닥에 나뒹굴었다.

히야마는 마루야마를 향해 갔다. 시야에 둔한 빛이 닥쳐온다.

마루야마가 휘두른 나이프다. 순간적으로 손으로 얼굴을 가렸다. 오른쪽 손바닥에 날카로운 바람을 느꼈다. 뒤로 몸을 피했으나 발이 미끄러졌다. 그대로 등이 바닥에 떨어졌다. 허리에 격심한 아픔을 느끼고 천정을 올려다봤다. 상반신에 압력을 느낀 순간, 위에서 나이프 끝이 떨어져 내렸다. 오른손을 내밀어 나이프를 쥔 주먹을 잡았다. 상반신에 마루야마의 체중을 느끼면서 히야마는 오른손으로 그 힘에 필사적으로 저항했다. 왼손으로 마루야마의 턱을 잡고 죽어라 밀어냈다. 마루야마의 주먹을 잡은 오른손에서 붉은 물방울이 떨어진다.
 "어서 도망쳐!"
 히야마는 정면의 테이블을 보며 외쳤다.
 괴로운 신음소리가 들린다. 마나미의 우는 소리가 들린다. 몽롱하게 소파에 앉아 있던 미유키가 마지막 힘을 쥐어짜듯이 마나미에게로 가는 것이 보였다. 그리고 기다시피 마나미를 데리고 자동문으로 향했다.
 "왜 이러는 거야!"
 마루야마가 미친 듯이 외쳤다.
 "같은 편이면서 왜 배신하는 거야!"
 마루야마는 뺨에 푸르스름한 혈관을 드러내며 모든 체중을 나이프에 실었다.
 나이프의 예리한 끝이 히야마의 눈앞에 닥쳐 왔다. 주먹을 쥔 손바닥이 붉은 점액에 미끄러질 것 같다. 칼끝의 싸늘한 감촉이 속눈썹 끝에 전해졌다. 셔터 여는 소리가 들렸다.
 "같은 편이 아냐! 공범이지만, 소중한 사람을 잃는 기분을 모르는 넌 같은 편이 아냐!"
바람이 빠진 것 같은 쉰 고함소리가 울렸다. 그 말을 듣고 마루야마는 푸른 안면을 경련시켰다. 그리고 전신의 신경이 툭 끊어진 것처럼 힘이 빠졌다. 히야마는 나이프를 얼굴에서 치우면서 마루야마를 옆으로 쓰러뜨리고 방금 전과 반대로 마루야마의 위에 올라타 제압했다.
마루야마의 얼굴을 내려다봤다. 밋밋한 얼굴에는 아무런 표정도 새겨져 있지 않았다. 혼이 빠져나가고 남은 허물. 히야마는 그렇게 생각했다.
반쯤 열린 셔터를 통해 경찰 특공대가 돌입해 들어왔다. 몇 명이 히야마의 아래에 멍하니 쓰러져 있는 마루야마를 제압했다. 히야마는 나이프에 베인 오른쪽 손바닥을 누르면서 일어섰다.
특공대에 연행되면서 마루야마가 대담한 웃음을 띠고 중얼거렸다.
"이번에는 소년A인가……."
히야마는 때려눕히고 싶은 충동을 찌르는 듯한 눈초리로 바꿔 노려본 뒤, 바닥에 쓰러진 채 움직이지 않는 아유미에게 달려갔다.
"괜찮아?"
아유미의 어깨를 부축해 상체를 일으켰다. 아유미의 옆구리에서 질척거리는 붉은 점액이 순식간에 퍼져 나갔다.
"구급차!"
히야마는 외쳤다.
"점장님……."
아유미가 간신히 뜬 눈으로 히야마를 쳐다봤다.

"말하지 마. 알아. 그 비디오는 네가 우편함에 넣은 거지? 네게 있어서의 속죄였던 거지?"
"점장님이, 모든 것을 알아 주셨으면 했어요……."
아유미가 창백한 얼굴에 미소를 지었다.
그것은 지금까지 한 번도 본 적 없는 쓸쓸한 미소였다. 날 알아 봐 줘, 내 이야기를 들어 줘. 이렇게 호소하고 있는 것 같은 눈동자를 히야마는 물끄러미 쳐다봤다.
"한 가지만 여쭤 봐도 될까요."
"응."
"지금도 사모님을 사랑하시나요."
끊어질 것처럼 약한 질문이었다. 지금도? 모든 것을 안 지금도?
"물론이야."
히야마는 단호하게 말했다.
아유미의 눈동자가 크게 흔들렸다. 억누를 길 없는 뭔가를 눈동자 가득 담으며 뭐라고 중얼거렸다. 히야마는 그 말을 알아들을 수 없었다. 하지만 뭐라고 말한 건지를 안 것 같은 기분이 들었다.
가게 안에 경관들과 구급대원이 들어왔다. 반 울상을 짓고 있던 후쿠이도 달려왔다.
"니시나 씨."
히야마는 아유미를 구급대원과 후쿠이에게 맡기고 밖으로 나갔다.
백주대낮 같은 밝은 조명 속에서 들것에 실린 미유키가 구급차로 옮겨져 가는 모습이 보였다.

히야마는 주위를 둘러봤다. 찾았다. 사에구사에게 감싸인 마나미가 히야마 쪽을 향하고 있었다. 하지만 볼 수 있을 텐데도 마나미는 히야마가 앞에 있는지 모르는 모양이다. 넋이 나간 것처럼 우뚝 서 있었다.

히야마는 마나미에게 다가갔다. 마나미의 상태를 보면서 서서히 불안이 커졌다. 마나미의 눈동자는 허공을 보며 정지한 것 같았다. 히야마는 등골이 싸늘해졌다.

히야마를 본 사에구사가 마나미의 어깨를 살짝 두드렸다. 그러자 마나미가 갑자기 불이 붙은 것처럼 울음을 터뜨리더니 히야마의 품에 뛰어 들어와 훌쩍였다. 히야마는 마나미를 꼭 끌어안았다.

괜찮아. 이제 괜찮아. 더 울어도 돼.

히야마는 마나미를 세게 끌어안고 딸의 체온을 느꼈다. 마나미의 체온이 얼어붙은 마음을 천천히 덥혀 주었다.

종장

하늘은 온통 푸르렀다.

히야마는 오오미야역에서 게이힌도호쿠 선으로 갈아탔다.

이런 날은 마나미와 유원지라도 가고 싶은 기분이었다. 그러나 히야마에게는 한 가지 못 다한 일이 있었다.

뭐 아무려면 어때? 내일부터 시간은 얼마든지 있다. 가게는 사건의 영향으로 얼마동안 휴업 상태다. 저축도 있다. 유원지든 동물원이든 마나미가 그만 됐다고 할 때까지 실컷 놀아 주자.

그러나 마나미에게 어디 가고 싶은지를 물어도 마나미는 쭉 따분한 표정을 지을 뿐이었다. 그 사건으로부터 일주일, 미유키는 보육원을 쉬고 있었다. 오른팔에 입은 부상은 많이 나았겠지만 정신적인 충격이 아직 남아 있는 것이리라.

옆에서 마나미의 얼굴을 보고 있자면 마음의 소리가 들리는 것 같았다. '어서 미유키 선생님이 돌아와 줬으면. 어서 미유키 선생님이랑 놀고 싶다. 다시 미유키 선생님의 웃는 얼굴을 보고 싶다.'

어느새 마나미를 가장 기쁘게 해 주는 존재는 미유키가 되어 있었던 것이다. 히야마가 항상 보고 싶다고 바라는, 마나미의 최고의 웃는 얼굴을 만들어 주는 존재.

승객들이 서서 이야기를 하고 있었다. 히야마는 시선을 돌렸다. 머리 위에 달린 주간지 광고가 눈에 들어왔다.

'소년들이 저지른 흉악한 계획 살인'이라는 큼지막한 문구가 차량 안에 춤추고 있었다.

최근 일주일간, 세상은 온통 사건에 관한 화제로 떠들썩했다. 형법 41조를 악용한 계획 살인의 전모가 매스컴에 밝혀짐에 따라 세상은 한층 더 경악했다.

히야마는 지금 세상을 떠들썩하게 하고 있는 소녀A를 안다. 안다고 해도 얼마나 잘 아는지 묻는다면 할 말은 그다지 없지만.

마나미의 만화경을 보고 아유미가 받았던 충격은 어떤 것이었을까. 어쩌면 쇼코가 사죄하러 온 적 없냐고 어머니에게 물었을 때, 기부 이야기를 들은 그녀는 무슨 생각을 했을까. 자기 아버지를 죽인 사람 덕분에 살아나, 자기의 생명을 구해 준 사람을 죽여 버린 것을 안 순간, 그녀의 안에서 소용돌이친 감정은 어떤 것이었을까. 그리고 병원 침대에 누워 있는 그녀는 지금 어떤 생각을 하고 있을까.

히야마는 창밖으로 시선을 옮겼다.

아유미의 앞에 기다리고 있는 인생은 필시 가혹할 것이다. 미성년자라고는 하나 이만큼의 중죄를 저지른 아유미는 다시 검찰로 역송되어 형사 재판에 회부된다. 일반 방청인의 시선 속에 자신이 범한 죄를 심판받는 것이다.

아유미는 거기서 어떤 이야기를 할까. 소년법에 짓밟힌 가족의 아픔을 이야기할까. 또 이번엔 그런 자신이 다소나마 소년법이라는 것에 보호받고 있는 현실을, 아유미는 어떤 마음으로 받아들일까.

히야마는 우라와역 서쪽 출구로 나가 역 앞 카페에 들어갔다.

가게 안은 혼잡했으나 푸우 씨는 금방 보였다. 누쿠이가 구석진 자리에서 손을 흔들고 있었다. 히야마는 최근 일주일간 생각했던 추측을 직접 누쿠이에게 물어 확인하고 싶었다.

히야마는 누쿠이의 맞은편에 앉았다.

카페에서 누쿠이와 헤어진 히야마는 현 청사와 지방재판소가 모인 거리를 걸어갔다.

빌딩은 쭉 가다보니 금방 보였다. 아이자와 미쓰오 법률사무실은 넓은 현청 거리에 면한 세련된 새 건물에 있었다. 히야마는 대리석 바닥을 걸어 엘리베이터에 탔다.

접수처에서 용건을 전하자 여성이 응접실까지 안내해 주었다. 5분 정도 소파에 앉아 기다리자 아이자와 히데키가 분주하게 손목시계를 보면서 나타났다.

"몇 번이나 연락 주셨다고 하더군요, 죄송합니다."

아이자와는 정중한 어조로 머리를 숙였다.

"오늘도 별로 많은 시간을 낼 수는 없습니다만……."

"15분 정도면 끝날 이야깁니다."

"그렇습니까, 그럼."

이렇게 말하며 아이자와는 히야마의 맞은편에 앉았다. 노크 소리가 나고, 접수처의 여성이 커피를 가져왔다.

"드시죠."

아이자와가 커피를 권했다.

히야마는 손을 대지 않았다. 그저 아이자와를 쳐다보고 있었다. 그런 히야마를 겸연쩍은 얼굴로 보면서, 아이자와는 시계를 힐끔힐끔 확인하며 안절부절못하는 눈치였다.

"히야마 씨가 무슨 말씀을 하시고 싶은지는 압니다."

아이자와가 말을 꺼냈다. 히야마는 일단 듣고자 몸을 앞으로 살짝 내밀었다.

"마루야마 준이 범한 범행은 저희들에게 있어서도 충격적이었고, 니시나 아유미의 범행 동기에도 큰 충격을 받았습니다. 다만 그것이 곧 소년법의 결함이라고는 생각하지 않습니다. 기대에 어긋나는 경우도 있겠지만, 그래도 저는 어린이가 가진 가소성을 믿고 싶습니다."

히야마는 작게 고개를 끄덕였다.

"저도 이번 사건으로 생각을 조금 바꿨습니다. 어린이에게는, 아니, 인간에게는 가소성이 있어 인생에서 과오를 범했더라도 변할 수 있는 가능성이 있다는 것을 느꼈습니다."

"그렇습니까."

아이자와는 얼굴에 과장된 웃음을 지었다.

"이해해 주셨다니 기쁩니다."

"아내가 그랬던 것처럼요."

히야마의 말에 아이자와의 웃음이 멈췄다. 그리고 히야마의 표정을 주의 깊게 살폈다.

"다키자와 도시오 씨 사건 때 쇼코의 부첨인이 된 것은 당신의 장인 되는 아이자와 미쓰오 씨였죠. 그때 보조를 했던 당신은 몇 번인가 소년감호소에서 쇼코와 만났을 겁니다."

아이자와의 동공이 침착함을 잃고 흔들렸다. 그 기분을 달래려는 셈일까, 눈앞에 있던 컵에 설탕을 넣고 스푼으로 저었다.

히야마는 얼마 동안 그것을 보다가 말했다.

"왜 말해 주시지 않으셨죠?"

"그런 거, 일일이 말씀 드릴 필요가 있나요."

아이자와는 커피잔을 주시한 채 대답했다.

"변호사에게는 비밀 엄수 의무라는 것이 있는지라."

히야마는 코웃음을 치고 싶었으나 그러지 않았다.

"당신은 예전, 참혹한 사건을 일으켰던 아이 중에 지금은 당당한 직업을 얻어 사회에 공헌하고 있는 인물도 있다고 말씀하셨죠."

"네."

"본인 이야기였군요."

커피를 젓던 오른손의 얼룩이 뚝 멈췄다. 아이자와가 고개를 들었다. 얼굴에 있는 혈관이라는 혈관에서 핏기가 전부 가신 것 같았다.

"분명 쇼코는 소년감호소에 온 당신의 오른손에 난 흉터를 보고 생각했을 겁니다. 눈앞에 있는 남자가 혹시 고시바 에쓰코를 죽인 소년A가 아닌가 하고. 당신은 중학교 3학년 때 군마 현 아가쓰마 군에서 에쓰코 양에게 성적인 장난 목적으로 접근했다가, 그녀가 울음을 터뜨리자 당황해서 목을 졸라 죽였습니다. 또 숨이 끊어진 에쓰코의 얼굴을 가까이에 있던 돌로 짓이겼지요. 쇼코의 증언에 의해 체포된 당신은 소년재판에 회부되어 도쿄의 소년원에 들어갔습니다. 소년원을 나온 뒤엔 보호사의 호적에 들어가 이름을 바꾸고 빼앗긴 몇 년간을 되찾으려 공부에 집중했고요. 아마도 당신 자신의 피나는 노력도 있었겠죠. 당신은 도쿄의 유명대학 법학부에 입학해 그 뒤 사법시험에 합격해서 변호사가 되었습니다."

히야마는 누쿠이에게서 들은 이야기를 단숨에 이야기한 뒤 탄식을 흘렸다.

모든 것의 계기는 누쿠이 앞으로 온 한 통의 익명 투서였다. 소년법 개정 뒤에 아이자와 잡지 대담을 한 직후 일이었다. 군마 현 아가쓰마 군이라고만 적힌 익명의 편지에는 '너는 범죄자의 궤변을 옹호하는 거냐'라는 비난이 적혀 있었다. 누쿠이는 무슨 뜻인지 모를 그 투서를 방치했다. 다만 봉투에 적혀 있던 '군마 현 아가쓰마 군'이라는 지명은 머리 한구석에 계속 남아 있었다.

대담집 준비를 위해 과거에 일어났던 소년 사건을 조사하던 누쿠이는 한 사건에 주목했다. 바로 그 '군마 현 아가쓰마 군'에서 일어난 사건. 발생 시기와 가해 소년의 연령. 그리고 유력한 증거가 된 오른손의 흉터. 누쿠이는 추가적인 조사를 마친 후 사건의 관계자를 만나러 갔다. 그리고 확신했다.

그러나 누쿠이는 그것을 공표할 생각까지는 없었다. 참담한 사건이기는 하지만 20년도 더 된 옛날 사건인 데다가 그 가해소년은 어떤 의미로 자신의 노력에 의해 갱생했기 때문이다.

소년법 60조에서는 '형을 마친 소년은 장래를 위해 형의 언도를 받지 않았던 것으로 본다'고 적고 있다. 소년의 범죄는 '전력'은 되어도 '전과'는 되지 않는다. 아이자와는 소년원을 나온 시점에서 과거에 묻힌 검은 얼룩을 닦고 얼마든지 새 출발을 할 수 있었다.

다만 누쿠이의 가슴에도 뭔가 걸리는 것이 있었다. 아이자와의 '보호파' 주장에 피해자인 쇼코의 처지를 헤아리는 마음이 전혀 없었다는 것, 그리고 쇼코가 아이자와가 일으킨 사건의 목격자였다는 사실의 관련성이다. 누쿠이는 히야마에게만 자신이 알아낸 사실을 이야기했다.

"당신의 노력에 관해서는 경의를 표합니다. 당신은 필사적으로 공부해 사회에 공헌할 수 있는 위치에 섰습니다."

히야마는 아이자와에게 냉정한 시선을 던졌다.

"하지만 당신은 갱생하진 않았습니다."

아이자와가 딱딱하게 굳은 얼굴로 마주보았다.

"여기서부터는 상상입니다. 이의가 있거든 말씀해 주십시오. 에쓰코 사건을 언제까지고 잊을 수 없었던 쇼코는 당신의 특이한 흉터를 다시 한 번 보고 확신했겠죠. 쇼코는 소년원을 나온 뒤 당신을 찾아왔을 겁니다. 지금까지도 그 후유증으로 괴로워하고 있는 아가쓰마 군의 고시바 부부에게 사죄하러 가 달라고 당신에게 호소했을 겁니다. 그때, 당신이 어떤 태도를 취했는지는 모릅니다.

얼버무리고 넘겼는지도 모릅니다. 대충 건성으로 대답하고 돌려보냈는지도 모릅니다."

"만나서 뭐가 어떻게 된단 말입니까!"

아이자와는 입을 열었다.

"가해자가 뻔뻔스럽게 유족의 집을 찾아와 봤자 피해자의 증오나 슬픔을 더 강하게 만들뿐 아니겠습니까. 그녀에게는 이렇게 말했습니다. 아무리 애써 봐도 피해자 측은 온갖 욕설을 퍼부으며 가해자를 영원히 증오할 뿐이라고요. 그런 경험을 하면 갱생할 수 있는 것도 못한다, 결국 절망과 증오의 연쇄밖에 생겨나지 않는다고요."

히야마는 아이자와의 말을 들으면서 생각했다.

분명 쇼코는 소년원을 나온 뒤 다키자와의 가족에게 사죄하러 가려고 했을 것이다. 아가쓰마 군의 고시바 마사에의 말을 듣고 꼭 가야겠다고 생각했으리라. 그래서 아이자와를 찾아간 것이다. 나도 갈 테니, 당신도 고시바 에쓰코의 가족에게 사죄하러 가주세요 하고. 하지만 아이자와의 대답에 크게 실망했겠지. 하지만 그녀의 의지는 결코 꺾이지 않았다. 쇼코의 마음속에는 쭉 다키자와에 대한 죄책감이 있었던 것이다.

"너도 사건 따위는 빨리 잊고 좌절에서 다시 일어나 훌륭하게 갱생하는 것이 중요하다고 말해 줬습니다. 저는 그녀를 생각해서 최대한의 변호를 해 왔는데, 은혜를 원수로 갚는 짓을 하다니요!"

"쇼코가 협박했군요. 당신에게 500만 엔을 내라고."

아이자와의 시선이 멈추더니 노여움을 담은 말을 토해 냈다.

"그렇습니다! 내지 않으면 사건을 폭로하겠다고 협박했습니다."

쇼코는 고시바 마사에가 보낸 사망 통지서에서 아이자와가 결국 사죄를 하러 가지 않았음을 알았을 것이다. 그때 쇼코에게는 어떻게든 1000만 엔이라는 돈이 필요했다.

"그녀는 결국 갱생하지 못했던 겁니다."

아이자와는 밉살스럽다는 듯이 토로했다.

"아닙니다!"

히야마는 언성을 높였다.

"쇼코는 이렇게 말하고 싶었던 겁니다! 자신과 당신의 인생에 묻어 버린 검은 얼룩은, 스스로의 힘만으론 결코 닦을 수 없다고 말입니다. 아무리 어리고 미숙하다 한들, 스스로 멋대로 닦아 내서는 안 되는 거다. 그것을 닦아 줄 수 있는 건 자신이 상처 입힌 피해자나 그 가족뿐이다. 피해자가 정말로 용서해 줄 때까지 끊임없이 속죄하는 것이 진짜 갱생인 거라고 말입니다. 멋대로 잊어서는 안 되는 겁니다!"

쇼코는 절대 스스로는 닦아 낼 수 없었던 것이다. 이 남자와는 다르게. 쇼코는 쭉 괴로워했다. 그래서 마나미를 낳은 직후에 다키자와의 가족을 만나러 가고자 결심한 것이다.

이제는 알 수 없는 일이지만 히야마는 확신했다. 쇼코는 그 비탈길을 걸어 올라가서, 그리고 떨리는 손끝으로 다키자와네 집 초인종을 누른 것이라고. 그리고 거기서 돌아오는 길에 도코로자와 역 앞에서 아유미의 병에 대해 알게 된 것이다.

쇼코는 또 하나의 죄를 저질러서라도 이 남자를, 죄의식을 느끼지 못하는 남자를 깨우쳐 주고 싶었던 것이 분명하다. 동시에 적어도 하나의 생명을 구하고 싶다고 생각한 것이다. 두 명의 고귀한 목숨을 빼앗은, 죄 많은 두 인간의 힘으로.
 쇼코는 아무 말도 하지 않았다. 히야마의 통장에는 부모의 사망 보험금이 아직 많이 남아 있었는데, 그는 아무 말도 듣지 못했다. 가슴에 뻥 뚫린 구멍에서 찬바람만 느껴졌다. 이 남자를 협박하지만 않았어도 쇼코는 죽지 않았을 텐데.
 "그래서, 자신의 미래에 불안감을 느낀 당신은 비관한 채 입원중이던 니시나 아유미에게 편지를 보낸 겁니까? 혹시 운 좋게 그녀가 쇼코를 죽여 주지나 않을까 하면서."
 히야마는 어금니로 회한을 씹었다. 지독한 분함과 함께 입 안에 피 맛이 퍼졌다.
 얘기만 해 주었더라도. 쇼코, 어째서 내겐 아무 말도 안 했던 거야? 내가 받아들이지 못할 것 같아서? 그렇지 않아. 어떤 과거든, 어떤 고민이든 당신이 죽는 것보다는 훨씬 나았어. 더, 더 오래 함께 살고 싶었는데.
 히야마는 눈물을 참으며 아이자와를 주시했다.
 "몰래 입수한 우리 가족의 사진과 주소를 첨부해 '당신 아버지를 죽인 여자는 자기 죄를 깨끗이 잊고 지금은 행복하게 살고 있습니다.'라는 악의에 찬 편지를 보낸 것이죠······."
 아이자와의 입술이 창백해졌다.
 "니시나 아유미는 당신이 보낸 편지 일체를 전부 보관해 뒀습니다. 당신은 분명 법정에, 단 이번에는 변호사석이 아닌 어딘가에 서게 되겠죠."
 "제가······. 살인 교사죄에 붙여지게 될 거라고 말하고 싶은 겁니까."

아이자와는 억지로 웃어 보이는 듯 했으나 그 웃음은 공허했다.
"모르겠습니다."
히야마는 도전하는 것처럼 얼굴을 들이밀고 고개를 저었다.
"법정에서 자신이 한 짓의 정당성을 외쳐 보십시오. 하지만 유죄 판결이 나지 않더라도, 세상은 당신을 절대 용서하지 않을 겁니다."
히야마는 손목시계를 확인하고 일어섰다.
내려다보니 아이자와는 앉은 채로 허공을 쳐다보며 넋을 놓고 있었다.
"수많은 사람들을 불행하게 만든 당신의 죄는 가볍지 않습니다."
히야마는 응접실을 나갔다.

건물을 나오자 누쿠이가 보도 가드레일에 걸터앉아 있었다. 걱정이 되어 분위기를 보러 와 준 모양이다.
"끝났습니다."
히야마는 중얼거렸다. 누쿠이가 히야마의 눈을 보며 말했다.
"아직 끝난 게 아니지요."
히야마는 누쿠이를 쳐다봤다.
"이번 대담집에는 부디 히야마 씨도 참여해 주셨으면 합니다. 이 사건을 겪으며 얻은 생각이 많으시겠죠?"
생각? 지나치게 많다.
"그것을 세상 사람들에게 전해 보지 않겠습니까. 이제는 히야마 씨 같은 괴로움을 겪는 사람이 없도록 말이죠."

히야마는 고개를 작게 끄덕였다. 그리고 누쿠이를 쳐다봤다.

"그 전에, 딸에게 확실히 전하고 싶습니다."

누쿠이가 쓴웃음을 지었다.

"꽤나 나중 이야기가 될 것 같군요."

히야미도 누쿠이를 따라 쓴웃음 지으며 끄덕였다.

"기다리겠습니다. 언젠가 꼭 들려 주십시오."

누쿠이의 시선은 따스했다.

"감사합니다."

히야마는 누쿠이에게 머리를 숙이고 걸음을 옮겼다.

역까지 가는 길을 조금 멀리 돌아갔다. 하늘을 올려다보며 히야마는 마음속으로 중얼거렸다. 마나미, 네게 전하고 싶은 게 많이 있단다. 뭐부터 전하면 좋을지 모를 정도로.

쇼코, 나는 제대로 전할 수 있을까? 당신이 전하고 싶었던 바를, 정확히 전할 수 있을까? 그런 표정 짓지 마. 괜찮아. 시간은 많이 있어. 앞으로 함께 생각해 가자.

〈끝〉

 밀리언셀러 클럽을 펴내면서

지난 수백 년 동안 소설은 기묘하면서도 교양 넘치고, 자유로우면서도 현실에 뿌리 박고 있으며, 흥미진진하면서도 감동적인 이야기로 독자들의 사랑을 독차지해 왔다.
민담이나 전설 등에 비해 비교적 최근에 탄생한 이야기 형식인 소설이 순식간에 이야기 왕국의 제왕으로 올라선 것은 현대인들이 살아가면서 느끼는 희망과 절망, 불안과 평화 등 온갖 삶의 양상들을 허구 속에 온전히 녹여 내어 재창조함으로써 이야기를 읽는 기쁨과 더불어 삶을 재발견하는 즐거움을 주어 온 까닭이다.
사실 이야기를 읽음으로써 삶을 다시 생각하고, 삶을 생각함으로써 이야기를 다시 만들어 온 것은 인간이라면 피할 수 없는 숙명이다.
그런데도 최근 이야기의 제왕이라는 소설의 위기를 말하는 목소리가 점점 늘어나고 있다. 만약에 이 말이 사실이라면, 그리하여 사람들이 소설을 점차 외면하고 있다면, 핏속에 스며들어 있으며 뼛속에 틀어박힌 이야기 본능이 무언가 다른 것에 홀려 있음에 틀림없다.
사람들은 이제 이야기를 소설이 아니라 거리에서, 인터넷에서, 영화에서, 드라마에서, 광고에서, 대중가요에서 즐기고 있는 것이다.
'밀리언셀러 클럽'은 이러한 소설의 위기를 넘어서려는 마음에서 기획되었다. 국내뿐만 아니라 전 세계 각국에서 독자들의 사랑을 한껏 받은 작품들을 가려 뽑아 사람들 마음을 다시 소설로 되돌리고 이야기를 한껏 즐길 수 있도록 배려하였다.
'밀리언셀러'라는 이름을 단 것은 소설이 다시 사람들의 마음을 끌어 널리 읽히기를 바라기 때문이고, '클럽'이라는 이름을 단 것은 소설을 사랑하는 독자들이 이 작품들을 가운데 놓고 오랫동안 이야기를 나누기를 바라기 때문이다.
앞으로 '밀리언셀러 클럽'에는 예로부터 오늘날까지, 동양에서 서양까지 시대와 장소를 가리지 않고 널리 독자들의 사랑을 받아 온 작품들 중에서 이야기로서 재미에 충실할 뿐만 아니라 인간 본연의 모습을 확인시켜 줄 수 있는 소설들이 엄선되어 수록될 것이다.
이 작품들이 부디 독자들을 소설의 바다로 끌어들여 읽기의 즐거움을 극대화함으로써 이야기 본능을 되살려 주어 새로운 독서 세대를 창출하기를 바라는 마음 간절하다.

옮긴이 | 김수현

배화여자대학 일어통역학과를 졸업하고 일본문학 전문 번역가로 활동하고 있다. 본격과 장르의 벽을 허무는 중간문학 및 최신 미스터리 소설을 애호하며 무라카미 류, 세이료인 류스이, 마이조 오타로, 다케모토 노바라 등의 작가들을 즐겨 번역하고자 한다.

천사의 나이프

1판 1쇄 펴냄 2009년 2월 16일
1판 10쇄 펴냄 2015년 11월 12일

지은이 | 야쿠마루 가쿠
옮긴이 | 김수현
발행인 | 김세희
편집인 | 김준혁
펴낸곳 | 황금가지

출판등록 | 2009. 10. 8 (제2009-000273호)
주소 | 135-887 서울 강남구 신사동 506 강남출판문화센터 5층
전화 | 영업부 515-2000 편집부 3446-8774 **팩시밀리** 515-2007
홈페이지 | www.goldenbough.co.kr

도서 파본 등의 이유로 반송이 필요할 경우에는 구매처에서 교환하시고
출판사 교환이 필요할 경우에는 아래 주소로 반송 사유를 적어 도서와 함께 보내주세요.
135-887 서울 강남구 신사동 506 강남출판문화센터 6층 민음인 마케팅부

한국어판 ⓒ 황금가지, 2009. Printed in Seoul, Korea
ISBN 978-89-6017-119-0 03830

㈜민음인은 민음사 출판 그룹의 자회사입니다.
황금가지는 ㈜민음인의 픽션 전문 출간 브랜드입니다.